© 2025 Alan Dean Foster
Verlag: BoD · Books on Demand GmbH,
In de Tarpen 42, 22848 Norderstedt,
bod@bod.de
Druck: Libri Plureos GmbH, Friedensallee 273,
22763 Hamburg
ISBN: 978-3-7519-2970-7

»Midworld«

- das grüne Inferno...

Sci-Fi-Roman aus dem Homanx-Zyklus von

Alan Dean Foster

(1975; deutsch 1979) Übersetzer: Heinz Nagel

Neu überarbeitet und verbessert

Bildnachweis:

Cover und S. 3, S. 331 bis S. 335:

Screenshot / »Skyrim« (Music & Ambience)

»›'‹« V-180225

»...wo höchste Wälder, undurchdringbar für das Licht der Sterne, ihren Schatten breiten.«

(»Das verlorene Paradies« von John Milton; 1608 - 1674)

ooo

»Wer hört die Fische, wenn sie schreien..?«

(Henry David Thoreau; 1817 - 1862)

ooo

Der Autor dieses Romans, **Alan Dean Foster**, wurde am 18. November 1946 in New York City, USA, geboren.

Zur kurzen Einleitung...

Schade eigentlich, dass exzellente, fünfzig Jahre alte Werke irgendwann nur noch in Antiquariaten zu finden, oder überhaupt nicht mehr zu bekommen sind... Auch das Ansinnen zur Schaffung einer, auf dieser Weltenkreation basierenden, Folge-Story, ließ es geboten erscheinen - abrundend - dieses Remake zu erstellen.

Die im Heyne-Verlag 1979 erschienene deutsche Übersetzung »Die denkenden Wälder« von Heinz Nagel habe ich noch einmal gründlich bearbeitet und mit viel Empathie sorgfältig verbessert; dazu gehörte auch, den Inhalt des Romans, als Ganzes, tief zu erfassen, mitzuschwingen und sich, selektiv, in eine jeweils beschriebene Situation hineinzudenken, bzw. - zufühlen, sodass, teils unter Hinzuziehung des amerikanischen Originals, gegebenenfalls der vorgefundene Text darauf (neu) abgestimmt werden konnte.

Uwe Laubach

Altmorschen, im April 2023

Inhalt:

1 - Prolog; die unfreiwilligen Siedler

»Midworld« hieß die Welt; doch dies war ironisch gemeint, denn eigentlich war sie eine *Außenseiter*welt - eine Welt am äußersten Rand des Commonwealth-Gebietes, gut 800 Parsec, das heißt etwas mehr als 2.600 Lichtjahre von Terra und Hivehom entfernt. [1]

Grün war sie.
Grün und schwanger, lebensträchtig...
Hingestreckt und träge lag sie in einer See aus zischender Jade, ein schwärender Smaragd im Ozean des Universums. Sie *trug* kein Leben, nein, auf dieser Welt *explodierte* das Leben, brach hervor, vermehrte sich und wucherte in einem Maße, welches jede Fantasie überstieg.

Auf einem Boden, so fett, so nahrhaft, dass er beinahe selbst lebte, ergoss sich »grünes Magma« und überflutete das Land. Eine solche Palette an Grün, dass dieses Grün im Spektrum des Unmöglichen ihresgleichen suchte, seinen eigenen Platz einnahm; ein alldurchdringendes Grün, ein überall gleichzeitiges, allmächtiges Grün.
Welt eines chlorophyllischen Demiurgen. [2]
Abgesehen von ein paar Flecken aus ranzigem Blau, waren auch die Meere dieses Globus grünlich - übersättigt vom dahintreibenden Pflanzenleben, das die Wasser schier erwürgte. Die Berge waren grün, bis sie in grünen Schaum übergingen; nur in den polaren Zonen und den höchsten Gebirgsregionen, jenseits des 65. Breitengrades, kämpften Moose und Flechten mit dem kriechenden Eis, so wie auf den meisten Welten die Wellen gegen das Land anrollen.
Selbst die Atmosphäre verfügte über einen schwachen grünen Schimmer, so dass man glaubte, durch Linsen aus Smaragd zu blicken.

Überflüssig die Frage, ob der Planet Leben beherbergen konnte. Die Frage war eher, ob auf ihm des Vitalen nicht zuviel war..!

Und trotzdem gab es in all dem Leben, das da auf der fruchtbarsten Weltenkugel im ganzen Universum wuchs, kreuchte und fleuchte, kämpfte und starb, kein einziges Geschöpf, das dachte - nicht in der Art dachte, in der man gewöhnlich das Denken definiert.

Man muss dabei berücksichtigen, dass jenes, was die Welt ohne Namen bewohnte, den Kosmos auch anders sah, als üblich - wenn man es überhaupt so bezeichnen wollte...

Oh..., es gab natürlich die Pelziger; aber diese verstanden sich nicht als Individuen, die sich, per Namensgebung, hätten voneinander unterscheiden wollen - bis die »Leute« kamen!

Diese »Leute« waren eigentlich auf dem Weg zu einem anderen Ort...

*

216 AA [3]; für den Kommandanten und die Offiziere des Auswandererschiffes, die auf der Steuerbrücke standen und fluchten, über ihre Koordinaten schimpften und sie immer wieder studierten, war es ganz eindeutig **ein Unfall**.

Dieser Planet, beschienen von einer Sonne der Spektralklasse F7V [4], war **nicht** der Himmelskörper, zu dem ihr Auto-Pilot sie hätte bringen sollen! Und jetzt waren sie im Orbit, hatten keinen Treibstoff mehr, um den Flugfehler zu korrigieren; hatten nicht die richtige Ausrüstung, um diese Welt zu besiedeln, hatten keine Zeit und keine Mittel, um Hilfe herbeizurufen.

Irgendwie würden sie sich mit der Situation abzufinden haben; das Beste aus der Lage machen müssen.

Sie hatten keine andere Wahl..!

Die Kolonisten stimmten ab und machten sich dann ans Werk, die Segnungen der Zivilisation auf diese Welt zu bringen. Sie waren ursprünglich voller Zuversicht gewesen; nun indes müde und verzweifelt - auf das Vorgefundene überhaupt nicht eingerichtet.

Die »Grüne Hölle«, auf welcher sie gelandet waren, filterte ganz schnell das Übermaß menschlicher »Spreu« aus dem »Weizen«.
Ganz schnell und sauber tat sie das und fraß sie auf. Und jene, die sie nicht fraß, veränderte sie.
In benannten frühen Tagen war die Menschheit gewöhnt, das Universum zu lenken - wenn nötig mit Gewalt. Menschen, die von dieser Maxime überzeugt waren, brachten auf der namenlosen Welt keine zweite Generation hervor. Einige wenige, die flexibler waren, weniger vom Stolz gesteuert, überlebten und bekamen Kinder. Deren Nachkommen wiederum wuchsen ohne Illusionen hinsichtlich der Überlegenheit der Menschheit oder anderer Rassenbünde auf.

Sie reiften heran und sahen die Welt um sich herum mit neuen Augen.
Der Mensch war es gewohnt, dass sich alles **ihm** unterzuordnen hatte. Doch die neue Prämisse lautete anders; bescheidener, demütiger..:

Richtet euch nach dem Baum.
Gebt und nehmt.
Beugt euch im Winde.
Und... −
Passt euch an..., **passt euch an**!

2 - Born und Ru'Umahum

»Midworld«, 445 AA - inmitten des wuchernden, schäumenden, wogenden Grüns; irgendwo auf etwa 29° südlicher Breite...

*

Born sah zu, wie die Morgennebel sich hoben und träumte von der Sonne. Er kuschelte sich tiefer in die Astbeuge des Thomabarbaumes und hüllte sich enger in seinen Umhang aus grünem Blattleder. Die Gedanken an die Sonne heiterten ihn ein wenig auf.

Harte Arbeit, tüchtige Kletterei und Mut hatten ihm im Laufe seines bescheidenen Lebens dreimal jenen Anblick beschert. Es gab nicht viele Männer, die sich dessen rühmen konnten, dachte er stolz.
Um die Sonne zu sehen, musste man auf den »Gipfel« der Welt klettern. Und dann bis zur Krone einer der Säulen kriechen, welche ihre Stützen waren. Zu solchen Orten aufzusteigen, hieß, den Tod herausfordern, wie ihn all die gierigen Geschöpfe brachten, die in der »Oberen Hölle« flogen oder schwebten.
Dreimal hatte er es getan. Er gehörte zu den tapfersten der Tapferen - oder wie manche im Dorf behaupteten, zu den verrücktesten der Verrückten.
Der wabernde Nebel wurde noch dünner als die aufgehende Sonne die Feuchtigkeit aus der Dritten Etage sog. Er schauderte. Es war nicht nur unbequem, sondern auch gefährlich, so früh am Tage so ungeschützt zu liegen, wenn alle möglichen unangenehmen Geschöpfe unterwegs waren. Aber die Dämmerung des Morgens, sowie jene des Abends, waren die beste Zeit zum Jagen - und Born fühlte sich seinen

Feinden ebenbürtig. Ein guter Jäger hielt sich nicht verborgen, während andere die beste Beute machten.

Er überlegte, ob er Ru'Umahum rufen sollte, aber der große Pelziger war nicht nahe, und wenn er jetzt laut rief, verscheuchte er damit mögliche Jagdbeute. Er würde eine Weile ohne seinen Begleiter und die von ihm ausstrahlende Wärme auskommen müssen.

Born hatte keine Zweifel, dass Ru'Umahum in Rufweite war. Wenn ein Pelziger sich einmal einem Menschen angeschlossen hatte, verließ er ihn nie wieder, bis dieser Mensch starb.

»Wenn er *starb*...« Born tat den Gedanken ärgerlich mit einem Achselzucken ab. Für einen Mann auf der Jagd waren dies sinnlose Überlegungen.

Drei Tage lag es jetzt zurück, dass er das Dorf verlassen hatte, und bis jetzt war ihm nichts begegnet, das zu erbeuten sich gelohnt hätte. Na ja, eine ganze Menge Buschäcker - aber ehe er mit nur einem oder zwei Buschäckern ins Dorf zurückkehrte, konnte er ebensogut gleich »nach unten« gehen.

Die Erinnerung an Lostings Rückkehr mit dem Kadaver des Brüters trieb ihm noch immer das Blut ins Gesicht; die Erinnerung an die Bewunderung, die dem großen Mann entgegengeschlagen war. Gewiss - das waren Kleinigkeiten, frivole Kleinigkeiten, trotzdem machten sie ihn heiß.

Der Brüter war ebenso groß wie Losting gewesen, nichts als Klauen und Scheren; aber diese drohenden Klauen und Scheren waren voll des besten, weißen Fleisches. Und Losting hatte sie Gehéle zu Füßen gelegt - und diese hatte sie nicht abgelehnt.

Das war der Anlass gewesen, weswegen Born aus dem Dorf gestürmt war und seine augenblickliche, bislang noch erfolglose Jagd angetreten hatte.

Er hatte sich nie in Größe oder Kraft mit Losting messen können, aber er war geschickt. Selbst als Kind schon war er kreativ, flexibel und wendig gewesen; schneller als seine Freunde - und er hatte jede Gelegenheit wahrgenommen, um das zu beweisen.

Wenn auch heute niemand seine Fähigkeiten in Zweifel zog, hätte ihn doch die Vorstellung erschreckt, dass alle ihn für etwas unvorsichtig, eine Spur verirrt hielten. Sie hätten nie Borns beständiges Bedürfnis verstanden, sich vor anderen zu beweisen. In der Beziehung war er ein Atavismus. [1]

Jetzt war er wieder alleine unterwegs, eine stets gefährliche Situation. Er konzentrierte sich darauf, sich von der Welt abzuschließen, wurde eins mit dem Blattwerk, wurde ein Teil des Grüns, praktisch unsichtbar.

Der Nebel war aufgestiegen, hatte sich in die Zweite Etage verzogen. Die Luft war fast klar, wenn auch noch feucht. Born konnte ungehindert auf die große epiphytische Bromeliade sehen, die einige Meter weiter unten an der Liane wucherte.

Die riesige Parasitenblüte wuchs mitten aus der Liane heraus; ein Sub-Parasit, der am Parasiten wucherte. Breite Blätter in Oliv und Schwarz umgaben die grüne Blüte. Die dicken Blütenblätter wuchsen dicht aneinander, wölbten sich, bildeten ein wasserdichtes Becken.

Wie nach dem nächtlichen Regen üblich, war dieses Becken nun gut einen Meter tief mit frischem Wasser gefüllt. Irgendwann würde etwas, das zu töten sich lohnte, kommen, um davon zu trinken.

Allseits erwachte nun der Wald, ein Chor von Geräuschen. Bellen, Quietschen, Zirpen, Heulen und Kreischen verdrängte die Stimmen der weniger gesprächigen nächtlichen Vettern.

Schon begann ihn der Mut zu verlassen, und er schickte sich an, einen anderen Ort zu suchen, als er in den Zweigen und Lianen über der natürlichen Zisterne eine Bewegung entdeckte. Er riskierte es, sich nach vorne zu schieben, verließ einen Augenblick lang die Tarnung seines grünen Umhangs. Ja, da war ein Rascheln zu hören, immer noch ein gutes Stück über seinem gegenwärtigen Standort, aber nach unten kommend...

13

Mit ein paar sparsamen Bewegungen zog er den Bläser in Position. Das eineinhalb Meter lange Rohr aus grünem Holz hatte hinten einen Durchmesser von knapp sechs Zentimetern und verjüngte sich an der Spitze. Ganz vorsichtig schob er es auf die vor ihm liegende Astgabel. Dort ruhte es reglos, wie ein Ast ohne Blätter. Er richtete sein Blasrohr auf die Zisterne, griff in den Köcher, den er unter dem Cape auf dem Rücken trug, und zog einen der zehn Zentimeter langen Dorne heraus. Indem er ihn vorsichtig an dem fächerförmigen Schwanz hielt, wo man ihn von der Mutterpflanze abgebrochen hatte, schob er ihn hinten in die Waffe. Dem Sack, der neben dem Köcher hing, entnahm er ein Tankkorn. Es war hellgelb, mit schwarzen Adern, und etwas größer als eine Männerfaust. Seine lederne Haut war zäh wie eine Trommel. Born schob das Korn hinten in den Bläser und klappte den Block hoch.

Über ihm war aus dem Rascheln derweil ein Krachen und Knacken von dicken Zweigen geworden. Er umfasste mit der rechten Hand den pistolenähnlichen Abzug und benutzte die andere Hand, das Rohr zu fixieren.

Still wie eine Statue stand er jetzt. Indem er sich ganz auf die Bromeliade konzentrierte, war er bemüht, mit der Pflanze eins zu werden.

»Sieh doch, was für einen bequemen Ruheort ich biete«, dachte er angespannt. »Wie geräumig doch dieser Kabbl-Ast ist, wie breit und wohlschmeckend seine Gefährten, wie klar, frisch und kühl das Wasser, das ich so geduldig gerade für Dich gesammelt habe. Komm doch zu mir herunter und trinke aus mir..!«

Eine verirrte Brise bewegte die Blattspitzen der Bromeliade.

Born hielt den Atem an und hoffte, dass die Brise nicht seine Witterung nach oben trug - zu dem Geschöpf, was immer es sein mochte, welches sich schwerfällig den Weg nach unten bahnte. Ein letztes lautes Knacken abbrechender Blattstiele, und die Kreatur zeigte sich - eine Kegelgestalt mit kurzem, dunkelbraunem Fell bedeckt. Am flachen Ende des Kegels waren jetzt zwei lange Tentakel zu sehen. Augen mit roter Iris standen darüber. Und um den kegelförmigen Körper des Grasers, in gleichmäßigen Abständen verteilt, waren vier muskulöse Arme, die ihn zwischen den oberen und unteren Ästen festhielten. An einem kräftigen Schwanz, der von der Spitze des Kegels ausging, ließ er sich vorsichtig herab.

Der Graser war beinahe zwei Meter lang und fünfmal so schwer wie Born. Es würde nicht leicht sein, ihn zu töten. Der dicke Pelz war kaum zu durchdringen, aber der flache Unterteil des Kegels war nur mit dünnen Borsten bedeckt. Um jedoch das Tier exakt dort treffen zu können, würde Born warten müssen, bis dieses Wesen sich ihm zuwandte.

Der winzige runde Mund an der Kegelbasis war harmlos, enthielt vier einander gegenübergestellte Gruppen flacher Mahlzähne - indes konnten die Arme des Tieres einen Kabbl [2] in Fetzen reißen. Und ein Mensch würde noch viel leichter in Stücke gehen!

Einer der Arme löste seinen Griff, packte einen niedrigeren Ast. Der Schwanz bog sich herunter, um sich an demselben Ast festzuklammern. Dann ließen der obere und der linke Arm los, und der Graser schwang sich tiefer.

Born wünschte, er hätte sich ein wenig besser vorbereitet, einen zweiten Tankkorn und Jacaridorn vorbereitet. Aber jetzt war es zu spät dafür. Die leiseste Bewegung, und der Graser würde blitzschnell das Weite suchen. Er konnte sich mit unvorstellbarer Geschwindigkeit durch den Dschungel bewegen - nach oben oder unten, ebenso wie zur Seite. Und er konnte einen Menschen auch von hinten anfallen, ehe jener auch nur Zeit zum Umdrehen fand.

Jetzt wartete er auf der Liane unmittelbar über der Zisterne.

Mit Hilfe seines Schwanzes und seiner vier Greifer drehte er sich langsam nach allen Seiten um. Einmal schien es Born, als starrten die suchenden Augen direkt in sein Versteck - aber sie hielten nicht inne, sondern kreisten weiter.

Offenbar mit dem Zustand seiner Umgebung zufrieden, ließ der Graser sich auf den Kabbl herunterfallen. Drei Arme stützten ihn am äußersten Rand der Bromeliade. Er beugte sich vor und sein breites, flaches Gesicht senkte sich aufs Wasser. Born konnte schlürfende Geräusche hören.

Jetzt ergab sich ein Problem: Wenn er pfiff - würde sich der massive Kopf dann nach links oder rechts drehen? Seine Chance stand sozusagen 50 : 50... Intuition war gefragt.

Wenn er falsch spekulierte, würde er wertvolle, vielleicht entscheidende Sekunden verlieren. Born traf seine Wahl und schob die Mündung des Bläsers vorsichtig in die Richtung des Grasers. Er schürzte die Lippen und stieß einen leisen stotternden Pfiff aus. Fleisch rührte der Graser nicht an, aber Blumenkit-Eier waren eine Delikatesse für ihn.

Auf den Klang von Borns Imitation des Gefahrenrufs eines Blumenkitweibchens hob sich der massige Kopf, wandte sich zur »richtigen« Seite, und starrte ihn direkt an. Der Jäger atmete kurz durch und drückte ab.

Im Inneren des Laufes schoss ein langer zugespitzter Splitter aus Eisenholz nach hinten und durchbohrte die straff gespannte Haut des Tankkorns. Ein weiches »Plopp« war zu hören, als der gasgefüllte Samen explodierte. Das komprimierte Gas strömte explosionsartig aus und trieb den Jacaridorn aus dem Lauf. Er traf das stoppelig-flache Gesicht des Grasers über dem Mund und unter den beiden Augenstielen.

Alle vier Kiefer wurden schlaff.

Ein kreischender Schrei ertönte.

Als wäre er ein Auslöser gewesen, brüllte der Dschungel in der Umgebung auf - eine Extra-Tonkulisse aus erschrecktem Heulen und Kreischen, welche einige lange Augenblicke anhielt.

Der Graser machte einen Satz auf Born zu, erzitterte kurz, als er knapp zwei Meter von ihm entfernt landete, brach zusammen und stürzte vom Kabbl. Allein - die paralysierten »Hände« und der Schwanz hielten die große Liane weiterhin fest. Man würde diese kräftigen, vielgliedrigen Finger abschneiden müssen...

Er beobachtete das Geschöpf scharf. Graser *spielten* gerne tot, bis man ihnen zu nahe kam - dann packten sie den, auf ihr Täuschungsmanöver hereingefallenen, unvorsichtigen Jäger ohne Vorwarnung und rissen ihn mit einem Ruck in Stücke. Aber dieses Exemplar zitterte noch nicht mal mehr. Der Dorn hatte sein Gehirn durchbohrt und ihn auf der Stelle getötet.

Born seufzte, legte den Bläser weg, richtete sich auf und streckte die verkrampften Muskeln. Der grüne Lederumhang fiel ihm herunter. Er zog das Knochenmesser aus dem Gürtel, trat aus dem Schutz des Blattwerks hervor und schritt die breite Liane hinunter, auf die reglose Gestalt seines Opfers zu.

Sein Gewicht mal fünf - und fast zur Gänze essbar. Indes: Sich in Gedanken bereits an ihm zu ergötzen, war eine Sache, ihn über einem Feuer zu braten, eine ganz andere. Jetzt ging es nur noch um die »Kleinigkeit«, den Kadaver ins Dorf zu schaffen und unterwegs hungrige Aasfresser abzuwehren. Je schneller er hier verschwand, umso besser... Er beugte sich über den Rand des Kabbl und ging mit dem Messer zu Werke. Muskeln und Sehnen lösten sich, als er die Greifhände und den Schwanz bearbeitete, die den Leichnam festhielten. Der Graser fiel in das Blattwerk darunter.

Eine Stimme, die an das Geräusch einer Dampflokomotive im Leerlauf erinnerte, erklang plötzlich hinter ihm. Born sprang instinktiv und segelte in die Tiefe, ehe er sich an einem Zweig des Kabbl festhielt und mit einem, seine Muskeln durchlaufenden, Ruck zum Stillstand kam.

Keuchend wandte er sich um und blickte nach oben. Noch während er absprang, hatte er das Poltern erkannt - aber schon zu spät, um die Reflexbewegung aufhalten zu können. Ru'Umahum stand da und blickte vom Hauptstamm des Kabbl auf ihn herunter. Der Pelziger schob sich näher; alle sechs seiner dicken Beine ins Holz gekrallt. Das bärenähnliche Gesicht starrte ihn an, die drei dunklen Augen, die in einem Bogen über der Schnauze standen, musterten ihn traurig. Große Klauen scharrten an dem Ast.

Born schüttelte den Kopf und schwang sich auf die Liane. »Ich hab' Dir schon so oft gesagt, Rúma, dass Du Dich nicht so an mich heranschleichen sollst.«

»Spaß«, protestierte Ru'Umahum, schnaufend.

»Kein Spaß!«, widersprach Born energisch und zog sich an einem Stiel nach oben. Ein kurzer Sprung, und er stand wieder auf dem Kabblweg. Er packte Ru'Umahum an einem seiner flauschigen Ohrmuscheln und zwickte ihn empfindlich, um seine Aussage zu unterstreichen.

Der Pelziger war so lang wie der Graser, wenn auch nicht ganz so massig. Außerdem war er unglaublich stark, schnell und intelligent. Ein Rudel Pelziger könnte die Geißel der Waldwelt sein, wären sie nicht so unvorstellbar träge und verbrächten sie nicht den größten Teil ihres Lebens mit der einzigen Leidenschaft, der sie ausgiebigst frönten - dem Schlaf.

»Nicht Spaß«, schloss Born und riss ein letztes Mal an dem Ohr.

Ru'Umahum nickte, wechselte um den Jäger herum und beschnüffelte den Graser. »Zu alt nicht«, polterte er. »Gut essen... Viel gut essen.«

»Wenn wir ihn nach Hause schaffen können«, pflichtete Born ihm bei. »Schaffst Du das?«

»Kann schaffen«, brummte der Pelziger, ohne einen Augenblick zu zögern.

Born beugte sich über den Rand und studierte den Kadaver.

»Er ist auf einen ziemlich kräftigen Ast gefallen, aber er könnte leicht abrutschen. Willst Du ihn aufheben oder Dich unter ihn stellen und ihn auffangen, wenn ich ihn wegstoße?«

»Gehe fangen.«

Born nickte. Ru'Umahum kletterte nach unten, beschrieb einen weiten Bogen, der ihn unter den Graser führen würde. Sobald der Pelziger seinen Posten bezogen hatte, würde Born senkrecht hinuntersteigen, bis er den Kadaver vom Ast stoßen konnte. Keiner von beiden verspürte Lust, hinter einem stürzenden Kadaver in die unbeschreiblichen Tiefen unbekannter Etagen herabzukrachen.

»Midworlds« Dschungelwelt wurde von den Menschen gemeinhin in sieben Etagen eingeteilt.
Die Menschheit, das heißt die Menschenabkömmlinge, zogen diese Etage - die dritte - vor.
Ebenso die Pelziger. Darüber gab es noch zwei, dann kam ein von der Sonne ausgebleichtes grünes Dach und danach die blaue Weite der »Oberen, Lichten Hölle«. Unter ihnen lagen vier Etagen; wobei der Grund der siebten, der tiefsten, die »Untere und Wahre Hölle« war - mehr als vierhundertfünfzig Meter unter dem Heim. [3]

Die »Obere oder Lichte Hölle« hatten viele Menschen gesehen. Born sogar schon dreimal - und er lebte noch. Aber nur zwei legendäre Gestalten waren je bis in die »Untere Hölle« vorgedrungen, zur irdenen Oberfläche des Planeten. Einzig diese beiden waren bis zu dem ewig dunklen Sumpf vorgestoßen, einem feuchten Land aus riesigen, offenen Gruben und gehirnlosen Scheußlichkeiten, die dort krochen, quollen, schwammen und fraßen.
Wenigstens hatten sie das behauptet...
Der erste hatte bei seiner Rückkehr den Verstand verloren und war kurz darauf gestorben. Als der zweite zurückgelangte, fehlten ihm einige wichtige Körperteile - aber

19

er hatte immerhin den Bericht seines Begleiters bestätigt, wenngleich er auch, fast jede Nacht, im Schlaf schrie.

Nicht einmal die Pelziger konnten in den Erinnerungen ihrer Ahnen einen Artgenossen finden, der je über die sechste Etage hinaus nach unten vorgedrungen wäre. Es war ein Ort, den man mied. So war es begreiflich, dass weder Mensch noch Begleiter Lust verspürten, nach dorthin abzutauchen, um heruntergestürzte Beute zu suchen.

Ru'Umahum erschien unter dem Graser und knurrte.

Born rief ihm eine Antwort zu und machte sich seinerseits auf den Weg. Der Graser hing immer noch an dem Ast, als er ihn endlich erreichte, aber ein einziger Stoß reichte aus, um ihn davon zu lösen. Ru'Umahum klammerte sich mit den mittleren und hinteren Beinen am harten Holz des Kabbl fest. Dann beugte er sich etwas vor und schlug die beiden Vordertatzen, von denen jede ausreichte, einem Menschen den Schädel zu Brei zu zermalmen, unmittelbar unter dem Schwanz in den Körper des Grasers.

Der Kadaver wurde, mit Borns Hilfe, gleichmäßig auf Ru'Umahums Rücken verteilt. Die Vorderpfoten stützten das Gewicht, während Born es mit unzerreißbarem Fom festband, das er an der Hüfte trug. Er führte die Leine einige Male um den Leichnam und den zwei Bäuchen des Pelzigers hindurch, verknotete sie dann und trat zurück.

»Probier's mal, Rúma. Sitzt es gut?«

Der Pelziger krallte alle sechs klauenbewehrten Tatzen ins Holz und lehnte sich prüfend nach links und rechts. Nachdem schüttelte er sich absichtlich, hob den Kopf und senkte die Hüften. »Rutscht nicht, Born. Sitzt gut.«

Born musterte das riesige Geschöpf besorgt. »Bist Du auch sicher, dass Du das bewältigen kannst..? Der Weg nach Hause ist lang und wir müssen vielleicht kämpfen.«

Die Last war selbst für einen ausgewachsenen Pelziger von Ru'Umahums Größe beträchtlich.

»Schaffs schon...«, knurrte dieser nur, »kämpfen nicht sicher.«

»Schon gut, mach Dir keine Sorgen. Beute oder nicht, wenn es wirklich Ärger gibt, dann schneide ich Dich frei.« Er grinste. »Dass Du mir bloß nicht auf halbem Weg zwischen hier und zu Hause einschläfst...«

»›Einschläfst‹? Was ist Schlaf?«, schnaubte Ru'Umahum.

Die Pelziger hatten ihren eigenen Humor, der für Menschen nur gelegentlich verständlich war. Da Born selbst auch von der Norm abwich, verstand er ihre Scherze besser als die meisten anderen seiner Gattung.

»Okay - lass' uns von hier fortkommen; ich will nur eben noch meinen Bläser aus dem Versteck holen und mir umhängen.«

Somit gab es nur noch eines zu tun: Born ging zu dem schwer beladenen Ru'Umahum zurück und blieb am Rande der Bromeliade stehen, die solch ausgezeichnete Beute angelockt hatte.
Er strich mit den Händen liebkosend über die breiten Blätter. Dann beugte er sich vor, um einen langen Zug aus dem klaren Wasser zu tun, das der unglückliche Graser gesucht hatte. Als er ausgiebig getrunken hatte, schüttelte er sich die Tropfen ab und wischte sich die nassen Hände an seinem Umhang trocken. Noch einmal streichelte er, in stummem Tribut für die Pflanze, über das nächste Blatt, bevor er und Ru'Umahum die lange Reise heimwärts antraten.

*

Es war ein grünes Universum, grün durch und durch; aber seine »Sterne« und »Nebel« waren strahlend bunt. An Blumenkohl erinnernde Luftbäume, die epiphytisch auf den breiten Ästen der Säulen wuchsen, waren mit duftenden Blüten jeder vorstellbaren Form und Farbe bedeckt, von denen einige Düfte verbreiteten, die man meiden musste, um nicht für immer den Geruchssinn zu verlieren. Diesen stark riechenden Blüten gingen Born und Ru'Umahum sorgfältig aus dem Wege. Ihre Gerüche waren ebenso sinnlich wie tödlich. Auch Lianen und Schlingpflanzen hatten ihre eigenen Blüten, und an manchen Stellen blühten sogar Luftwurzeln. Hier herrschte eine Vielfalt und ein Crescendo der Farben, die selbst die reichsten Dschungel der Erde vergleichsweise fahl und blass hätten erscheinen lassen.

Obwohl die Flora die Oberhand hatte, war auch die Fauna vielfältig und üppig. Baumwesen aus den Gattungen der Vögel, Säugetiere, Reptilien, Insekten und Arachniden glitten, krabbelten, kletterten oder flogen durch sich windende smaragdfarbene Tunnel. Freilich befanden sie sich in der Minderzahl gegenüber den Geschöpfen, die über die Schwerkraft Lügen strafenden Straßen und Pfade aus Holz krochen, sprangen und schwangen.

Der stetige Kreislauf von Leben und Tod drehte sich um Born und Ru'Umahum als sie sich, über ineinander verschlungene mahagonifarbene Tungtankel [4], moosbewachsene kaffee- oder karamellbraune Kabbl und diverse gewundene hölzerne Pfade, zum Dorf zurückarbeiteten.

Ein Schweber mit schraubenförmigen Schwingen stieß auf eine unvorsichtige sechsbeinige, gefiederte Pseudo-Echse herunter und wurde seinerseits verschlungen, als er auf einem »Falschen Kabbl« landete.

Der »Falsche Kabbl« glich aufs Haar dem dicken, hölzernen Kriechgewächs, auf dem Born und Ru'Umahum sich bewegten. Wäre Born darauf getreten, hätte er zumindest einen Fuß verloren. Der »Falsche Kabbl« war eine lange Kette ineinander verschlungener Münder, Mägen und Eingeweide. Schweber und Pseudoechse verschwanden in einem der Mäuler des mit Zähnen bewehrten »Astes«.

Es war beinahe Mittag. Gelegentlich drang ein Strahl des Sonnenlichts in die Dritte Etage; einige fielen sogar noch tiefer, auf die Vierte und Fünfte. Überall glitzerten sogenannte »Spiegel-Lianen«, in deren diamanthellen, durchsichtigen Blättern sich das lebenspendende Licht von Midworlds Tagesgestirn brach und Hunderte von Metern, durch grüne Schluchten, an Orte hinunter geleitet wurde, welche es sonst nie erreichen könnte.

Die Mittagszeit war der finale Höhepunkt dieser Sinfonie aus Licht und Tönen. Kamm-Lianen und Echoblätter bildeten den grünen Hintergrund für die Sänger des Tierreichs. Sie hätten einen wissbegierigen Botaniker ebenso überrascht, wie die Spiegel-Lianen.

Born war kein Botaniker. Er hätte den Begriff nicht einmal definieren können. Sein Urururgroßvater wäre dazu noch imstande gewesen. Doch auch dieses Wissen hatte ihn nicht davor bewahrt, jung zu sterben.

Schließlich hüllte sie der feuchte Abendnebel katzenhaft verstohlen ein. Die munteren Schreie der Geschöpfe des Lichts wichen den Geräuschen erwachender Nachtschwärmer, deren Grunzen finsterer und tiefer klang, deren Schreie der Hysterie näher lagen. Und so war das dröhnende Heulen der *nächtlichen* Fleischfresser eine Spur drohender. Es war Zeit, Unterschlupf zu finden.

Born hatte den größten Teil der letzten Stunde damit verbracht, einen wilden Heimbaum zu suchen. Solche Bäume waren rar! Er hatte den ganzen Nachmittag über keinen gesehen. Sie würden also mit einem weniger bequemen Nachtquartier vorliebnehmen müssen.

Zehn Meter über ihnen lag beispielsweise eines, und man konnte es leicht durch die ineinander verschlungenen Äste und Lianen des Waldbaldachins erreichen.

Weder Born noch Ru'Umahum konnten ahnen, welche Krankheit oder welcher Parasit die großen verholzten, hohlen Verkapselungen am Zweig des Säulenbaumes hervorgerufen hatte, aber jedenfalls waren sie für ihr Vorhandensein dankbar. Sie würden die Gefahren der Nacht lindern. Sechs oder sieben der kugelförmigen Ausbuchtungen drängten sich um den Ast. Die kleinste war etwa halb so groß wie Born, die größte groß genug, um Mensch und Pelziger spielend leicht aufzunehmen.

Er untersuchte die letztgenannte mit seinem Messer und stellte fest, dass sie für das geschärfte Beil viel zu zäh war - so, wie er das auch erhofft hatte..! Wenn sein Bowiemesser die verholzte Blase nicht durchdringen konnte, blieb auch die Wahrscheinlichkeit gering, dass sie irgendein Räuber von hinten anfiel. Er löste den toten Graser, der bereits zu riechen begann, von Ru'Umahums Rücken und schob den Kadaver auf den Ast.

Ru'Umahum reckte sich genüsslich, Wellenbewegungen fuhren wohlig durch seinen Pelz, als er die Muskeln am Rücken spannte. Er gähnte, so dass man seine Reißzähne und zwei rasiermesserscharfe Hauer im Unterkiefer sehen konnte.

Dann machte sich der Pelziger, nach Borns Anweisung, daran, mit beiden Vorderpfoten die Blase aufzureißen. Gemeinsam zwängten sie den Kadaver in den Hohlraum, woraufhin Born sorgfältig seine übriggebliebenen Jacaridorne in eine Liane knüpfte, bis sie eine primitive Barrikade vor der Öffnung bildeten. Wenn jetzt ein Aasfresser versuchte, sich hineinzuschleichen, riskierte er ein paar gefährliche Wunden. Die spitzen Dornen bildeten ein Kreuz über der Öffnung. Ein intelligenter Räuber könnte sich gegebenenfalls dennoch leicht Zutritt verschaffen - aber dazu gehörte die *menschliche* Fähigkeit einen Sachverhalt komplex zu erfassen.

Nun, da ihre Beute für die Nacht sicher verwahrt war, machte Ru'Umahum sich an der nächsten Blase zu schaffen und schnitt eine kleinere Öffnung hinein, die ihnen Zutritt gewährte. Born kniete nieder und spähte hinein. Sie war schon lange abgestorben, trocken und schwarz. Er holte ein Päckchen mit rotem Staub aus dem Gürtel; Ru'Umahum schabte bereits an den Innenwänden der Kapsel und schob das, was sich dort löste, in der Nähe der Öffnung zusammen. Born schüttete etwas von dem roten Pulver auf einen Holzspan und drückte den Daumen darauf. Ein paar Sekunden des Kontaktes mit seiner Körperwärme reichten aus, um den Staub in genau dem Augenblick aufflammen zu lassen, als der Jäger den Daumen zurückzog. Bestimmten parasitischen Knollen dienten diese brennbaren Pollen als besonders wirksame Verteidigung. Borns Leute hatten reichlich Lehrgeld bezahlt, als sie ihn kennenlernten.

Er wartete, bis sich aus dem kleinen Flämmchen ein bescheidenes Feuer entwickelt hatte, dessen Knistern und Tanzen in der Schwärze der Nacht auf sie beruhigend wirkte. Jetzt war nur noch eines zu erledigen: Er musste Ru'Umahum heftig schütteln, um ihn lange genug wachzuhalten, bis er an der anderen Seite der Blase ein winziges Loch in die Wand gebohrt hatte. Als damit der entlüftende Rauchabzug gesichert war, holte Born ein Stück dunkles Dörrfleisch aus einer Tasche am Gürtel und kaute auf dem würzigen steinharten Brocken herum.

Der allabendliche Niederschlag setzte ein. Es würde die ganze Nacht hindurch regnen - nicht ein gelegentlicher Wolkenbruch, sondern ein beständiger, gleichmäßiger Regen, der zwei Stunden vor der Morgendämmerung aufhören würde. Mit wenigen Ausnahmen hatte es jede Nacht geregnet, an die Born sich erinnern konnte. Der Regen kam des Nachts ebenso sicher, wie am Morgen die Sonne aufging. Wasser trommelte gleichmäßig auf das Dach der Höhlung und floss an ihren gebogenen Flanken entlang, um in endlose Tiefen zu tropfen.

Ru'Umahum schlief tief.

Borns Blick verlor sich sinnend einige Minuten lang in den prasselnden Flammen. Gähnend legte er das restliche Dörrfleisch weg, um es sich für den nächsten Abend aufzubewahren, kuschelte sich an Ru'Umahums warme Flanke. Der Pelziger regte sich im Schlaf, drückte sich, den Kopf auf die Brust gelegt, gegen die Innenwand der sie schützenden Kapsel. Born seufzte und schaute auf die massive schwarze Wand jenseits des Feuers.

Er war zufrieden. Sie waren an diesem ersten Tag ihrer Rückkehr keinen Aasfressern begegnet, und Ru'Umahum hatte die mächtige Last des großen Grasers gut bewältigt; hierhergeschleppt, ohne auch nur ein einziges Mal einzuschlafen. Er strich dankbar über die mächtige Hinterkeule des Wesens und grub die Finger in das dicke, grüne Fell.

Zusätzlich hatten sie noch einen warmen, trockenen Unterschlupf für die Nacht gefunden. Viele Nächte, die er im Freien verbringen musste, bis auf die Haut durchnässt, ließen ihn diesen schützenden Kokon des Baumes schätzen! Er hüllte sich in den grünen Lederumhang und drehte sich zur Seite. Sein Messer lag neben seiner rechten Hand, der Bläser zu seinen Füßen. Relativ beruhigt, und mehr oder weniger überzeugt, nicht im Bauch irgendeines nächtlichen Räubers zu erwachen, fiel er in tiefen, traumlosen Schlaf.

*

Es war ein ziemlich kräftiger Regen gewesen, stellte Born fest, als er durch das Loch in der Blase hinausblickte. Hinter ihm schlief Ru'Umahum tief. Der Pelziger würde schlafen, bis Born ihn weckte. Wenn man ihn nicht daran hinderte, würde ein Pelziger fast immer schlafen - bis auf wenige Stunden am Tag. Vom grünen, ewigen Baldachin des Blattwerks - ihrem »Himmelszelt« - fielen immer noch Tropfen, trotzdem es schon lange aufgehört hatte, aus den Wolken dieses Planeten zu regnen. Ein paar trafen Born platschend ins Gesicht. Er schüttelte die schale Feuchtigkeit ab.

Eine Weile würde das Astwerk, die »Pfade« und »Straßen« dieser Welt, noch schlüpfrig und glatt sein, aber sie würden sich trotzdem gleich auf den Weg machen.
Er wollte rasch nach Hause kommen. Es drängte ihn danach, Geheles Gesichtsausdruck zu sehen, wenn er ihr den Graser präsentierend zu Füßen legte.
Er schnellte hoch und stieß Ru'Umahum ein paarmal in die Rippen.
Der Pelziger grunzte verschlafen und stöhnte.

Born trat noch einmal zu.

Ru'Umahum erhob sich langsam, jeweils zwei Füße gleichzeitig, und brummte gereizt.
»Schon Morgen..?«

»Wir haben einen langen Marsch vor uns, Rúma...«, erklärte Born. »Letzte Nacht goss der Regen lang und intensiv. Bis Mittag sollte es rote Beeren und Pium geben.«

Der Gedanke an Nahrung ermunterte Ru'Umahum. Er hätte es vorgezogen zu schlafen, aber... - nun, Pium war eine feine Sache! Ein letztes Dehnen, Recken, Strecken und die Krallen seiner Vorderpfoten gruben acht parallele Furchen in das Holz der hohlen »Baumzyste«, welches zäh wie Metall war. Manchmal, das musste er einräumen, war es ganz angenehm, Menschen um sich zu haben..! Sie hatten so eine unnachahmliche Art, gute Sachen zum Essen zu finden und das Essen vergnüglicher und genüsslicher zu gestalten. Dafür war Ru'Umahum bereit, Borns Fehler zu übersehen... Seine drei Augen leuchteten heller. Die Menschen schmeichelten sich, dass die Zähmung der ersten Pelziger eine große Leistung gewesen sei. Die Pelziger hatten keinen Anlass, dagegen Einspruch zu erheben. Tatsächlich hatten **sie** sich den Menschen, mehr aus Neugierde, **freiwillig** angeschlossen...

Menschen waren die ersten Geschöpfe, die den Pelzigern je begegnet waren, deren Verhalten unvorhersehbar genug war, um sie wachzuhalten. Man konnte wirklich kaum vollständig erahnen, was ein Mensch als nächstes tat - selbst, wenn man ihn gut kannte. Also hielten sie den Pakt, ohne wirklich zu verstehen, weshalb sie es taten. Sie wussten nur, dass an der Beziehung etwas Nützliches und Gutes war.

Der Gedanke an die Piumherzen hielt Ru'Umahum lange genug wach, dass Born, ohne zuviel Zeit zu vergeuden, den Graserkadaver auf seinem Rücken festzurren konnte.

Entweder hatte kein Aasfresser ihr Lager gefunden, oder sie hatten es vorgezogen, den tödlichen Dornen aus dem Wege zu gehen. Born zog die Jacaris nacheinander aus dem verschlungenen Lianengewirr, barg sie in seinem Köcher, schlang sich die Liane um den Gürtel und blickte nach vorn, denn ihre Strecke war noch weit...

*

»Nahe Heim«, konstatierte Ru'Umahum an jenem Abend und fuhr sich mit seiner dicken, gebogenen Zunge über die Rückseite seiner Vorderpfote.

Born hatte schon seit einer Stunde vertraute Landmarken und Baummarkierungen erkannt. Da war zum Beispiel der Sturmtreterbaum, der den alten Hanna tötete, als dieser einen Augenblick lang nicht aufgepasst hatte.

Sie schlugen einen weiten Bogen um den schwarz-silbernen Stamm.

Einmal mussten sie stehenbleiben, als ein Buna-Schweber mit langen Tentakeln an ihnen vorbeizog. Während sie warteten, stieß der Schweber einen langen zischenden Pfiff aus und ließ sich tiefer sinken. Vielleicht wollte er sein Glück auf der Vierten Etage versuchen, wo es mehr Buschäcker gab.

Born war hinter einem Baumstamm hervorgetreten und wollte gerade seinen Umhang ablegen, als über ihnen ein Kreischen ertönte, das laut genug war, um ein Pfeffermall zum Zerspringen zu bringen, lauter als das Heulen eines Schollakee auf der Jagd. Der Schrei kam so plötzlich und war so überwältigend, dass der normalerweise nicht aus seiner Ruhe zu bringende Ru'Umahum unwillkürlich Kampfstellung bezog, das heißt sich, trotz des Grasers auf seinem Rücken, gegen den nächsten Stamm presste und die Vorderpfoten mit ausgestreckten Klauen hob.

Der Schrei ging in ein Stöhnen über, und dann war plötzlich ein überwältigendes, erschreckendes Krachen und Brechen zu hören. Selbst der wuchtige Arm des nächsten Säulenbaumes erbebte; sogar der Ast, auf dem sie standen, zitterte noch heftig.

Ru'Umahum konnte sich, dank seiner überlegenen Kraft, festhalten, aber Born war nicht so standsicher. Er fiel ein paar Meter tief, brach hilflos rudernd durch eine Anzahl, keinen Halt bietender, Blattgewächse, bis er auf Widerstand traf. Fast wäre er weiter gestürzt, hätte er nicht rechtzeitig beide Arme um den steifen Fom klammern können.

Das Vibrieren endete abrupt, und er konnte sich auch mit den Beinen daran festhalten.

Bis ins Mark erschüttert richtete er sich auf. Er hatte sich anscheinend nichts gebrochen, alles funktionierte noch. Aber sein Bläser war verschwunden; dessen Band war gerissen, und so war er in die Tiefe gefallen. Das war ein schlimmer Verlust.

Die krachenden und brechenden Geräusche wurden leiser und hörten schließlich ganz auf. Born bildete sich ein, bei seinem Sturz in der Ferne eine unglaublich große Masse von etwas Blauem, Glänzendem gesehen zu haben. Es war ebenso schnell wieder vorbei gewesen, und jetzt war in dem grünen Dschungel nichts mehr davon auszumachen.

Schnüffler und Orbiolen kamen aus ihren Verstecken, riefen prüfend ins Dickicht. Dann schlossen sich Buschäcker, Blumenkits und ihre Verwandten an - und schon nach wenigen Minuten erklang um sie herum wieder die vertraute Sinfonie des Urwaldes.

»Etwas geschehen«, meinte Ru'Umahum leise.

»Allerdings... Etwas Außergewöhnliches! Ich glaube, ich habe es erblickt.« Born strengte seine Augen noch mehr an, sah aber nur Vertrautes. »Du auch? Etwas Riesiges, Blaues, Glänzendes.«

Ru'Umahum fixierte sein Gegenüber: »Nichts gesehen. Dachte echt, ich fahre in Hölle hinab! Mich konzentriert, hier bleiben, toter Graser mich herunterziehen. Keine Zeit für Neugier.«

»Du hast Dich besser gehalten als ich, Alter«, räumte Born ein, während er wieder zu dem Pelziger hinaufkletterte. Er zog prüfend an einer Liane, stellte fest, dass sie sein Gewicht trug, und wollte sich in Richtung auf die mörderischen Geräusche entfernen. »Ich glaube, wir sollten besser...«

»Nicht!«

Als er sich umblickte, sah er, wie der Pelziger seinen großen Kopf gesenkt hatte und ihn langsam, in Imitation der menschlichen Verneinungsgeste, von einer Seite zur anderen schwenkte. Drei Augen blickten zu dem Weg, den sie gekommen waren.
»Bis jetzt wir glücklich, Born Mensch. Bald andere toten Graser auf meinem Rücken riechen. Wir kämpfen müssen jeden Schritt. Zuerst Heimgehen. Dieses andere...«, sein Kopf deutete in Richtung auf die Quelle der Ursache des

Ungeheuerlichen, »...ich zuerst mit meinen Brüdern sprechen, die solche Dinge vielleicht kennen.«

Born stand auf der hölzernen Brücke und dachte nach. Seine große Neugierde, seine »Verrücktheit«, wenn man seinen Stammesgenossen glaubte, zog ihn förmlich zum Ursprung der Geräusche, so drohend sie auch geklungen haben mochten. Aber dann behielt die Vernunft die Oberhand. Ru'Umahum und er hatten vieles auf sich genommen, um den Graser zu töten und bis hierher zu schleppen. Jetzt zu riskieren, dass sie ihn, ohne wirklich guten Grund, verloren, wäre in der Tat unklug.
»Okay, Rúma, Du hast wohl ganz Recht...« Er sprang auf den größeren Ast und ging wieder in Richtung auf das Dorf. Ein letzter Blick, den er nach hinten warf, zeigte ihm nur Grün, keine unnatürliche Bewegung.
»Aber sobald wir das Fleisch heimgebracht haben, komme ich zurück, um herauszufinden, was das war, ob Du, oder ein anderer, nun mitkommst oder nicht.«

»Ich keinen Zweifel«, erwiderte Ru'Umahum wissend.

3 - Im Dorf

Sie erreichten die Sperre vor Einbruch der Dunkelheit.

Vor ihnen schien die Dschungelwelt die Gestalt eines einzigen Baumes anzunehmen - seinem Heim.

Nur die Säulen selbst waren größer - und der Heimbaum war ein Baum von monströsen Ausmaßen. Breite, verschlungene Äste und Zweige erstreckten sich nach allen Richtungen. In den Baum verschlungen wuchsen Luftbäume, Kabbls und Lianen. Born registrierte befriedigt, dass auf dem Heimbaum nur Pflanzen wuchsen, die entweder unschädlich oder ihm nützlich waren.
Seine Leute sorgten gut für den Heimbaum; und der Heimbaum, in symbiontischer Fürsorge, seinerseits für sie.
Die Eigenschlingpflanzen waren von rosa Blüten gesäumt, mit Pollensäcken, die wie Kugeln in ihnen ruhten. Diese Säcke glichen den gelben Tanksamen, welche die Bläser zu solch gefährlichen, tödlichen Waffen machten - nur, dass sie viel feinfühliger waren. Die leiseste Berührung der empfindlichen rosa Oberfläche würde die papierdünne Haut platzen lassen und eine Staubwolke in die Luft jagen, die jedes Lebewesen sofort tötete, das den Staub einatmete - sei es nun durch Nase, Mund oder Hautpore.

Die Lianen umschlangen den Baum in der Mitte der Dritten Etage - der Dorf-Etage - und bildeten ein schützendes Netz tödlicher Seile.
Born ging auf die nächste Blüte zu, bückte sich vorsichtig, und spuckte sie direkt an - wobei er darauf bedacht war, nicht den Pollensack zu treffen. Die Blüte zitterte, aber der Sack platzte nicht. Die mimosenhaften, rosafarbenen Blütenblätter schlossen sich und kurz darauf begannen die Schlingpflanzen

sich zu kräuseln, sich zu spannen wie Klettertriebe, die sich festkrallen wollen.

Jetzt lag der Weg vor Born und Ru'Umahum frei; wenn auch die Pflanzenwand sich schnell, fast gleich darauf, wieder schloss - kaum, dass sie jene passiert hatten. Die Blüte, in die Born gespuckt hatte, öffnete erneut ihre Blätter, um das letzte Licht des Abends zu trinken.
Ein beiläufiger Beobachter hätte feststellen können, dass Borns Speichel verschwunden war. Einem Chemiker wäre aufgefallen, dass er geradezu *absorbiert* worden war. Ein brillanter Wissenschaftler hätte vielleicht entdeckt, dass er nicht nur absorbiert worden war - nein, er war zudem analysiert und identifiziert worden!

Doch Born wusste nur, wie man in die Blüte spucken musste, um vom Heimbaum als Freund erkannt zu werden.
Während er auf das eigentliche Dorf zuging, versuchte er vergnügt zu pfeifen. Aber das Lied wollte nicht zustande kommen. Seine Gedanken waren immer noch mit dem geheimnisvollen blauen Ding befasst, das in den Dschungel gestürzt war.

Es kam nur ganz selten vor, dass einer der größeren Luftbäume massiger wuchs, als seine Wurzeln dies zuließen und dann abstürzte und Schlingpflanzen und andere Gewächse mit sich in die Tiefe riss. Aber Born hatte noch nie ein solches Zersplittern von Holz gehört. Dieses Ding war viel schwerer gewesen als jeder Luftbaum. Das wusste er - allein wegen der Geschwindigkeit, mit der es gestürzt war.

Und dann war da noch dieser halb vertraute, seltsame bleiblaue Schimmer gewesen...
Seine Gedanken waren nicht bei seinem erwarteten Triumph, als er das Dorfzentrum betrat. Hier spaltete sich der mächtige Stamm des Heimbaumes in ein Geflecht kleinerer Unterstämme und Äste, bildete ein ineinander verschlungenes

33

Netz aus Holz um einen freien Raum in der Mitte, ehe die einzelnen Nebenstämme und Ausläufer sich, hoch oben, wieder miteinander verbanden, um erneut einen einzigen sich verjüngenden Stamm zu bilden, der noch gute sechzig Meter weiter himmelwärts stieg.

Die Dorfbewohner hatten mit Schlingpflanzen, Pflanzenfasern und Tierhäuten einzelne Abschnitte dieser Stämme miteinander verbunden, sodass Räume und hüttenähnliche Behausungen mit Dächern entstanden waren, die von Wind und Regen nicht durchdrungen werden konnten.

Als Nahrung bot der Heimbaum an Blumenkohl erinnernde Früchte, die wie Heidelbeeren schmeckten und manchmal sogar im Inneren der abgeschlossenen Räume wuchsen.
In den Häusern und unter dem Baldachin auf dem Platz in der Mitte gab es kleine versengte Stellen. Diese winzigen Brandstellen schadeten dem riesigen Gewächs nicht. Außerdem besaß jedes Haus auch eine Grube, die in das Holz selbst eingefurcht war. Hier statteten die Bewohner des Baumes viele Male am Tag ihren Dank für den Schutz und das Dach, welches der Baum ihnen bot, ab und mischten ihre Gaben mit einem Brei aus toten, fleischigen Pflanzen, die sie zu diesem Zweck gesammelt hatten.
Dieser Brei diente auch dazu, die Gerüche zu vertilgen. Wenn die Gruben voll waren, säuberte man sie. Die trockenen Überreste wurden in die Tiefen geworfen, damit man die Gruben wieder aufs Neue gebrauchen konnte. Der Baum nahm dieses Opfer mit großer Geschwindigkeit und einzigartiger Effizienz an und absorbierte es.
Der Heimbaum war die größte Segnung des Waldes, die Borns Ahnen zuteilwerden konnte. Man entdeckte seine Einzigartigkeit zu einem Zeitpunkt, als es schon den Anschein hatte, auch die letzten überlebenden Kolonisten würden bald zugrunde gehen. Damals machte sich niemand Gedanken, weshalb sich ein Gewächs, welches vom eingeborenen Leben

nicht benutzt wurde, *fremden* Eindringlingen so gewogen zeigen sollte. Als die menschliche Bevölkerung gerettet schien, schickte man Späher aus, um andere Heimbäume zu finden und dort neue Stämme zu gründen. Aber in den Jahren seit Borns Urururururgroßvater sich in diesem Baum niedergelassen hatte, war die Verbindung zu den anderen Stämmen zuerst schwächer geworden und dann ganz abgerissen. Niemand machte sich die Mühe, solche Kontakte wieder herzustellen, oder dachte auch nur darüber nach. Sie waren voll und ganz damit beschäftigt, in einer Welt zu überleben, in der es von alptraumhaften Manifestationen des Todes und der Vernichtung nur so wimmelte..!

»Born ist wieder da..., schaut doch, Born ist zurückgekehrt..., Born, Born!«

Ein kleines Grüppchen sammelte sich um ihn, begrüßte ihn vergnügt, aber es waren ausschließlich Kinder. Eines davon besaß die Frechheit, an seinem Umhang zu zerren, ohne Respekt, wie er einem zurückkehrenden Jäger gebührte. Er sah hinunter und erkannte den Waisenjungen Din, für den die ganze Dorfgemeinschaft sorgte.
Etwas, das einen einzigen schrecklichen, hustenden Laut ausgestoßen hatte und dann wieder im Wald verschwunden war, hatte seine Mutter und seinen Vater dahingerafft, als sie beim Früchtesammeln waren. Die anderen der Gruppe waren schreckerfüllt geflohen und hatten, als sie später zurückkehrten, nur noch die Werkzeuge der beiden Vermissten vorgefunden. Sonst hatte man nie wieder eine Spur von ihnen gesehen.

Also übernahm es die ganze Dorfgemeinschaft, den nun verwaisten Knaben aufzuziehen. Aus Gründen, die keiner kannte (am allerwenigsten Born), hatte der Junge sich *ihm* angeschlossen. Der Jäger konnte den Jungen nicht von sich stoßen. Es war ein Gesetz. Ein Gesetz, das dem Überleben diente, dass ein freies Kind sich jeden Beliebigen zum Ziehvater oder zur Ziehmutter erwählen durfte.

Wie sich freilich jemand den »verrückten Born« aussuchen konnte...

»Nein, Du kannst den Graserpelz nicht haben«, wehrte Born ab und schob den Jungen sanft von sich. Din war mit dreizehn kein Kind mehr. Es war also nicht mehr so leicht, ihn zur Seite zu drücken.
Hinter dem Waisenknaben rollte ein Pelzknäuel einher - noch nicht ganz so groß wie Din. Das Pelzigerjunge Muf stolperte bei jedem dritten Schritt über seine eigenen Stummelbeine. Als es zum dritten Mal strauchelte, legte es sich mitten im Dorf schlafen; das war die beste Lösung des Problems.

Ru'Umahum musterte das Junge und brummte missbilligend. Aber er konnte es ihm nachfühlen: Er selbst empfand Schläfrigkeit. Es war Zeit für ein ausgedehntes Nickerchen.

Born ging nicht unmittelbar auf seine Unterkunft zu, sondern steuerte eine andere an.

»Gehéle!«

Grüne Augen, so grün wie sonnenbeschienene, dunkle Blätter, spähten heraus, und dann folgte ihnen Gesicht und Körper einer Waldnymphe; schlank wie ein Kätzchen. Sie ergriff seine beiden Hände.
»Schön, dass Du zurück bist, Born. Alle haben sich Sorgen gemacht. Ich... war *sehr* besorgt...«

»Besorgt?«, antwortete er herablassend. »Wegen eines kleinen Grasers?« Er machte eine weit ausholende Handbewegung in Richtung des Kadavers.

Ru'Umahum war wütend - angefüllt mit unfreundlichen Gedanken über Menschen, die sich zuerst mit Frivolitäten befassten und erst dann das Wohlergehen ihrer Pelziger im Auge hatten.

Gehéle starrte den Graser an und ihre Augen wurden so groß wie Rubinartblüten. Sie runzelte unsicher die Stirn. »Aber Born, das kann ich doch nicht alles essen?«

Borns Lachen klang etwas gezwungen. »Du kannst von dem Fleisch haben, was Du brauchst, und Deine Eltern auch. Allein, das Fell gehört natürlich Dir.«

Gehéle war das schönste Mädchen im Dorf; indes, manchmal ertappte Born sich dabei, wie er recht unfreundlich über ihre anderen »Qualitäten« dachte. Aber dann musste er wieder an ihre dünnen Blattlederhüllen denken, und er vergaß alles weitere.

»Du lachst mich aus«, protestierte sie verärgert. »Du sollst mich nicht auslachen!«

Ganz das Gegenteil damit erreichend, reizte ihn das nur noch mehr.

»Losting«, erklärte sie würdevoll, denn sie wusste wie begehrt sie war, »lacht mich nie aus.«

Das brachte ihn schnell zum Schweigen.
»Wen interessiert es denn, was Losting tut?«, forderte er sie heraus.

»Mich interessiert es.«

»Hmm..., nun gut.« Etwas schien plötzlich schief zu laufen. Die Dinge entwickelten sich nicht so, wie er es sich vorgestellt, wie er es geplant hatte. Aber irgendwie war das immer dasselbe.
Er sah sich in dem schweigenden Dorf um. Einige der älteren Leute hatten ihn aus ihren Häusern beobachtet, als er zurückgekehrt war. Jetzt, da der Reiz des Neuen vorbei war,

37

wandten sie sich wieder ihren Haushaltspflichten zu. Die meisten Erwachsenen waren selbstverständlich unterwegs auf der Jagd; beim Sammeln von Früchten, oder damit beschäftigt, den Heimbaum von Parasiten freizuhalten.

Die erwartete Bewunderung seiner Person hatte sich, aus unerfindlichen Gründen, nicht entwickelt. Er hatte also sein Leben riskiert, um zu ein paar neugierigen Kindern zurückzukehren - und einer Gehéle, die ihm gegenüber gleichgültig war. Seine anfängliche Euphorie verflog.
»Ich werde Dir jedenfalls den Pelz saubermachen«, brummte er. »Komm, Rúma.« Born wandte sich ab und ging verärgert zum anderen Ende des Dorfes.

Hinter ihm vollzogen sich im Gesicht Gehéles ein paar Veränderungen, die ein breites Spektrum von Gefühlen offenbarten. Dann drehte sie sich um und ging ins Haus ihrer Eltern zurück.

Ru'Umahum schnaubte erleichtert, als schließlich das Gewicht von seinem Rücken genommen wurde und er sich wieder frei bewegen konnte. Gleich darauf stapfte er zu seiner Ecke in der relativ geräumigen Behausung, legte sich nieder und entschwand in jene Region, die alle Pelziger am meisten liebten.
Halblaut vor sich hin murmelnd packte Born seinen Jägergürtel aus, nahm den Umhang ab und machte sich an die Arbeit, den Graser zuzubereiten. Dabei ging er so wütend mit dem Knochen-Kürschnermesser um, dass er ein paarmal beinahe das Fell verdorben hätte. Als nächstes kam die Fettschicht unter der Haut. Es war nicht leicht, den Kadaver zu bewegen, aber Born schaffte es, ohne Ru'Umahum wecken zu müssen.

Das Fett wanderte in einen hölzernen Trog. Später würde es geschmolzen und zu Kerzen verarbeitet werden. Jetzt hatte er endlich die Fleischschicht erreicht und schnitt große Stücke davon ab, die man trocknen und aufbewahren würde. Die Innereien und sonstigen nicht essbaren Teile wanderten in die Grube hinten im Raum. Nach getaner Arbeit deckte er sie mit der fertigen Mulchmixtur ab und fügte Wasser aus einer hölzernen Zisterne hinzu. Der Heimbaum würde zufrieden sein.

Den hohlen Rückenknochen und die mächtigen gebogenen Rippen löste er voneinander, säuberte sie und trug sie hinaus, damit die Sonne sie trocknete. Aus den dicken Knochen würde man Werkzeuge, Gebrauchsgegenstände und Schmuck anfertigen. Die Zähne waren wertlos; man konnte sie nicht tragen, im Gegensatz zu denen des Brüters, den Losting erlegt hatte. Er würde sich aus diesen flachen Mahlzähnen keines der Halsbänder machen können, die man bei Zeremonien trug. Aber gut essen würde er.
Sobald der Graser auf seine nützlichen Bestandteile reduziert war, säuberte sich Born Hände und Arme, ging in eine Ecke seines Zimmers und schob einen Vorhang aus gewebten Pflanzenfasern beiseite. Er wühlte dahinter herum und fand seinen zweiten Bläser. Er würde sich jetzt wieder ein Ersatzstück beschaffen müssen.

Born überlegte.
Jelum würde ihm einen machen können. Seine Hände waren bei der Bearbeitung des grünen Holzes viel geschickter als die seinen und auch schneller. Er lächelte säuerlich. Für den neuen Bläser würde er den größten Teil des Grasers abtreten müssen, aber dennoch würde er eine ganze Weile zu essen haben.
Jelum, der nicht auf die Jagd ging und zwei Kinder und eine Frau hatte, würde für das Fleisch dankbar sein.

»Ich geh zu Jelum, dem Schnitzer, Rúma. Ich...«

Aus der Ecke des Pelzigers kam nur ein langgezogenes leises Fiepen. Born stieß ein Schimpfwort aus. Anscheinend interessierte sich überhaupt niemand dafür, ob er nun lebte oder tot war. Er schob den Blattledervorhang beiseite und stapfte zu Jelums Behausung hinüber.

Den Rest des Tages verbrachte er zum größten Teil damit, den Handel perfekt zu machen. Am Ende erklärte Jelum sich bereit, für drei Viertel des Graserfleisches und das ganze Skelett einen neuen Bläser anzufertigen. Normalerweise wäre Born nicht so hoch gegangen. Es hatte ihn sechs Tage gekostet, den Graser zu erlegen, und dabei war er ein ungewöhnlich hohes Risiko eingegangen. Aber er war müde und von dem gleichgültigen Empfang enttäuscht; besonders Gehéle verwirrte ihn. Außerdem zeigte Jelum ihm ein ausgezeichnetes Stück aus grünem Holzrohr, an manchen Stellen fast blau, das er zum Bau der Waffe verwenden würde. Es würde einen ausnehmend guten Bläser ergeben. Er wurde also keineswegs betrogen - aber er machte auch nicht gerade ein *gutes* Geschäft...

Anschließend kletterte er alleine in die oberen Bereiche des Dorfes, in eine Höhe, wo die Einzelstämme sich wieder zu einem einzigen großen Stamm vereinigten. Von diesem Plateau aus konnte er auf die Siedlung hinunterblicken und hinaus in den Dschungel.

Das Dorfzentrum war der größte freie Platz, den er in seinem ganzen Leben je gesehen hatte - abgesehen von der Oberen Hölle natürlich...

Hier konnte er sich entspannen und die Welt studieren, ohne einen Angriff befürchten zu müssen. Während er so dasaß, landete ein Glasblitzer neben einer rosafarbenen Lianenblüte. Rote und blaue Flügel, in denen sich das Licht der Sonne brach, bewegten sich träge.

Dies war einer der Gründe, warum manche Leute im Dorf Born ein wenig verrückt nannten. Nur **er** brachte es fertig, dazusitzen und seine Zeit zu »vergeuden«, indem er sinnend Glasblitzer und Blumen beobachtete, die man weder essen konnte, noch zu sonst etwas »nütze« waren.

Born wusste selbst nicht, weshalb er solche Dinge tat, aber irgendetwas in ihm fühlte sich dabei wohl. Wohlig und warm. Er würde alles lernen, was es zu wissen gab.

Leser, der Schamane, hatte häufig versucht, den »Dämonen« auszutreiben, der Born zu solcher Verschwendung trieb, aber ebenso oft war es ihm misslungen. Born hatte sich nur auf Drängen des besorgten Häuptlingspaars, Sand und Joyla, dieser Behandlung unterzogen. Am Ende hatte Leser aufgegeben und erklärt, Borns Krankheit sei unheilbar. Und alle waren sich einig, dass man Born, solange er niemandem schadete, auch in Frieden lassen durfte. Alle meinten es gut mit ihm.
Alle..., mit Ausnahme von Losting.

Aber Lostings Abneigung hatte ihren Ursprung nicht in Borns Besonderheiten, sondern in einer seiner fixen Ideen.

Ein Tropfen lauwarmen Regens traf Born auf der Stirn und rann an seinem Gesicht hinunter. Ein weiterer folgte und dann noch einer. Es war Zeit, sich der Ratsversammlung anzuschließen.
Er kletterte ins Dorf zurück. Das Feuer war in der Mitte des Platzes an der Stelle angezündet worden, die von vielen solchen Feuern zäh und schwarz gebrannt war. Ein weitläufiger Baldachin aus gewebtem Blattleder hielt den Regen fern; ein Dach, das sämtlichen Dorfbewohnern Schutz bot, so groß war es. Die meisten hatten sich bereits versammelt - an ihrer Spitze Sand, Joyla und Leser.
Als er sich durch den jetzt stetigen Regen nach unten arbeitete, entdeckte er Losting. Born reihte sich zwischen den Männern gegenüber seinem Rivalen ein. Offenbar hatte Losting von Borns Rückkehr gehört und auch davon, dass er Gehéle das Graserfell angeboten hatte, denn er funkelte ihn noch giftiger als sonst über das Feuer hinweg an.

Born lächelte freundlich zurück.

41

Das gleichmäßige Plätschern des warmen Regens auf das Blattleder und das Glucksen der in die Tiefe rinnenden Tropfen bildeten einen Kontrapunkt zu den Geräuschen der versammelten Menschen. Hin und wieder lachte ein Kind, um gleich darauf von seinen Eltern zum Schweigen gebracht zu werden.

Sand hob den Arm, um sich die nötige Aufmerksamkeit zu verschaffen.

Daneben tat es Joyla ihm gleich. Die Leute verstummten.

Sand, der nie groß gewesen war (er war etwa von gleicher Statur wie Born), erschien jetzt, vom Alter gebeugt und geschrumpft, noch kleiner. Dennoch war sein Äußeres immer noch eindrucksvoll. Er war wie eine verwitterte, alte Uhr, die all ihre Zeit geduldig damit verbracht hatte, feierlich zu ticken, die aber im richtigen Augenblick immer noch erstaunlich laut und klar die Stunde schlug.

»Die Jagd war gut«, vermeldete jemand.

»Die Jagd war gut«, hallte es aus der Versammlung befriedigt zurück.

»Das Sammeln war gut«, tönte Sand.

»Das Sammeln war gut«, pflichtete der Chor ihm bei.

»Alle, die das letzte Mal hier waren, sind jetzt wieder da«, stellte Sand fest und sah sich im Kreise um. »Der Saft rinnt kräftig im Heimbaum.«

Und eine der Frauen im Kreis verkündete: »Der Samen von Moran und Nohi reift. Ein Monat noch und sie wird gebären.«

Sand und alle anderen nickten oder raunten zustimmend.

Weit über ihnen hallte der Donner, ließ die Schluchten zwischen den Bäumen erzittern und rollte von den Klippen aus

Chlorophyll ab. Währenddem vollzog sich in der Siedlung die abendliche Litanei:

Wie viele und welche Arten von Früchten und Nüssen gesammelt, wieviel und welcher Art Fleisch erjagt und zubereitet worden war; was jedes Mitglied des Stammes an diesem, jetzt zu Ende gegangenen Tage, erlebt und geleistet hatte. Ein bewunderndes Raunen erhob sich in der Menge, als Born verkündete, dass er einen Graser erlegt habe, aber es war nicht sooo laut, wie er es sich gewünscht hätte. Er hatte nicht berücksichtigt, dass es etwas anderes gab, was alle viel mehr beschäftigte.

Leser brachte es zur Sprache.

»An diesem Nachmittag«, begann er und fuchtelte mit dem Totem seines Amtes, der »Heiligen Axt«, herum, »kam etwas aus der Oberen Hölle in die Welt. Etwas so Gigantisches, dass es unsere Vorstellungen übersteigt...«

»Nein, nicht sooo groß«, unterbrach ihn Joyla. »Es muss angenommen werden, dass die Säulen größer sind.«

Stimmen erhoben sich beipflichtend.

»Wohl überlegt, Joyla«, räumte Leser ein. »Dann eben etwas, dessen Gewicht alle Vorstellung übersteigt, selbst wenn man sich seine Größe vorstellen könnte.«

Als Joyla diesmal stumm blieb, nickte er befriedigt. »Es trat nordwestlich des Sturmtreters in die Welt und zog weiter in die Untere Hölle. Vielleicht war es ein Bewohner jener Hölle, der seine Vettern in der Oberen Hölle besuchte und jetzt in seine Heimat zurückgekehrt ist.«

»Täuschen wir uns nicht vielleicht hinsichtlich der Dämonen der Oberen Hölle?«, fragte jemand aus der Menge. »Kann es nicht sein, dass sie in Wahrheit ebenso groß werden können wie jene unten? Wir wissen nur wenig von beiden Höllen.«

»Und ich zumindest«, warf ein anderer ein, »empfinde auch gar nicht den Wunsch, mehr zu erfahren!«

Beifälliges Gelächter ertönte.

»Dennoch«, beharrte der Schamane und deutete mit seiner Axt auf den Mann, der sich seiner Unwissenheit gebrüstet hatte, »hat es dieser Dämon vorgezogen in unserer Nähe abzusteigen. Was wäre zum Beispiel, wenn er nicht in sein Heim in der Tiefe zurückkehrte und ein anderes Ansinnen ihn antrieb..?! Seit seinem Eintreffen hat er keinen Laut mehr von sich gegeben, sich nicht bewegt. Wenn er in unserer Nähe bleibt... - wer weiß, was seine heimtückischen Absichten sein mögen und was er weiter zu tun beabsichtigt..?«

Die Menge begann unruhig zu werden.

»Es besteht die Möglichkeit, dass er tot ist. Das wäre übrigens das Beste für uns alle... Zweifellos wäre es interessant, einen toten Dämon zu besichtigen, aber noch viel wertvoller wäre soviel Fleisch.«

»Es sei denn, seine Verwandten kommen, um seine Leiche zu bergen«, rief jemand, »und in dem Falle wäre ich lieber in weiter Ferne!«

Wieder quittierte die Versammlung die Bemerkung mit zustimmenden Lauten und Gesten.

Hoch über ihnen dröhnte der Donner. Zu seiner eigenen Überraschung stellte Born plötzlich fest, dass er aufgesprungen war und das Wort ergriff: »Ich glaube nicht, dass es ein Dämon war.«

Alle Augen wandten sich ihm zu. Plötzlich war ihm nicht mehr wohl in seiner Haut, aber jetzt konnte er nicht mehr zurück.

»Mit welcher Begründung wolltest Du Deine Mutmaßung untermauern? Hast Du das Ding etwa gesehen?!«, fragte

44

Leser schließlich, nachdem er sich von Borns unerwartetem Ausbruch erholt hatte. »Du hast nichts davon erwähnt - keinem gegenüber...«

Born zuckte die Achseln, versuchte gleichmütig zu wirken. »Keiner hatte es eilig, mich danach zu fragen.«

»Wenn das kein Dämon war, dieses Ding, von dem Du behauptest, dass Du es gesehen hast - was sollte es denn sonst gewesen sein, he..?«, fragte Losting argwöhnisch.

Born zögerte. »Ich weiß nicht. Ich habe es nur ganz kurz wahrgenommen, als es, rasend schnell, durch die Welt fiel. Aber erblickt habe ich es - in der Tat!«

Losting setzte sich wieder hin und ließ seine Muskeln im Feuerschein spielen. Dann grinste er die Leute an, die um ihn herumsaßen.

»Komm, Born«, drängte Joyla, »entweder hast Du..., das Ding gesehen oder nicht.«

»Aber das ist es ja gerade«, protestierte er. »Ich stürzte gerade. Ich habe es gesehen und doch nicht so richtig... Als die krachenden Geräusche und das Zittern der Welt um mich ihren Höhepunkt erreichten, sah ich zwischen den Bäumen etwas Tiefblaues aufblitzen. Ganz blau war es, wie eine Asanis.«

»Vielleicht ist es das auch, was Du gesehen hast, eine treibende Asanisblüte«, spottete Losting und griente höhnisch.

»Quatsch! Ich bin doch nicht blöd!« Born wirbelte herum und funkelte seinen Rivalen an. »Die Farbe war bläulich - aber *leuchtend*; tiefgraublau und zu..., zu scharf konturiert... Hmm... Es hat das Licht reflektiert.«

»Das Licht reflektiert?«, echote Leser zweifelnd. »Wie kann das sein?«

Wie das sein konnte? Alle starrten ihn an und wollten halbwegs glauben, dass er etwas gesehen hatte, das kein Dämon war. Er mühte sich ab, jene Sekunden des Fallens ins Gedächtnis zurückzurufen, jenen kurzen Blick auf das fremdartige Blau zwischen den Ästen. Es fing das Licht auf, wie ein Asanisblatt - nein, eher wie sein Messer, wenn es poliert war. Verzweifelt suchte er nach einem Vergleich.

»Metallisch - wie die Axt!«, platzte es dann aus ihm heraus, und er wies dramatisch auf die Waffe, die der Schamane in der Hand hielt. »Wie die Axt hat es ausgesehen!«

Alle Blicke wanderten automatisch zu der Heiligen Waffe, auch der von Leser. Einige lachten unverhohlen. Nichts auf Mittel-Welt war wie die Axt.

»Vielleicht täuschst Du Dich, Born...«, meinte Sand nicht unfreundlich. »Du sagtest ja, es sei sehr schnell geschehen. Und Du bist gestürzt, als Du es sahst.«

»Ich weiß es ganz bestimmt... Wie die Axt!« Er wünschte, er wäre so sicher, wie er vorgab, aber jetzt konnte er nicht mehr zurück. Nicht, wenn er nicht riskieren wollte, wie ein Narr dazustehen.
»Jedenfalls«, hörte er sich zu seiner eigenen Verblüffung betonen, »lässt sich das ja ganz leicht beweisen..! Wir brauchen nur hinzugehen und nachzusehen.«

Das Murmeln der Menge wurde lauter, aber jetzt war das kein Spott mehr, eher Schrecken und Bestürzung.

»Born«, begann der Häuptling geduldig, »wir wissen nicht, was dieses Ding ist oder wohin es gefallen ist. Vielleicht ist es bereits in die Tiefen zurückgekehrt, aus denen es wahrscheinlich kam. Lass es dort.«

»Aber wenn wir es doch nicht wissen«, wandte Born ein, stand auf und ging näher ans Feuer. »Vielleicht ist es nicht zurückgekehrt. Vielleicht ist es nur ein oder zwei Etagen unter uns zum Stillstand gekommen; schläft, wartet, bis es die Witterung unseres Heimbaumes aufnimmt und kommt hierher uns alle zu vernichten oder - einen nach dem anderen - des Nachts zu holen. Wenn es ein solches Ungeheuer ist, dann wäre es besser, wir kämen ihm zuvor und erschlagen es im Schlafe.«

Sand nickte langsam und sah sich in der Runde um. »Also gut. Wer will mit Born gehen, um die Spur dieses Dämons zu suchen?«

Born wandte sich um und sah die Jäger seines Dorfes an, bat sie stumm um ihre Hilfe. Langes Schweigen, ablehnende Blicke; dann plötzlich eine Reaktion von jemandem, mit dem er nicht gerechnet hatte.

»Ich komme mit«, verkündete Losting. Er stand auf und starrte Born selbstgefällig an, als wollte er sagen: »Wenn Du vor diesem Ding keine Angst hast, dann gibt es dort gar nichts, vor dem man Angst haben könnte«.

Born wich dem Blick aus.
Nach einigem Zögern schlossen sich, etwas widerstrebend, der Jäger Drawn und die Zwillinge Talltree und Tailing an. Am Ende hätten die anderen Jäger auch nachgegeben und sich gemeldet, aus Angst, feige zu erscheinen, aber Leser hob die Axt.

»Genug. Ich gehe auch mit, obwohl ich dagegen bin. Es geziemt sich nicht, dass Menschen einen der Verdammten aufsuchen, ohne jemanden bei sich zu haben, der die Verdammten kennt.«

»Recht so, Schamane«, bestätigte jemand Leser in seinem Entschluss.

Das Lachen, das darauf folgte, wirkte erlösend, lockerte das Feierliche der Versammlung.

Sand legte die Hand über den Mund, um ein unhäuptlingshaftes Lachen zu überdecken. »Jetzt lasset uns beten«, dröhnte er würdevoll, »dass jene, die den Dämonen suchen gehen, ihn krank und schwach vorfinden oder ihn gar nicht finden, unversehrt und gesund zu uns zurückkehren.«
Er hob beide Hände, senkte den Kopf und begann einen Gesang.
Kein irdischer Theologe hätte jene Hymne erkannt. Kein Pfarrer, Priester, Rabbiner oder Hexendoktor hätte seine Herkunft identifizieren können, wohl aber jeder Bioingenieur - jedoch hätte niemand erklären können, weshalb gerade dieser Singsang, hier, unter dem rumorenden Nachthimmel und dem Baldachin aus Blattleder, so wirksam schien...

*

Drei Augen glühten wie heiße Kohlen und spiegelten den Tanz des in der Ferne flackernden Feuers wider. Ru'Umahum lag in einer Astbeuge und starrte zweifelnd auf die versammelten Menschen hinunter. Seine Schnauze lag auf seinen gekreuzten Vorderpfoten. Jetzt war ein unsicheres Kratzen an dem Ast zu hören. Im nächsten Augenblick krachte ein Bündel aus Pelz und Fleisch in seine Flanke. Er knurrte gereizt und blickte sich um. Es war das Junge, das sich dem verwaisten Menschenkind Din angeschlossen hatte.

»Alter«, fragte Muf leise, »warum ruhst Du nicht wie die anderen Brüder?«

Ru'Umahums Blick wanderte wieder zu dem fernen Baldachin und dann zurück zu den singenden Menschen.
»Ich studiere Menschen«, murmelte er. »Geh schlafen, Junges.«

Muf überlegte, kroch dann aber sogar noch näher an den ausgewachsenen Pelziger heran und starrte ebenfalls auf das Feuer hinunter. Nach einer Weile blickte er fragend auf. »Was machen die?«

»Das weiß ich auch nicht genau«, erwiderte Ru'Umahum. »Ich glaube, auf ihre Art versuchen sie den Brüdern gleich zu werden..., wie wir...«

»Wir? Wie wir..?« Muf schnaubte komisch im Regen und setzte sich auf seine Hinterpfoten. »Aber ich dachte immer, wir versuchen den Menschen gleich zu werden?«

»Ha..! Das glauben viele... Und jetzt geh schlafen!«

»Bitte, Alter, ich bin verwirrt. Wenn der Mensch versucht, uns gleich zu werden, und wir versuchen, dem Menschen gleich zu werden - wer hat dann recht?«

»Du stellst viele Fragen, Junges; Fragen, die Du noch nicht recht begreifst. Wie kannst Du Dir einbilden, dass Du die Antwort verstehen würdest? Die Antwort ist..., das, was gesucht wird, ein Treffen, eine Verbindung, ein ineinander verwobenes Netz...«

»Ich verstehe«, flüsterte Muf, der überhaupt nichts verstand. »Und was wird geschehen, wenn das erreicht ist?«

»Ich weiß nicht«, erwiderte Ru'Umahum und sah wieder zum Feuer hinunter. »Keiner der Brüder weiß es, aber wir suchen es jedenfalls. Außerdem findet der Mensch uns interessant und nützlich und hält sich für den Meister. Die Brüder finden den Menschen nützlich und interessant, und es ist ihnen gleichgültig, *wer* ›Meister‹ ist. Der Mensch glaubt, diese Beziehung zu verstehen. Wir wissen, dass wir sie nicht verstehen.
Und um diese befriedigte Ignoranz beneiden wir ihn.«

Er machte eine Kopfbewegung zu den versammelten Dörflern in der Tiefe. »Vielleicht werden wir es nie begreifen - aber die Offenbarung wird nie *versprochen*, sondern als *Hoffnung* gegeben.«

»Aha... Ich verstehe«, gab das Junge von sich und verstand - weit davon entfernt - noch weniger. Mühsam rappelte es sich auf und wandte sich zum Gehen, blieb dann aber noch einmal stehen. »Alter, eine Frage noch.«

»Ja..? Was denn..?«, brummte Ru'Umahum, ohne den Blick von der betenden Ratsversammlung abzuwenden.

»Es geht das Gerücht bei uns Jungen um, dass wir weder geredet, noch gedacht haben, bevor die Menschen kamen.«

»Das ist kein Gerücht, das ist die Wahrheit. Wir haben nur geschlafen.« Er gähnte, ließ dabei seine rasiermesserscharfen Zähne und Hauer sehen. »Aber der Mensch - im übertragenen Sinne - auch..! Wir erwachen gemeinsam, glaubt man.«

»Ich weiß«, räumte Muf ein - aber er wusste gar nichts. Dann wandte er sich ab und machte sich daran, selbst eine Schlafstelle für die Nacht zu finden.

Ru'Umahum wandte seine Aufmerksamkeit erneut den Menschen zu und überlegte, wie glücklich er sich doch preisen konnte, einen so interessanten und so wenig vorhersehbaren Menschen wie Born zum Gefährten zu haben. Und jetzt war da dieses »Ding«, das sie morgen suchen gehen würden. Nun, wenn die Welt sich morgen verändern sollte, dachte er und gähnte erneut, so war es besser, dieser Veränderung ausgeschlafen entgegenzutreten. Er rollte sich zur Seite, zog den Kopf zwischen die Vorder- und Mittelpfoten; schnell gelangte er friedlich ins ersehnte Land der Träume...

*

Born beabsichtigte, noch bevor die Morgennebel sich gehoben hätten, aufzubrechen - aber Leser und die anderen wollten davon nichts hören. Losting musterte den Urheber einer solch lächerlichen, gefährlichen Idee voll Mitgefühl. Jemand, der auch nur in Betracht zog, sich noch während der Nebel aus dem sicheren Schutz des Heimbaumes zu begeben, wo doch niemand sehen konnte, was vielleicht im Hinterhalt lauerte, musste wirklich verrückt sein!

Ihre Expedition bestand aus zwölf Teilnehmern - sechs Männern und sechs Pelzigern. Die Menschen gingen hintereinander durch die Baumwege, während die Pelziger über, neben und unter ihnen ausschwärmten und damit einen Schutzschild um sie bildeten.

Born und Leser schritten an der Spitze, während Losting sich erboten hatte, die Nachhut zu übernehmen. Losting bewertete diese Expedition mit gemischten Gefühlen und war bemüht, sich von ihrem Urheber Born so fern wie möglich zu halten. Außerdem war Losting, trotz der Abneigung, die er für Born, wegen dessen Interesse an Gehéle, empfand, intelligent genug, um Borns Fähigkeiten zu erkennen. Und so war es durchaus richtig, dass Born die Führung der kleinen Gruppe übernommen hatte.

Aber, beruhigte sich Losting selbst, Verrückte sind immer auch irgendwie schlau und gewieft.

Ihr Weg durch die Verästelungen der sonnigen Dritten Etage war schnell und ohne nennenswerte Unterbrechungen zurückgelegt. Nur einmal verursachte ein warnendes Murren zur Linken ihres Pfades und unter ihnen die Gruppe dazu, innezuhalten und die Bläser schussbereit zu machen.

Ta'Apdason, von dem die warnenden Geräusche ausgegangen waren, kam kurz darauf auf dem Kabbl herangerannt, der parallel zum Weg der Menschen verlief. Sein Atem ging vor Ärger etwas schneller.

»Braune Vielbeine«, meldete der Pelziger. »Ein Jagdpaar. Sie haben mich gesehen, und sie hat gespuckt, aber ihr Begleiter hat sich umgedreht. Jetzt weg.«

Der Pelziger wandte sich um, sprang auf einen tiefer liegenden Ast und verschwand im Unterholz.

Leser nickte befriedigt und winkte der Kolonne, weiterzugehen. Dorne wurden in die Köcher zurückgesteckt, Tanksamen in die Taschen.

Ein einzelnes Braunes Vielbein würde nicht zögern, zwei oder drei Menschen anzugreifen, überlegte Born. Und ein Jagdpaar würde fast alles angreifen, was es in der Waldwelt gab. Aber eine Gruppe von Menschen und Pelzigern in Formation und solcher Zahl würde selbst die größten Räuber des Waldes zögern lassen, ehe sie angriffen. Ob freilich ein Dämon ähnlich denken würde, blieb abzuwarten...

Sie mussten sich jetzt dem Ort nähern.

Born erkannte einen Blutbaum, dessen krugähnliche Blätter mit karminrotem Wasser gefüllt waren, das die Tanninsekretion der Pflanze erzeugte. Bald nachdem sie den Blutbaum passiert hatten, verspürten sie eine gleichmäßige Brise. Ein raunendes Spekulieren erhob sich unter den Menschen. Innerhalb der Dschungelwelt gab es nur selten einen Wind, der gleichmäßig aus einer Richtung zog. Stattdessen gab es Luftzüge, die wie Schemen kamen und gingen, zwischen den Ästen und Stämmen - gleich gespenstischen Lebewesen - dahinhuschten. Aber diese Brise war anhaltend, beständig aus einer Richtung kommend und warm. So warm, überlegte Born, dass sie aus der Hölle selbst kommen könnte.

Leser schwang beherzt seine Axt und bannte alle bösen Geister der Umgebung in ihre Schlupfwinkel. Ein jeder zog sich seinen grünen Umhang dichter um den Körper, um darunter Schutz zu suchen.

Born gab seinen Gefährten mit einer Handbewegung zu verstehen, dass sie langsamer gehen und ausschwärmen sollten. Vor ihm schien die Welt plötzlich ihre Perspektive zu verändern. Er machte noch ein paar Schritte auf dem Kabbl, schob ein herunterhängendes Walohrblatt beiseite und rief den anderen zu, was er sah, wobei sich seine eine Hand krampfartig um eine Liane spannte. Ähnliche Rufe drangen aus der Nähe an sein Ohr, aber er war einen Augenblick lang wie gelähmt; nicht imstande, sich nach seinen Gefährten umzusehen.

Kaum eine Handbreit von ihm entfernt war das dicke Holz des Kabbl, auf dem er stand, wie ein verfaulter Stiel zerschmettert worden, ebenso wie all die anderen Gewächse in der Nähe. Ein riesiges, gähnendes Loch hatte sich in die Welt gebohrt.

Born blickte auf, sah einen viertel Kilometer über sich einen Zirkel von seltsamer Farbe. Ein blauer Ausschnitt mit weißen Flecken von Kumuluswölkchen - das unbedeckte Angesicht der Oberen Hölle..!

Und unten - seine Hand krampfte sich um die Liane, dass die Knöchel weiß hervortraten -, unten, ebensoweit entfernt, irgendwo in der Fünften Etage, lag ein strahlend blauer Gegenstand, der das Licht der Sonne, wie die Axt, widerspiegelte. In dessen Mitte war etwas, das noch heller glänzte; etwas, das Regenbogen erzeugte, eine ungleichmäßige Halbkugel aus einem Material wie die durchsichtigen Schwingen eines Glasblitzers. Oben war die Halbkugel aufgerissen und offen.

Schon hatten Lianen, Schlinggewächse, Kabbl, Tungtankel und andere Gewächse die glatten Flanken des entstandenen Schachtes zerfasert, schoben sich hervor, kämpften erbarmungslos um den unerwarteten Reichtum eindringenden Sonnenlichts.

Born studierte die sich ausbreitenden Epiphyten und sonstigen Gewächse und schätzte, dass in höchstens zweimal Sieben-Tagen die neue Vegetation das entstandene Loch völlig ausgefüllt haben würde. Sie würden diesen Ort eine

Weile meiden müssen, bis sich dichtere und festere Gewächse eingestellt hatten...

»Hier, Born!«, rief eine Stimme.

Er wandte sich um und sah Leser auf dem abgebrochenen Ast eines Säulenbaumes stehen. Ihr Schamane beugte sich so weit vor, wie er das wagte, tun zu können; dabei gestikulierte er mit der Axt. In dem grünlichen Licht reflektierte sie die Sonnenstrahlen, dass sie wie ein Blitz wirkte. In wenigen Minuten hatten sich sämtliche Mitglieder des Suchtrupps auf dem meterbreiten, abgebrochenen Zweig versammelt. Die Pelziger bildeten ein gewichtiges Grüppchen für sich und warteten ab, was die Menschen tun würden.

»Es ist ganz gewiss ein Dämon, und er schläft«, begann einer der Zwillinge - Talltree, wie Born feststellte.

»Ich glaube immer noch nicht, dass es ein Dämon ist«, verneinte Born entschieden. »Ich glaube, dass es ein ›Ding‹ ist, ein künstlich hergestellter Gegenstand.« Indem deutete er mit einer Kopfbewegung auf Leser, »wie die Axt.«

Das war Blasphemie! Einige stießen erschrocken abwehrende Rufe aus.
Leser hob die Hand, um sich die ihm gebührende Aufmerksamkeit zu sichern. »Leute, dies ist nicht der Ort für laute Geräusche. Die Dämonen der Oberen Hölle könnten durch das Loch zu uns kommen, welches dieser große Dämon gerissen hat. Wir werden weiter über diese Sache beratschlagen - aber ruhig..!«

Jetzt setzte sich die Unterhaltung im Flüsterton fort: »Also, Born«, griff Leser den Faden wieder auf, »weshalb bist Du so sicher, dass dieses blaue..., hmm..., Ding oder Wesen unter uns kein Dämon ist, sondern ein Gegenstand wie die Axt?«

»Er sieht so aus«, erwiderte Born unbehaglich. »Seht doch, wie regelmäßig seine Umrisse sind und wie er/es das Licht reflektiert.«

»Könnte ein Dämon das nicht auch tun? Wirft die Haut der Orbiolen nicht auch das Licht zurück..? Wie kannst Du Dir da so sicher sein, Born?«

Born ertappte sich dabei, wie er den Blick abwandte. »*Sicher* kann man da nicht sein, Schamane, es sei denn...«, und dabei starrte er den Älteren an, »man würde hinuntergehen und sich selbst von seiner wahren Natur überzeugen.«

»Aber wenn es nun doch ein schlafender Dämon ist«, fragte Drawn laut, »und wir wecken ihn, indem wir an ihm herumstochern?« Der Jäger erhob sich aus seiner hockenden Position und hielt seinen Bläser umfasst. »Nein, Freund Born, ich respektiere Deine Vermutungen und schätze Deine Fähigkeiten, aber ich komme nicht mit. Ich habe eine Frau und zwei Kinder..! Wie sollte ich da bereit sein, leichtfertig einem Dämon auf den Schädel zu klopfen, nur um zu sehen, ob jemand zu Hause ist. Nein, ich nicht...« Er hielt inne..., überlegte... »Aber ich will berücksichtigen, was der Schamane und meine Brüder von der Sache halten.«

»Und was meinen die Jäger?«, fragte Leser.

Jetzt meldete sich der andere Zwilling zu Wort. »Wahrlich, es mag sein, wie Born es sagt. Aber wenn es ein gemachtes Ding ist, ohne Leben, dann scheint mir, stellt es ohnehin keine Gefahr für den Heimbaum dar. Selbst dann nur wenig, wenn es, wie Drawn befürchtet, ein schlafender Dämon sei, der nur darauf wartet, dass irgendjemand blindlings auf ihn tritt, um ihn aufzuwecken. Wenn wir ihn in Frieden lassen, schläft er vielleicht in alle Ewigkeit weiter oder zieht später, ohne uns zu behelligen, seiner Wege.

Ich selbst glaube, dass es ein Dämon einer neuen Art ist; einer, der sich bei seinem Sturz aus der Oberen Hölle verletzt hat. Wir sollten von hier weggehen und ihn nicht stören, sondern ihn in Stille sterben lassen, auf dass er sich nicht in Wut und Ärger erhebe und uns alle vernichte.«

Tailing und Talltree standen gemeinsam auf, als wäre damit alles gesagt. Manchmal fing einer der Zwillinge einen Satz an, und der andere führte ihn zu Ende. Sie taten das, ohne einander anzusehen, was niemanden überraschte, denn muss im Wald der Ast eines Baumes sich mit dem anderen besprechen, ehe er Blätter wachsen lässt?
Manche glaubten, die Zwillinge gehörten mehr dem Wald, als den Menschen an.

»Was auch immer es ist, Schamane«, schloss Talltree, »es scheint, dass wir nichts zu verlieren haben, wenn wir seine Ruhe nicht stören, aber alles zu gewinnen, wenn wir leise, so wie wir gekommen sind, nach Hause zurückkehren.«

»Denkt ihr denn gar nicht weiter darüber nach? Verschließt ihr so leicht eure Augen?«, erregte sich Born. »Seid ihr gar nicht neugierig? Wollt ihr nicht wissen, ob es etwa ein guter Dämon ist?«

»Ich habe noch nie von hilfreichen Dämonen gehört - und mich interessiert nur mein eigenes Leben«, erwiderte Drawn.

Die anderen lauschten aufmerksam. Nach Born war Drawn der beste Jäger des Dorfes.
»So wie es daliegt...«, und damit deutete jener mit einer Kopfbewegung in das Loch im Dschungel, »bedroht es uns nicht - und den Heimbaum auch nicht. Ich wüsste nicht, was uns da eine genauere Untersuchung einbringen könnte. Ich bin dafür, nach Hause zurückzukehren.«

Einer nach dem anderen schloss sich Drawns Meinung an; alle waren gegen Born.

›Immer gegen Born‹, dachte er verärgert.

»Dann geht doch zurück«, schrie er angewidert und stieg auf einen höher liegenden Ast. »Dann gehe ich alleine hinunter.«

Die Jäger murmelten unter sich. Leser und Drawn, die ältesten von ihnen, schienen Verständnis für ihn zu haben, aber sie waren sich auch darin einig, dass Born noch viel zu lernen hatte, dass sein Verstand und seine Sorgfalt mit seinen anderen Fähigkeiten in der Entwicklung nicht Schritt gehalten hatten. Das Dorf würde ihn vermissen, sollte er nicht zurückkehren. Wenn er gehen wollte, akzeptierte man das schweren Herzens - doch das hieß nicht, dass man seinen Wahnsinn teilen musste.

Also kauerte Born alleine auf seinem Ast und schmollte, während seine Gefährten sich zur Rückkehr vorbereiteten. Umgeben von ihren Pelzigern kehrten sie um. Die Versuchung war groß, sich ihnen am Ende doch noch anzuschließen, um die Bemühung zu wiederholen, sie zu überreden.

Nur Lostings kaum verhohlenes Grinsen hinderte ihn daran. Nichts würde diesen aufgeblasenen Burschen mehr freuen, als Born für immer verschwinden zu sehen und ihm damit den Weg zu Gehéle freizumachen. Aber den Gefallen würde Born ihm nicht tun! Er würde die Wahrheit über das blaue Monstrum dort unten erfahren - ins Dorf zurückkehren und davon erzählen..! Die anderen, die ihn alleine gelassen hatten, würden sich schämen, und Gehéle würde ihm ihr Lächeln schenken.

Und doch galt es zu bedenken, dass in der kleinen Gruppe nur tapfere Männer waren - und dass der weise Leser kein Idiot war. Es bestand immer noch die Möglichkeit, dass er im Unrecht war und die Mehrheit lag ganz recht in ihrer Einschätzung...

Aber mit solcher Wendung der Dinge wollte er sich jetzt nicht weiter befassen, und so stieß er einen leisen Pfiff aus.

Ru'Umahum erschien im nächsten Augenblick; der kleine Ast bog sich unter ihrem vereinten Gewicht. Der Pelziger musterte ihn erwartungsvoll, legte dann die vier Vorderpfoten übereinander und schlief ein. Born studierte die massige Gestalt geistesabwesend, ehe seine Aufmerksamkeit sich wieder nach rechts wandte. Dort, hinter ein paar dicken Zweigen und herunterhängenden Schlingpflanzen, lag die Grube, die nach oben bis in die Obere Hölle reichte.

Und auf dem Grunde dieser Grube lag ein Rätsel, das er alleine würde lösen müssen, alleine ergründen *durfte*... Nun, nicht ganz alleine.

Er verpasste Ru'Umahum einen Hieb über den Schädel, der einen Menschen auf der Stelle bewusstlos hätte werden lassen. Der Pelziger blinzelte nur, gähnte und fing dann an, sich mit der rechten Vorderpfote zu putzen.

»Aufstehen«, befahl Born mit Nachdruck.

Ru'Umahum musterte ihn schläfrig. »Was tun?«

»Komm, Du fauler Nichtsnutz, ich will mir das blaue Ding aus der Nähe ansehen.«

Ru'Umahum schnaubte. Hatte dieser Mensch keine eigenen Augen?! Aber dann räumte er innerlich ein, dass Born recht hatte - schließlich sahen fünf Augen, mehr als zwei..! Außerdem würde jemand Born schützen müssen, während er ungedeckt in der Lichtung stand.

Im Alleingang kroch Born an den Rand des Kraters und spähte hinunter. Da war keiner mit einem geladenen Bläser, der ihm Feuerschutz bot. Da war niemand mit einem Eisenholzspeer, dessen Anwesenheit ihm Mut machte. Und unter ihm lag die schimmernde blaue Kuppel, so wie vorher. Sie hatte sich nicht bewegt und zeigte auch keine Spuren einer früheren Bewegung.

Indes, gerade im Moment, als er seine Aufmerksamkeit darauf richtete, war ein lautes Knacken zu hören, und der Gegenstand schien ein wenig tiefer zu sinken. Das Loch, welches er sich gerissen hatte, bewies sein enormes Gewicht - und es schien, als sänke es immer tiefer; Ast für Ast, Kabbl um Kabbl.

Vielleicht sank es weiter, stürzte in die Sechste Etage und schließlich sogar in die Untere Hölle. Born würde es **dort** gewiss nicht - nicht um alles Fleisch im Walde - suchen; nicht einmal für Gehéle.

Er musste **jetzt** handeln; jetzt, ehe ihm die Chance für immer genommen wurde.
Er beugte sich weiter über den Abgrund und hielt sich an der scheinbar unzerreißbaren Liane neben sich fest. Mag sein, dass die Liane unzerreißbar war - aber das hieß nicht, dass seine Hände aus Stahl waren. Etwas packte ihn an der Hüfte und am Hals und zog daran. Der Schrei, den er ausstoßen wollte, verstummte, als er bemerkte, dass es nur Ru'Umahum war, der ihn festhielt.

»Was, zum..?«

Ru'Umahum blickte vielsagend nach oben und dröhnte dann: »Teufel kommt.«

Born spähte durch eine Ritze im Blattwerk nach oben. Zuerst sah er den dunklen Fleck am Himmel gar nicht, aber er wurde rasch größer. Und als die Silhouette schließlich Form annahm, zog sich Born einen weiteren Meter in den Wald zurück und lud seinen Bläser.
Der Himmelsteufel hatte einen langen stromlinienförmigen Körper, der zwischen breiten Schwingen hing. Vier lederne Säcke, auf jeder Seite zwei, sogen die Luft ein und stießen sie durch gummiartige Ventile in der Nähe des Schwanzes wieder aus. So bewegte das Scheusal sich ruckartig, während es

immer tiefer und tiefer sank. Ein langschnauziger Reptilienkopf bewegte sich über einem schlangenartigen Hals. Zwei gelbe Augen starrten in die Tiefe, und im fahlen grünen Sonnenlicht blitzten nadelspitze Zähne. Der Himmelsteufel war ideal ausgestattet, lautlos Hunderte von Metern über den Baumwipfeln zu kreisen und arglose, unvorsichtige Baumbewohner anzugreifen. Aber jetzt fand er sich zu etwas hingezogen, das tief unten in einem *Schacht* lag.

Flügel mit drei Metern Spannweite gewährten ihm, in dem zylindrisch geformten Loch, nur wenig Spielraum zum Manövrieren; aber irgendwie schaffte er es, sank in immer enger werdenden Spiralen nach unten und untersuchte dabei jedes Stückchen der grünen Wand, die an ihm vorbeizog.

Born saß reglos auf seinem Ast, hinter einem breiten Blatt verborgen, das größer war als Losting - eng in seinen grünen Umhang gehüllt. Der Himmelsteufel war jetzt auf gleicher Höhe mit ihm, kreiste, zog weiter. Jetzt wagte Born es wieder, sich an den Rand des Abgrunds vorzuschieben. Der schuppige Rücken und die breitgespannten Flügel waren bereits unter ihm, näherten sich dem blauen Gegenstand. Bald erreichte das Monstrum den Boden, faltete die Flügel zusammen und hielt inne. Schwerfällig stakste der Himmelsteufel auf der blauen Fläche herum, arbeitete sich etwas unbeholfen auf die Kuppel im Mittelpunkt des Gegenstandes zu, stocherte mit seinem Schnabel darin herum. Born konnte ihn krächzen hören, ein fernes, halbersticktes Gurgeln.

Gänzlich unvermittelt drang ein niemals erwarteter Laut an sein Ohr. Ein Laut, der all die Geräusche des Dschungels übertönte. Es war ein *menschlicher* Schrei - und er kam aus der Nähe, ja vielleicht sogar aus dem Inneren des Gegenstandes selbst..!

4 - Der »Dämon«

Das wirkte wie eine Initialzündung.
Born begann seinen Abstieg - ohne viel nachzudenken.
Schwang sich von Ast zu Ast, ließ sich fallen, legte, im Sprung, einige Meter auf einmal zurück, auch wenn seine Schultermuskeln jedes Mal dabei schmerzhaft gedehnt wurden.
Ru'Umahum folgte dicht hinter ihm. Sie machten dabei genügend Lärm, um die Hälfte der Nachmittagsräuber anzulocken!

Das sagte der Pelziger ihm auch - doch Born war von anderweitigen Gedanken völlig absorbiert und ignorierte die Warnungen Ru'Umahums.
Währenddem wäre er beinahe einer Channock verhängnisvoll auf den Rücken gesprungen, weil der knollige Rücken des Baumreptils die perfekte Imitation einer Tungtankel-Liane bildete, welche sich zwischen den Stämmen zweier Luftbäume spannte. Borns Fuß traf wohl auf den gepanzerten Rücken und er bemerkte auch sofort, dass er auf Fleisch, und nicht auf Holz, getreten war, aber er bewegte sich so schnell, dass er schon viele Meter tiefer war, bevor die Channock herumwirbeln konnte, um den Störenfried zu erdrücken. Wütend darüber, dass ihr die Beute entgangen war, zuckte die stumpfe Schnauze herum, um nach Ru'Umahum zu stoßen. Der Pelziger ließ sich jedoch nicht lange aufhalten, und eine seiner Pranken zerschmetterte den flachen, keilförmigen Schädel fast im Vorbeilaufen.
Wenn Born sich die Zeit genommen hätte, über das, was er tat, nachzudenken, wäre er vielleicht abgestürzt und hätte sich dabei ernsthaft verletzt. Aber er verließ sich einzig auf seinen Instinkt - und so dienten ihm seine Reflexe ungehindert. Erst als Ru'Umahum einen Spurt einlegte und

sich vor ihn schob und dann wieder abbremste, wurde Born bewusst, *wie* schnell er sich bewegt hatte. Beinahe hätte er sich die Schulter ausgerenkt, als er hinter dem Pelziger abbremste. Beide keuchten schwer.

»Warum bleibst Du stehen, Rúma, wir...«

Der Pelziger brummte leise. »Sind hier«, wisperte er. »Luftteufel, nah. Horch!«

Born lauschte. Er war so erregt gewesen, dass er fast an der Etage vorbeigeschossen wäre, in der das blaue Ding lag. Jetzt konnte er das schreckliche Geräusch des Teufels hören, das halb Lachen, halb Husten war; dazu ein kratzendes Geräusch, welches dem ähnelte, das Leser hervorbrachte, wenn er, während der Gebete, mit den Fingernägeln über die Schneide seiner Axt fuhr.

Okay... Offensichtlich lag er mit seiner Einschätzung hinsichtlich der Konsistenz dieses blauen Dings goldrichtig! Doch jetzt war nicht die Zeit, sich im Schein seiner erwiesenen Intelligenz zu sonnen..! Jetzt war ein alarmierendes Stöhnen zu hören, kein Schrei mehr; doch es klang nicht weniger menschlich.

»Dort sind Leute, und der Himmelsteufel ist hinter ihnen her«, flüsterte Born. »Aber was für Menschen leben auf der Fünften Etage? Alle bekannten Personen leben, respektive lebten, auf der Dritten oder Zweiten.«

»Ich weiß nicht«, antwortete Ru'Umahum. »Ich fühle Fremdes hier. Fremdheit und Neuheit.«

»In Bälde werden wir mehr erfahren, doch zuerst muss das Flugmonster daran glauben!«

»Luftteufel sterben langsam, Born-Mensch«, riet Ru'Umahum. »Sei vorsichtig!«

Born nickte, und sie zogen sich ein Stück Weges in den Busch zurück.

»Vielleicht ist der Luftteufel nicht imstande, hier durchzudringen. Er ist zu groß und auf dem Holz zu schwerfällig... Hoffe ich zumindest...«

Er fing an zu suchen, arbeitete sich am Umfang des Schachts entlang, immer etwas von der offenen Grube entfernt, wo der Fleisch gewordene Alptraum an dem blauen Ding kratzte und scharrte. Nach einigem Suchen fand er etwas, das ihm vielleicht nützen konnte - eine gewisse parasitische Orchidee, die sich in der Astgabelung eines Säulenbaumes eingenistet hatte. Der untere Teil der Pflanze überwucherte den Ast zu beiden Seiten, und der große Ballen aus floral kompostierter Erde sandte nach allen Richtungen lange Luftwurzeln aus. Oben kräuselten sich dicke Blätter einer schwärzlichen Blüte dem Himmel entgegen. Aus den Tiefen der riesigen Blume stieg ein wunderbarer, an Limonen erinnernder Duft auf. Ihre weichen Blumenblätter waren viele Meter lang.

Peinlich darauf bedacht, eine genügende Distanz zu der gigantischen Blüte einzuhalten, bewegte sich Born vorsichtig wieder auf den Schacht zu.

»Leise«, drängte Ru'Umahum besorgt.

Born sah sich nach dem Pelziger um und machte eine beschwichtigende Handbewegung, nahm den Rat aber ernst. Es gab hier freie Räume, bis zu denen das Licht nicht durchdrang, das heißt Nischen, in denen sich heimtückische Räuber verstecken konnten, um ihrer potentiellen Beute ungesehen aufzulauern. Andererseits wurde es der Lianengeflechte weniger, was die Möglichkeiten für die großen Carnivoren minimierte, solche als Deckung und Tarnung zu nutzen. Ohne Zweifel gab es hier nirgends genügend Platz für den Himmelsteufel, um seine Schwingen auszubreiten. Aber er hatte auch dicke, mit Klauen bewehrte Beine und konnte sich vielleicht so den Weg zu seiner Beute bahnen...

Aus diesem Grund hatte Born sich die Orchidee zum stillen Verbündeten gewählt.

Der Jäger erreichte den Rand des Schachtes. Alles an dieser künstlich erschaffenen Nahtstelle, der Wunde im Grün des Waldes, war klebrig und von dem vergossenen Saft aus den zerrissenen Lianen schlüpfrig. Er würde sehr vorsichtig sein müssen.

Geschafft! Gebannt blickte er zwischen den Blättern auf die Aktionen des Himmelsteufels. Das monströse Wesen schlug und scharrte nach etwas im Inneren der blauen Metallscheibe. Born war jetzt sicher, dass das menschliche Stöhnen und Rufen von genau eben daher kam... Er atmete tief durch, bedauerte, dass er keinen festeren Boden unter den Füßen hatte, und richtete das Ende des Bläsers auf den Schädel des Dämons - ein schwieriges Ziel, da es die ganze Zeit an einem langen flexiblen Hals auf und ab tanzte.

Born drückte ab.

Es gab eine puffende Explosion, als der Tanksamen platzte. Der Jacaridorn traf den Teufel unter dem linken Auge. Er zitterte; sein träges Nervensystem reagierte schwerfällig auf das Gift, doch dann drehte er sich herum, um in die Richtung zu blicken, aus welcher der Schuss abgefeuert worden sein musste. Im gleichen Augenblick schrie Born, so laut er konnte, »seid stark!«, um die Lebewesen im Inneren des blauen Metalls zu warnen, drehte sich um und raste über den Ast hinweg davon.

Ein schreckliches Krachen ertönte unmittelbar hinter ihm, als der Himmelsteufel, unter Entwicklung ungeahnter Kräfte, sich durch die äußere Mauer aus Ästen und Schlingpflanzen wühlte, um ihn zu erreichen. Born bildete sich schon ein, seinen fauligen Atem im Nacken zu verspüren. Vor ihm ragte die riesige Orchidee auf.

Im Nu war der Himmelsteufel unmittelbar hinter ihm. Jeden Augenblick konnten sich lange Zähne um seinen Hals schließen, ihm den Kopf abzubeißen. Er klickte den Gedanken weg - jetzt war nicht die Zeit, sich umzusehen, nachzudenken oder zu überlegen. Er warf sich an dem Erdballen der Blume vorbei, darauf bedacht, mit dem Ende seines Bläsers einige der zu Dutzenden herunterhängenden Wurzeln anzustoßen.

Born fiel ein paar Meter, ehe er ruckartig in einem Bett aus Blättern landete. Über ihm krümmten sich die winzigen Wurzelenden, die er berührt hatte, schützend nach innen. Der Himmelsteufel stürmte durch das Unterholz, die Klauen nach Born ausgestreckt, der in hilfloser Faszination nach oben starrte.

In dem Moment schlugen die dicken, weißen Blütenblätter der Pseudo-Orchidee, so schnell, dass das Auge ihnen nicht folgen konnte, in blinder Wut nach allen Richtungen. Drei der Blätter trafen den Teufel, schlossen sich um ihn und drückten zu. Der Teufel schien förmlich zu explodieren; seine Augen quollen aus dem Schädel, wie die Kerne aus einer zerquetschten reifen Frucht. Die Flügel knickten zusammen und seine Eingeweide spritzten nach allen Richtungen davon. Die Pflanze schlug noch ein paar Minuten wild um sich, ehe die Blätter sich wieder entspannten.

Als die »Orchidee« zu ihrer normalen Gestalt zurückkehrte, ließ sie das zermanschte Etwas fallen, das einmal der Himmelsteufel gewesen war. Die Überreste des gequetschten Kadavers stürzten in die bodenlose Tiefe.

Born setzte sich auf und sah ihm nach. Sein Herz raste unter einer überschwappenden, gehörigen Flut Adrenalin. Der Teufel war zu schnell gestorben, um zu erfassen, was ihn tötete. Kein Laut, kein Schrei war ihm entglitten.

Auf seinen Bläser gestützt, stemmte Born sich in die Höhe und kletterte zu Ru'Umahum hinüber, der ihn stumm beobachtete. »Ich denke«, sagte er und zitterte dabei leicht, »wir können jetzt diesen Leuten helfen.«

Der Pelziger nickte wortlos.

Die beiden arbeiteten sie sich wieder zum Schacht vor, darauf bedacht, zu der nun wieder ruhig gewordenen Pseudo-Orchidee, die man in Borns Dorf als »Dunawetts Pflanze« kannte, einen ordentlichen Abstand zu wahren.

Born schob die zerfaserten und abgebrochenen Äste auseinander und trat in etwas hinaus, das er erst wenige Male in seinem Leben erfahren hatte; etwas, das nur wenige Leute überhaupt je zu Gesicht bekamen - freien Raum.

Er schaute nach oben, aber von dieser Stelle aus war der Himmel eine blaue Scheibe vor einem sonst grünen Himmel.

»Beobachte Obere Hölle«, verkündete Ru'Umahum und setzte sich, ihm Rückendeckung gebend, an den Rand des Schachtes. Mit angehobenem Kopf studierte er gleichmütig die ferne blaue Scheibe.

Born indes schob vorsichtig einen Fuß vor und setzte ihn leicht auf die tiefblaue Oberfläche des Gegenstandes. Er war kühl und hart, ganz wie die Axtklinge. Beruhigt trat er auf die leicht gekrümmte Plattform hinaus und ging auf die Halbkuppel in der Mitte zu. Im Näherkommen sah er, dass sie eine kreisförmige Vertiefung in dem Metall überwölbte. Als er auf die zerbrochenen, ausgesplitterten Ränder der Kuppel hinunterblickte, gewahrte Born drinnen ein Gewirr winziger »Lianen« und »Wurzeln« [1], die ebenfalls aus einem glänzenden, harten Material hergestellt waren.

Eine Hälfte im Inneren der Scheibe hatte offensichtlich deutliche Kratz- und Scharrspuren von den Klauen und dem Schnabel des Himmelsdämons abbekommen. Born vermeinte, halbschräg unter sich, ein leises, stöhnendes Ächzen zu hören.

»Hallo... Lebt hier jemand? Jetzt könnt ihr herauskommen. Der Teufel hat sich zu seinen Verwandten in der Hölle gesellt.«

Das Stöhnen verstummte plötzlich; stattdem ertönten scharf klickende Geräusche. Darauf begann sich ein rechteckiges Metallstück auf Scharnieren nach innen zu falten.

Ein Mann blickte heraus und musterte ihn unsicher. Etwas Kleines, welches das Licht reflektierte, glänzte in seiner Hand. Born hielt den Atem an, es war eine Axt - nein..., ein Messer, das aus dem gleichen Material wie die Axt bestand, nur viel sauberer und glatter.

Der Mann sah sich um, seine Augen wanderten zu der offenliegenden Vertiefung in dem Metall. Als er sich davon überzeugt hatte, dass Born die Wahrheit sprach und der Himmelsteufel verschwunden war, trat er ins Freie und begann - dabei die ganze Zeit Born vorsichtig im Auge behaltend - das Gewirr aus Instrumenten und Einzelteilen gründlich zu untersuchen.

Born studierte den Riesen. Obwohl er, nach menschlichem Standard, nur ein Mann von mittlerer Größe war, überragte er Born um gute fünfundzwanzig Zentimeter. Aber da waren auch noch andere überraschende Eigenschaften. Er war ohne Zweifel ein Mensch, aber die Unterschiede waren verblüffend. Sein Haar war orangerot, statt kupferbraun, seine Iris blau, statt grün, und seine Haut..., seine Haut war so bleich, dass es kaum zu glauben war. Er war von schlankem Körperbau und sein Gesicht, mit den vielen Sommersprossen, wirkte durchaus freundlich.

»Jan?« Eine zweite Stimme, etwas höher, weiblich, erklang aus dem Rumpf der blauen Linse. »Kann man raus..? Ist alles in Ordnung?«
Die Sprecherin kam in Borns Sichtfeld. Verblüfft stierte sie zu ihm hinauf, der ruhig auf der Oberfläche des Gleiters stand. Die Frau war noch ein paar Zentimeter größer als der Mann. Ihr Körper, unter dem zerfetzten khakifarbenen Dschungelanzug, war schmächtig und athletisch.
Nicht ganz schulterlanges Haar, das die Farbe von stumpfem Silber hatte, ließ erkennen, dass auch sie schon etwas älter war. Unter den beigefarbenen Shorts waren kräftige, lange Beine zu sehen, die für Born ebenfalls unglaublich blass

wirkten. Sie schien weniger nervös als der Mann und selbstbewusster.

»Wer, zum Henker, ist das denn..?!«, fragte sie mit einer ruckartigen Kopfbewegung.

Der Mann, den sie »Jan« genannt hatte, fuhr fort, angewidert in den desolat verbeulten und zersplitterten Überresten der Steuerorgane des Gleiters herumzustochern.

»Ich glaube, der Typ, der uns gerade das Leben gerettet hat! Für den Augenblick wenigstens...« Er blickte etwas unruhig zu ihr auf.

»Der Himmelsteufel ist tot«, teilte Born ihm mit. »Er ist einer gereizten Dunawetts-Pflanze zu nahe gekommen. Er wird euch nicht mehr belästigen.«

Der Mann nahm das zur Kenntnis, grunzte etwas Unverständliches und wandte sich wieder seiner Arbeit zu.

»Das Armaturenbrett ist hin, Kimi«, erklärte er schließlich. »Und was beim Aufprall nicht kaputtgegangen ist, hat dieses fliegende Ungetüm in Stücke gerissen. Unser Gleiter fliegt nirgends mehr hin - höchstens auf den Schrotthaufen.«

Die Frau nahm auf den Überresten eines Drehstuhles mit Armlehnen Platz, und Born fixierte sie neugierig. Ihr war dies wohl aufgefallen, denn sie erwiderte seinen Blick. »Was starrst Du mich so an, Kleiner?«

Borns Nackenhaare sträubten sich - mehr wegen ihres dominanten, fast beleidigend abfälligen Tones, als wegen dem Inhalt dessen, was sie gesagt hatte. Er schluckte seinen Stolz hinunter.

»Wenn meine Anwesenheit stört...« Er nahm seinen Bläser und wandte sich zum Gehen.

»Nein, nein..., warte, Bursche.« Sie stützte den Kopf einen Augenblick auf die Hände. »Lass mir eine Sekunde Zeit, ja?

Wir haben ziemlich Übles mitgemacht.« Dann blickte sie wieder auf. »Du musst verstehen, als unser Antrieb...« Sie bemerkte, dass Born verständnislos die Stirn runzelte und versuchte es noch einmal. »Als das Ding, das unseren Skimmer antrieb..., also, ähhm..., dieses Ding, das uns durch die Luft trägt...«

Borns Gesicht blieb ungläubig, aber sie fuhr fort »...hier abstürzte, dachten wir, wir wären bereits tot. Stattdessen krochen wir aus den Überresten unserer Sessel und stellten fest, dass wir noch lebten - wenngleich ziemlich durchgeschüttelt...«

Sie wies auf die sie umgebenden grünen Wände. »Dieser unglaubliche Planet, in Gestalt seines dreiviertel Kilometer hoch übereinandergeschichteten Regenwaldes, hat unseren Fall genügend gedämpft.«

Ihre Stimme wurde leiser. »Und dann landete dieses langhalsige Scheusal auf uns. Wir konnten gerade noch durch die Reparaturluke in den Maschinenraum kriechen, als es begann, an der Plexiglas-Kuppel zu scharren. Ich dachte, jetzt wäre wirklich Schluss! Und dann tauchst Du auf und behauptest, dass irgendein lokales Gewächs etwas erledigt hat, das man noch nicht einmal mit einer, auf hohe Stufe geschalteten, Laserpistole verjagen kann. Übrigens bist Du selbst, ich meine Deine Person, Deine Anwesenheit, auch nicht gerade ein geringer Schock.«

»Was ist denn mit mir?«, stutzte Born, fast peinlich berührt, eine solche Frage überhaupt stellen zu müssen.

Sie machte eine unsichere, müde Handbewegung. »Schau Dich doch an.«

Born wollte das nicht.

»Du bist eine Anomalie! Ich meine, nach allem, was man uns gesagt hat, gehörst Du nicht hierher«, fügte sie hastig hinzu.

»Dies soll eine nicht gemeldete, kaum erforschte, unbewohnte Welt sein, die nur...«

»Vorsichtig, Kimi«, warnte der Mann und sah sich über die Schulter.

Sie winkte ungeduldig ab. »Wozu denn, Jan. Dieser..., hmm...«, dabei deutete sie mit einer Kopfbewegung auf Born, »...Eingeborene weiß doch ganz offensichtlich nichts, was unsere Anwesenheit hier verkomplizieren würde.« Sie stand langsam auf und sah sich Born noch einmal an. »Wie ich schon sagte: Das müsste eigentlich eine unbewohnte Welt sein. Und ganz plötzlich tauchst Du, nach ein paar höchst erstaunlichen Ereignissen, hier auf.
Ich nehme an, Du bist kein Einzelgänger, keine Missgeburt oder so etwas? Es gibt andere von Deiner Art..?«

»Im Dorf leben viele...«, bemühte sich Born um eine genügend befriedigende Antwort.
Diese Riesen waren ein Phänomen..!

»Ich sagte ›Eingeborener‹ - indes, welcher Art er angehört, wäre noch festzustellen.« Sie studierte Born, als wäre er ein Insekt.
Er ließ ihren prüfenden Blick über sich ergehen, weil er selbst mit Studieren beschäftigt war. »Du bist fast dreißig Zentimeter kleiner als ein durchschnittlicher Erwachsener, ich schätze Dich mal auf knapp 1,55 Meter; aber Du hast die Arme und die Schultern eines am Reck turnenden Olympioniken.« Dann wanderte ihr Blick an ihm entlang in die Tiefe. »Und lange Fußzehen, die wahrscheinlich zum Greifen geeignet sind. Deine Physiognomie ist eher nordeuropäisch, die Haut dagegen dunkel wie das alte Eichenholz eines Weinfasses, Dein falbe-farbenes Haar hat die Tönung eines Red Dun [2] und die jadegrüne Iris der Augen lässt Dich wie ein Wesen aus dem Reich der Elben erscheinen. Alles zusammengefasst das seltsamste Exemplar Mensch, welches

ich je gesehen habe, wenn auch...«, fügte sie mit eigenartiger Betonung hinzu, »...nicht uninteressant!«

Der Mann gab ein Geräusch von sich, aus dem Born Ekel las, wenn er sich auch nicht vorstellen konnte, aus welchem Grunde.
Kurios und faszinierend diese Riesen! Und doch waren sie es, die **ihn** seltsam nannten.

»Wenn Deine Leute sich hier entwickelt haben«, schloss die Frau, »trotz Deiner Hautfarbe, Deiner Größe und Deinen Greifzehen, so ist dies ganz gewiss der unwahrscheinlichste Fall einer parallelen Evolution, von dem man je gehört hat. Und außerdem sprichst Du Terranglo. [3] Was meinst Du, Jan?«

Der Mann blickte kurz auf, sah Born an und seufzte dann. Er machte eine hilflose Handbewegung, die alles um sie einschloss. »Ich weiß nicht, warum ich mir mit diesem Apparat hier noch Mühe gebe. Es ist hoffnungslos. Schrott! Selbst wenn wir den Antrieb, ohne Hilfe einer komplett ausgerüsteten Werkstätte, wieder reparieren könnten, hat uns dieses geflügelte Scheusal die Verbindungsleitungen wie Würmer zerbissen. Wir stecken hier fest. Das Tridi ist auch in keinem passableren Zustand! Wahrscheinlich wäre es besser gewesen, wenn wir uns, gleich beim Absturz, das Genick gebrochen hätten.«

»Du gibst zu schnell auf, Jan«, erregte Kimi sich. Sie sah Born an. »Unser kleiner Freund hier scheint über beachtliche Hilfsmittel zu verfügen. Ich sehe nicht ein, warum er nicht...«

Der Mann wirbelte herum, und seine Augen loderten jetzt fast wütend. »Bist Du wahnsinnig? Bis zur Station sind es Hunderte Kilometer durch diesen undurchdringlichen Dschungel..!«

71

»Seine Leute scheinen damit fertig zu werden«, erwiderte sie ruhig und beherrscht.

»So, so... Du denkst wohl ernsthaft daran, die Strecke zu Fuß zurückzulegen - geführt von irgendwelchen ungebildeten Primitivlingen!«, fuhr er unbeeindruckt fort.

Die Sprache der Riesen klang etwas komisch - irgendwie steif betont und dialektisch verzerrt, aber Born begriff das meiste, was er hörte. Ein Wort, welches er deutlich erkannte, obwohl die Vokale leicht abweichend tönten, war »ungebildet«.
»Wenn ihr um soviel klüger seid«, unterbrach er ihn scharf, »wie kommt es dann, dass ihr euch hier und in dieser Lage befindet?«
Damit trat er gegen die bläulich schimmernde Flanke des Fluggerätes.

Die Riesin, welche Kimi genannt wurde, schmunzelte schelmisch. »Jetzt hat er Dich, Jan.«

Der Mann gab wieder einen angewiderten Laut von sich und machte eine Born unverständliche Geste mit dem Mittelfinger. Aber »ungebildet« nannte er ihn nicht wieder.

»Also«, meinte die Frau förmlich: »Ich glaube, jetzt sollten wir uns erst einmal miteinander bekannt machen. Zunächst möchten wir Dir dafür danken, dass Du uns das Leben gerettet hast; und das hast Du ganz bestimmt!«
Sie warf einen Blick zu dem Mann hinüber. »Findest Du nicht auch, Jan..?«

Er gab ein halb unterdrücktes Geräusch von sich, welches man, mit einiger Fantasie, als »Ja« interpretieren konnte.

»Mein Name ist Logan«, fuhr sie fort. »Kimi Logan. Dieser, mein manchmal himmelhochjauchzender, gelegentlich auch zu Tode betrübter, Kollege ist Jan Cohoma. Und Du, wie heißt Du..?«

»Man nennt mich Born.«

»Born. Ein guter Name; ein passender Name für jemanden, der so tapfer ist«, schmeichelte sie ihm, nicht ohne ferner führendes Kalkül, »ein Name für einen Mann, der mutig, unerschrocken und mit bloßen Händen einen Fleischfresser, wie dieses geflügelte Monstrum, besiegt.«

Born strahlte. Fremd und seltsam mochten diese Riesen sein, aber wenigstens verstanden sie es, jemanden richtig zu ehren! Vielleicht würde Gehéle ihn eines Tages auch so schätzen, wie diese Riesin.

»Du hast ein Dorf erwähnt, Born«, setzte sie nach.

Er wandte sich, zur Kooperation ermutigt, um und deutete nach oben und Südwesten.
»Der Heimbaum liegt dort, ein gutes Stück Weges durch den Wald, zwei Etagen höher. Meine Brüder werden euch als Freunde begrüßen.« ›Und den Jäger bewundern, der es wagte, den schlafenden, blauen Dämon aufzusuchen; ihm Respekt und gebührende Achtung zollen - ihm, der einen Himmelsteufel getötet hat, um sie zu retten‹, dachte er bei sich.
Er sprang einige Male auf dem blauen Metall auf und ab und bemerkte, dass die beiden Riesen ein paar Schritte zurückgetreten waren und ihn beobachteten. »Es tut mir leid«, erklärte er. »Ich will euch nichts zuleide tun. Von allen, die hierherkamen, hatte nur ich den Mut, zu euch hinunterzusteigen und euch zu finden. Ich vermutete, dass dieses..., dieses... Ding... nicht lebte, sondern etwas Geschnitztes sei.«

»Man nennt es einen ›Gleiter‹ oder ›Skimmer‹«, erhellte ihm Cohoma. »Er trägt uns durch den Himmel.«

»Trägt uns durch den Himmel...«, echote Born gedehnt, der die Worte nicht recht fasste. Es schien ihm unmöglich, dass so etwas Schweres fliegen können sollte.

»Wir sind sehr froh, dass Du das getan hast, Born. Nicht wahr, Jan? Sind wir das nicht?« Sie stieß ihn an, und er grummelte irgendetwas.

Die Abneigung, die er ursprünglich gegenüber Born empfunden hatte, schwächte sich schnell ab. Inzwischen war ihm bewusst geworden, dass der kleine Eingeborene keine Gefahr für sie darstellte. Ganz im Gegenteil..!
»Ja, das war ganz bestimmt eine mutige Tat. Eine außergewöhnliche Tat, jetzt, wo ich es mir überlege.«
Er lächelte. »Du bist sehr weit gekommen, Born. Vielleicht könntest Du uns helfen, wenigstens den Versuch zu wagen, zu unserer Station zurückzukehren - unserem Heim auf dieser Welt.«

»Ehe wir abstürzten, hatten wir noch einmal unsere Position bestimmt«, erläuterte Logan. Sie zögerte und wies dann in Richtung auf den Heimbaum. »Die Station liegt in der Richtung, etwa...; hmm, mal sehen, wie kann ich Dir Entfernungen begreiflich machen...« Sie dachte einen Augenblick lang nach.
»Du sagtest etwas von ›Etagen‹ in diesem Wald?«

»Jeder weiß, dass die Welt aus sieben Etagen besteht«, stutzte Born, als hätte er ein kleines Kind vor sich. »Von der Unteren bis zur Oberen Hölle.«

»Ahh..., okay... Ich muss erst ausrechnen, wie hoch einer der großen Bäume ist«, tippte sie sich überlegend ans Kinn. »Sagen wir rund achthundert Meter...« Sie dividierte die Baumhöhe durch die vorgegebenen sieben »Stockwerke« des Waldes und fand, dass das ermittelte Ergebnis von zirka 115 Metern - also neun »Ebenen« pro Kilometer -, der Einfachheit

74

halber, legitim auf ein Verhältnis von 1:10 gerundet werden konnte. Unter Zugrundelegung dieses Multiplikationsfaktors hängte sie der Entfernung zur Station nur eine Null hintan und hatte damit eine Maßeinheit in »horizontalen Etagen« parat.

Jetzt war Born an der Reihe, belustigt zu grienen; um zu lachen war er zu neugierig. »Zweitausendfünfhundert Etagen..?! Niemand hat sich je weiter als fünf Tagereisen vom Heimbaum entfernt«, erklärte er ihnen. »Ich selbst war neulich zwei Tagereisen unterwegs, und das erwies sich schon als gefährlich genug. Und ihr redet von einer Reise, die viele, viele Tage dauert. Das lässt sich nicht machen, glaube ich.«

»Warum nicht?«, wandte Cohoma ein. »Du hast doch keine Angst oder? Nicht...«, fügte er rasch hinzu, als Born einen Schritt auf den Größeren zutrat, »...nicht so ein außergewöhnlicher Jäger wie Du?«

Borns Muskeln lockerten sich wieder. Er war bereits zu dem Schluss gelangt, dass er von den beiden Riesen den Mann entschieden weniger mochte.
»Das ist keine Frage der Angst«, eröffnete er ihnen, »sondern der Vernunft! Die Balance der Welt ist sehr empfindlich. Jedes Geschöpf hat seinen Ort in diesem System des Gleichgewichts - nimmt das, was es braucht, und gibt zurück, was es kann. Je weiter man sich von seinem eigenen Platz entfernt, desto mehr stört man die Ordnung der Dinge. Und wenn diese Harmonie ernsthaft gestört ist, sterben die Menschen.«

»Was er damit sagen will, Jan«, drehte sich Logan zu ihrem Begleiter, »ist, dass sie glauben, je weiter sie sich von ihrem Heimatdorf entfernen, umso geringer sind die Chancen, dass sie wieder zu ihm zurückkehren können. Ein Gefühl, für das man Verständnis haben muss. Aber die Erklärung ist interessant. Ich frage mich, wie sie zu dieser Betrachtung der Welt gelangt sind. Natürlich gegeben ist das nicht - es muss sich um eine erworbene Erfahrung handeln.«

»Ob natürlich oder nicht«, murrte Cohoma, »ich begreife immer noch nicht, weshalb...«

»Später..!«, schnitt sie ihm das Wort ab.

Er wandte sich verdrießlich um und brummte etwas im Selbstgespräch.

»Ich glaube, zuallererst sollten wir aus dieser Lichtung verschwinden«, schlug Kimi vor, »ehe ein Verwandter des Monstrums, das Du so elegant erledigt hast, Born, neugierig wird und nachschauen kommt.«

Das war das erste vernünftige Wort, das er von den Riesen gehört hatte. Er winkte ihnen zu, ihm zu folgen. Cohoma füllte seine Taschen mit ein paar kleinen Päckchen aus verschiedenen Gefäßen und folgte dann Born auf dem Weg zwischen den Bäumen.
Es überraschte Born, wie ungeschickt die Riesen, trotz des Fehlens von Ästen und Schlingpflanzen, waren und wie schwerfällig sie sich bewegten. Er erkundigte sich so taktvoll das möglich war, nach ihren Problemen und war froh, dass keiner beleidigt schien.

»Auf der Welt, von der wir kommen«, erklärte Logan, »sind wir es gewöhnt, auf dem Boden zu gehen.«

Born war schockiert. »Kann es sein, dass ihr in der Hölle selbst lebt?«

»Der Hölle? Ich verstehe nicht, Born.«

Er wies nach unten. »Zwei Etagen unter uns liegt die Untere oder Wahre Hölle, die Oberflächenhölle aus Schlamm und sich verschiebenden Erdmassen. Das ist die Heimat von Ungeheuern, die so schrecklich sind, dass es keinen Namen für sie gibt, heißt es...«

»Ich verstehe. Nein, Born, so ist unsere Heimat nicht. Dort ist der Boden fest und offen und liegt in hellem Licht. Es gibt dort keine Ungeheuer. Wenigstens«, fügte sie grinsend hinzu, »keine Ungeheuer, mit denen man nicht leben könnte.«
›Wie der Einrichtung des Kirchenbüros der Commonwealth-Registratur‹, dachte sie im Stillen bei sich.

Born schwirrte der Kopf. Alles, was die Riesen gesagt hatten, schien jeder Vernunft zu entbehren, und doch deutete allein die Tatsache ihrer Anwesenheit und der greifbare Beweis ihres metallenen Himmelsfahrzeugs darauf hin, dass es vielleicht noch größere Wunder gab. Für den Augenblick freilich musste er seiner Neugierde, zugunsten wichtigerer Dinge, Zügel anlegen.

»Ihr wirkt beide müde und hungrig. Die Strapazen müssen euch erschöpft haben.«

Cohoma fügte ein von Herzen kommendes »In der Tat!« hinzu.

»Ich bringe euch zum Heimbaum. Dort können wir uns weiter unterhalten.«

»Eine Frage, Born«, meinte Logan. »Sind Deine Leute allen Fremden gegenüber so aufgeschlossen, wie Du das bist?«

»Glaubt ihr, wir sind nicht zivilisiert?«, gab Born zurück. »Jedes Kind weiß, dass ein Gast ein Bruder ist und so behandelt werden muss.«

»Ein Mann nach meinem Herzen«, seufzte Cohoma und lächelte. »Ich muss mich entschuldigen, Freund Born. Ich hatte anfänglich einige falsche Vorstellungen von Dir. Geh voraus, Kleiner.«

Born deutete nach oben. »Zuerst zur Etage vom Heim, eine kleine Kletterpartie.«

Die beiden Riesen stöhnten. Nach dem zu schließen, was er bisher von ihren »Kletterkünsten« zu sehen bekommen hatte, konnte Born ihre Reaktion begreifen.

»Ich werde versuchen, einen möglichst bequemen Weg zu finden. Das kostet uns etwas Zeit...«

»Die wollen wir gerne investieren«, dankte Logan.

Born fand eine spiralförmige Zweigwurzel, die in einer eng gerollten Doppelspirale von einem Luftbaum irgendwo über ihnen herunterhing. Ein paar Dutzend Meter würde der Aufstieg also sehr einfach sein. Gerade wollte er zu klettern beginnen, als er hinter sich einen Schrei hörte. Er griff nach seinem Bläser, entspannte sich aber, als er sah, dass es nur Ru'Umahum war. Die Angst, welche die beiden Riesen beim Anblick des freundlichen Pelzigers zeigten, war amüsant.

»Das ist nur Ru'Umahum«, teilte er ihnen mit. »Mein Pelziger. Er würde euch ebensowenig etwas zuleide tun wie mir.«

»Menschen«, brummte Ru'Umahum belustigt und beschnüffelte zuerst Logan, dann Cohoma. Keiner der beiden Riesen regte sich von der Stelle. Erst als der große Kopf mit seinen Hauern in sicherer Entfernung war, wagten sie wieder zu atmen.

»Mein Gott«, wisperte Logan und blickte ehrfürchtig auf die massige Gestalt des Pelzigers, als diese im Dschungel verschwand. »Es redet. Das sind zwei vernunftbegabte Lebewesen, die unsere Forschungsabteilung glatt übersehen hat!«

Sie sah Born mit neuem Respekt an. »Ein fleischfressender Hexapode [4] - wie habt ihr so ein gewaltiges Tier je zähmen können?«

Born überlegte verwirrt, dann dämmerte es ihm. »Willst Du damit andeuten, dass ihr keine eigenen Pelziger zum

Gefährten habt..?!« Sein Blick wanderte zwischen dem verblüfften Cohoma und der staunenden Logan hin und her.

»*Eigene* Pelziger..?«, wiederholte Logan verdutzt. »Warum sollten wir?«

»Nun«, resümierte Born, ohne nachzudenken, über eine Grundtatsache des Waldes:

»Jeder Mensch hat seinen Pelziger,
und jeder Pelziger seinen Menschen,
so, wie jeder Blitzer seine Blüte,
jeder Kabbl seinen Ankerbaum,
jeder Pfeffermall seinen Resonator hat.
Das ist das Gleichgewicht der Welt.«

»Ja, aber das erklärt immer noch nicht, wie ihr ihn gezähmt habt«, beharrte Cohoma und starrte dem inzwischen verschwundenen Sechsbeiner nach.

»Zähmen..?«, griff Born zweifelnd den völlig daneben liegenden Begriff auf und runzelte skeptisch die Stirn. »Das ist keine Frage der *Zähmung*. Pelziger *mögen* Menschen, und wir mögen Pelziger.«
Er zuckte die Achseln. »Das ist natürlich. So war es immer.«

»Das Tier hat gesprochen«, sinnierte Logan. »Ich habe ganz deutlich gehört, wie es ›Menschen‹ sagte.«

»Sehr intelligent sind die Pelziger nicht«, räumte Born ein, »aber sie können gut genug reden, um sich verständlich zu machen.« Er schmunzelte schelmisch. »Es gibt Menschen, die weniger reden.«

Aus irgendeinem Grunde brachte dies die beiden Riesen dazu, eine lange Diskussion zu beginnen, die mit komplizierten Ausdrücken gespickt war, welche Born nicht verstand. Das beunruhigte ihn. Außerdem war es Zeit, den Nachhauseweg anzutreten; Zeit für die Huldigung, die ihm dort nun - endlich - gebührte!

»Wir müssen jetzt gehen, aber ich stelle eine Bedingung.«

Diese halbversteckte Drohung reichte aus, um die Riesen aus ihrer Debatte zu reißen. Beide starrten ihn an.

»Was für eine Bedingung?«, fragte Kimi.

Born fixierte Cohoma. »Dass Jan mich nicht mehr ›Kleiner‹ nennt, sonst nenne ich ihn jedes Mal, wenn er ausgleitet, einen Tölpel.«

Cohoma lächelte säuerlich, aber Logan lachte hell. »Da hat er wohl recht, Jan.«

Letzterer grantelte bloß, dass es angebracht wäre, sich auf den Weg zu machen, und kletterte dann hinter Born an der Wurzel hinauf. »Keine Zeit zu vergeuden«, fügte er mürrisch hinzu.

Während sie nach oben kletterten, dachte Born über Cohomas letzte Bemerkung nach. Die Vorstellung »Zeit zu vergeuden« interessierte ihn persönlich, da man im Heim gewöhnlich nur ihn damit konfrontiert hatte. War es möglich, dass es noch andere gab, die ähnlich wie er über die Art und Weise nachdachten, wie man die Zeit verbrachte?
Wenn ja, so war dies ein weiterer Grund, diese Riesen besser kennenzulernen. Und einige andere Gründe waren ihm bereits bewusst...

5 - Die illegale Station

Ein breiter Streifen Waldes war rings um die gepanzerte Station mit ihrer Kuppel niedergebrannt worden, die in der größten Lichtung besser gesagt, der einzigen freien Stelle in der Waldwelt stand; eine silbergraue Blase, welche sich aus einem grünen Meer erhob, als hätte sie ein kolossaler Taucher ausgeatmet, der weit unter der Oberfläche schwamm.

Das kreisförmige, von einer Kuppel bedeckte Bauwerk ruhte auf den abgesägten Stämmen von drei Säulenbäumen, deren glatt zurechtgestutzte Äste ein System von Streben und Stützen bildeten, das ebenso stark war wie jeder künstliche, metallene Träger, den man hätte konstruieren können.

Irgendwann einmal würden die abgeschnittenen Riesenbäume sterben und niederstürzen, aber bis dahin würde man die Station nicht mehr brauchen. Viel größere, dauerhafte Bauwerke an anderer Stelle würden sie ersetzen, wie es der gesteckte Plan vorsah.

Die freigebrannte Zone rings um die Station sollte weitere Todesfälle verhindern, wie sie durch Angriffe der vielen Räuber des Waldes - vor der Einrichtung der verschiedenen Verteidigungsanlagen - beinahe an der Tagesordnung gewesen waren.

Als die Ingenieure erkannt hatten, dass kein Dschungelgeschöpf es wagte, eine frei unter dem Himmel liegende (und damit auch fliegenden Raubtieren zugängliche) Fläche zu überqueren, hatten sie den Dschungel mit Lasern viele Meter weit niedergebrannt; nicht nur in waagerechter Richtung, sondern auch einige Meter in die Tiefe.

Zwei Bewohner der Station waren von Flugräubern verschleppt und daraufhin gewiss auch verspeist worden, während sie sich auf der Promenade rings um die Station ergingen. Wieder wurden die Verteidigungseinrichtungen verstärkt, bis die Station einer kleinen Festung ähnelte. Eigentlich passten die Laser und sonstigen Kanonen nur schlecht zu einem Bauwerk, das in erster Linie der Forschung diente. Die weniger tödlichen Anlagen befanden sich im Inneren des grauen Gebäudes.

Und jenen Komplex von inneren Laboratorien sollte die waffenstarrende Außenwehr schützen.

Forschungstrupps zogen in bewaffneten Gleitern aus, um den endlosen Wald nach brauchbaren Produkten abzusuchen. Eine Entdeckung nach der anderen brachten sie zurück - der Wald erwies sich als unerschöpfliches Reservoir von Überraschungen, aus denen in den Labors kommerzielle Möglichkeiten entwickelt wurden. Diese Erkenntnisse wurden an andere Leute weitergereicht, die ihrerseits diese Information an einen Tiefraumsender leiteten, der sie, vermittels verschiedener komplizierter Einrichtungen, zu einer fernen Welt weitergab - denn die Station war illegal, diente allein der profitorientierten Raffgier, war weder registriert, noch offiziell inspiziert oder amtlicherseits gebilligt.

Dort chiffrierte ein Mann mit einer Maschine die Myriaden von Entdeckungen in Zahlen, gab sie an einen zweiten weiter, der sie einem dritten übergab, der sie für einen vierten »wusch«, der sie wiederum sorgfältig auf den Schreibtisch einer Person legte, die körperlich, wenn auch nicht geistig, verkümmert war. Jene Person studierte die Zahlen, und dann lächelte sie immer wieder schief und nickte.

Anschließend wanderten Befehle über die sorgfältig getarnte Kommandokette, bis sie zuletzt in der Kuppel auf der »Welt-ohne-Namen«, die man, ironisch, auch »Midworld« nannte, verteilt wurden.

Die Lage der »Welt-ohne-Namen« wurde so gründlich geheim gehalten, dass nur wenige von den im Innern der Kuppel tätigen Leuten die geringste Vorstellung hatten, *wo* sie eigentlich wirklich waren.

Kein Pilot wurde zweimal dorthin gesandt; jeder reichte sein Wissen an den Nachfolger weiter, denn man wagte es nicht, Koordinaten irgendwelchen mechanischen Geräten anzuvertrauen.

Das war riskant, weil auf diese Weise die Koordinaten auf alle Zeit verlorengehen konnten, andererseits sprach der Vorteil absoluter Geheimhaltung dafür. Da niemand die Position des Planeten kannte, konnte sie auch niemand freiwillig - oder sonstwie - an Agenten des Commonwealth oder der Kirche verraten. Jeder, den man zu diesem Thema verhörte, durfte offen und freiweg alles zugeben, was er wusste: Nämlich nichts.
Die ganze Organisation arbeitete höchst professionell.

>

In dem größten jener inneren Labors studierten die fähigsten Forscher der illegalen Trutzburg das riesige eiförmige Stück aus dunklem Holz, das einen Teil des Saales beherrschte. Man hatte es aufgeschnitten. Dieses wertvolle Stück Holz hatte all die Kosten, die Geheimhaltung und Mühe aufgewogen.

Wu Tsingahn hatte schon daran gearbeitet, ehe der Bau der Station abgeschlossen worden war. Er war ein kleiner Mann mit fein geschnittenen, gequält wirkenden Gesichtszügen und ehemals schwarzem Haar, das der Aufenthalt an einigen ungewöhnlichen Orten, für Jahre zu früh, hatte grauweiß werden lassen.
Der persönliche Schmerz, der sein Antlitz prägte, hatte weder die Klarheit seines Verstandes beeinträchtigt, noch seine analytischen Fähigkeiten abgestumpft. Wie allen anderen in der Station war ihm bewusst, dass seine Tätigkeit auf diesem Planeten weder mit den Regeln der Kirche noch den Vorschriften des Commonwealth zu vereinbaren war. Die meisten waren des Geldes wegen hier.

Tsingahns Hände zitterten etwas, und gelegentlich zuckten seine Augenlider mit einem nervösen Tic. Beides waren Nebenwirkungen der Droge, die - um teures Geld - großes Vergnügen bereitete.

Wu war jetzt von dieser Droge abhängig. Er brauchte sie regelmäßig in hoher Dosis. Er war gezwungen worden, seine moralischen Prinzipien hintanzustellen, um seiner Sucht frönen zu können. Aber das störte ihn schon lange nicht mehr. Außerdem war die Arbeit nicht besonders schwierig und intellektuell anregend.

Es klopfte an der Türe.

Tsingahn erschrak kurz, ganz in seine Tätigkeit vertieft: »Herein«, rief er mechanisch.

Ein stattlicher Mann, dessen Kontaktlinsen im Licht der Deckenlampe blitzten, trat hinkend ein. Der Mann war zwar kein Hüne vom Format eines »Goliath«, aber seine Oberarme hatten einen größeren Umfang als die Schenkel des Biochemikers. Er trug eine Waffe im Gürtelhalfter. Die war nicht zu übersehen - und sollte auch gesehen werden.

»Ahh..., Sie sind es... Hallo, Nearchose.«

»Hallo, Doc«, antwortete der Eingetretene.
Er ging durch das Zimmer und deutete mit einer Kopfbewegung auf das Stück Holz. »Schon herausgefunden, wie es funktioniert?«

»Ich wollte es bis jetzt noch nicht riskieren, seine wirkstoffproduzierenden Eigenschaften zu verändern, Nearchose«, erklärte Wu mit leiser Stimme. »Wenn ich es ganz seziere, könnte das gefährlich sein.«

Nearchoses Hand berührte studierend das Holz.
»Wieviel, glauben Sie denn, ist ein solcher Kloben wert, Doc?«

Tsingahn zuckte die Achseln. »Wieviel ist einem Menschen die Verdoppelung seiner Lebenszeit wert, Nearchose?«

Der Blick, mit dem er das Stück Holz inspizierte, enthielt mehr als reines wissenschaftliches Interesse. »Ich glaube, ein Knollen von dieser Größe würde genug Extrakt liefern, um die Lebensspanne von zwei- bis dreihundert Menschen zu verdoppeln - ganz zu schweigen von der Auswirkung auf die allgemeine Gesundheit und das Wohlbefinden. Für die Droge ist bis jetzt noch kein Preis festgelegt worden, da man sie bis zur Stunde nur in kleinen experimentellen Mengen extrahiert hat. Die Proteine haben sich als unglaublich kompliziert erwiesen. Eine synthetische Herstellung scheint nicht in Frage zu kommen. Es ist durchaus möglich, dass wir erst nach dem Sezieren wissen, wie wir weiter vorgehen müssen.«
Er blickte auf. »Was würden *Sie* dafür zahlen, Nearchose..., hmm..?«

»Wer..., ich..?« Der Wachmann lächelte schief und zeigte dabei seine Palladiumzähne; einen Ersatz für Zähne, die er keineswegs auf natürlichem Wege verloren hatte. »Ich werde sterben, wenn die natürliche Zeit dafür gekommen ist, Doc. Ein Mann wie ich könnte sich das Zeug nie leisten. Ich würde natürlich alles darum geben oder tun, wenn ich glaubte, dass ich damit durchkäme.«

Tsingahn nickte. »Wesentlich wohlhabendere Männer werden dasselbe tun.« Er zwinkerte ihm zu. »Vielleicht stecke ich Ihnen von der nächsten Charge ein Fläschchen zu. Was würden Sie davon halten, Nearchose?«

Das Gesicht des Athletischen wurde plötzlich ernst, und er blickte auf seinen Freund hinunter, den er, wenn es darauf angekommen wäre, mit einer Hand hätte in Stücke brechen können. »Machen Sie keine solchen Witze mit mir, Doc. Das ist nicht komisch. Mindestens zweihundert Jahre bei guter Gesundheit zu leben, anstatt mit achtzig, neunzig oder vielleicht auch einhundert Lenzen langsam zu zerfallen... Sie sollten so Scherze mit mir nicht machen.«

»Tut mir leid, Nick. War nicht böse gemeint. Sie wissen ja, dass ich meine eigenen Gebrechen habe. Was ich da eben angeboten habe, war unüberlegtes, dummes Zeug. Ich werde so Späße nicht mehr vom Stapel lassen. Ich wollte Ihnen wirklich nicht weh tun.«

Nick Nearchose winkte, seinem Gegenüber vergebend, ab. Er wusste natürlich um die Drogenabhängigkeit des Biochemikers. Jeder in der Station wusste das. Der brillante Forscher Tsingahn hatte diese Schwäche, wenn er auch weder verkrüppelt noch krank war.
Nearchose hatte geistige Defizite, was nicht hieß, dass man ihn ungestraft einen Schwachkopf hätte zeihen können. Es war allgemein bekannt und offensichtlich, wie sehr er alle anderen in der Station an körperlicher Stärke überragte, und so war die Freundschaft, die sich zwischen ihnen entwickelt hatte, die Freundschaft Gleichberechtigter.

»Ich habe diese Schicht Außenstreife«, erklärte Nearchose und wandte sich zum Gehen. »Ich wollte bloß nachsehen, wie die Dinge hier stehen, das ist alles.«

»Schon gut, Nick. Sie können jederzeit kommen.«
Nachdem sein muskelprotzender Kollege gegangen war, stellte Tsingahn seine Instrumente für die erste Sektion des Holzstückes ein. Er konnte das nicht weiter hinausschieben, obwohl es sich bei dem Knollen um das einzige bis jetzt gefundene Stück seiner Art handelte. Er war sicher, dass die Suchtrupps weitere finden würden. Es war nur eine Frage der Zeit. Sie hatten einen Extrakt aus dem Zentrum des Holzknollens einem Carew eingegeben, und das Ergebnis war unerwartet, erstaunlich, ja überwältigend gewesen. Statt die üblichen zwei Tage in Gefangenschaft hatte das hyperaktive Säugetier beinahe eine Woche überlebt. Er hatte das

Experiment zweimal wiederholt und seinen eigenen Ergebnissen nicht getraut. Als sie sich allerdings beim dritten Mal getreulich bestätigten, hatte er seine Entdeckung Hansen, dem Direktor der Station, mitgeteilt. Die Reaktion der Geldgeber des Projekts war wie erwartet ausgefallen: Es mussten weitere Knollen gefunden werden..!

Indes: Die Umgebung per Gleiter zu erforschen war schwierig. Man hatte Suchtrupps zu Lande ausgesandt, aber Hansen hatte sie - trotz der Beschwerden von weiter oben - bald wieder eingestellt. Zu viele Suchtrupps, gleichgültig, wie gut sie auch bewaffnet waren, kamen nicht mehr zurück...

Die Tatsache, dass diese krankhafte Wucherung des Baumes sich vielleicht als nützlicher erweisen würde, als der Baum selbst, faszinierte Tsingahn immer noch. Er musste an die Wale auf der alten Terra denken und an die Ambra, welche ja eigentlich nur einen Teil ihres Darm- oder Mageninhaltes ausmachte. Er war erpicht darauf, die innere Struktur des Holzknollens zu studieren.
Gemäß Sonden, die man eingeführt hatte, war das Innere weich, ganz im Gegensatz zu den meisten Knollen, die massives Hartholz darstellten. Und dann gab es auch noch weitere Hinweise, die auf ein ungewöhnliches Inneres schließen ließen.

>

Er arbeitete einige Tage an der Selektion; sägte, sondierte und schnitt. Am Ende dieser Zeit zerriss ein höchst unnatürlicher, schrecklicher Schrei den Frieden der Forschungsbasis und jagte Personal von ihren Arbeitsplätzen in das Labor von Wu Tsingahn.

Nearchose war der erste. Diesmal klopfte er nicht, sondern wuchtete die Tür einfach auf, wobei der Riegel in Stücke ging. Zu seiner ungeheuren Überraschung stand Tsingahn einfach da und musterte ihn ruhig. Eine Hand zitterte leicht. Eines seiner Augenlider flatterte, aber das war, entsprechend seinem Gesundheitszustand, nicht unüblich.

Eine Menschenmenge hatte sich hinter Nearchose gesammelt, er drehte sich um und scheuchte sie weg.

»Nichts zu sehen. Alles in Ordnung. Der Doc hatte nur einen schlimmen Trip; etwas schlimmer als sonst, das ist alles...«

»Bist Du da sicher, Nick?«, fragte eine Frau zögernd.

»Klar, Mary. Ich mach das schon.«

Die Menge verteilte sich unter verhaltenem Stimmengewirr, als Nearchose die zerbrochene Türe schloss.

»Was ist denn los, Nick? Weshalb so stürmisch?«

Der Wächter wandte sich zu ihm um und studierte den Mann, den er oft nicht verstand, für den er aber höchsten Respekt empfand. »Sie waren das, der so geschrien hat, Doc.« Das war keine Frage.

Tsingahn nickte. »Ja, das war ich.« Er sah weg. »Ich habe meine Morgendosis intus und... ich dachte, ich hätte etwas gesehen. Ich bin nicht so widerstandsfähig wie Sie, Nick. Ich fürchte, ich habe einen Moment die Fassung verloren. Es tut mir leid, wenn es die anderen gestört hat.«

»Okay, schon gut«, meinte Nearchose unsicher. »Hab' mir einfach Sorgen um Sie gemacht... Alle machen sich Sorgen, wissen Sie...«

»Ja, ich verstehe...«, sagte Tsingahn bitter.

Nearchose schien sich in dem Schweigen nicht ganz wohlzufühlen und sah sich im Labor um. »Was macht die Arbeit? Fortschritte?«

Tsingahns Antwort klang abwesend, seine Gedanken waren offenbar nicht bei der Sache. »Nun, besser als erwartet. Ja, ganz gut. In ein paar Tagen kann ich vielleicht berichten.«

»Das ist prima, Doc.« Nearchose wandte sich zum Gehen, hielt dann aber inne. »Hören Sie, Wu, wenn Sie etwas brauchen, irgendetwas, das Sie nicht auf offiziellem Wege...«

Tsingahn lächelte schwach. »Natürlich, Nick. An Sie würde ich mich zuerst wenden.«

Der Wächter grinste und schloss leise die Türe hinter sich.

Tsingahn kehrte an seine Arbeit zurück. Er war jetzt ganz ruhig und arbeitete schnell, effizient und geschickt.

Die Ruhe der Station sollte bis zum Abend jenes Tages nicht mehr gestört werden - bis jemand an dem Labor vorbeiging und vor der Türe etwas Ungewöhnliches zu riechen glaubte. Er schnupperte, ging dem Geruch nach und stellte fest, dass durch die Ritzen der mittlerweile wieder reparierten Labortüre dunkle Rauchschwaden quollen.

Der Mann schlug das Glas des nächstbesten Feuermelders ein: »Alarm, es brennt. Es brennt im Labor..!«

Diesmal war Nearchose nicht der erste, der das Laboratorium erreichte. Er musste sich durch all die Leute durchwinden, welche die letzten Flammen erstickten. Es war gelungen, das Feuer einzudämmen, ehe die Flammen sich weiter ausbreiten konnten, aber das Labor selbst war völlig vernichtet. Das Feuer hatte zwar nur kurz, jedoch intensiv gebrannt. Nicht nur, dass es in dem Labor eine Menge brennbaren Materials gegeben hatte, sondern Tsingahn hatte offenbar noch mit weißem Phosphor und Säure nachgeholfen!

Der kleine Biochemiker war bei der Zerstörung ebenso methodisch vorgegangen, wie bezüglich seiner Forschungen.

Alle drängten sich um die wenigen verkohlten Holzstücke, die im hinteren Teil des Labors herumlagen. Sie waren der Rest dessen, was von dem Knollen übriggeblieben war, der unzählige Millionen wert gewesen sein musste.

Nearchoses dominierende Regung und Priorität galt etwas anderem; deshalb suchte – und fand – er die Leiche seines Freundes unter einem Tisch. Zuerst nahm er an, der Wissenschaftler sei einer Rauchvergiftung erlegen, da der Tote keine Spuren von Verletzungen zeigte. Dann indes wälzte er den Leichnam zur Seite, und die weiße Kappe rutschte herunter. Nearchose sah den Nadler, den eine Hand noch umkrampft hielt, sah die winzigen Löcher vorne und hinten am Schädel. Er wusste, wie ein Nadler wirkte; wusste, dass man einen Bleistift durch das Loch würde schieben können. Die Augen Wus waren geschlossen, und sein Antlitz wirkte irgendwie friedlich - zum ersten Mal, seit Nearchose sich erinnern konnte.
Er richtete sich auf. Das bejammernswerte, schwache Genie, das vor ihm auf dem Boden lag, hatte etwas entdeckt, das ihn in den Tod getrieben hatte. Nick hatte keine Ahnung, keinen blassen Schimmer, *was* dieses »Etwas« gewesen sein mochte - und er war auch gar nicht sicher, ob er es wissen wollte...

Kein Mensch ist vollkommen.
Ein alter Sergeant hatte ihm diesen abgedroschenen Satz zum ersten Mal gesagt. Bei all seinen wissenschaftlichen Fähigkeiten war Tsingahn weniger vollkommen als die meisten gewesen. Ein Blatt mit Notizen hier, die Seite eines Buches dort - das war alles, was übriggeblieben war.

*

In der Station war ein Biochemiker von geringerem Rang tätig, den man »Zamboanga« nannte - desweiteren ein Botaniker, der »Chittagong« hieß. Genaugenommen waren dies nur ihre Spitz- oder Decknamen, welche sich von ihrer ursprünglichen Herkunft ableiteten.

Zu zweit ergaben sie nicht ganz die Kompetenz eines Tsingahn, aber sie waren die Besten, die Direktor Hansen im Moment aufbieten konnte. Sie wurden sofort von ihrem bisherigen Aufgabengebiet abgezogen, bekamen die sorgfältig eingesammelten Papierfetzen und Reste seiner Notizbücher, sowie den Auftrag, Wu Tsingahns Arbeit zu rekonstruieren.

Schließlich fand man einen zweiten Knollen von der Art, wie der erste, der vom Feuer zerstört worden war, und brachte ihn in die Station. Man gab jenen an Chittagong und Zamboanga, die damit arbeiteten, während neu installierte Sicherheitsmonitore sie rund um die Uhr überwachten; alles überprüften, angefangen beim Herzschlag der Wissenschaftler, bis zum Knurren ihres Magens. Beide Männer standen ihrem neuen Projekt alles andere als begeistert gegenüber, besonders wenn sie den Tod ihres Gefährten in Betracht zogen.

Aber die Befehle kamen von einer wütenden Person an einem machtvollen Schreibtisch, der viele Parsec entfernt stand. Gegen sie gab es keinen Widerspruch!

Nearchose kehrte zu seinen Pflichten zurück. Er saß auf seinem Posten und brütete darüber nach, was in einem gewöhnlichen Stück Holz enthalten sein könnte, das jemanden von so rationaler Grundhaltung und Gesinnung wie Tsingahn dazu bringen konnte, durchzudrehen..! Solche Dinge geschahen, und er brauchte sich darüber nicht zwingend den Kopf zu zerbrechen. Aber er *konnte* einfach nicht anders...

Nick seufzte und zwang sich, wieder auf die ihn umgebende grüne Mauer zu blicken.

Verdammt, er hatte all dieses Grün satt..!

6 - Zwei »Aliens« in Midworlds Dschungel

»Autsch!«

Born blieb stehen und sah sich nach seinen Schützlingen um. Logan hüpfte ungeschickt, einen Fuß belastend, auf dem Kabbl und hielt sich an einer Liane fest. Born ließ die Schlingpflanzenwurzel los, die er gerade ergriffen hatte und kniete sich neben Logan nieder. Sie setzte sich und hielt ihr linkes Bein. Kimi schien eher ärgerlich als verletzt.

Cohoma studierte etwas, das Logan mit einer Hand abdeckte. »Was ist?«

Sie lächelte ihn an. Auf ihrer Stirn standen kleine Schweißperlen. »Ich bin auf etwas getreten.« Sie sah sich um, gestikulierte. »Diese Blume dort... ist mir mit ihren Stacheln durch den Stiefel gedrungen.«

Born sah die winzige Ansammlung hellorangeroter Dornen, die aus der Mitte des winzigen Buketts sechsblättriger Lavendelblüten hervorlugten. Sein Ausdruck veränderte sich, seine Hand griff unter seinen Umhang und zückte das Messer.

»Hey, hey, hey..!« Jan wollte zwischen sie treten. Born schob den Größeren einfach weg. Cohoma stolperte und wäre fast vom Kabbl gerutscht.

»Hinlegen!«, befahl Born knapp und drückte Logan gleichzeitig mit der Hand hinunter. Sie war zu konsterniert, um sich zu wehren, wollte sich aber gleich wieder aufsetzen, stützte sich mit den Händen ab.
»Born, was machst Du? Es sticht ein wenig, aber...«

Er riss ihr den hochschaftigen Schuh vom Fuß, und sie kippte wieder um, schlug sich den Kopf am Holz auf. Dann hob er ihr Bein an und hielt das Messer darüber.

»Warte doch, Born!« Ihre Stimme klang hysterisch.

Cohoma hatte inzwischen wieder Tritt gefasst und kam jetzt drohend auf den Jäger zu.

»Augenblick mal, Du Knirps. Erkläre...«

Über ihm war ein warnendes Grollen zu hören, und er blickte auf.

Ru'Umahum beugte sich über den Kabbl, hielt sich mit den vier Hinterbeinen daran fest, die Vorderpfoten hingen mit ausgefahrenen Klauen herunter. Der Pelziger lächelte und zeigte dabei mehr Elfenbein als ein Konzertflügel.

Cohoma sah in drei Augen und ballte die Fäuste, hielt sie aber an seiner Seite.

»Das tut jetzt etwas weh«, informierte Born seine »Patientin« lakonisch. Sein Messer schnitt direkt über den drei roten Punkten in ihre Fußsohle.

Logan stieß einen wilden Schrei aus, fiel nach hinten und versuchte sich zu befreien. Born hielt ihren Fuß jedoch, wie die Klemmbacken eines Schraubstocks, in eisernem Griff, legte den Mund auf die blutende Wunde, saugte und spuckte mehrere Male. Als er fertig war, weinte sie leise und zitterte.

Nach einem vorsichtigen Blick auf Ru'Umahum trat Jan neben Kimi, um sie zu trösten.

Born achtete nicht auf die Fragen des bleichen Riesen, sondern sah sich in dem Blattwerk um, das sie umgab. Dann fand er, was er brauchte: ein paar zylinderförmige Blüten, die aus einem nahen Zweig wuchsen. Er suchte einen alten aus und schnitt ihn unten ab. Der Zweig war etwa halb so lang wie sein Arm. Geschickt entfernte er dessen Spitze, sodass ein hohles Rohr zutage trat, welches mit einer klaren Flüssigkeit gefüllt war. Er trank diese, seufzte und suchte einen zweiten Zylinder.

Den bot er der verletzten Frau an. Logan rieb sich immer noch die Augen und starrte ihn an.

»Trink das«, befahl er.

Sie wollte nach dem Zylinder greifen, zuckte aber zusammen, als der Stängel sich weich anfühlte. Trotz kurzem Bedenken hielt sie zögernd die Lippen an den Rand und leerte ihn, ohne auf Cohomas Warnung zu achten, zur Hälfte. Den Rest gab sie ihm.

Cohoma studierte das Rohr argwöhnisch. »Woher wissen wir denn, dass er uns nicht vergiften will?«

»Wenn er uns töten wollte«, winkte sie ab, »hätte er uns ja dem fliegenden Fleischfresser überlassen können. Jan, sei kein Narr. Daran ist nichts Gefährliches.«

Cohoma nippte widerstrebend, leerte den Behälter letztlich aber.

»Dein Fuß..., wie fühlt er sich an?«, erkundigte Born sich besorgt.

Logan zog das Knie hoch und drehte das Bein dann in eine Position, die es ihr erlaubte, ihre Sohle sehen zu können. Die Wunde war nicht so tief, wie sie befürchtet hatte. Jedenfalls nicht so tief, wie sie sich angefühlt hatte, als Born sie schnitt. Sie begann bereits zu heilen. Aber rings um die drei Stiche hatte die Haut sich intensiv gerötet.

»Wie, wenn jemand mit dem Messer hineingestochen hätte«, konterte sie schnippisch. »Wie sollte der Fuß sich denn sonst anfühlen?«

»Außer dem Schnitt fühlst Du nichts?«, insistierte Born.

Sie überlegte. »Ein leichtes Prickeln vielleicht; dort, wo ich in die Dornen getreten bin... Etwa so, wie wenn einem der Fuß ›einschläft‹...«

»Hmm..., prickeln...«, dehnte Born nachdenklich. Wieder suchte er den Busch um sie herum ab. Die beiden Riesen beobachteten ihn neugierig. Er blieb vor einer Pflanze stehen und pflückte eine blassgelbe Frucht von einem Zweig ganz oben, wo diese Früchte in Dreiergruppen hingen. »Iss das«, wies er Logan erneut an.

Kimi musterte die Frucht unsicher. Von allem, was Born ihnen gegeben hatte, wirkte das hier am unsympatischsten. Sie hatte die Form eines kleinen Fässchens mit braunen, rippigen Wülsten, welche sie wie Bänder umliefen. »Mit der Haut?«

»Ja, mit der Haut«, empfahl Born nickend. »Und schnell. Das ist besser für Dich.«

Sie führte das fremdartige Obst zum Munde. So vieles auf dieser Welt täuschte den Betrachter - vielleicht hatte dieses zäh aussehende Zeug einen... Egal - sie biss hinein.
Ihr Gesicht verzog sich angewidert. »Das schmeckt«, prustete sie an Cohoma gewandt, »wie fauliger Käse mit Essig. Was passiert denn, wenn ich das nicht zu Ende esse?«, ersuchte sie Born bittend.

»Ich hoffe, ich habe das Gift ziemlich komplett aus der Wunde gesaugt; wenn nicht, dann hast Du noch ein paar Augenblicke Zeit, ehe sich das restliche Gift in Deinem Nervensystem ausbreitet und Dich lähmt und dann tötet. Wenn das Antitoxin in der Frucht es nicht vorher neutralisiert.«

Logan schlang das gelbe Fruchtfleisch mit einer Geschwindigkeit hinunter, die ihren Ekel Lügen strafte. Dennoch fand sie Zeit, sich darüber zu wundern, dass im Wortschatz dieser Leute Begriffe wie »Antitoxin«, »Nervensystem« und »neutralisieren« durch all die Jahre haftengeblieben waren. Zweifellos, überlegte sie, wurden die Ausdrücke in dieser stets bedrohlichen Umgebung ständig gebraucht. Kaum hatte sie diesen Schluss gezogen, weiteten sich ihre Augen, die Wangen traten hervor und sie wandte sich ab, würgte so elendiglich, dass Born und Cohoma alle Mühe hatten, sie festzuhalten, sonst wäre sie vom Kabbl gestürzt. Minuten später lag sie auf dem Rücken, rang nach Luft und fuhr sich langsam mit dem Unterarm über den Mund. Sie keuchte. »Mir ist, als hätte man mich von innen nach außen gestülpt.« Kimi presste sich beide Hände an den Leib und betastete sich vorsichtig. »Aber alles ist noch da - ich wäre jede Wette eingegangen, dass ich meinen Bauch einfach weggekotzt hätte.«

Born achtete nicht auf ihre Klagen. »Wie fühlt Dein Fuß sich jetzt an?«

»Er prickelt immer noch ein wenig.«

»Nur Dein Fuß?«, beharrte er und musterte sie aufmerksam. »Nicht Dein Knöchel oder die Wade?« Er betastete sie.

Sie verneinte kopfschüttelnd.

Born knurrte etwas Unverständliches und stand auf. »Gut. Wenn das ganze Bein prickeln würde, hätte sich das Gift schon zu weit ausgebreitet, und ich könnte nichts mehr dagegen tun. Aber jetzt bist Du außer Gefahr.«

Sie nickte und versuchte mit Cohomas Hilfe aufzustehen. Nachdem dies leidlich geschehen, musterte Kimi Born scharf. »Hey, wenn es so wichtig war, dass ich die Frucht sofort esse, warum hast Du dann gezögert, ehe Du sie abgepflückt und hergebracht hast.
Bezogen auf das, was Du gerade gesagt hast, hätte ich in der Zwischenzeit sterben können.«

Der Jäger bedachte sie mit dem geduldigen Blick, den man sich gewöhnlich für ganz kleine Kinder aufspart. »Ich musste sicher gehen, dass die Tesshanda nichts dagegen einzuwenden hatte, dass ich ihre Frucht pflückte; sie war ja noch nicht ganz reif.«

Logan und Cohoma schienen verwirrt. »Willst Du damit sagen«, fuhr Kimi fort, »dass Du diese Pflanze um Genehmigung bitten musstest? Dass Du mit ihr *gesprochen* hast?«

»Das habe ich nicht gesagt«, verbesserte Born ihre verworrene Einschätzung. »Emfatiert habe ich sie.« [1]

»Emfatiert? Oh, Du meinst, Du hast die Frucht betastet, um zu sehen, ob sie reif war?«

Born schüttelte den Kopf. »Nein..., emfatiert..! Emfatiert ihr nicht mit euren Pflanzen?«

»Ich denke nicht; ich habe nämlich keine Ahnung, wie Du das meinst, Born.«

Er schien befriedigt, wenn es ihm auch keine Freude zu bereiten schien. »Ah, das erklärt eine ganze Menge.«

»Mir nicht, gar nicht«, erwiderte Jan. »Hör zu, Born, willst Du sagen, dass Du mit dieser Pflanze geredet oder Dich mit ihr unterhalten hast und dass sie es Dir erlaubt hat, eine ihrer Früchte abzupflücken, ehe sie reif war?«

»Nein, nein... Ich habe sie emfatiert. Wenn die Frucht reif gewesen wäre, hätte ich das natürlich nicht tun müssen.«

»Warum ›natürlich‹..?«, fragte Logan, der das Gespräch immer mysteriöser schien.

»Weil die Tesshanda dann mich emfatiert hätte.«

»Irgendeine Art rituellen Aberglaubens«, folgerte sie leise. »Ich möchte nur wissen, wo das herkommt..! Hilf mir bitte noch mal richtig auf die Beine, Jan.«

Das tat er; doch sie zuckte sofort zusammen, knickte ein, beugte sich nach vorne und hielt sich den Leib.

»Kannst Du gehen?«, erkundigte sich Born, immer noch sehr geduldig.

»Nein, nicht so richtig - aber ich bin eine geübte Humplerin.« Kimi zwang sich zu einem schiefen, sarkastischen Grinsen. »Manchmal ist ja die Medizin schlimmer als die Krankheit... Ich glaube nicht, dass Du im Commonwealth große Chancen als Arzt hättest, Born; aber das ist jetzt schon das zweite Mal, dass Du mir das Leben gerettet hast. Danke Dir.«

»Das dritte Mal!«, korrigierte Born, ohne näher auf seine Zählung einzugehen. »Wir sind jetzt nahe beim Heim. Noch eine halbe Etage nach oben und weitere etwa zehn ›Etagen‹ horizontal.«

Die beiden Riesen stöhnten.

*

»Ich habe noch nie über einen solchen Baum gelesen - nicht im Forschungsbericht und auch in keinem der anderen Dokumente«, staunte Cohoma, als sie das Heim das erste Mal sahen.

»Du bist nicht auf dem Laufenden, Jan«, meinte seine Partnerin. »Der vorletzte Skimmer, der nach Osten geflogen war, hat Einzelheiten darüber geliefert. Man nennt solche Bäume ›Weber‹. Der Mittelstamm verjüngt sich kaum, bis er ein Niveau von fünf- oder sechshundert Metern erreicht hat. Dann spaltet er sich ein paarmal auf und bildet ein ineinander verwobenes Labyrinth von Einzelstämmen, die einen... nun...,

98

einen riesigen ›Korb‹ in dem Baum bilden. Ein paar Dutzend Meter darüber verbinden sich die einzelnen Unterstämme wieder und vereinigen sich erneut zu einem einzigen Stamm, der bis an die Spitze des Waldes reicht.

Nach dem Bericht sind die Zweige dieses kleinen ›Käfigs‹ mit rosaroten Früchten bewachsen - hauptsächlich zuckerhaltiges Fruchtfleisch um einen nussigen Kern -, der mit mehr Nährstoffen, im Besonderen Niacin, angereichert ist, als irgendetwas, das man bis jetzt je gefunden hat.«

Sie näherten sich den ersten Stämmchen und gingen an einer dicken Tungtankel entlang.

»Siehst Du diese Säcke, die aus den rosafarbenen Blüten wachsen? In dem Bericht steht, wenn man an einen solchen Sack stößt, bekommt man eine Ladung Pollenstaub ins Gesicht gesprüht. So man das Zeug einatmet, heißt es ›ade, Du schnöde Welt‹ - dies behauptet zumindest der Laborbericht, den ich kaum zu bezweifeln wage; zumal eine unserer Kolleginnen diese Erkenntnis mit ihrem Leben bezahlt hat.

Fungussporen [2] setzen sich in den Lungen und der Luftröhre fest, breiten sich sofort aus und ersticken einen binnen zwei Minuten.«

Plötzlich bemerkte sie, dass Born keine Anstalten machte, den tödlichen Gewächsen auszuweichen. »Wir gehen gewiss um diesen Baum herum, oder, Born? Es gibt hier doch bestimmt kein Gift, das Deine Leute nicht kennen...«

»Um den Baum herum..?« Born verfuhr bewusst nachsichtig mit der Unkenntnis der Riesin.

»Nein, nein..., dieser Baum **ist** das Heim.«

Er näherte sich dem wirr erscheinenden Geflecht aus mit Blumen überladenen Schlingpflanzen und Ästchen.

»Born...« Sie folgte ihm nur langsam, mit rollenden Augen, ohne die tödlichen Säcke aus dem Blickfeld zu entlassen. Nur

eine Berührung, **eine** falsche Bewegung - und die Wolke des erstickenden Pollenstaubes würde die Luft erfüllen..!

Born blieb an der ersten rostrotbraunen Liane stehen, beugte sich vor und spuckte geradewegs in eine der großen Blüten, wich dabei dem angeschwollenen Pollensack aus. Ein Zittern durchlief die Schlingpflanze, während die schimmernden Blütenblätter sich schlossen. Das Vibrieren hielt an, und dann spannten sich die Schlingpflanzen wie ein Zweig, der sich vor einer lodernden Flamme zurückzieht, rollten sich mimosenhaft ein, gaben eine Gasse durch das Gebüsch frei.

»Schnell jetzt!«, drängte Born und setzte sich in Bewegung. Ein grüner Blitz schoss an den beiden Riesen vorbei, als diese sich ihm anschlossen, denn Ru'Umahum wartete nicht lange auf ihre zögerliche Entscheidung. Als sie sicher den gewachsenen Vorhang durchquert hatten, wandten beide sich um und sahen zu, wie die Schlingpflanzen sich entspannten. Jetzt versperrten sie den Weg wieder - ebenso sicher wie eine Mauer aus Duralum.

»Bemerkenswert«, raunte Cohoma. Dann fragte er Born, während sie tiefer ins Herz des Heimbaumes eindrangen: »Born, wenn ich in eine der Blüten spuckte, was würde da passieren?«

»Nichts«, antwortete der Jäger. »Du gehörst nicht zum Heim. Das Heim kennt nur die seinen.«

»Ich begreife nicht, wie...«, begann er, aber Logan hatte bereits mit ihrer Analyse begonnen.

»Sag, Born, essen Deine Leute die Frucht des Webers, also des Helms?«

Born sah sie verdutzt an. Manchmal schien es, als besäßen diese Riesen Wissen, das jegliche Vorstellung überstieg; und im nächsten Moment konnten sie unglaublich dumm sein..!

»Gibt es denn etwas Besseres zu essen, abgesehen vielleicht von frischem Fleisch?«

Er hatte gehört, wie Logan den Bericht der Forschungsgruppe über den Weber rezitierte, hatte ihn aber nicht begriffen. »Warum sollten wir nicht essen, was uns so großzügig angeboten wird?«

»Interessant«, pflichtete Kimi ihm bei. Dann begann sie wieder Worte zu gebrauchen, die für Born keine Bedeutung hatten, und er ignorierte ihr Gespräch. »Siehst Du jetzt den Zusammenhang, Jan?«

Ihr Begleiter nickte. »Ich glaube schon. Sie essen die Früchte des Baumes regelmäßig; das ist ihre Hauptnahrung. Chemikalien aus der Frucht sammeln sich in ihrem System. Wenn sie in eine der Blüten spucken, befinden sich im Speichel auch Enzyme und Spuren des verzehrten Obstes. Kein Wunder, dass das Heim seine Leute erkennt! Ihre Spucke erfüllt die Funktion einer Eintrittskarte..!«

»Ich kann verstehen, was das den Leuten bringt«, gestand Logan. »Nahrung und Unterkunft - aber was bekommt der Baum davon ab, falls er, symbiontisch, etwas davon hat..?«

Ein Ruf..., bald noch einer..., und dann viele, rissen sie aus ihren Überlegungen.

Plötzlich fanden sie sich von einer Schar neugieriger Kinder umgeben; völlig normaler Kinder, in jeder Hinsicht normal - sah man von ihrer eichenholzfarbenen Haut, dem braun-kupfernen Haar, den grünen Augen und ihrem kleinen Wuchs ab. Die Kleinen musterten die beiden Riesen mit der gleichen Ehrfurcht, mit der sie vielleicht rosafarbene Pelziger angestarrt hätten.

Auch Din war dabei. Er lief neben Born her. Die schmale Brust aufgebläht, ahmte er jeden Tritt des Jägers nach, auch wenn er gelegentlich zwischendurch einen kleinen Sprung machen musste, um mit ihm Schritt zu halten.

Born bedachte den Jungen mit einem etwas gleichgültig tönenden Gruß. Ob der Knabe wohl nie aufhören würde, ihn zu belästigen?

Muf trottete hinter ihm her. Für einen Pelziger war das ungewöhnlich. Normalerweise hätte er jetzt irgendwo zwischen den Stämmchen mit seinen Brüdern geschlafen.

Das Junge drängelte sich durch die Kinderschar, beschnüffelte Logan neugierig.

Zuerst zuckte sie zurück, dann tätschelte sie den jungen Pelziger zögernd am Kopf. Irgendwo aus dem Inneren des sechsbeinigen Fellbündels kam ein tiefes, nicht unfreundliches Grollen. Das Junge drängte sich noch näher an Logan heran und hätte sie dabei beinahe zu Fall gebracht.

Im nächsten Augenblick war ein stromlinienförmiges grünes Etwas neben ihr.

»Wenn Junges ärgert, schlagen«, empfahl Ru'Umahum Logan mit seinem polternden Bass.

Sie blickte auf das Junge hinunter, das sie mit ergebenen Augen anstarrte. »Ihn schlagen - aber nein..., bestimmt nicht!«, wandte sie ein. »Es ist doch nett zu mir.«

Ru'Umahum schnaubte nur und trollte sich davon.

Schließlich kam die ungewöhnliche Parade - ein Mensch, zwei Pelziger, ein Rudel schnatternder Kinder, zwei blasse Riesen - vor dem Blattlederpavillon im Zentrum des Dorfes zum Stillstand.

Borns Blick wanderte über die sie umgebenden Häuser. Irgendwo gähnte ein ausgewachsener Pelziger laut. Aber da war keine Menschenmenge, die ihnen aus den halboffenen Türen entgegenströmte, keine heranwachsenden Mädchen, die gerannt kamen, um seine Arme und seinen Brustkasten zu betasten; keine Jäger, um seine Riesen mit der gleichen Ehrfurcht zu studieren, welche die Kinder gezeigt hatten. Da war kein Lob, keine Bewunderung, keine Komplimente, kein

Ausdruck gebührenden Respektes für seinen Mut und seine Kühnheit - nur die neugierigen Blicke von ein paar Alten, die hinter Blattledertüren hervorlugten.

Jemand stieß Born von hinten in die Kniekehle, sodass er vornüber in einer Pfütze Nachtwasser landete. Muf versteckte sich zwischen den Kindern. Sie lachten erheitert.

Langsam sich aufrichtend, versuchte Born seine Würde zurückzugewinnen, während er sich das Wasser vom Umhang schüttelte. Das Gelächter hielt an. Er drehte sich um und wies sie schreiend zurecht. Sie zogen sich ein paar Schritte zurück, aber ihr Lachen hörte nicht wirklich auf. Er machte einen Schritt auf eins der Kinder zu, und seine Hand fuhr drohend zum Messer. Diesmal rannten sie davon, und ihre nackten, braunen Körper huschten behände hinter die Türen der Häuser oder verbargen sich hinter Buckeln und Höckern in dem hölzernen Pflaster des Platzes.

Born stellte fest, dass sein Atem schwerer ging. Seine Fähigkeit, einen Narren aus sich zu machen, schien grenzenlos und unerschöpflich.

»Nicht ganz der Empfang, den Du Dir erhofft hast, hmm..?«, meinte Cohoma überraschend einfühlsam. »Ich weiß genau, wie Dir zumute ist. Ich habe das auch schon erlebt.« Er warf einen vielsagenden Blick zu Logan hinüber, den diese überhaupt nicht zu bemerken schien.

Abrupt floss der ganze Ärger aus Born heraus und er entspannte sich etwas; empfand gleichzeitig ein unerwartetes Gefühl der Gemeinsamkeit mit diesem fremden Mann, der von sich behauptete, in einem Boot aus Axtmetall durch die Obere Hölle zu reisen.

»Wo sind denn alle?«, wollte Logan wissen.

Born zuckte die Achseln und führte sie weiter zu seinem eigenen Häuschen, hoch in den Stämmen am äußersten Ende des Heimkäfigs.

»Sie sammeln Früchte, pflegen das Heim...«

»Parasitenkontrolle«, murmelte Jan seiner Kollegin zu. »Ein Pluspunkt für den Baum. Besser ein menschlicher Parasit, den man kennt, als ein unvernünftiges Tier oder eine Pflanze, die man nicht kennt.«

»Symbionten, nicht Parasiten«, konterte Kimi. »Den Vorteil haben sowohl der Baum, als auch der Mensch. Ich würde nur gerne wissen, was die Weberbäume zu ihrem Schutz taten, ehe Borns Ahnen sie sich zur Behausung wählten.«

»...oder jagen vielleicht...«, schloss Born, der ihre geflüsterte Unterhaltung ignoriert hatte. »Ehe es Nacht wird, kommen sie zurück.« Er lächelte; er konnte immer noch auf Gehéles Reaktion zählen, wenn er am Abend dem Rat die blassen Aliens präsentierte.

Borns Quartier veranlasste die Riesen ebenfalls zu einigen seltsamen Worten. »Da, schau«, fuhr Logan dann wieder für Born verständlich fort und wies auf die Wände und die Decke, »die kleineren Äste und Zweige wachsen so eng beieinander, dass es ganz einfach ist, sie mit gewebtem Material völlig dicht zu machen!«

Cohoma pflichtete ihr bei, setzte sich dann und strich mit dem Finger über das glatte Holz des Bodens. In ihm nahm eine Idee Gestalt an, zu der ihm aber noch ein paar Einzelheiten und eine Bestätigung fehlten. Born gab sie ihm, als er die Funktion einer kreisförmigen Vertiefung im Boden ganz hinten in dem Raum erklärte.

»Ich möchte nur wissen«, sagte er laut, »wer sich hier wem angepasst hat - der Mensch dem Baum oder der Baum dem

Menschen? Vielleicht hat niemand in den Weberbäumen gelebt, ehe die Kolonisten sie entdeckten. Aber ich begreife immer noch nicht, wie sich innerhalb von wenigen Generationen eine derart detaillierte und spezialisierte gegenseitige Abhängigkeit entwickeln konnte.«

Logan überlegte stumm.

Born betrachtete die beiden verständnislos, während sie ihr Gespräch fortsetzten. Was meinten die beiden Fremden damit: »Menschen, die sich dem Baum anpassten oder Bäume dem Menschen?« Das Heim war das Heim. Punkt. Es war doch nichts anderes als vernünftig, dass ein Mensch für seine Behausung sorgte. Wie das wohl auf der Welt sein mochte, von der diese Riesen kamen, wenn sie die natürliche Ordnung der Dinge hier so erstaunlich fanden? Ihm würde es dort wohl nicht sonderlich gefallen, dachte er. Und dann kam ihm plötzlich ein verrückter Gedanke - »verrückt«, weil er so absurd klang.
»Könnte es sein«, resümierte er, und seine ganze Ungläubigkeit schwang in seinen Worten mit, »dass es auf eurer Welt nichts gibt, das wächst?«

»Nein«, berichtigte ihn Logan, »es gibt viel, das wächst, aber nichts, in dem wir - so wie Du - leben. Aber wir benutzen unsere wachsenden Dinge so, wie ihr auch.«

»›Benutzen‹? Das begreife ich nicht, Kimilogan.«

Sie setzte sich hin und lehnte sich an einen Ast.
»Von manchen Pflanzen essen wir die Früchte, andere verarbeiten wir zu Nahrung, die wir essen können, weitere verwenden wir immer noch, wenn auch selten, beim Bau unserer Häuser und Wohnungen. Und einige extrahieren wir zu medizinischen Zwecken, so wie Du die Tesshanda. Wir gebrauchen die Waldwelt ganz ähnlich wie ihr.«

»Ich verstehe immer noch nicht«, meinte Born, »wir *benutzen*, beziehungsweise ›*gebrauchen*‹ den Wald nicht. Wir sind ein Teil des Waldes, der Welt. Wir sind Teil eines Kreislaufs, der nicht unterbrochen werden darf. Wir ›benutzen‹ den Wald ebenso wenig, wie der Wald uns benutzt.«

Dazu grantelte Cohoma eine unverständliche Bemerkung.

»Deine Leute dienen diesem Baum«, erklärte Logan langsam, »selbst wenn es euch nicht bewusst ist. In gewissem Sinne seid ihr seine Diener.«

»Diener..?« Born überlegte und spreizte dann hilflos die Hände. »Was ist ein ›Diener‹?«

»Jemand, der auf Geheiß eines anderen einen Dienst erweist«, erklärte sie.

Verrückt und immer verrückter! Diese Riesen mussten doch hin und wieder geistesgestört sein, sagte sich Born. »Wir ›dienen‹ dem Baum nicht, nein. Das Heim hilft uns.«

Logan warf ihm einen skeptischen, fast traurigen Blick zu und drehte sich zu Cohoma hinüber. »Die verstehen das nicht. Wahrscheinlich möchten sie das auch gar nicht.«

»Und warum nicht?«, wollte Jan wissen. »Nun, ganz einfach, denke ich. Sie scheinen doch mit den Zuständen recht zufrieden«, gab er sich selbst eine einleuchtende Antwort.

»Aber geistig bindet es sie«, konterte Kimi. »Wenn die Natur ihnen Nahrung und Unterschlupf liefert, gibt es weder eine Begründung, noch eine Motivation, das Wissen zurückzugewinnen, das sie verloren haben. Es wird uns schwerfallen, sie zu resozialisieren.
Sag, Born«, fragte sie mit sanfter Stimme und wandte sich ihm zu, während er Früchte, Nüsse und getrocknetes

Graserfleisch auftischte, »könntest Du Dir vorstellen, dass Du je Deinen Baum, als Deine Heimat, verlässt?«

Die Frage schockierte Born dermaßen, dass er einen Augenblick wie erstarrt dastand. »Das Heim verlassen? Du meinst für immer? Um nie mehr zurückzukommen..?!«

Sie nickte.

Jetzt hatte er die Bestätigung, dass die Riesen verrückt waren. Warum sollte je irgendjemand daran denken, sein Heim zu verlassen?! Hier war Unterkunft, Nahrung, Gesellschaft, Sicherheit und Schutz vor dem Dschungel draußen. Außerhalb des Heimes gab es nur Unsicherheit und am Ende den Tod. Dann begriff er ihren Sinn und damit viele der seltsamen Worte der Riesen.

»Ich verstehe«, sagte er mitfühlend. »Vorher habe ich das wirklich nicht begriffen. Es ist offenkundig, dass ihr kein eigenes Heim habt.«

»Doch, wir haben eines«, konterte Cohoma. »Meines würde Dich überwältigen, Born. Es tut alles, was ich ihm sage, bietet mir zu essen an, wenn ich es haben will, und ich kann kommen und gehen, wann ich möchte.«

»Und Du musst nicht für Dein Heim sorgen?«

»Nun ja, aber...«

Logan lachte auf. »Jetzt wird es kompliziert die richtigen Worte zur Entgegnung zu finden, Jan.«

Cohoma schien das etwas peinlich. »Quatsch, ganz und gar nicht..! Also... Ich kann jederzeit weggehen, solange ich will, ohne mir Sorgen darüber zu machen. Aber diese Leute können das nicht.«

»Dann ist es kein **Heim**«, wandte Born ein. »Man sorgt für sein Heim, und das Heim sorgt für seine Bewohner.«

»Nun, meines ist es jedenfalls«, brummte Cohoma verdrießlich und kostete eine Spiralnuss aus der Schale, die vor seiner Nase wuchs. Ihr Geruch erinnerte an Pfeffer und Sellerie. Er nahm eine zweite.

»Ich verstehe«, erwiderte Born. Er war zu höflich, um das hinzuzufügen, was er wusste. Zwar war vom Bau dieser künstlichen Heimstätten keine Rede gewesen, aber Born ahnte, dass die Heime der Riesen nicht lebten, dass sie tote Dinge waren, voll Gleichgültigkeit. Born könnte, trotz all der Wunder, nicht in einem toten Ding leben, tot wie die Axt. Ein totes Ding konnte man nicht emfatieren. Der Gedanke an Äxte und das verblassende Tageslicht erinnerte ihn daran, dass die Sammler und Jäger bald zurückkehren würden. Er würde ihnen die Riesen vorführen, und am Ende würde vielleicht jemand endlich eingestehen, dass der Jäger Born etwas kühner und mutiger, als die übrigen Jäger war.

Als er sich setzte, aß und dabei zurechtlegte, was er sagen würde, sah er unter der Blattledertüre Zehen. Er stand auf und schob den Vorhang beiseite. Din zuckte erschrocken zurück, aber Born war so mit der Vorfreude auf seinen eigenen Triumph beschäftigt, dass er gar nicht ärgerlich war. Stattdessen lud er den Jungen zum Essen ein und schob Muf zurück, als das Pelzigerjunge folgen wollte. Der Pelzball jammerte zwar, blieb aber draußen. Born gab Din zu essen, und der fiel gierig darüber her.

Soviel zu seiner Zuhörerschaft - ein Waisenknabe und zwei Riesen, die offenbar geistesgestört waren. Er biss missmutig, beinahe ärgerlich, in ein Stück Fleisch.

*

108

»Eine Anzahl Auswandererschiffe«, erklärte Cohoma seinen misstrauischen, aber höflich aufmerksamen Zuhörern, die sich um das abendliche Feuer drängten, »sind, den Berichten zufolge, verlorengegangen. Manche bei Naturkatastrophen, manche nur, weil irgendein Angestellter nicht aufgepasst hat.«

Er schluckte, erkannte plötzlich, dass er sich auf quasi religiösem Boden bewegte. »Wahrscheinlich«, fuhr er fort und betonte damit die relativ hohe Sicherheit des begründeten Verdachts, »seid ihr die Abkömmlinge der Überlebenden eines solchen Schiffes, das hier strandete. Freilich finde ich es, angesichts der feindseligen Natur dieser Welt, unglaublich spannend, dass ein Teil der schiffbrüchigen Kolonisten überleben konnte, nachdem die ursprünglichen Vorräte erschöpft waren.«
Er setzte sich wieder. »Jedenfalls vermuten wir, dass es so war...«

Niemand am Feuer äußerte etwas dazu. Cohoma und Logan betrachteten ihre kleineren, besser bewaffneten Vettern etwas besorgt.

»All dies«, erwiderte Häuptling Sand schließlich gemessen, »mag sein, wie ihr sagt.«

Die beiden Riesen entspannten sich sichtlich.

»Aber wenn wir auch nicht euer spezielles Wissen teilen, so haben wir doch auch eigene Erklärungen für unsere Existenz gefunden.«
Er sah zu Leser hinüber und nickte.

Der Schamane erhob sich. Er trug sein zeremonielles Kleid aus geflecktem Gildverpelz, strahlend braun und rot mit orangefarbenen Streifen, sowie einen gefiederten Kopfputz. Selbstverständlich auch die Axt, die er jetzt würdevoll vorzeigte, als er sich erhob. Die Axt wie einen Dirigentenstab schwingend, erzählte er die Geschichte, wie die Welt entstanden war.

»Am Anfang war der Same«, dröhnte Lesers Stimme feierlich.

Die Leute lauschten ehrfürchtig. Sie hatten die Legende schon tausendmal gehört, und doch faszinierte es sie immer wieder aufs Neue, jene - aus berufenem Munde - rezitiert zu bekommen.

»Und zwar gar kein so großer Same...«, fuhr der Schamane fort. »Eines Tages stieg der Gedanke des Wassers herunter, und der Same schlug im Holz von **Emfat** Wurzeln.«

Wieder dieses Wort, dachte Logan.

»Er wuchs. Der Stamm wurde stark und groß und kräftig. Und dann wuchsen ihm viele Äste. Einige davon bildeten die Säulen, welche die Welt beherrschen. Andere veränderten sich und wurden zu den zwei Höllen, welche die Welt umschließen. Und dann tauchten Knospen auf; zahllose Knospen, und sie blühten. Wir sind die Abkömmlinge einer solchen Knospe, die Pelziger sind die der anderen, und der Schnüffler, der im Walde lauert, ein weiterer.
Der Same gedeiht, die Welt gedeiht, wir gedeihen..!«

Cohoma hielt die Knie reserviert mit den Armen umspannt. »Wenn das so ist, **und** wenn ihr es für möglich haltet, dass ihr von einem anderen Planeten als diesem kommt, wie reimt sich das dann alles in eurem Glaubens-Universum zusammen?!«

»Die Äste des Baumes sind weit ausgebreitet«, erwiderte Leser.

Ein beifälliges Geraune erhob sich im Kreis.

»Und was wäre, wenn einer eurer Zweige an einen anderen Teil dieses Baumes verpflanzt würde?«

»Dann würde er sterben. Jede Blüte kennt ihren Platz an diesem Ast.«

»Dann könnt ihr unsere Lage begreifen«, meinte Cohoma. »Für uns gilt dasselbe. Wenn wir nicht zu unserem ›Ast‹ zurückkehren oder zu unserem ›Samen‹, unserem Heim, unserer Station, werden wir ganz bestimmt ebenfalls sterben. Wollt ihr uns nicht helfen? Wir würden für euch das Gleiche tun.«
Logan und Cohoma gaben sich die größte Mühe, gleichgültig zu wirken, während die Dorfbewohner diskutierten.

Jemand warf ein Stück halbverfaultes Holz ins Feuer. Die Flammen flackerten auf, und dann erhob sich Qualm, kräuselte sich träge himmelwärts. Warmer Regen tröpfelte durch die Rauchschwaden. Sand, Joyla und Leser unterhielten sich im Flüsterton. Schließlich hob Sand gebietend die Hand, und das allgemeine Gemurmel verstummte.
»Wir werden euch helfen, zu eurem Ast zurückzukehren, zu eurem Heim«, verkündete er mit fester Stimme, die so klang, als käme sie aus einem fernen Lautsprecher und nicht aus seiner hageren Gestalt. »Wenn es umsetzbar ist...«

Born hielt sich im inneren Kreis auf und blickte zu Boden, damit der Häuptling, Leser oder einer seiner Stammesgenossen nicht sahen, was ihn zutiefst bewegte. Er konnte kaum ihre Antwort abwarten, sobald sie einmal erfahren hatten, wie weit entfernt diese Station der Besucher tatsächlich war. Keiner lachte, als Logan es ihnen sagte.

»Eine solche Reise ist noch nie unternommen worden«, relativierte Sand ernüchtert, als Logan geendet hatte. »Nein, unmöglich, unmöglich. Ich kann es niemandem befehlen, euch zu begleiten, das kann ich nicht.«

»Aber habe ich mich denn nicht deutlich genug ausgedrückt?«, bat Logan eindringlich, stand auf und sah sich besorgt unter den stummen braunen Gesichtern um. »Wenn wir nicht zu unserer Station zurückkehren, dann..., dann verkümmern wir, verkümmern und sterben. Wir...«

Der Häuptling beruhigte sie mit einer Handbewegung. »Ich habe gesagt, dass ich niemandem *befehlen* kann, euch zu begleiten. So ist es. Ich würde es keinem Jäger *befehlen*, eine solche Reise zu unternehmen. Aber wenn jemand mit euch gehen *wollte*...«

»Das ist ja total unsinniges Gerede«, rief die Sammlerin Dandóne von ihrem Platz herüber. »Niemand würde lebend von einer solchen Reise zurückkehren! Es gibt Geschichten von Orten, wo die Obere und die Untere Hölle sich treffen und die Welt endet.«

»Ihr verwechselt Tapferkeit mit Narretei«, konterte Joyla. »Eine närrische Person ist jemand, der mutige Dinge tut, ohne darüber nachzudenken. Allerdings... - würde denn niemand unter uns sein Leben riskieren, um von einem fernen Ort zum Heim zurückzukehren, ganz gleichgültig, wie weit entfernt und wie gefährlich die Reise wäre? Und würden wir nicht auch Hilfe von anderen suchen, in deren Mitte wir uns befänden?« Sie blickte zu den Riesen hinüber. »Wenn diese Leute wie wir sind, werden sie, trotz unserer Warnungen und Einwände, gehen. Vielleicht gibt es welche unter uns, die tapfer und unerschrocken genug wären, um mitzukommen. Ich bin keine Jägerin, ich kann das also nicht.«

»Wenn ich ein junger Mann wäre«, fügte Sand hinzu, »würde ich gehen, trotz der Gefahren.«

›Aber da Du *kein* junger Mann mehr bist‹, dachte Born bei sich, verbleibt diese Aussage von rein akademischem Wert.

»Indes, da ich kein junger Mann mehr bin«, kam es tatsächlich prompt vom Häuptling, »kann ich das nicht.

Andere sollen sich davon jedoch nicht abgehalten fühlen. Jene unter euch, die vielleicht darauf brennen, zu gehen...«

Er sah sich in der Versammlung um, ebenso wie Cohoma und Logan, ebenso wie die Männer und Frauen und die großäugigen Kinder, die von außen zusahen - über die Schultern und Köpfe hinweg oder zwischen den Waden hindurch.

Niemand trat vor. Nur das schüchterne Knacken des Holzes im Feuer und das leise, gleichmütige Rauschen und Plätschern des fallenden Regens waren zu hören.

Just ertappte sich Born dabei, wie er, ohne großartig des Langen und des Breiten nachzudenken, von sich gab: »**Ich** werde mit den Riesen gehen.«

Die Blicke der Versammelten hefteten ihn förmlich an seinen Platz. Jetzt zumindest hoffte er auf eine Ovation der Bewunderung. Stattdessen blickten all diese Augen nur traurig und mitfühlend. Selbst die zwei Riesen maßen ihn mit einem Ausdruck, in dem sich Befriedigung und Erleichterung, nicht aber Bewunderung mischten. Bitter überlegte er, ob sich das vielleicht in den vielen Sieben-Tagen änderte, die jetzt folgen würden.

»Der Jäger Born will die Riesen begleiten«, stellte Sand fest. »Noch jemand?«

Born blickte sich um, suchte seine Freunde. Im inneren Kreis regte sich etwas, aber das waren nur Männer, die jetzt zu Boden blickten oder die Säume in dem Blattlederbaldachin über sich zu inspizieren schienen; die Wärme des Feuers spüren wollten, bloß um seinem Blick nicht begegnen zu müssen.

Also gut...; er würde alleine mit den Riesen gehen, und niemand würde ihre Geheimnisse erfahren.

»Möglicherweise«, sagte er mit etwas Bitterkeit in der Stimme und stand auf, »wäre es nicht zuviel verlangt, wenn jemand sich um die Ausrüstung unserer Expedition kümmerte.«

Dann wandte er sich um und stapfte ins Freie. Er glaubte eine geflüsterte Äußerung zu hören: »Warum wertvolle Nahrungsmittel an jemanden verschwenden, der bereits tot ist?«

Aber wahrscheinlich hatte er sich das nur eingebildet; jedenfalls blieb er nicht stehen.
Erfolgreiche Jagden, das Erlegen des Grasers, all das hatte ihm nichts eingebracht. Keinen Ruhm, keine Ehre. Als er, als einziger von allen Jägern, mutig genug gewesen war, um zu dem Himmelsboot der Riesen hinunterzusteigen, hatten nur Kinder ihm zugejubelt. Jetzt würde er etwas so Überwältigendes, so Unglaubliches tun, dass niemand ihn mehr würde ignorieren können! Er würde die Riesen zu ihrem Stations-Heim bringen und zurückkehren, oder er würde sterben. Vielleicht würden sie *dann* seinen besonderen Wert akzeptieren, wenn er diesmal nicht zurückkehrte. Dann würde es ihnen leidtun. In seinem Ärger stolperte er über eine vorstehende Wurzelknolle. Er drehte sich wütend um und beschimpfte seinen gedankenlosen Widersacher. Daraufhin fühlte er sich etwas wohler.
Das Feuer auf dem Dorfplatz lag jetzt ein gutes Stück hinter ihm, und die Finsternis umfing ihn. Er zog sich den Umhang über den Kopf, um sich vor dem Regen zu schützen. Wenn die Riesen davon überzeugt waren, dass sie ihre geheimnisvolle Station erreichen konnten, warum sollte er dann nicht ebenso zuversichtlich sein? Tatsächlich, warum..., es sei denn...
Was, wenn es keine solche Station gab? Wenn diese zwei Riesen Kobolde aus der Unteren Hölle waren, hierher geschickt, um ihn in Versuchung zu führen, das Heim zu verlassen?

Aber Unsinn! Trotz ihrer Größe und ihrer seltsamen Kleidung waren sie Menschen wie er. Wie könnte es sonst sein, dass sie in derselben Zunge sprachen?

Freilich - was für seltsame Worte und Begriffe sie gebrauchten..!

Und sie emfatierten nicht.

Born konnte sich eine Person, die nicht emfatierte, einfach nicht vorstellen, also vergaß er es einfach. Er schob die Blattledertür auseinander und betrat seine Unterkunft, schloss sie bedachtsam hinter sich. Dann löste er die Bänder seines Umhangs und warf ihn in die Ecke.

Ein halb erstickter Laut kam aus der Dunkelheit. Sofort duckte er sich, und das Knochenmesser sprang ihm gleichsam reflexartig aus dem Gürtel in die Hand. Eine unbestimmte Gestalt wimmerte in der Düsternis.

Vorsichtig zog er das kleine Päckchen mit brennbaren Pollen aus der Tasche und streute davon über den Stapel toten Holzes auf dem Boden. Sofort flammte das Holz auf und er konnte die geduckte Gestalt von Gehéle erkennen.

Erleichtert schob er das Messer in die Scheide zurück. Nach einem neugierigen Blick auf das Mädchen setzte er sich neben das Feuer und schlug die Beine übereinander. Sie würden morgen abreisen, die Riesen und er, und er hätte gerne lange und tief geschlafen, aber...

»Bist Du gekommen, um mich auszulachen wie die anderen?«

»Oh, nein!« Sie kroch scheu auf das Feuer zu. Der Lichtschein malte tiefe Schatten um ihre Augen, und Born merkte, wie seine Aufmerksamkeit sich vom Feuer abwandte, dem Mädchen zu. »Du kennst meine Gefühle, Born.«

Er hüstelte und wandte sich nervös ab. »Losting magst Du, Losting liebst Du... Mich..., über mich machst Du Dich nur lustig, amüsierst Dich!«

»Nein, Born«, protestierte sie, und ihre Stimme hob sich. »Ja, ich mag Losting, aber... - ich mag Dich ebenso. Losting ist nett, aber bei weitem nicht so nett wie Du! Bei weitem nicht...« Sie sah ihn bittend an. »Ich möchte nicht, dass Du das tust, Born. Wenn Du mit den Riesen gehst, kommst Du vielleicht nie mehr zurück. Ich glaube das, was alle über die Gefahren - so weit entfernt vom Heim - sagen, und das, was man von den Orten berichtet, wo die beiden Höllen sich vereinigen.«

»Geschichten, Legenden...«, brummte Born. »Kinder-märchen. Die Gefahren weit entfernt vom Heim sind auch nicht anders als jene, die man einen Speerwurf von hier entfernt findet. Ich glaube auch nicht daran, dass es einen Ort gibt, wo die beiden Höllen sich treffen. Aber wenn es einen solchen geben sollte, dann werden wir um ihn herumgehen oder mitten hindurch.«

Auf Händen und Knien kroch sie um das Feuer herum, bis sie neben ihm saß und ihm die Hand auf die Schulter legen konnte. »Geh nicht mit den Riesen, Born, bitte. Tu es nicht. Mir zuliebe.«

Er sah sie an und wollte sich an sie lehnen, wollte ihr schon zustimmen, wollte nachgeben. Doch dann griff sein ureigenster Wesenszug ein - sein typischer Charakterzug, ein unwiderstehlicher, innerer Antrieb, welcher ihn dazu ansporte, anstachelte, Grasern aufzulauern und in die Tiefen von Schächten zu klettern. Seine Neugier auf das Abenteuer bedrängte ihn...
Und statt zu sagen: »Ich werde das tun, was Du willst, Gchéle, um der Liebe zu Dir willen«, flüsterte er heiser, »ich habe vor dem ganzen Stamm mein Wort gegeben und gesagt, dass ich gehen werde. Und selbst wenn ich das nicht getan hätte - ...ich werde es tun!«

Ihre Hand glitt von seiner Schulter: »Born, ich will nicht, dass Du das machst..!« Mit diesen Worten beugte sie sich vor und küsste ihn, ehe er sich ihr entziehen konnte. Jäh aufspringend verließ sie seine Hütte, um schnell vom nächtlichen Regen verschlungen zu werden.

Lange saß er stumm da und dachte nach, während das Feuer sich verzehrte und die lauen Tropfen vom Blattlederdach tröpfelten. Nur halb verständlich sprach er zu sich selbst, rekapitulierte irgendwie die Summe des am Tage reichlich Vorgefallenen. Ein klares Resultat wollte ihm darüber nicht auftauchen. Dann rollte er sich auf seinem Schlafpelz zusammen und fiel in einen unruhigen, von Träumen durchzogenen Schlaf...

*

Ru'Umahums linkes Auge öffnete sich halb. Eine dunkle Silhouette stand unter seinem Ast. Er hustete, schüttelte sich die Tropfen von der Schnauze und schnaubte in der zischenden Art, wie Pelziger das tun. »Junges, wo ist Dein Mensch?«

Muf deutete mit dem Kopf, so wie die Menschen das tun, auf die Äste unter ihnen. »Irgendwo dort. Er schläft.«

»Was Du auch tun solltest, Du bist lästig.« Das Auge schloss sich wieder und Ru'Umahum legte sich den schweren Kopf auf den Vorderpfoten zurecht.

Muf zögerte eine Weile, ehe er herausplatzte: »Alter, bitte?«

Ru'Umahum seufzte, wie nur ein Pelziger seufzen kann, und hob den Kopf etwas an. Diesmal öffnete er seine drei Augen komplett, um volle Aufmerksamkeit zu signalisieren.

Das Junge ließ den Kopf sinken und lugte hinunter zum Dorf, welches unter den Mantel nächtlicher Stille gehüllt lag. »Mein Mensch, der kleine Din, ist beunruhigt.«

»Alle Menschen sind beunruhigt«, erwiderte Ru'Umahum. »Geh schlafen.«

»Er sorgt sich um seinen Ziehvater, den Menschen Born. Deinen Menschen.«

»Es gibt keine Blutsbindung«, wandte der große Pelziger ein und ließ den Kopf sinken. »Die Gefühlsreaktion des Menschenjungen ist unvernünftig.«

»Alle Reaktionen von Menschenjungen sind unvernünftig. Ich fürchte indes, diesmal könnte die Reaktion meines Menschen vernünftig sein.«

Ru'Umahum hob die Brauen. »Abkömmling eines Unfalls, könnte es sein, dass Du anfängst, weise zu werden?«

»Ich fürchte«, fuhr Muf fort, »das Menschenjunge wird etwas Unüberlegtes tun.«

»Die Älteren werden es daran hindern, so wie ich Dich daran hindern würde. Und wenn Du mich jetzt nicht ruhen lässt, werde ich noch Schlimmeres tun.«

Muf wandte sich zum Gehen, blickte über die Schulter und grollte verärgert: »Sag dann aber bloß nicht, dass ich Dich uninformiert gelassen hätte, Alter...«

Ru'Umahum schüttelte den Kopf, fragte sich, wie es kam, dass Junge so neugierig und respektlos waren und überhaupt kein Verständnis für das Ruhebedürfnis älterer Artgenossen hatten. Zu allen möglichen und unmöglichen Stunden kamen sie einem mit Fragen. Der Trieb, seine Wissbegierde zu stillen - ein Trieb, der ihn auch einmal geplagt hatte, wie er sich erinnerte. Der Trieb war wohl noch da, aber durch seine

Erfahrungen geläutert. Auch von dem Wissen geläutert, dass der Tod alles erklärte.

Er legte sich den Kopf wieder auf den überkreuzten Pfoten zurecht, ignorierte den gleichmäßig tröpfelnden Regen und war sofort wieder eingeschlafen.

7 - Akadi..!

Ru'Umahum durchstreifte den Wald zur Linken. Er spürte die schlechte Stimmung seines Menschen und hielt sich fern. Ein Mensch, den der Ärger blendete, war in seinen Reaktionen ebenso wenig vorhersehbar wie ein beliebiger Bewohner des Waldes. Und das Schlimmste von allem war ein Mensch, der auf sich selbst wütend war.

Born brach ärgerlich einen weiteren toten Ast vom Stamm eines Tertiärparasiten, trotz seiner Wut sorgfältig darauf bedacht, keinen der gesunden, lebenden Triebe zu verletzen. Vier Tage waren sie nun schon unterwegs, seit sie das Heim verlassen hatten, und sein Ärger über die Gruppe mürrischer Jäger hatte noch nicht nachgelassen. Ein Teil dieses Ärgers richtete sich jedoch jetzt auf ihn selbst, weil er sich auf diese verrückte Exkursion eingelassen hatte.
Die erschreckende Inkompetenz der Riesen steigerte Borns Verstimmung noch. Sie schienen überhaupt keine Ahnung vom normalen Gehen oder Klettern zu haben. Ein Kind konnte sich besser auf den Beinen halten als sie. Wäre er nicht stets in ihrer Nähe gewesen, bereit einzugreifen, so hätte es bereits einige katastrophale Stürze gegeben.
Was aber würden sie tun, wenn ein Braunes Vielbein oder ein Bunaschweber sie angriff?
Gewiss, Ru'Umahum hielt, weit unter ihnen, Wacht, wenn sie sich gefährlichen Orten näherten, aber selbst die überschnellen Reflexe des Pelzigers würden vielleicht nicht ausreichen, einen Sturz über einige Etagen hinweg aufzuhalten. Und ein einziger solcher Sturz konnte schon genügen, um die Expedition zu beenden!

Er brach den letzten Ast ab, sammelte das Holz in den Armen und machte sich auf den Weg zurück zu dem Stück Kabbl, das er für diesen Abend als Lagerplatz ausgewählt hatte. Heute schien es, als kämen die Riesen etwas besser von der Stelle, als bewegten sie sich weniger zögerlich durch die Bäume.

Cohoma drohte nicht jedes Mal auszugleiten, wenn er zur nächsten Liane sprang oder sich nach ihr streckte. Logan hatte sich endlich selbst davon überzeugt, dass es gefährlich war, nach jeder neuen Blume oder Pflanze zu greifen, die sie sahen.

Vor seinem geistigen Auge zog eine Rückerinnerung Revue..:

Born fuhr bei dem Zwischenfall vor zwei Tagen ein erheblicher Schreck durch die Glieder, als sie aus einer kelchförmigen Zinnoberin-Pflanze hatte trinken wollen. Nur sein schnelles Einschreiten und ein harter Schlag auf den Arm hatte sie im letzten Moment daran gehindert, sie zu berühren. Kimi hatte ihn böse angefunkelt, bis er ihr die winzigen Unterschiede zwischen dem Zinnoberin und den sie umgebenden Zinnoberpflanzen gezeigt hatte. Das Zinnoberin nämlich verfügte über zwei Extrablütenblätter, eine ungewöhnliche Verdickung unten am Kelch, ein etwas dunkleres Rot und auffällige Flecken an der Lippe des Zylinders - kleine Fehler in der sonst perfekten Mimikry. [1]

Nachdem er sich überzeugt hatte, dass die beiden Riesen in Sicherheit waren, hatte er sich, mit gezogenem Messer, über die Pflanze gebeugt. Mit der Messerspitze hatte er den grünen Zylinder angestochen, so dass die klare Flüssigkeit in ihrem Inneren ausrinnen konnte. Das »Wasser« der Zinnoberin war klar, aber es war *kein* Regenwasser! Der Schwall sich ergießenden Fluids berührte die meterdicke Liane darunter - zischte, kochte und bildete eine dichte Wolke, die dampfend aufstieg. Als sich der ätzende Nebel schließlich verzog, winkte er sie heran. Nachdem er ihnen eingeschärft hatte, nicht in die Feuchtigkeit zu treten, zeigte er ihnen das Loch, das die wässerig erscheinende Säure durch einen Meter massives Holz gefressen hatte. Dann hatte er vorsichtig die grüne Außenwand der falschen Bromeliade angetippt. Sie hörten das

121

tiefe, fast metallische Hallen - ganz anders, als das weiche Geräusch, das man hörte, wenn man eine echte Zinnoberpflanze berührte.

Von diesem Augenblick an, hatte keiner der beiden Riesen auch nur einen Finger gehoben, wenn sie ein neues Gewächs sahen, ohne vorher Born zu befragen.

Das machte ihn nur wenig glücklicher, denn nun verlangsamten unzählige Fragen ihr Fortkommen ebenso, wie es sonst Wunden oder gebrochene Glieder getan hätten. Sie kamen mit vielleicht einem Drittel der Geschwindigkeit voran, die er alleine geschafft hätte.

Mit einem kurzen Sprung ließ er sich auf den mächtigen Kabbl hinunterfallen, den er als Lager ausgewählt hatte. Vom ersten Tage an hatte es sich als problematisch erwiesen, ein Lager zu finden.

Wie es schien, konnten die Riesen nicht viele Abende ohne ein schützendes Dach ertragen, das ihnen den nächtlichen Regen fernhielt. Sie bestanden, trotz der Zeit und der Mühe, die das kostete, auf Schutz vor dem Regen. Letztlich hatte Born widerwillig zugestimmt, denn sie behaupteten ernsthaft, das Übernachten im Freien führe eine seltsame Krankheit in ihnen herbei, die sie »Erkältung« nannten.

Born begriff das nicht. Niemand konnte so empfindlich sein. Die einzige Krankheit, die er kannte, war eine Verdauungsstörung, und zu der kam es nur, wenn man etwas anderes, als die Früchte des Heimbaumes aß. Aber die Beschreibung der Krankheit, welche die Riesen ihm lieferten, war so schrecklich, dass er nicht umhinkonnte, ihrem Wunsche zu entsprechen.

»Achtung, da kommt er«, hörte er Logan zu ihrem Gefährten sagen, als er sich ihnen näherte.

Er fragte sich, warum sie so häufig ihre Stimmen senkten, leiser sprachen als sonst. Die Vorstellung, dass sie vielleicht versuchen könnten, irgendetwas vor ihm geheim zu halten, kam ihm überhaupt nicht. Außerdem konnte er sie ganz deutlich verstehen, selbst wenn sie sich »im Flüsterton« miteinander unterhielten, wie sie das nannten. Aber wer war er schon, sich über die Eigentümlichkeiten jener zu wundern, die durch den Himmel fliegen konnten? Sie hätten mehr Zeit darauf verwenden können, sagte er sich, während er die Ladung Holz auf den Hauptzweig fallen ließ, ihre eigenen Körper zu verbessern und perfekt zu machen, statt neue künstliche zu konstruieren, die sie vor der Welt abschirmten.

»Wir waren schon etwas nervös geworden, Born«, erklärte Logan und lächelte breit. »Du warst lange weg.«

Er zuckte die Achseln und machte sich daran, aus den toten Ästen und Blättern ein improvisiertes Zelt zu zimmern. »Es ist schwierig, geeignetes Material für den Unterschlupf zu finden«, erklärte er. »Das meiste tote Holz und die alten Blätter stürzen in die Hölle, um dort aufgefressen zu werden, wie alles andere, was hinunterfällt.«

»Aufgefressen, das kann ich mir denken«, nickte Cohoma und zog die Haut von einer großen Purpurspirale. »Dort unten dürfte es Bakterien geben, die so groß sind wie Deine Sommersprossen, Kimi. Was hier den ganzen Tag über an toten pflanzlichen Materialien in die Tiefe geht...«
Blätter raschelten, und er sprang auf. Logan griff nach dem Knochenspeer, den man ihr gegeben hatte, aber es war nur Ru'Umahum.

Born musste schmunzeln, als er den Gesichtsausdruck der Riesen bewertete. Trotz anderslautender Einwände war es für ihn klar, dass sie sich nie ganz an die Anwesenheit des großen Pelzigers gewöhnen würden.

»Mensch und Pelziger kommen«, teilte der olivgrüne Sechsbeiner mit.

»Ein Fremder..., oder..?« Born hielt mitten im Satz inne, als eine hochgewachsene Gestalt ins Licht trat. Seine Hand griff instinktiv nach dem Messer. An der Seite des Mannes stand ein erwachsener Pelziger, nicht ganz so massig wie Ru'Umahum.

Losting.

Der große Jäger lächelte nicht, als sein Blick dem seines Rivalen um die Gunst Gehéles begegnete. Logan musterte Born fragend. Er achtete nicht auf sie, noch nahm er die Hand vom Messergriff. Die beiden Pelziger tauschten leise Knurrlaute aus und entfernten sich dann, um sich auf einem nahen Ast miteinander zu unterhalten. Losting trat ein paar Schritte vor.

»Wenn zwei Jäger sich treffen«, sagte er und wandte den Blick lange genug von Born, um die Riesen zu studieren, »geziemt es sich, dass derjenige, der ein Lager bereitet hat, den Ankömmling einlädt, es mit ihm zu teilen.«

»Wie kommst Du denn hierher?«, fragte Born scharf, ohne der rituellen Höflichkeit Genüge zu tun. Er blickte zu Boden, damit Losting den Ärger in seinem Blick nicht sehen konnte. »Zuletzt habe ich Dich mit Gehéle stehen sehen, als wir das Heim verließen.«

»Das war so«, gab Losting zu. »Ich glaube jetzt, ebenso wie ich es in den letzten Tagen dachte, dass ich bei ihr hätte bleiben sollen, weil sie jemanden brauchen wird, der sie tröstet und ein Leben mit ihr führt, wenn Du tot bist.«

»Du bist mir nicht vier Tage lang gefolgt, um mich zu verspotten«, meinte Born gereizt. Seine Wut schmolz unter der Unlogik ihrer Situation dahin. »*Warum* also bist Du uns nachgegangen?«

Losting wandte den Blick ab. Er umrundete die beiden Riesen, kauerte sich nieder und stützte das Kinn in die Hände, während er den im Bau befindlichen Unterschlupf inspizierte.

»Ich versuchte zu vergessen, was Du jene Nacht im Rat sagtest. Ich konnte es nicht. Ich konnte auch nicht vergessen, dass Du alleine in den Schacht in der Welt hinuntergestiegen warst, um festzustellen, dass das blaue Ding kein Dämon, sondern ein Ding aus Axtmetall war. Dass Du sie entdecktest.« Er deutete mit einer Kopfbewegung auf die beiden Riesen, die ihn neugierig beobachteten.

»Ich schämte mich, dass ich Angst gehabt hatte, obwohl die anderen in unserer Gruppe, die zurückgekehrt waren, sich nicht schämten. Sie entschuldigten sich damit, dass sie behaupteten, Du wärest verrückt. Ich konnte mich nicht so leicht herausreden.« Damit sah er zu Born auf.

»Als Du dann sagtest, Du würdest versuchen, mit diesen Riesen zu ihrem Heim zu gehen, hielt ich Dich auch für verrückt, Born. Und als Du gingst, war ich glücklich, weil ich Gehéle in den Armen hatte.«

Borns Muskeln spannten sich, aber Losting hob die Hand. »Ich dachte, wie gut es jetzt sein würde, wo Gehéle nur für mich da war; wie gut, Dich nicht um mich zu haben, Born. Nicht befürchten zu müssen, dass Du mit größerer Beute zurückkämst; wie gut, nicht dauernd mit einem Verrückten im Wettbewerb zu liegen. Wie gut, nicht mit harten Worten sich abmühen zu müssen, wo Du immer die richtigen weichen Worte hattest.«

Nun war Borns Ärger verflogen. Ein erstaunlicher Gedanke kam ihm. Konnte es sein, dass Losting, der kräftige, muskulöse Losting, der mächtige Jäger und Krieger Losting, auf Born *eifersüchtig* war?

»Ich blieb, während Du gingst«, fuhr der drei Fingerbreit größere Jäger fort, »aber ich blieb zwiespältig zurück. Als

Gehéle mich verließ, schlenderte ich genüsslich an den Rand des Heims, saß da und blickte in die Welt hinaus, in der Du verschwunden warst.

Doch ich überlegte - und begann mich abermals zu schämen. Denn, so dachte ich, was, wenn Du, Born, das Heim der Riesen erreichtest, ebenso wie Du ihr Himmelsboot erreicht hattest? Was, wenn Du mit dem Erfolg auf den Schultern zurückkehrtest? Was würde dann Gehéle von mir denken? Und was, was würde ich von mir selbst denken?«

Lostings Gesicht wirkte gequält. »Du verfolgst mich, Born, ob Du nun nahe bist oder fern... Also ertappte ich mich bei den Gedanken, vielleicht bist Du verrückt - aber verrückt und geschickt, selbst wenn Du nicht tapferer bist als Losting, und niemand ist tapferer als Losting.

Also folgte ich Dir. Ich werde Dir bis zum Heim der Riesen folgen oder bis in den Tod. Diesen Triumph wirst Du nicht über mich davontragen; nein, das wirst Du nicht!«

»Born, was bedeutet das alles?«, fragte Cohoma.

Logan brachte ihn zum Schweigen. »Siehst Du denn nicht, dass das etwas Höchstpersönliches ist, Jan? Etwas, das zwischen diesen beiden steht? Wir wollen uns da heraushalten.«

»Solange es unsere Rückkehr nicht stört...«, meinte Cohoma.

»Was soll das dann?«, fragte Born, etwas versöhnlicher. »Warum folgst Du uns nicht weiterhin wie zuvor - im Verborgenen? Das war doch offensichtlich Dein ursprünglicher Plan, oder..?«

»Und er würde mich euch fernhalten«, schloss Losting ohne Ärger. »Und Dich mir. Aber wir können nicht weiter.«

»Du willst mich entmutigen..?«

126

»Nein, das will ich nicht, Born.« Lostings Stimme klang kompromissbereit. »Weil ich nicht immer wieder innehalten musste, um Hütten für die Riesen zu bauen, bin ich euch jeden Tag etwas vorausgeeilt – also nicht nur gefolgt... Ich komme aus der anderen Richtung. Was ich gesehen habe, drängte mich, Dich aufzusuchen.«

»Und was hast Du gesehen!«

»Akadis.«

»Ich glaube Dir nicht.«

»Dann bleib auf diesem Weg und sei Nahrung für eifrige Münder. Ich habe sie gesehen.«

Born überlegte. Wenn es um etwas so Ernsthaftes ging, würde Losting nicht scherzen, nicht einmal, um Born vor Gehéle zu demütigen.

»Was geht hier vor?«, fragte Cohoma schließlich ungeduldig. »Was soll das Gerede? Was sind diese ›Acotis‹..?«

»Akadi«, berichtigte Born ernst. »Wir müssen umkehren.«

»Waaas..?!«, begann Cohoma und erhob sich echauffiert. Logan versuchte ihn zurückzuhalten, aber diesmal schüttelte er sie ab. »Nein, ich werde jetzt diesen Primitivlingen sagen, was ich von ihnen halte. Zuerst machen sie ein großes Theater, uns helfen zu wollen. Und kaum lassen sie ihre Feuer hinter sich zurück, fangen sie an, kalte Füße zu bekommen.« Er wandte sich Born direkt zu. »Oder vielleicht liegt es nur daran, dass ihr euch dieser Fünftagesgrenze nähert, über die noch keiner hinausgekommen ist und...«
Als sein erster eruptiver Ausbruch von Unwillen abgeklungen war, wurde ihm bewusst, dass er in seiner polternden Wut übertrieb, und hielt inne.

»Du kennst die Akadi nicht«, sagte Born leise, aber mit gereizt-gefährlichem Unterton. »Sonst würdest Du nur fragen, *wann* wir fliehen.«

»Born«, begann Logan, »ich glaube nicht, dass...«

»Ihr redet von Verzögerungen, von Mut, von Plänen. Glaubt ihr etwa, dass ich mein Leben aus reiner Güte riskiere? Glaubt ihr, ich tue es für euch? Ihr beiden seid mir gleichgültig - ihr großen, kaltherzigen Leute!« Jetzt beruhigte er sich etwas und wandte sich Cohoma zu. »Ihr habt eine andere Farbe, seid blass und größer als wir - und ihr denkt anders. Ihr kommt in einem Himmelsboot aus Axtmetall zu uns. Ich bin in den Schacht gestiegen, den ihr in die Welt gerissen habt, nicht um euch zu retten, sondern um zu sehen, was euer Boot war. Um Neues zu erfahren. Um *mir* Vergnügen zu bereiten, *mein* Verlangen zu stillen. Ich gehe aus demselben Grunde zu eurer Station - nicht um euer Leben zu retten, sondern für mich, in meinem Interesse! Und meinetwegen kehren wir jetzt um, für mich und Losting und unsere Leute, nicht für euch. Ihr könnt weitergehen und sterben oder euch verstecken und verfaulen, ehe die Säule eure Witterung aufnimmt - mir ist das gleichgültig. Aber wir können nicht weiter. Vielleicht können wir nie weiter. Wir müssen zum Heim zurückkehren.«

»Born«, beschwichtigte ihn Logan nach langem Schweigen, »wir kennen Deine Welt noch nicht gut genug, verstehen euch nicht... Du musst uns bitte entschuldigen... Was sind die Akadi und weshalb zwingen sie uns zum Umkehren?«

»Wir müssen das Heim warnen«, sagte Losting. »Die Akadi müssen daran vorbeiziehen. Wenn sie das tun, wird alles gut sein, wenn nicht...« Er zuckte die Achseln. »Wir müssen versuchen, sie aufzuhalten.«

»Mittlerweile bin ich von Deiner Aufrichtigkeit überzeugt, Losting«, gestand Born zögernd. »Aber ich brauche einen Beweis.« Er wies auf Cohoma und Logan. »Und ich denke, wir würden schneller nach Hause zurückkehren, wenn die Riesen die Akadi sehen könnten.«

Losting nickte, grinste besonders Cohoma herablassend an, und stand auf. »Es ist nicht weit, ich wollte, es wäre weiter. Wir können hingehen und wieder umkehren, ehe das Wasser fällt.«

Die beiden Jäger kletterten den Ast hinunter. Cohoma und Logan mussten sich beeilen, um sie nicht aus den Augen zu verlieren. Logan bahnte sich stolpernd einen Weg durch die Dornen und Äste mit den Sägezahnblättern.
Ru'Umahum stapfte als Vorsichtsmaßnahme unter ihr.
Die ersten zwei Tage hatten sie sich daran gewöhnt, jeden Tag - vom Aufgang bis zum Untergang der Sonne - tausend Schnitte und Risse hinzunehmen, und sie begannen zäh zu werden. Sie wunderten sich darüber, wie es kam, dass Born anscheinend *nie* geschnitten oder gekratzt wurde, und das trotz des dichten Gebüsches, durch das er sie führte. Es war geradezu unheimlich. Ohne Zweifel lag das an seiner geringeren Größe, seiner gelenkigen Gestalt im Verein mit dem angeborenen Wissen um alle Einzelheiten der Waldwelt, die es ihm erlaubten, ohne Berührung zwischen den dichtesten Büschen hindurchzugleiten.
Eine massige, grüne Gestalt tauchte neben Logan auf. Diesmal zuckte sie nicht zusammen, nur innerlich erzitterte Kimi etwas. Langsam begann sie sich an die Größe des Pelzigers zu gewöhnen und daran, dass er stets lautlos auftauchte. »Ru'Umahum, was sind die Akadi?«

Der Pelziger schnüffelte. »Ein Ding, das isst.«

»Ein Ding oder viele?«

»Es sind Tausende von ihnen und sie benehmen sich wie **ein** riesiger Wurm«, erwiderte Ru'Umahum.

»Wie können es Tausende und nur eines sein?«

Ru'Umahum knurrte gereizt. »Akadi fragen.« Er stürzte sich von dem Ast in die Tiefe.

Logan blickte ihm nach und überlegte zum zigsten Mal, was die Bewohner des Waldes wohl unter »Emfatieren« verstehen mochten. Emphase? Empathisches Empfinden? Eine präzise Terminologie für eine Art Aberglaube, sinnierte sie. Vielleicht erklärte das, was Born meinte, wenn er von emfatieren redete - ein Gefühl, das ihn in Einklang mit seiner Umwelt, den Pflanzen und Bäumen des Waldes brachte..? Aber sie begriff immer noch nicht ganz. Doch das hatte Zeit...

Losting hatte recht, sie hatten nicht mehr weit zu gehen. Jetzt bewegten sie sich durch ein dichtes Gewirr grüner Pflanzen mit grellgelben Streifen. Die Pflanzen wuchsen im rechten Winkel zueinander, bildeten eine Art lebendiges Schach-brettmuster.
Losting gab zu erkennen, dass sie außen herumgehen, also einen Umweg von einem guten Dutzend Metern machen mussten.

Cohoma streckte die Hand aus und packte einen der ineinander verwickelten fingerdicken Stiele. »Warum einen Umweg machen?«, fragte er Born und deutete auf das Messer mit der breiten Klinge. Er drückte den Ast. »Dieses Zeug ist weich, warum hauen wir uns nicht einfach den Weg frei, wenn wir es eilig haben?«

»Ihr betrachtet den Tod mit viel Gleichgültigkeit«, meinte Born gereizt und musterte ihn so, wie Cohoma vielleicht ein Insekt unter dem Mikroskop untersuchen würde. »Kann es wirklich sein, dass Du auf Deiner eigenen Welt auch eine Art Jäger bist?«

Er betonte dabei das »eine Art«.

Jetzt war Cohoma verblüfft und starrte Born an. »Es ist doch nur eine ganz gewöhnliche Grünpflanze.«

»Es lebt«, widersprach Born geduldig. »Wenn wir es durchschneiden, lebt es nicht mehr. Warum sollten wir so etwas tun? Um Zeit zu sparen..?! Das ist keine hinreichende Begründung!«

»Nein, nicht nur das. Wenn es hier eine Art vielfachen Allesfresser gibt, dann habe ich gerne etwas Platz um mich. Und je mehr freien Platz ich um mich herum habe, desto besser.«

Born und Losting wechselten Blicke. In der Nähe warteten die beiden Pelziger.
»Er würde töten, nur um ein paar Minuten lang besseres Licht zu haben«, meinte Born erstaunt. »Du hast seltsame Prioritäten, Jancohoma. Wir gehen außen herum!«, beendete er den Disput schneidend.

Die beiden »Außerirdischen« hatten noch zusätzliche Fragen, aber weder Born noch Losting waren jetzt bereit, sie zu beantworten. Schließlich hatten sie das kleine Schachbrettwäldchen umrundet. Im nächsten Augenblick befanden sie sich wieder im dichten Dschungel. Eine kleine Biegung nach links, und plötzlich standen sie in einer unerwarteten Lichtung - eine, wie Cohoma sie sich gewünscht hatte. Genauer genommen war es ein Tunnel im Wald.
Dieser Tunnel war höher als Logan oder Cohoma, gute fünf Meter breit, und erstreckte sich in gerader Linie nach links und rechts, bis er in der Ferne im Grün verschwand.

»Akadi haben das gemacht. Sie sind ohne Verstand und haben nur ein Ziel: Sie fressen sich ihren Weg durch die Welt und hinterlassen das..!« Born wies auf den freien Raum. Innerhalb des Tunnels gab es kein Leben mehr, es war verschwunden ins..., ins was..?

»Ist die Linie immer so gerade?«, fragte Logan.

»Nein, die Säule schickt Späher aus. Wenn es in einer anderen Richtung mehr zu verspeisen gibt, biegen die Akadi ab und fressen sich auf einem neuen Wege weiter. Wenn sie einmal angefangen haben, kann sie nichts von ihrem Pfad der Verwüstung abbringen - außer ihrem Hunger.
Seht.« Er wies in die Röhre. »Sie fressen sich durch alles hindurch; verzehren alles, was lebt, auf ihrem Wege, das nicht vor ihnen fliehen kann. Ich habe schon gesehen, wie sie sich durch das Herz eines Säulenbaums hindurchfraßen und auf der anderen Seite wieder herauskamen. Es heißt, dass man sich an den Rand des Tunnels stellen kann und sie nicht von ihrem auserwählten Weg abweichen, obwohl sie einen hineinziehen könnten. Wenn die Exemplare an der Spitze gesättigt sind, fallen sie zurück und lassen andere nach vorne, damit jene sich dann vollfressen können. Bis die letzten gefressen haben, haben die ersten wieder Hunger. Sie machen nur halt, um sich auszuruhen oder sich zu vermehren.«

Cohoma blickte erleichtert. »Dann gibt es doch kein Problem, oder..? Sagt mir nicht, dass ihr euch Sorgen macht, weil sie auf euer Dorf zustreben...«

»Allein – das ist die Gefahr!«, nickte Born kompromisslos.

Der Riese spreizte die Hände. »Was macht das schon..? Ihr braucht doch bloß eure Kinder und eure Pelziger zu nehmen und zu verschwinden, bis die sich durchgefressen haben.
Danach zieht ihr wieder ein und alles ist okay... Habe ich recht?«

Born schüttelte langsam den Kopf. »Nein, die Pollensäcke werden einige von ihnen töten, aber nicht sehr viele. Ihr begreift nicht. Wir könnten tun, was ihr empfehlt, aber nicht wir sind es, um die wir fürchten. Sie sind auf der Dorfetage. Sie werden das Heim erreichen und sich ihren Weg durch den Stamm selbst fressen, und wenn die Borke durchbrochen ist, werden sie sich auf das Herzholz stürzen. Das Heim wird ohne Verteidigung daliegen und Parasiten und Krankheiten ausgeliefert sein. Es wird schwarz werden und sterben, wenn wir die Säule nicht aufhalten oder ablenken können.«

Mehr gab es nicht zu sagen. Sie verließen den Tunnel.
Logan und Cohoma bildeten die Nachhut.

»Aber Born«, beharrte Logan. »Ob ihr beiden nun anwesend seid oder nicht, das macht doch bei der Verteidigung des Baumes keinen Unterschied! Zwei Männer mehr... Bringt uns zu unserer Station, wir haben genug Geräte dort, womit wir diese Akadi aufhalten können, ehe sie das Heim erreichen - Geräte, von denen ihr keine Vorstellung habt.«

»Das mag wohl sein«, räumte Born ein, »aber wir sind noch unzählige Tage von eurer Heimstation entfernt. Bei normaler Marschgeschwindigkeit erreichen die Akadi das Heim lange Zeit bevor wir zu eurer Station kommen. Wir müssen die anderen warnen und ihnen bei den Vorbereitungen helfen. Ihr werdet auch helfen.«

»Wenn ihr glaubt«, konterte Cohoma, »dass wir einfach abwarten werden...«

»Natürlich werden wir tun, was wir können, Born«, berichtigte Logan besänftigend und warf ihrem Partner einen tadelnden Blick zu. »Nach alldem, was ihr bereits für uns getan habt, wird es uns eine Ehre sein, euch zu helfen.«

Sie legte Cohoma die Hand auf die Schulter und hielt ihn zurück. Die beiden fielen auf einen bestimmten Abstand zu Born und Losting zurück, welcher sie, vermeintlich, außer Hörweite brachte.

»Was, zum Teufel, hast Du denn, Kimi?«, flüsterte Cohoma ärgerlich. »Wenn Du mich noch eine Weile mit ihnen hättest streiten lassen, dann hätte ich sie überzeugt, dass wir ihnen nichts nützen können. Sie könnten uns auf dem nächsten Ast zurücklassen, und wir...«

»Du bist ein kurzsichtiger Depp! Wir haben doch gar keine andere Wahl, als sie zu unterstützen. Wenn es nicht gelingt, den Baum zu verteidigen, sind wir ebenso tot, wie wenn die Akadi uns gefressen hätten. Oder glaubst Du, dass wir es ohne ihre Hilfe durch dieses Gewächshaus schaffen? Du hast doch gesehen, wie es hier ist. Wir wären inzwischen schon ein Dutzend Mal gestorben, wenn Born nicht wäre. Erinnere Dich nur an die falsche, säurebetankte Bromeliade, von der ich glaubte, sie sei mit frischem Wasser gefüllt! Natürlich werden wir kämpfen. Und wenn es wirklich so hoffnungslos aussieht, wie Born das hinstellt, haben wir immer noch genügend Zeit, um abzuhauen.«
Sie stieg vorsichtig über ein blaues Pilzgewächs. »Und bis dahin sollten wir unser Bestes tun, ihr Wohlwollen zu erhalten und dafür zu sorgen, dass sie überleben. Es sei denn, Du willst auf eigene Faust weiterziehen.«

»Okay, ich hab' nicht genügend nachgedacht«, räumte Cohoma ein. »Ich komme mit, solange diese Typen uns hilfreich sein können. Aber ich bin nicht bereit, für irgend so einen verdammten Baum zu sterben. Lieber riskiere ich, dass mich dieser Wald umbringt.«

Born hätte die Überlegungen Cohomas nicht verstanden. Aber im Augenblick hatte er gar keine Zeit zuzuhören, er konzentrierte sich ganz auf Gedanken, die jedes Geräusch verdrängten. Die Akadi marschierten auf das Heim zu - und auf Gehéle..! Seine Liebe war in Gefahr!
Er argwöhnte, dass die Riesen, wenn es darauf ankam, nicht bis zum Tode kämpfen würden und machte sich auch nicht die Mühe, ihnen zu sagen, dass die Akadi, sobald sie einmal eine

Witterung aufgenommen hatten, einem Feind so lange folgten, bis dieser umfiel. Sobald der Kampf einmal begonnen hatte, waren die Sinne der Akadi geschärft und alle in der Reichweite ihres Geruchssinnes zum Tode verurteilt – sofern die Akadi nicht selbst vorher starben. Wenn es ihnen – wider Erwarten – irgendwie gelingen sollte, diese Heersäule aufzuhalten, und die Riesen nachträglich von diesem Aspekt erfuhren, konnten sie sich immer noch bei Born beklagen.

*

Gehéle war mit Reinigungsarbeiten beschäftigt, als sie erfuhr, dass Born zurückgekehrt sei. Sie sah ihn erregt mit Sand und Joyla disputieren und eilte auf ihn zu. Seine plötzliche, unerwartete Rückkehr überraschte und freute sie zugleich. Dann bemerkte sie, dass Losting bei ihm war und mit Born und den Stammesälteren sprach. Sie hielt inne, blieb stehen, starrte die beiden an. Abrupt wirbelte sie herum und eilte zum Haus ihrer Eltern zurück. Hin und wieder blickte sie über die Schulter, redete leise mit sich selbst und schüttelte den Kopf.

»Wie lange?«, fragte Sand ernst.

»Ein Zweitagemarsch für einen Mann«, erklärte Losting und wies in den Wald.

»Und dass sie seitwärts vorbeiziehen, ist nicht möglich?«

Born schüttelte den Kopf. »Ich glaube nicht. Es ist genau ihre Richtung.«

»Sie werden mitten durch euer Dorf ziehen.«

Born wandte sich um, als die beiden Riesen und Leser zu ihnen traten.

»Ihr seht das alles völlig falsch«, fuhr Cohoma fort. »Ihr wollt euch opfern, um einen Baum zu retten? Hört, wie lange würde es denn dauern, bis der Baum stirbt, wenn die Akadi sich durch ihn hindurchgefressen haben?«

Leser überschlug: »Nach dem alten Kalender vielleicht hundert Jahre.«

Cohomas Empfindungen waren ihm ins Gesicht geschrieben. »Ihr könntet also noch zwei oder drei Generationen hier leben und in aller Ruhe in kleinen Gruppen nach einem neuen Baum suchen. Aber wenn ihr bleibt und gegen diese Akadi kämpft, werdet ihr, wie es scheint, alle sterben. Was soll das also?«

»Das Heim wird leben«, erklärte Joyla würdig.

»Richtig«, nickte Cohoma verbittert. »Werft doch euer Leben für dieses heilige Gemüse weg!« Er wandte sich Logan zu. »Die sind nicht mehr menschlich genug, um wieder vom Commonwealth aufgenommen zu werden. Sie sind zu weit in die Barbarei abgesunken. Der natürliche Überlebenswille ist ihnen auf diesem Dunghaufen abhandengekommen.«

Der Häuptling schüttelte betrübt den Kopf, während die beiden Jäger die Riesen neugierig betrachteten, wie sie vielleicht eine neue Art von Chollakee inspiziert hätten. »Ihr Blass-Riesen, die ihr behauptet, von einer anderen Welt zu kommen, ich verstehe euch nicht. Es mag sein, wie ihr sagt, wir unterscheiden uns mehr von euch, als es scheint.«

»Und dabei wollt ihr es belassen?«

Joyla und Sand nickten gleichzeitig.

»Wir behaupten nicht, euch völlig zu verstehen«, räumte Logan in versöhnlichem Ton ein, während Cohoma leise vor sich hin fluchte, »aber vielleicht können wir euch irgendwie helfen.«

»Wir werden jeden Vorschlag diskutieren, den ihr uns macht«, erwiderte Sand höflich.

136

»Okay«, sagte sie begeistert. »So wie ich das begreife, sind diese Akadi nur vom Weg abzulenken, wenn sie sich gegen einen Angreifer verteidigen müssen. Ist das richtig?«

»Das stimmt«, nickte Born.

»Nun, denn«, fuhr Kimi fort, »warum die Säule dann nicht von der Seite angreifen. Sobald sie einmal abgebogen sind, um sich zu verteidigen - werden sie dann nicht auf dem neuen Pfad weiterziehen..?«

Sand lächelte verzeihend und schüttelte den Kopf. »Die Akadi erinnern sich. Sie würden jedes Geschöpf verfolgen und töten, das verrückt genug wäre, sie anzugreifen, und dann wieder auf ihre ursprüngliche Marschlinie zurückkehren.«

»Oh«, murmelte Logan bedrückt. »Ich hatte mich schon gefragt, warum niemand einen Ablenkungsangriff vorgeschlagen hat. Wir würden damit also nur etwas Zeit gewinnen.«

»*Sehr wenig* Zeit«, fügte Losting verbessernd hinzu.

»Großartig«, warf Cohoma ein. Diese Leute fingen an, ihm auf die Nerven zu gehen. Hier hatten sie tatsächlich jemanden gefunden, der sie zu ihrer Station und in die Sicherheit zurückführen konnte, und jetzt verlangte diese lächerliche »Logik«, dass sie sich selbst umbrachten, in dem Versuch, *einen Baum* für die vierte Folgegeneration zu retten, statt einfach auszuziehen und auf ein oder zwei Tage zu verschwinden. Es war einfach gegen die Vernunft...
Aber trotz seines schäumenden Unwillens machte Cohoma sich keine Illusionen über die Chancen, die sie alleine im Dschungel hätten. Sie würden binnen weniger Stunden von irgendeinem giftspeienden Kohlkopf oder etwas ähnlich Bizarrem umgebracht werden. Er seufzte tief.
Es war also wichtig, dass diese Akadi zerstört wurden. Dazu hatten er und Logan ihre Hilfe versprochen. Wenn der Kampf

gewonnen wurde, dann würde man sie, ob ihrer Tapferkeit, loben. Wenn sie verlören, nun, dann konnten sie immer noch das Risiko des Dschungels auf sich nehmen.

Weder er noch Logan wussten, dass die Akadi ihrem Feind so lange zu folgen pflegten, bis kein Atem mehr in ihm war. So halfen die beiden Riesen bereitwillig beim Bau von Verteidigungsanlagen aus zugespitzten Eisenholzstäben. Sie wurden an jener Seite des Heims mit Lianen festgebunden, an welcher der Angriff der Akadi erwartet wurde. Diese vergifteten Spieße und Dorne würden den ersten Anprall der Akadi verlangsamen, wenn auch nicht aufhalten.
Nein, *aufzuhalten* waren sie auf diese Weise nicht! Die schiere Gewalt ihrer Zahl würde sie weitertreiben, und die Lebenden würden die Toten, sowie die aufgespießten Vettern, als Brücken benutzen.

Die Bewohner des großen Baumes hatten aber noch andere Verteidigungsmittel; Verteidigungsmittel, mit denen Cohoma und Logan, trotz ihrer inzwischen größer gewordenen Erfahrung mit der Vegetation dieser Welt, nicht vertraut waren.
Was war beispielsweise der Sinn der großen Nüsse, etwa von der doppelten Größe einer terranischen Kokosnuss, die so sorgfältig über den Kabbls aufgehängt worden waren, welche die Akadi auf ihrem verzehrenden Wege hochwahrscheinlich benutzen würden? Im Gegensatz zu den Bergen tödlicher Jacaridorne und Tanksamensäcke, die man gesammelt hatte, war an diesen Nüssen nichts auszumachen, was auf ihren waffenfähigen Charakter deutete.

Und dann kam Cohoma auf eine offensichtliche und zugleich brillante Lösung. Dabei übersah er freilich etwas, das Logan nicht vergaß in Rechnung zu ziehen: Die Tatsache nämlich, dass Borns Volk zwar primitiv, aber nicht dumm war.
»Warum schneidet ihr nicht einfach sämtliche Schlingpflanzen, Kabbls und Lianen ab, die in den Heimbaum

führen?«, schlug er einer kleinen Gruppe geschäftiger Männer vor. »Wenn diese Akadi nicht fliegen können, müssen sie doch außen herumgehen.«

Anstelle einer Antwort reichte Jaipur, ein älterer Handwerker, Cohoma eine feingeschliffene Knochenaxt und forderte ihn auf, sie an der nächsten großen Liane auszuprobieren, die etwa den Umfang eines Männerschenkels hatte.

Cohoma hackte gute zehn Minuten daran herum. Am Ende war die Axtschneide so stumpf, dass sie ihren Zweck nicht mehr erfüllte und neu geschärft werden musste. Bei all seiner Mühe hatte er aber nur eine etwa drei Zentimeter tiefe Kerbe in die Rinde der Liane geschlagen.

»Eigentlich hättest Du es Dir denken können, Jan«, meinte Logan. »Diese Eingeborenen würden niemals vorschlagen, absichtlich etwas Wachsendes zu verletzen. Sie wussten also, dass Du keine Chance hattest.«

Jaipur machte eine weit ausholende Handbewegung und grinste schief. Eine Gesichtshälfte war nämlich in seiner frühen Kindheit bei der Berührung mit einer Stachelpflanze gelähmt worden. »Es gibt viele Tausende solcher Pfade, die mit anderen verschlungen sind und die aus allen Richtungen zum Heim führen. Viele sind dicker als der Körper eines Pelzigers. Es gibt aber weder genug Äxte im Heim, noch genug Zeit in der Welt, um sie alle abzuschneiden - selbst wenn man sie abschneiden könnte.«

Ehe Jaipur sich daranmachte, einen weiteren Eisenholzspeer zu schärfen, zeigte er Cohoma, wie jeder Kabbl sechs weitere hatte, die ihn trugen. Wenn man also nur ein oder zwei abschnitt, ohne auch das gute Dutzend Stützglieder abzuschneiden, wäre das Zeitverschwendung.

»Man würde ein Lasergewehr brauchen, um auch nur einen Anfang zu machen«, registrierte Logan. »Verdammt, das

Unterholz ist hier so ineinander verwuchert, dass man den halben Wald fällen müsste, um etwas zu erreichen.«

In dem Moment kam Leser vorbei und erklärte den beiden Riesen, wie die Akadi auch beträchtliche freie Flächen ohne Unterstützung überwinden konnten, indem sie einfach eine lebende Brücke ineinander verkeilter Körper bildeten.

Cohoma und Logan baten darum, etwas besser in der Handhabung der vorhandenen Waffen unterwiesen zu werden.
Man hatte ihnen Eisenholzspeere, Knochenaxt und Messer gegeben. Logan hätte für sich einen Bläser vorgezogen, aber die einer Bazooka ähnlichen Blasrohre waren nur recht aufwendig herzustellen. Sie standen nicht einmal in ausreichender Anzahl denen zur Verfügung, die damit umgehen konnten.
Sie wäre verstimmt gewesen, hätte sie den Hauptgrund gekannt, weshalb man ihr keinen Bläser gab.
Born hatte die Häuptlinge überzeugen können, dass die Riesen in einer schwierigen Situation wahrscheinlich eher sich selbst mit einem der giftigen Dorne verletzen würden, als einen Akadi zu töten.

Als Jan und Kimi um etwas detailliertere Auskunft über den Feind baten, erwies sich Born als höchst talentierter Zeichner. Mit einer weißen, kreideähnlichen Substanz skizzierte er, auf einer Platte aus poliertem schwarzen Holz:
»Ihr müsst versuchen, sie hier zu treffen«, erklärte er, »zwischen den Vorderbeinen oder - wahlweise - zwischen den Augen. Jeder Akadi ist etwa halb so groß wie ein Mensch..., wie ich...«

»Hmm..., etwas größer als ein Wolf also«, meinte Cohoma.

Weiter erfuhren sie, dass ein Akadi einen dicken, biegsamen Körper ohne Schwanz besaß; über sechs dünne, aber sehr kräftige Extremitäten verfügte, welche jeweils in einer langen, gebogenen Klaue endeten, die es dem Akadi erlaubten, wie ein Faultier, an Zweigen oder Kabbls entlangzulaufen. Vorne verjüngte sich der Körper und endete in einem, von starker Muskulatur umgebenen, Doppelkiefer ohne Hals.

Die Effizienz der doppelten Kieferanordnung faszinierte Logan. Eine Gruppe arbeitete in der gewöhnlichen Weise von oben nach unten, während die beiden anderen sich von links nach rechts bewegten. Synchronisiert stellten sie eine beißende Phalanx dar, die sich ebenso elegant durch das zäheste Holz oder Knochen fressen konnte, wie ein Laser durch Blech. Die Zähne im Ober- und Unterkiefer waren dreieckig und rasiermesserscharf, während die an den Seiten viereckig waren, oben gezackt und etwas nach hinten gebogen, um damit Nahrung in den stets hungrigen Schlund zu befördern. Drei Augen, gleichmäßig über die obere Kopfhälfte verteilt, lagen etwas hinter den Kiefern. Darüber hinaus wies der Kopf drei Tentakel auf, an jeder Seite einen und einen weiteren, mit Saugnäpfen ausgestatteten, an der Spitze, womit sie die Beute festhalten konnten. Die Farbe der Akadi war ein rostiges Orangerot, ihre Augen und Beine glänzend schwarz. Trotz der drei Augen, so hieß es, war ihr Gesichtssinn schwach entwickelt.

»Das wird durch ihren hervorragenden Geruchs- und Tastsinn ausgeglichen«, schloss Born seine informative Zusammenfassung.

»Eine perfekte Fressmaschine also«, stellte Logan fest. »Ideal konstruiert, höchst effizient.« Sie schüttelte den Kopf und stöhnte: »Du großer Gott, ich möchte mich mit keinem von den Biestern einlassen. Dabei müssen wir gegen Tausende kämpfen.«

Sie sah Born an. »Und ihr glaubt, ihr könnt so eine Fress-Lawine mit ein paar Blasrohren und Speeren aufhalten?«

»Nein! Es *muss* einfach *versucht* werden - das sind wir unserem Heim schuldig«, korrigierte Born und wischte das polierte Holz seiner improvisierten Schreibtafel mit dem Vorderarm ab. »Ich habe jetzt zu tun.«
Er wandte sich zum Gehen.

»Keine Chance haben die, nicht die geringste...«, ereiferte sich Cohoma, als er Born außer Hörweite wähnte.

»Ich fürchte, *unsere* Chancen stehen nicht viel besser, Jan.«

8 - Die Verteidigung des Heimbaums

Sie hörten das Geräusch, während sie, außerhalb des Ringes, der mit den Pollensäcken beladenen Lianen, ausruhten. Anfänglich war es nur ein leises Rascheln in der Ferne, wie Wind, der durch die Zweige weht. Aber es wurde beständig lauter! Zuerst wie ein Summen, dann ein Dröhnen wie von einer Milliarde Hummeln, die aufgestört um ein Nest schwärmten.

Noch weiter schwoll es an und ging in ein betäubendes knatterndes Geräusch über, das weder Cohoma noch Logan je würden vergessen können. Die Tonkulisse Hunderter Tonnen organischer Materie, die zerkleinert wurde und in gierigen Mäulern versank.

Von der unter ihnen liegenden Liane sprang eine vertraute Gestalt zu ihnen herauf. »Seid bereit, Riesen. Die Akadi kommen«, empfahl ihnen Losting. Logans Hand krampfte sich um den Schaft des Eisenholzspeers, und sie vergewisserte sich, dass Knochenaxt und Messer noch am Gürtel ihrer in Fetzen gegangenen Shorts hingen - wenn sie auch nicht die Absicht hatte, einer der Fressmaschinen je nahe genug zu kommen, um eine der Waffen einsetzen zu müssen. Vorher würden sie fliehen.

Losting wollte an ihnen vorbeieilen. Cohoma winkte ihm zu, stehenzubleiben.

»Wir haben Born schon seit ein paar Tagen nicht mehr gesehen, Losting. Ich weiß, dass er sehr beschäftigt war. Hält er auch irgendwo Wache?«

»Born..?« Lostings Gesicht wechselte hintereinander einige Male den Ausdruck, wandelte sich von Befriedigung zu Ekel. »Ihr habt Born einige Tage lang nicht gesehen, weil er seit einigen Tagen verschwunden ist.«

Der Schock, der sich in den Gesichtern der beiden Riesen abzeichnete, bereitete Losting sichtliches Vergnügen. »Er hat das Heim eines Nachts verlassen, und seitdem hat man von ihm nichts mehr gehört oder gesehen. Es ist sicher, dass er nicht den Akadi entgegengegangen ist. Wir haben Späher ausgeschickt, die ihren Weg auf das Heim zu markieren. Sein Pelziger ist mit ihm verschwunden.«

Es war klar, was er andeuten wollte: Der Jäger war geflohen. »Born, ein Feigling?«, sagte Logan verwirrt. »Das verstehe ich nicht, Losting. Als alle anderen von euch Angst hatten, war er der Einzige, der bereit war, zu unserem Gleiter hinunterzuklettern.«

»Die Verrückten handeln nach ihren eigenen Gründen, die kein Mensch nachvollziehen kann«, triefte Losting vor Abscheu. »Euer Himmelsboot war etwas Unbekanntes, ganz anders als die Akadi, die zu gut bekannt sind. Bei ihnen weiß man ganz genau, was man zu erwarten hat - den Tod.
Born ist Jäger und seiner Gewohnheit nach ein Einzelgänger. Wenn das Heim stirbt und das Dorf mit ihm, würde er alleine überleben. Es besteht kein Zweifel, dass er klug genug dazu ist.« Seine Miene verfinsterte sich. »Aber in einem Punkt war er nicht klug, denn wenn es ein Dorf geben sollte, zu dem wir zurückkehren können, werden wir ihm nicht gestatten, unter uns zu leben. Die Häuptlinge und der Schamane haben das bereits angeordnet.« Er drehte sich um, griff nach einer Liane und zog sich zum nächsten Ast empor, um von dort aus die Bereitschaft der Verteidiger zu überprüfen.

»Ich glaube es immer noch nicht«, flüsterte Logan und wandte sich wieder dem Wald zu. »Ich glaube, da kenne ich die menschliche Natur einfach zu gut.«

»Ich habe Dir doch gesagt, dass die ihre Menschlichkeit preisgegeben haben, um Konzessionen an diese Welt zu machen«, murrte Cohoma.

144

»Ach, komm doch, Jan! Wie könnten sie denn in so kurzer Zeit so weit zurückgefallen sein? Es ist ja erst ein paar hundert Jahre her, dass die ersten Auswandererschiffe ausgezogen sind.« Jetzt wurde ihre Stimme leiser. »Ich hätte geschworen, dass ich Born schon ganz gut verstehe.«

»Es gibt da noch eine Möglichkeit, weißt Du, Kimi«, meinte Cohoma nach einer Pause. Er schaute sie prüfend an. »Selbst jemand wie Losting, der ihn nicht mag, gibt zu, dass Born ein kluger Bursche ist. Vielleicht..., vielleicht rechnet er damit, dass wir ihn retten.«

Logan sah ihren Begleiter neugierig an. »Wie meinst Du das..?«

»Nun, überleg doch einen Augenblick«, sinnierte er und begann sich für das Thema zu erwärmen. »Er ist irgendwo dort draußen...«, er deutete durch die Palisade gespitzter Stäbe auf das andere Ende des Dorfes »und wartet darauf, dass wir uns ihm anschließen, wenn die Schlacht sich so negativ entwickelt, wie alle das anscheinend erwarten. Wir entfernen uns, sobald das Ende in Sicht ist. Er schließt sich uns an, wir ziehen zur Station, und dort wird ihm seine brennende Neugierde befriedigt. Und außerdem rettet er sein Leben und wird reich belohnt.«

»Das würde aber voraussetzen«, antwortete sie erregt, »dass sein Heim und seine Freunde ihm gleichgültig sind. Und eben das will ich nicht glauben! Ich denke, dass die Bindung in Born ebenso stark - wenn nicht stärker - ist, als bei allen anderen diesen Leuten. Bei einem Glücksritter könnte ich eine solche Haltung verstehen, bei einem bezahlten Revolverhelden, wie man sie in den Gassen von Drallar oder LaLa oder Repler findet, aber nicht bei Born.«

Cohoma grinste. »Ich glaube, Du siehst in unseren klein geratenen Vettern zuviel von dem edlen Wilden. Unser Freund

Born ist einfach geschickt genug, um abzuhauen, und er hat genügend von einem Bilderstürmer, um...«

Die erste Reihe von Akadi durchbrach die dichte, grüne Mauer, und jedes Gespräch erstarb. Die Säule war sieben oder acht Akadi breit und erstreckte sich nach hinten in den Wald, wo sie zwischen dem Grün verschwand. Sie waren Körper an Körper gepresst, so dicht, dass die Spitze der Säule wie eine einzige monströse Raupe wirkte, ein wolliger, orangeroter Pelz, klauenbewehrter Beine und zuckender Tentakel.

Das vom Blattwerk gefilterte grüne Licht spiegelte sich in Augen, schwarz wie Kohle, dunklen Gruben gedankenloser Bösartigkeit und beleuchtete eine grausige Phalanx blitzender Zähne. Winzige Explosionen waren zu hören, als der Ring sorgfältig postierter Jäger gleichzeitig ein Dutzend Tanksamen platzen ließ. Die Akadi zuckten zurück, ihre Tentakel und die Klauenbeine versuchten in blinder Wut, die Dornen herauszuziehen. Aber ehe das wilde Schlagen von Armen und Tentakeln aufgehört hatte, war die erste Reihe bereits beiseitegeschoben, stürzte von den Ästen und Epiphyten in die Tiefe.

Unter diesem Ort würde sich eine wahre Nekropole anhäufen..!

Während das erste Dutzend Jäger nachlud, schoss die zweite Gruppe. Weitere Akadi starben. Dann schoss die erste Reihe wieder, und die zweite lud nach. Solch elementare Taktiken wirkten aber nur kurze Zeit. Es war, als bekämpften sie die See, Welle über Welle; die endlose Flut eines lebenden orangefarbenen Ozeans aus Saugnäpfen, Tentakeln, Klauen und Zähnen, die sich nach vorne wälzte, als würde sie aus einer Tube gedrückt.

Bald fielen die Schüsse unregelmäßiger, waren weniger effizient. Männer und Frauen mit langen Eisenholzlanzen schoben sich jetzt nach vorne, um auf die pelzbedeckten Körper einzustechen. Andere standen mit Äxten und Keulen parat, um die vordringenden Speerträger vor den Akadi zu schützen. Das Blut der Akadi war von einem dunklen, schmutzigen Grün, inklusive der zupassenden Konsistenz einer sämigen Erbsensuppe.

Die Speere erwiesen sich wirksamer, als sie angenommen hatten. Jedes Mal, wenn einer von ihnen zustieß, starb ein Akadi, griff sich mit Tentakeln und Klauen an den Leib, bis die Lanze wieder herausgezogen wurde.

Logan kam nicht umhin, die Anstrengungen der Leute zu würdigen - ob sie nun »primitiv« waren oder nicht.

Während die Jäger hoch oben in den Ästen ihre Bläser dazu benutzten, um möglichst viele Angreifer zu fällen, rannte die vorderste Reihe der Akadi, deren Zahl jetzt geringer geworden war, in eine Mauer aus Speeren, wurde in Stücke gerissen und stürzte in einem beständigen Regen von Leichen in ihr grünes Grab.

Wäre eines nicht gewesen, hätte die Verteidigungsaktion vielleicht sogar Erfolg haben können: Die Zahl der Akadi war geradezu astronomisch!

Zu Dutzenden kamen die Killer um, zu Hunderten.

Aber der Fluss kam nicht ins Stocken, verlangsamte sich nie und ruhte nicht, sondern fraß sich stetig nach vorne...

Immer wieder gab es eine kurze Pause, wenn etwa zwei Jäger auf frische Dornen warteten oder auf Tanksamen, die man ihnen brachte. Hin und wieder wurde einer der Speerträger zu müde, um noch länger zuzustoßen, und die Reserve musste eingreifen.

Jedes Mal gewannen die Akadi dann ein paar Zentimeter, schoben die Verteidigungsmauer aus Eisenholz wieder ein Stückchen weiter zurück.

Es war im harten, unerbittlichen Kampf unausweichlich: Mal ermüdete ein Mann und stolperte, oder eine Frau glitt auf dem Kabbl aus - und die anderen mussten ihnen wieder aufhelfen.

So gingen, Stück um Stück, wertvolle weitere Zentimeter verloren.

Wenn sie über endlose Mengen an Jacaridornen, Tanksamen und unmenschliche Kraftreserven verfügt hätten, schätzte Cohoma, würde der Stamm die Akadi weiterhin mit minimalen Verlusten bekämpfen können. Aber sie waren außerstande, die Allesfresser daran zu hindern, Boden zu gewinnen. Sobald einmal ein Zentimeter an die Angreifer verloren war, war es aussichtslos, ihn zurückzugewinnen. Es war schlechterdings unmöglich, diesen lebenden Gießbach des Mordens zurückzudrängen.

Aber die Linie der Verteidiger hielt; hielt mit bewundernswerter Entschlossenheit, wie sie sonst nur religiöse Fanatiker an den Tag legen.

Wenn die Frontkämpfer der vordersten Reihe erschöpft zusammenbrachen, wurden sie sofort ersetzt. Und doch gab es im Dorf nur eine begrenzte Zahl von ihnen - und die Reservisten begannen ebenso zu ermüden. Hin und wieder schlüpfte ein Akadi unter einem Speer durch, um mit seinen stählernen Tentakeln einen Arm oder ein Bein zu packen. Dann musste ein Axtträger sich beeilen und das Monstrum erschlagen. Denn sobald sie sich einmal irgendwo verbissen oder festgeklammert hatten, brachte sie nur noch der Tod dazu, ihr Opfer loszulassen.

Stetig wurde die kleine Gruppe von Menschen zurückgedrängt, zurück zu den Baumlianen, welche die natürliche und letzte Verteidigungslinie für den Heimbaum bildeten. Sobald die Akadi sich einmal an den Pollensäcken vorbeigearbeitet hätten, würden sie anfangen, den Leib des Baumes selbst zu verschlingen. Dann war es nur noch eine Frage von Minuten, bis irreparabler Schaden angerichtet wäre...

Logan wusste, was dann geschehen würde. Die Dorfbewohner würden eine letzte vergebliche Kraftanstrengung unternehmen, die Akadi zurückzudrängen. Einen Augenblick lang würden sich Köpfe und Arme über die zuckenden Tentakel erheben. Und dann würden alle, Männer, Frauen, Kinder von der unvorstellbaren Masse umschlossen, und der Baum würde, trotz ihres Opfers, vernichtet werden.

Der Kampf tobte weiter. Es ging nicht so laut zu, wie es bei einem Krieg zwischen Menschen der Fall gewesen wäre, aber es war auch nicht leise. In der Reihe der Speerkämpfer riefen sich Männer und Frauen gegenseitig Mut zu, während die Akadi blindlings immer weiter nach vorne drängten, ihre Kiefer sich gierig öffneten und schlossen und wie eine Million Kastagnetten klapperten. Langsam wichen die Menschen dem Druck der Unzahl Akadi.

Die Armee der Fresser war vielleicht noch drei oder vier Meter von der ersten Liane mit Pollensäcken entfernt, als Rufe durch die Reihen der Verteidiger gingen.

Logan erkannte die Stimme des Schamanen und die der Häuptlinge Sand und Joyla, jene Lostings und die einiger anderer Jäger. Eine plötzliche Dornensalve aus den Bläsern ließ die Akadi einen Augenblick lang erstarren, während die Verteidigungslinie sich löste und zur Seite zurückzog. Aber die Armee verfolgte sie nicht, wie erhofft, wechselte nicht die Richtung, sondern wälzte sich als lebender Strom weiter geradeaus.

Schon begannen die ersten an der nahrhaften Borke des Baumes zu nagen, begierig auf das lebende Holz darunter, während andere bereits auf die ersten Lianen zustrebten.

Cohoma spürte eine Hand an seinem Arm, sah, wie einer der Jäger ihm bedeutete, ihm zu folgen. Die Stimme des Mannes klang eindringlich. Er und Logan kletterten ihm in die höher gelegenen Zweige nach.

Als hinter ihnen ein Schrei ertönte, wandten sie sich um.

Sie sahen die großen Nüsse herunterfallen, sahen sie inmitten der Akadi landen und platzen - und als sie platzten, quoll feines, weißes, undefinierbares »Puder« hervor. Es glitzerte im Licht der untergehenden Sonne. Der Vormarsch der Akadi kam ins Stocken, sie scharrten unruhig mit ihren Klauen auf dem Holz herum, taumelten übereinander, stürzten, fielen auf den Rücken, dreschten aufeinander ein, schlugen gegen das Holz des Baumes. Irgendeine unerklärliche Art von Wahnsinn schien sie erfasst zu haben. [1]

Cohoma registrierte, bezüglich seines urplötzlich zum Leben erwachten, rauschhaften Kampfeswillen selbst verdutzt, wie er mit den anderen auf die Akadi zurannte, mit seinem Speer zustach, ihn wieder herauszog und erneut zustieß. Die Körper der Akadi waren überraschend weich, die Spitze der Waffe drang leicht ein. Grünes Blut bedeckte seine Lanze. Ganz in der Nähe sah er Logan mit ihrem Speer dasselbe tun.

Ein glühender Schmerz flammte in seinem Knöchel auf. Er blickte nach unten und bemerkte, dass es einem der Scheusale irgendwie gelungen war, sich an der neuformierten Reihe von Speerkämpfern vorbeizuschmuggeln, um mit seinen drei Tentakeln sein Bein zu umfassen. Zähne nagten an seinem Unterschenkel. Er versuchte den Speer herumzudrehen, schaffte es aber nicht und bemerkte, wie er, von seinem verletzten Bein im Stich gelassen, zu Boden sank. Just in dem Moment bohrte sich etwas zwischen das zweite und dritte Auge des alptraumhaften Fressmonsters.

»Danke, Kimi. Du großer Gott, schaff das weg!«

Wieder stieß sie zu, und grüner Saft bespritzte ihren Leib - aber die dreieckigen Zähne weigerten sich, ihren Griff zu lockern. Am Ende musste Logan die Axt einsetzen, um die Tentakel loszuschneiden und die Kiefer auseinanderzuziehen. Hellrote Kreise zeichneten sich an Jans Wade ab, dort, wo die Saugnäpfe sie festgehalten hatten. Hinter dem Knöchel zeigte sich eine tiefe, viereckige Wunde.

Auf Logan gestützt, hinkte er aus dem Gefecht. Eine kleine Sprühflasche aus ihrem Medikit brachte die Blutung zum Stillstand. Die Gerinnung setzte sofort ein. Er drückte ein selbstklebendes Pflaster darauf.

»Hab' nicht gesehen, wo das Biest herkam«, erklärte er ihr mit zusammengebissenen Zähnen. Der Schweiß stand ihm auf der Stirn; fahrig wurde er abgewischt.

Logan studierte die Wunde unter dem durchsichtigen Verband. »Das wird eine schöne quadratische Narbe abgeben. Wird Spaß machen, das in der Station zu erklären.«

»Hoffentlich habe ich noch Gelegenheit, es jemandem zu erklären...«

Seine Worte wurden von einem Brüllen übertönt, so laut, dass selbst der Heimbaum erzitterte. Das kleine Grüppchen Menschen verstärkte seine Anstrengungen; ein Dutzend kräftiger, grüner Gestalten gliederte sich ihnen an. Eine ungeheure Tatze hob sich und senkte sich wieder. Und bei jedem Schlag starb ein Akadi mit zerdrückter Wirbelsäule oder eingeschlagenem Schädel. Zum ersten Mal hatten sich die Pelziger aus ihrem täglichen Schlaf wecken lassen. Zum ersten Mal boten sie gemeinsam ihre Dienste, ohne Überlegung oder Diskussion, an. Die muskelbepackten Sechsbeiner wüteten unter den Akadi mit ihrer unbändigen Kraft.

Logan entdeckte Ge'Eliwan unter ihnen, Lostings Pelziger, aber Ru'Umahum war nirgends zu sehen. Ein riesenhafter Pelziger erhob sich aus der Mitte des Getümmels. Mehrere Akadi hingen an ihm, ihre Tentakel suchten in dem dicken Pelz vergeblich nach einer Angriffsfläche. Ihre Zähne schnappten und bissen ins Leere. Jetzt tauchte ein zweiter neben ihm auf, begann die wütenden Akadi vom Körper seines Begleiters abzupflücken und sie methodisch zu zerquetschen.

Gelegentlich überflutete der Strom einen Pelziger, aber dann hob er sich wie ein blasender Wal.

Indes - so dick ihr Pelz, so zäh ihre Haut und so ungeheuer ihre Kraft auch war, selbst sie konnten sich nicht lange gegen die unermüdliche Armee halten. Immer wieder tauchte ein Pelziger in dem orangeroten Fluss des Todes unter, um sich nicht wieder zu erheben. Und als es dann doch geschah, wollte es niemand mehr glauben.

»Schau!«, krächzte Cohoma und deutete ins wogende Getümmel: »Sie kehren um, ziehen sich zurück. Sie sind geschlagen!«

Tatsächlich hatten die Akadi aufgehört, sich nach vorne zu wälzen, zogen sich zurück, hinein in den Tunnel, den sie durch die Welt gefressen hatten. Sie nahmen nichts mit, ließen ihre Toten und Sterbenden zurück und zertrampelten bei ihrem Rückzug die Verletzten.

Jetzt sahen die Bewohner des Heimbaumes, von denen einige zu erschöpft waren, um sich noch bewegen zu können, wie ihre etwas energischeren Kameraden mit Äxten und Keulen herumliefen - sehr vorsichtig, um nicht von den glitschigen, blutbesudelten Kabbls und Ästen abzugleiten - und jene Akadi erledigten, die zu schwer verletzt waren, um noch fliehen zu können.

Die Pelziger sammelten sich ebenfalls, töteten beiläufig ein paar noch um sich beißende Akadi und leckten sich gegenseitig die Wunden. Einige suchten zwischen den Ästen und Lianen nach jenen ihrer Brüder, die sich nie mehr zu ihnen gesellen würden.

Die Freude währte indes nur kurz.

Logan und Cohoma sahen zu, wie die Überlebenden das Schlachtfeld nach Verletzten absuchten. Überall lagen verstümmelte Leichen umher, denen Arme und Beine oder gar der Kopf fehlte. Herausgerissene Eingeweide lagen auf hellgrünen Blättern und Blumen.

»Bei den Geboten der Kirche, die haben Mut. Fast könnte man bedauern...«

»Sei still!«, brachte Logan ihn zum Schweigen und deutete mit einer Kopfbewegung auf den großen Jäger, der auf sie zukam.
Eine Seite seiner Brust war mit einer Reihe rechteckiger Wunden gesäumt; einige waren provisorisch mit langen dünnen Streifen eines bestimmten Blattes bandagiert. Er hielt einen Bläser locker in der rechten Hand, während seine linke eine Keule trug. An seinem ganzen Körper gab es kaum ein Fleckchen Haut, das nicht mit den münzgroßen, kaminroten Kreisen bedeckt war, wie sie die tastenden Saugnäpfe der Akadi hinterließen.

»Ihr habt sie geschlagen..., trotz allem...«, anerkannte Cohoma, als er zu begreifen begann, dass der Jäger an ihnen vorbeigehen wollte.

»Sie geschlagen?« Losting blieb stehen und starrte sie wild an. Sie zuckten beide unwillkürlich unter der nackten Wut in seinen Augen zusammen.
»Sie geschlagen..., nein. Glaubt ihr, die haben wegen unserer Anstrengungen haltgemacht?« Er zögerte. »*Aufgehalten* haben wir sie, das stimmt, ja... Es war ein guter Kampf. Ich werde stolz sein, eines Tages meinen Kindern davon zu berichten. Wir haben sie lange genug aufgehalten, um den Tag zu gewinnen... Jedoch nur den Tag.
Aber sie zum Stillstand gebracht..? Nein! Sie haben ihren Zug selbst angehalten.«

»Sich selbst angehalten?«, wiederholte Logan stumpf und ziemlich verständnislos.

»Seht euch doch um«, riet Losting. »Was seht ihr?«

Die beiden Riesen überflogen das Schlachtfeld prüfend mit ihrem Blick.

»Sehr wenig«, meinte Logan dann. »Hmm... Es wird dunkel...«

»Ja, es wird dunkel; zu dunkel. Für die Akadi ebenso, wie für uns. Sie haben haltgemacht, weil der Tag am Ende ist. Während der Nachtregen fällt, werden sie schlafen. Und morgen werden sie erwachen und uns mit der gleichen Entschlossenheit angreifen, wie sie das heute getan haben. Wir haben nur eine begrenzte Zahl Jacaris für die Bläser und nur eine begrenzte Menge Blut. Ich glaube nicht, dass wir sie noch einmal auf Distanz halten können - geschweige denn gar zurückdrängen oder von ihrem Kurs abbringen. Aber wir werden es versuchen..!
Wenn die Pelziger nicht gewesen wären und das da, hätten wir sie nicht einmal heute aufgehalten.« Er beugte sich vor und schob die Spitze seiner Keule unter etwas.

Logan und Cohoma beugten sich ebenfalls vor. Zuerst sahen sie nichts. Dann brach sich ein letzter Sonnenstrahl in etwas wie einem winzigen, hell leuchtenden Edelstein.

»Dieses kleine Ding?«, wunderte Kimi sich und griff danach. »Ich könnte es wie eine Ameise zerdrücken.«

Losting zog die Keule zurück, ehe sie ihre Worte wahrmachen konnte. »Ich mag euch Riesen nicht besonders, obwohl ihr heute recht gut gekämpft habt. Aber selbst meinem schlimmsten Feind würde ich nicht gestatten, den Samen einer Otterot zu berühren.«

Er richtete sich auf und sah sich um, bis er den abgerissenen Tentakel eines Akadi fand. Den legte er vor sich hin.

»Passt auf.«
Er schob die Keule etwas zur Seite und schüttelte sie dann vorsichtig. Das winzige, metallisch aussehende, vielbeinige Ding glitt auf den Tentakel, und in dem Augenblick, als es ihn berührte, schien es zu verschwinden.

Cohoma kniff die Augen zusammen, um in der sinkenden Dämmerung noch etwas sehen zu können. »Wo ist es jetzt hin?«

»Beobachte genau..!«

Nichts geschah. Dann hatte Cohoma den Eindruck, als wäre unter der Haut des Tentakels eine Schwellung zu erkennen. Einige Minuten verstrichen, in denen aus der Schwellung eine Beule wurde, so groß wie eine Haselnuss und, binnen kurzem, in der Größe einer Pflaume.
Losting holte sein Messer heraus und berührte die Beule damit. Die angespannte Haut platzte, und ein kleiner purpurfarbener »Ball« sprang heraus. Er begann zu rollen; rollte auf den Rand des Astes zu. Der Jäger nahm seine Keule und hielt den Ball auf, dirigierte ihn zurück.

Cohoma und Logan konnten ganz unten an der Kugel einen winzigen, vielbeinigen Punkt sehen - das ursprüngliche edelsteinähnliche Geschöpf.

»Das ist der Staub des Otterot«, erklärte Losting. »Wenn er platzt, verstreut er Millionen von diesen« - damit deutete er auf den winzigen Käfer. »Wenn sie Holz oder eine Pflanze berühren, geschieht nichts. Aber wenn sie *Fleisch* berühren, sei es nun Mensch oder Pelziger oder Akadi, dann graben sie sich hinein und... fressen.
Ahh..., und *wie* sie fressen.«

Er sagte das so hingebungsvoll, dass Logan beinahe übel dabei wurde.
Cohoma fühlte sich auch nicht besonders wohl. Was sie soeben erlebt hatten, reichte aus, um selbst bei einem erfahrenen Beobachter einen Würgereiz zu erregen.

»Seht«, zeigte Losting und stieß die purpurfarbene »Murmel« mit seiner Keule an, »seht, wie es sich bewegt; zu laufen versucht... Das Fleisch unter der Haut, wo es sich hineinbohrt, wird schnell aufgeweicht und von dem Staubkäfer verzehrt, und wenn einer davon sich von seinem Wirt löst und auf eine weiche Pflanze fällt, graben sich die Beine ein und werden zu Wurzeln. Das Fruchtfleisch in diesem Körper wird grün, während es sich in Nahrung verwandelt. Am Ende platzt der Sack, und auf einem neuen Wirt wächst eine neue Otterotpflanze.«

»Faszinierend«, räumte Logan ein, die ebenfalls allmählich anfing, grün zu werden.
Sie war genügend Wissenschaftlerin, um ihre letzte Mahlzeit bei sich zu behalten. Aber irgendwie verursachte ihr dieses botanische Wunder auf eine Art und Weise Übelkeit, wie selbst das Blutbad dieses Tages es nicht fertiggebracht hatte. Sie stellte sich vor, wie einige dieser Geschöpfe auf ihr landeten, sich in sie hineingruben und von innen auffraßen.

»Sind das bewegliche kleine Pflanzen«, fragte sie eilig, »oder Insekten oder was sonst?«

»Vielleicht ein wenig von beidem«, meinte Cohoma. »Du hast sicher bemerkt, wie alles tierische Leben hier vorwiegend grün ist - die Pelziger, das Blut der Akadi und so weiter... Ich glaube, Kimi, dass es, auf dieser Welt, vielleicht die übliche klare Unterscheidung zwischen Pflanze und Tier überhaupt nicht gibt.«

»Trotzdem«, erwiderte sie, »dies ist ein Forschungsbereich, den ich liebend gerne jemand anderem überlassen werde, wenn wir zur Station zurückkehren..., jemals zurückkehren sollten...«

Lostling war nicht sicher, ob er alles begriff, was er hörte. »Freilich, es ist gefährlich, mit ihnen umzugehen. Man muss sich große Mühe geben, um einen Otterot zu emfatieren. Wenn einer platzt, während er aufgeschnitten...« Er brauchte den Gedanken gar nicht zu Ende führen.

»Kein Wunder, dass die Akadisäule zum Stillstand kam«, begriff Logan. »Der ganze vordere Abschnitt muss im Laufe von ein paar Minuten buchstäblich von innen heraus aufgefressen worden sein.« Sie blickte nervös auf den holzigen Boden, auf dem sie standen.
»Was wird aus den Millionen dieser Biester, die nichts zu fressen bekamen? Finden wir *die* heute Nacht in unseren Betten?«

Losting schüttelte den Kopf. »Ihre Geschwindigkeit und ihre Energie ist notwendig, denn diejenigen, die nicht sofort nach der Freilassung Nahrung finden, sterben ganz schnell. Alle waren tot, ehe schon die Sonne ganz unterging. Ihr braucht keine Angst zu haben. Und auch die Akadi nicht«, fügte er bedauernd hinzu. »Aber jetzt haben wir leider keine Otterots mehr. Sie wachsen nur sehr selten und unregelmäßig.«

Logan empfand über diese Tatsache keinerlei Bedauern. Sie trat, mit ihrem Schuhprofil, auf die pulsierende Monstrosität. Diese platzte, und purpurgrüne Farbe befleckte das Holz des Astes. Beide folgten dem Jäger ins Dorf zurück.

»Was geschieht morgen?«, wollte sie wissen. »Besteht gar keine Hoffnung mehr?«

»*Hoffnung* besteht immer, solange noch jemand am Leben ist«, erinnerte Losting sie. Die Riesen schien das nicht sonderlich zu ermutigen.
»Wir haben unsere Bläser«, hob er seine Waffe, »unsere Speere, Äxte und unsere Pelziger. Und dann sind da immer noch die Pollensäcke vom Heim selbst. Wenn die nicht mehr sind...« Er zuckte die Achseln. »Dann habe ich noch meine Hände und meine Zähne.« Er ließ sie stehen.

Logan blickte ihm nach, während Cohoma grantelte: »Großartig..., wirklich lobenswert. Ich glaube, es ist besser, wir machen uns selbstständig - so schlecht auch unsere

Chancen sein mögen - und gehen in den Wald. Ich muss gestehen, dass ich mich nicht so sehr in der Schuld dieses edlen Baumes fühle.« Er sah sich um. »Zumindest sterben wir dann auf dem Weg nach Hause und nicht bei der Verteidigung dieses vergötterten Gemüses!«

*

Einen Vorteil hatte ihre Erschöpfung: Sie fanden trotz ihrer Sorgen Schlaf.

Noch suchten sich die letzten Regentropfen von den oberen Etagen des Baldachins ihren Weg in die Tiefe, als der Stamm sich auf den nächsten Angriff der Akadi vorbereitete. Wieder bezogen die Jäger ihre Positionen hoch in den Zweigen; die Bläser bereit, entschlossen, mit jedem wertvollen Jacari einen Akadi zu töten. Wenn die giftigen Dornen verbraucht waren, würden sie die Bläser zur Seite legen, um mit Äxten und Keulen hinunterzuklettern und neben ihren Familien zu kämpfen.

Die dünne Reihe von Speerträgern postierte sich schweigend an dem Weg, über den bald die Akadiarmee herankriechen würde. Die ersten Pelziger erschienen. Müde und unausgeschlafen knurrten sie ungnädig.

Auch Cohoma und Logan nahmen oben auf einem der Zweige des mächtigen Heimbaumes ihre, ihnen zugewiesene, Stellung ein. Von hier aus würden sie einen ausgezeichneten Überblick über den Kampf haben und sich etwas weniger gedrängt fühlen, sich selbst in die Schlacht zu werfen. Wenn Lostings pessimistische Lageeinschätzung sich bestätigen sollte, würden sie ins Dorf zurückgehen, mitnehmen, was an Vorräten greifbar war, und die Akadisäule umgehen. Dann würden sie, dem Kompass nach, einen Südwestkurs einschlagen - auf die ferne Station zu.

Vielleicht würden sie jene erreichen, vielleicht auch nicht - aber sie würden sich wenigstens eine Minimalchance wahren.

Logan vermeinte in einiger Entfernung, im Gebüsch, ein Rascheln zu hören. Die Akadi begannen sich zu erheben, die Lethargie der Nacht von sich zu schütteln. Sie schickten sich an, den Kampf aufs Neue zu starten, zu wüten, zu vernichten und zu töten.

Die mit Bläsern bewaffneten Jäger machten sich bereit. Die Speer- und Axtträger waren, desgleichen, auf die ihnen bevorstehende Auseinandersetzung fokussiert. Sie hatten keine Späher aufgestellt, die sie vom Herannahen der Akadi verständigen sollten. Man brauchte sie nicht - ein paar Augenblicke der Vorwarnung hatten jetzt nichts zu bedeuten...

Alle wussten, woher die Gefahr kommen würde.

Jeder Mann, jede Frau und jedes Kind trug eine Waffe und starrte gebannt auf die unübersehbare Markierung des Grauens - auf das grüne Loch im Wald.

Logan flüsterte ihrem Partner zu: »Kommen sie?«
Die Knöchel der Hand, mit der sie den Speerschaft hielt, waren vor Anspannung weiß.

Cohoma registrierte das: »Bleib cool, Kimi. Denk daran - sobald das Blatt sich wendet, verschwinden wir hier.«

»Glaubst Du, wir können die Lianensperre veranlassen, sich für uns zu öffnen?«

»Da gibt es bestimmt noch ein paar Leute des Stammes, die hindurchmüssen. Vergiss nicht, die Lianen sind die letzte Verteidigungslinie des Baumes! Wir können uns immer noch einen Eingeborenen schnappen... Und außerdem...«, fügte er kühl hinzu, »wir essen jetzt schon seit ein paar Tagen die Früchte dieses Baumes. Vielleicht haben wir schon genug von den entsprechenden Enzymen in uns, dass der Baum uns als Heimbewohner akzeptiert. Final: Wenn die Akadi ein scheunentorgroßes Loch in die Lianenwand gefressen haben und durchmarschiert sind, erübrigt sich diese Sorge von selbst...«

Das Rascheln nahm zu, aber es schien gleichzeitig lauter und weiter entfernt. Es lief ihnen eisig über den Rücken. Kimi fragte sich automatisch, ob die Akadi wohl so etwas wie Wut oder Ärger empfinden konnten. Bereiteten sie sich vielleicht mit wilden Kriegsrufen vor? Was für Hirne hatten diese orangeroten Mistviecher? Verschmolzen alle Gedanken in einer einzigen sinnlosen Aufwallung des Bösen, oder waren sie zu Regungen fähig, die über den Drang zu töten, zu fressen und zu schlafen, hinausgingen?
Die Zeit zog sich hin, und der Klang ferner kastagnettenähnlicher Laute nahm weder zu, noch ab; war aber laut genug, um die anderen Geräusche des Waldes zu übertönen. Jetzt begannen die Männer und Frauen, die mit ihren Speeren ganz vorne an dem grünen Tunnel standen, unruhig zu werden. Die Jäger in den Ästen sahen sich nervös um.
Unterdessen war die Sonne an dem grünen Himmel höher gestiegen, aber die Öffnung der Hölle hatte, bis jetzt, immer noch nicht ihren Schrecken ausgespien.

Tiefer im Inneren des Tunnels war eine Bewegung wahrzunehmen; Rufe hallten zu ihnen herauf, Rufe, die eher erleichtert klangen. Das ständige nervenzerreißende Warten war es, das die Entschlossenheit und Konzentration der Jäger und Speerkämpfer schlimmer untergrub als der eigentliche Kampf.
Aber da war kein Zittern in den Blättern an der Tunnelmündung zu sehen, schwankten keine Äste unter dem massiven Gewicht der Angreifer. Ein paar Blätter raschelten leicht, als die erste Gestalt sichtbar wurde.
Kein Akadi! Eine menschliche Stimme ließ sich laut und deutlich aus dem Tunnel vernehmen, erhob sich über den Hintergrundlärm der fressenden Monstren. Eine zweite

Gestalt erschien neben der ersten, ihr dicker grüner Pelz war vom Regen verklebt, die drei Augen schläfrig, halb geschlossen.

Die Jäger nahmen die Bläser von den Schultern. Ihre Augen weiteten sich erstaunt, als Born und Ru'Umahum gemächlich durch den Tunnel schritten.

»Nicht schießen - wir sind es..!« Borns Warnung erwies sich als unnötig. Alle waren zu sehr wie paralysiert, um unvorsichtig einen Dorn abzufeuern. Wenn jetzt die Akadi aus dem Tunnel gequollen wären, hätte niemand eine Hand gegen sie erhoben. Und plötzlich war es, als bräche eine Flut los - mit einem Mal war Born von Männern und Frauen umringt, die ihn gleichzeitig arg beschimpften, zur Hölle wünschten oder ausfragten, weil sie spürten, dass, aus ihnen noch unerfindlichen Gründen, etwas ganz anders lief, als befürchtet.

Ru'Umahum enteilte unbemerkt. Während die Menschen, darunter auch zwei aufgeregte, verblüffte Riesen, sich um Born drängten, gesellte sich der Pelziger zu seinen Brüdern und begann ihnen die Lage zu schildern.

»Was ist geschehen..?« Die Dörfler waren allesamt aufgebracht. »Wir dachten, Du wärest davongelaufen..? Wo warst Du..? Was ist mit den Akadi..? Wo sind sie..?!«, bestürmten die Menschen Born.

»Bitte, kann ich zu trinken haben?«

Ein Gefäß mit Wasser wurde ihm gereicht, und er führte, ohne sich um die ständige Fragerei zu kümmern, das hölzerne Gefäß an die Lippen und trank lang und ausgiebig. Dann drehte er es um und schüttete sich den Rest über den Kopf. Eine tiefe, befehlsgewohnte Stimme erhob sich über den Lärm - die des Schamanen Leser. »Jäger, an eure Posten. In die Reihen, Leute des Heims! Die Akadi...«

Born schüttelte müde den Kopf. »Ich glaube nicht, dass die Akadi uns noch einmal belästigen werden; jedenfalls längere Zeit nicht mehr...« Er lächelte, als neues Erstaunen die Menge erfasste.

»Die Idee war meine, die Anregung kam von Ru'Umahum.« Er deutete zu den Pelzigern hinüber. »Er war draußen jagen, im Norden. Ich weiß nicht warum, er ist sich da auch nicht sicher. Jedenfalls brachte er mir die Nachricht, dass er etwas gefunden hätte, und das zündete in mir die entscheidende Eingebung. Ich dachte, es könnte funktionieren...«

»**Was** könnte funktionieren?«, fragten einige gleichzeitig, da sie Borns orakelhaftes Verhalten unnötig auf die Folter spannte.

»Warum hast Du uns nichts davon erzählt..., wieso niemandem gesagt, dass Du weggehen würdest, Born?« Gehéle schob sich in den Kreis der Menschen.

»Hätte das etwas ausgemacht? Es hätte lauter Einwände gegeben. Man hätte verlangt, dass ich hierbleibe und mitkämpfe. Ich zog es vor, dass ihr mich für einen Feigling, einen Verrückten hieltet. Ich bin es gewöhnt, dass man mich auslacht. Wenn mein Plan versagt hätte, wäre es ja gleichgültig gewesen, oder nicht?«

Die Versammelten traten unruhig von einem Fuß auf den anderen. Man hatte Born als schlauen Jäger im Dorf respektiert und ihn gleichzeitig als Verrückten verspottet. Jetzt schien es, als hätte er ein Wunder bewirkt. Einige der Blicke, die ihn musterten, waren recht verlegen.

»Es war nicht weit, unten, in der Fünften Etage.«

»**Was** denn?«, dröhnte Sand ungehalten insistierend, dessen Stimme nicht zu überhören war.

»Eine Möglichkeit, um die Akadi aufzuhalten.«

»Wunder oder nicht, das ist wirklich Wahnsinn«, dachte Leser laut. »Nichts kann die Akadi aufhalten, nichts!« Sein Ton klang hartnäckig. »In meiner Jugend hatte ich miterlebt, wie eine Akadisäule eine Herde Graser auseinanderriss. Selbst die Pelziger können ihnen keinen Widerstand leisten. Es heißt, dass sogar die Dämonen der Unteren Hölle Respekt vor diesen wandernden Säulen haben. Was konntest Du also in der Fünften Etage oder einer sonstigen Etage finden, Born, um die Akadi aufzuhalten?!«

»Kommt, dann zeige ich es euch«, sagte er, wandte sich um und ging in den Tunnel. Er hatte erst ein paar Schritte zurückgelegt, als ihm bewusst wurde, dass niemand ihm folgte. Zum ersten Mal war jetzt die Anstrengung und die Erschöpfung der letzten Tage vergessen und er grinste breit. »Habt ihr Angst?«

In den Tunnel gehen? Den Tunnel, aus dem noch am vergangenen Abend die Brut der Hölle sich ergossen hatte? Weil ein Verrückter es wollte? Dazu gehörte mehr als nur ein wenig Mut. Losting war der erste, der vortrat. Er hatte ebenso Angst wie die anderen, aber er besaß keine Wahl, wenn er in Gegenwart Gehéles nicht zurückstecken wollte. Kurz darauf folgte ihm der verkrüppelte Jelum, hinkte auf seinem verletzten Bein hinter ihm her. Nach tiefem Seufzer auch Leser, Sand und Joyla.
Das kleine Grüppchen trat in den Tunnel. Sie gingen durch das grüne Rohr, dessen Wände, dessen Decke und dessen Boden aussahen, als hätte ein mächtiger Bohrer sie in Form gefräst. Bald wurde der Lärm der ärgerlichen Akadi lauter - so laut, dass man sich zu seinem Nachbarn hinüberbeugen musste und schreien, um sich Gehör zu verschaffen. Sie fanden einen scharfen Knick im Tunnel, einen ganz unerwarteten Knick; ganz anders, als die Akadi normalerweise ihre Pfade fressen.

163

Born blieb stehen und erteilte Anweisungen.

Ein paar Schläge mit den Äxten durchbrachen das mit Speichel verklebte Gewächs und sie traten wieder in den offenen Wald hinaus. Born winkte sie zuerst nach oben und dann wieder geradeaus weiter. Schließlich übernahm er allein die Spitze, ging voraus und kehrte gleich darauf zurück. Er ermahnte die anderen, leise zu sein, und winkte ihnen, ihm zu folgen. Nachdem sie vorsichtig und lautlos an einem dicken Ast nach vorne gekrochen waren, blickten sie auf einen gespenstisch-grotesken »Karneval« [2] hinunter, eine orgiastische Todesfeier, die ihresgleichen gewöhnlich nur in Legenden fand.

Ein zweiter Tunnel, dessen schwach durchscheinende Decke sich viele Meter in den Wald hineinschlängelte, schnitt den ersten, durch den sie gerade gekommen waren. Und wo die beiden Röhren aufeinandertrafen, war aus der Präzision und der Ordnung der Akadi ein Chaos geworden.

Die Akadisäule aus dem Norden, welche etwas tiefer verlief, bestand aus minimal kleineren, rötlicheren Bestien. Sie wiesen dunkle Streifen auf, die ihren Bauch zierten. Wo sie auf die andere Säule trafen, waren die ansonsten schnurgeraden Tunnels zerfasert, sodass der Kampf sich in das sie umgebende Blattwerk ausgeweitet hatte. Die Schlacht wütete in einem Umkreis, der einige Dutzend Meter durchmaß. Und im Inneren dieser Zone gab es nichts als zerfetztes Holz und tote, sterbende, kämpfende Akadi.

Alles war mit Flüssen grünen Blutes besudelt.

»Ru'Umahum fand die zweite Heersäule«, informierte Born seine Gefolgschaft leise. »Und ich hatte die Idee: Was könnte die Akadi besser aufhalten als die Akadi selbst? Wir griffen vor Morgengrauen an, als sie noch träge und langsam waren, blieben permanent in ihrer Witterung, und sie folgten uns. Jetzt werden sie weiterkämpfen, bis von jeder Säule nur noch wenige übrig sind. Und diese wenigen werden zu schwach und zu desorganisiert sein, um das Heim zu bedrohen. Wir können leicht alle töten, die uns angreifen. Am Ende haben wir nicht nur eine, sondern gleich zwei Gefahren eliminiert.«

»Aber wie hast Du sie so schnell hierhergebracht?«, wunderte sich Leser.

»Ich hatte Angst, ich könnte nicht genug Pulver haben, aber Ru'Umahum holte immer wieder neues, trockenes Holz, um die Fackeln in Gang zu halten. Ich blieb ganz dicht vor den vordersten Akadi, um sie wach zu halten. Sie liefen hinter mir her, und die anderen folgten ihnen, selbst in der Dunkelheit, blindlings. Ich habe zwei Tage und Nächte lang weder geschlafen noch geruht. Ich glaube«, schloss er und setzte sich auf den Ast, »ich sollte das jetzt dringend nachholen..!«

Joyla und Leser packten ihn, ehe er völlig erschöpft vom Ast fiel.

9 - Rituale für die Toten

Born schlug die Augen auf und sah, wie ein monströser »Akadi« auf ihn herunterstarrte. Er fuhr hoch, blinzelte, rieb sich die Augen.

»Höchste Zeit, dass Du aufwachst«, meinte Logan und trat von der Matte zurück.

Born sah sich um. Er lag in einem der Räume im Hause des Häuptlings.

»Du warst über dreißig Stunden [1] lang weg«, fügte sie hinzu.

»Stunden?«, zeigte er sich irritiert; vom Schlaf immer noch reichlich benommen.

»Eineinviertel Tage, und das wundert mich gar nicht, wenn ich bedenke, was Du alles durchgemacht haben musst.«

Born hatte nur einen Gedanken. »Habe ich das ›Langeher‹ verpasst, ich meine die Begräbniszeit?«

Logan schien verwirrt. Sie starrte zu Cohoma hinüber, der damit beschäftigt war, sein Messer zu schärfen. »Weißt Du etwas von einer Begräbniszeit, Jan?«

Ihr Begleiter schüttelte den Kopf.

Born setzte sich auf, packte sie am Ärmel ihrer Bluse und wäre beinahe gestürzt. Das zähe Material riss nicht, so dass er sich daran festhalten konnte.

»Nein, Born«, erwiderte eine kräftige Stimme. »Du hast zuviele Leben gerettet, als dass wir das Langeher ohne Dich abhalten könnten! Jetzt, da Du zu uns zurückgekehrt bist, können wir es heute Abend begehen.«

»Was ist dieses ›Langeher‹ - eine Art Zeremonie, eine Veranstaltung..?«, fragte Logan und sah sich nach Joyla um, die hinter ihr unter der Türe aufgetaucht war.

»Eine Rückkehr. Jene, die von den Akadi getötet wurden, müssen der Welt zurückgegeben werden.« Sie sah zu Born hinüber. »Leider sind ihrer viele zurückzugeben..! Es hat lange gedauert, bis wir genügend von den Bewahrern fanden. Der Junge Din gehört auch dazu.«

Besorgt sah sie, wie Borns Gesicht sich plötzlich umwölkte: »Wie fühlst Du Dich jetzt? Du hast sehr lange geschlafen und manchmal...«

»Schon gut..., ich fühle mich wohl«, murmelte Born und ließ Kimis Blusenärmel endlich los. Er versuchte zu stehen, taumelte, ließ sich dann schwer auf die gewebte Matte fallen und hielt sich mit beiden Händen den Kopf.
Das hinderte ihn zwar nicht daran, wie wild zu kreisen, aber es half wenigstens.
»Ich habe Hunger«, sagte er dann unvermittelt.
Da sein Kopf scheinbar zu keinerlei Kooperation bereit war, würde er sich auf etwas fügsamere Teile seiner Anatomie konzentrieren.

»Dort ist zu essen«, wies Joyla ihn in den nächsten Raum. »Brauchst Du Hilfe..?«

»Für eine halbe Heimfrucht würde ich auf dem Bauch kriechen«, antwortete er. Langsam erhob er sich vom Bett. Logan machte ihm Platz. Immer noch unsicher, ging er, ohne dass jemand ihn stützte, in den Raum, aus dem ihm eine Vielfalt von Gerüchen entgegenschlug.

167

Hinter der Türe nahm Joyla ihn bei der Hand. »Pass auf, dass Du Deine ›Wurzeln‹ [2] nicht zu schnell mit zuviel Nahrung überlädst«, riet sie und lächelte dann. »Sonst muss ich das Zimmer noch einmal saubermachen, und Du musst von vorne anfangen zu essen.«

Born nickte, ohne sie wirklich zu hören. Er taumelte zur Essmatte, auf welcher reichlich Obst, frisches Fleisch und ein Brei aus konservierten Früchten ausgebreitet lagen.

Joyla winkte Cohoma und Logan heran, lud sie damit ein, getrost mitzuhalten.

»Danke«, erwiderte Logan.

»Ihr könnt ja auf ihn aufpassen, solange er isst und dafür sorgen, dass er rechtzeitig aufhört.«

»Warum tust Du das nicht?«, fragte Logan, setzte sich aber folgsam an den Mattenrand und wählte eine hellgelbe, kürbisähnliche Frucht mit blauen Streifen aus.

Joyla schüttelte den Kopf und fixierte Born, der sich mit atemberaubender Geschwindigkeit Nahrung in den Mund schaufelte. »Ich habe schon gegessen, und jetzt, da das Langeher veranstaltet werden kann, gibt es viel zu tun.«
Ihr Lächeln wurde dünn und traurig. »Heute Abend werde ich viele alte Freunde dem Wald zurückgeben - auch eine meiner Töchter...«
Sie wollte noch etwas sagen, überlegte es sich dann aber anders und verließ den Raum durch den Blattledervorhang.

Logan dachte über dieses »Langeher« nach, das für den Stamm jetzt von so großer Wichtigkeit zu sein schien. Sie biss in die Kürbisfrucht und stellte fest, dass sie entfernt nach Marzipan schmeckte.
Wie bestatteten Borns Stammesgenossen eigentlich ihre Toten - wo sie doch über keine Erde verfügten, in der sie

168

hätten begraben werden können? Vielleicht durch Verbrennung, möglicherweise in dem Feuerloch im Dorfzentrum? Sie erkundigte sich bei Born danach.

Der hörte nicht auf zu kauen und gab einige widersprüchliche Bemerkungen von sich.
»In Erde begraben? Würdest Du die Körper und Seelen Deiner eigenen Freunde der Hölle anbieten? Sie werden der *Welt* zurückgegeben.«

»Ja, das hat Joyla erwähnt«, antwortete sie ungeduldig, »aber was bedeutet das eigentlich genau?«

Born hatte sich bereits wieder seiner Mahlzeit zugewandt. Sie drängte ihn und argumentierte, dass es ihm guttun würde, wenn er beim Essen einmal eine Pause einlegte.

Born schien immer noch keine Lust zum Reden zu haben, aber die Hartnäckigkeit der Riesin zwang ihn schließlich dazu, ihr zu antworten: »Offensichtlich weißt Du überhaupt nichts darüber, was mit den Menschen geschieht, nachdem sie gestorben sind. Ich kann Dir das Langeher nicht beschreiben. Du wirst es ja heute Abend sehen – und dann weißt Du Bescheid.«

*

Born hatte sich bemerkenswert schnell erholt, stellte Cohoma fest. Er wich einem Buckel im Tungtankel aus, den er im Licht der Fackeln nicht gesehen hatte. Der Stamm strebte über einen gewundenen Pfad durch den finsteren Wald. Nun, von Menschen, die in einer so unwirtlichen Umgebung wie Born lebten, musste man eigentlich solche Kraft erwarten.
Nur, dass es sooo schnell ging, wollte ihm nicht einleuchten. Er machte gegenüber Logan eine Bemerkung darüber. »So primitiv sind diese Typen einfach nicht«, sagte er und deutete mit einer Kopfbewegung auf die Männer und Frauen vor

ihnen. »Sie sind die Nachkommen der Leute eines vor langer Zeit gescheiterten Auswandererschiffes. Physisch sind sie - mit Ausnahme ihrer Greifzehen - etwa ebenso weit entwickelt wie wir. Ich begreife nur schwerlich, wie sich ihre Körperproportionen in ein paar hundert Jahren so stark modifizieren und verändern konnten.«

Er stieg über eine winzige, dunkle Blume hinweg, die im Tungtankel wuchs. Sie enthielt einen giftigen Explosivdorn. »In weniger als nun höchstens zehn Generationen haben sie ein Sechstel ihrer Größe eingebüßt, diese Zehen entwickelt, eine enorme Veränderung in der Arm- und Brustmuskulatur durchgemacht und eine gleichförmige Färbung von Haut, Augen und Haar erreicht. Eine ›Evolution‹ vollzieht sich einfach nicht so extrem schnell!«

Logan lächelte nur sanft und deutete nach vorne.

»Schön, Jan, ich bin ganz Deiner Meinung. Und wie willst Du das erklären?«

»Andererseits halte ich es für unmöglich, dass dies eine Parallel-Entwicklung ist. Die Unterschiede sind zu geringfügig.«

»Wie wäre es denn mit einer Mutation?«, schlug Kimi vor. »Ausgelöst vom Verzehr hiesiger Chemikalien in der Nahrung?« Sie deutete auf eine Dolde kugelförmiger, dottergelber Früchte, die von lavendelfarbenen Blütenblättern umsäumt waren.

»Hmm..., möglich...«, räumte Cohoma gedehnt ein. »Aber der Maßstab und das Tempo...«

»Ja, ich weiß schon«, unterbrach ihn Logan, »aber eine solche Mutation, verbunden mit der Notwendigkeit, sich *schnell* anzupassen oder zu sterben, könnte außergewöhnliche physiologische Aktivitäten auslösen. Wenn das Überleben auf dem Spiel steht, ist der Körper zu Höchstleistungen und

erstaunlichen Veränderungen fähig. Obwohl ich zugeben muss, dass dies der radikalste Fall wäre, der je entdeckt wurde. Trotzdem...«, sie zeigte in den Wald, »wenn Du die Berichte aus den Labors Tsingahns gesehen hättest...«
Sie schüttelte staunend den Kopf. »Dieser Planet ist eine wahre Fundgrube neuer Lebensformen, ungewöhnlicher Molekülverbindungen und Proteinkombinationen. Es gibt Strukturen von Aminosäuren, die sich konventionell einfach nicht einordnen lassen. Dabei haben wir erst die Oberfläche dieses Waldes angekratzt, kaum die oberen Etagen erforscht... Wir haben tatsächlich nicht die leiseste Vorstellung, wie es dort unten aussieht. Aber wenn wir tiefer ›graben‹, werden wir ganz bestimmt...«

Cohoma gebot ihrem Redeschwall Schweigen. »Ich glaube, jetzt sollte etwas Entscheidendes passieren.«

Sie näherten sich einer braunen Wand; einem exorbitanten, extraordinären »Mammut«, der so ungeheuer groß war, dass man sich kaum vorstellen konnte, einen natürlichen Organismus vor sich zu haben. Es war einfach unmöglich, dass etwas so Gigantisches *wuchs* - es musste das Produkt menschlicher Hände sein.
Die Gruppe begann an einem der größeren Äste entlang auszuschwärmen. Der Schein ihrer Fackeln spiegelte sich in der meterdicken Rinde.

»Der Stamm muss an dieser Stelle gute dreißig Meter im Durchmesser dick sein«, flüsterte Logan beeindruckt. »Ich möchte wissen, wie titanisch-kolossal er ganz unten ist.«
Sie hob die Stimme: »Born..?«

Der Jäger blieb stehen, drehte sich um und wartete höflich auf die beiden Riesen, bis sie ihn eingeholt hatten. »Wie nennst Du den da?« Sie wies auf den mächtigen »Mammutbaum«.

»Seine wahre Bezeichnung ist im Laufe der Generationen verlorengegangen, Kimilogan. Wir nennen sie die ›Bewahrer‹, weil sie die Seelen der Gestorbenen bei sich behalten und sie schützen.«

»Jetzt begreife ich langsam«, erklärte sie. »Ich habe mich gefragt, wie ihr eure Toten bestattet, da ihr ja nie zur Oberfläche hinuntersteigt. Und ich glaubte sicher zu sein, dass ihr sie nicht verbrennt.«

Born sah sie verwirrt an. »Verbrennt?«

»Ja, die Leichen verbrennen.«

Ein jeder von Borns älteren Begleitern, Leser zum Beispiel oder Sand, wären von dieser Vorstellung schockiert gewesen. Aber Borns Verstand arbeitete etwas anders als der seiner Freunde. Er dachte nur über ihre Frage nach.
»An die Möglichkeit hatte ich nicht gedacht. Beseitigt ihr diejenigen, welche wechseln, so?«

»Wenn Du unter ›Wechseln‹ Sterben verstehst«, antwortete Cohoma, »dann ja - manchmal wenigstens.«

»Wie seltsam«, murmelte Born, mehr zu sich selbst, als für die Riesen bestimmt. »Wir kommen aus der Welt und halten es für richtig und nötig, dass wir in sie zurückkehren sollten. Ich glaube, unter euch gibt es welche, die nicht aus der Welt kommen und deshalb auch nichts haben, wohin sie zurückkehren können.«

»Besser hätte ich es auch nicht formulieren können, Born«, gab Cohoma zu.

Jetzt gingen sie einige Minuten schweigend dahin, bis die Gruppe sich auf einen noch dickeren Ast ausbreitete. »Sind wir jetzt angekommen?«, fragte Logan. »Ist das der Ort?«

»Einer der Orte«, verbesserte sie Born. »Jeder hat seinen Ort. Man muss für jeden Menschen den passenden finden.« Er blickte nach oben und musterte die schwarzen Äste am Himmel. »Kommt. Von oben seht ihr besser.«

Nach einigen Minuten, während der sie, über die allgegenwärtigen Treppen und Stufen aus Lianen und Schlinggewächsen, höher hinaufgeklettert waren, fanden sie sich an einer Stelle, die ihnen einen guten Ausblick auf den breiten Ast unter ihnen bot. Alle drängten sich um einen tiefen Riss in dem Ast. Er war etwa zwei Meter breit und vielleicht fünf Meter lang. Das schwache Licht ihrer Fackeln, die sie vor dem Regen schützten, reichte nicht aus, um seine Tiefe abzuschätzen.
Der Schamane murmelte schnell und leise etwas vor sich hin, das weder Logan noch Cohoma verstand.
Die versammelten Leute lauschten respektvoll.
Einer der Männer, der im Kampf gegen die Akadi gefallen war, und ein toter Pelziger wurden herangeschleppt.

»Man begräbt sie also gemeinsam«, flüsterte Logan.

Born betrachtete sie betrübt; Trauer wallte in ihm auf. Die armen Riesen! Mag sein, dass sie Himmelsboote und andere wundersame Maschinen besaßen, aber auf die beruhigende Gesellschaft eines Pelzigers mussten sie verzichten. Jeder Mann und jede Frau hatte einen Pelziger, der sich ihnen, kurz nach ihrer Geburt, anschloss und mit ihnen durchs Leben ging.
Er konnte sich ein Leben ohne Ru'Umahum nicht vorstellen.

»Was geschieht mit Pelzigern, deren Meister vor ihnen sterben?«, war Cohoma nicht klar.

Born sah ihn rätselhaft an. »Ru'Umahum könnte ohne mich nicht leben - und ich nicht ohne ihn«, erklärte er den aufmerksam lauschenden Riesen. »Wenn eine Hälfte stirbt, kann die andere nicht lange überleben.«

»Ich habe noch nie von einer so intensiven gegenseitigen Abhängigkeit zwischen Mensch und Tier gehört«, raunte Logan. »Wenn wir nicht selbst erlebt hätten, wie das hier ist, würde ich wahrscheinlich glauben, dass sich zugleich eine Art physischer Symbiose entwickelt hat.«
Aber sie hatten jetzt keine Zeit, sich diesem neuen Gedanken zu widmen, denn unter ihnen begann die Zeremonie. Sand und Leser gossen verschiedene, übelriechende Flüssigkeiten über die beiden Leichen, die man in die Astspalte gelegt hatte.

»Irgendeine Art geheiligtes Öl oder so etwas«, flüsterte Cohoma.

Aber Logan hörte nicht zu. »Emfatieren«, gegenseitiges Begräbnis..., eine Hälfte..! Gedanken und Vorstellungen kreisten durch ihren Kopf, ohne irgendein erkennbares Muster zu bilden, wollten nicht in Verbindung zueinander treten, ihr offenbaren... - ja, was eigentlich? Dass die Pelziger in Trauer um ihre Meister dahinsiechten, konnte sie sich vorstellen. Aber dass ein Mensch aus Sehnsucht nach seinem Tier starb..? Nein..., wahrscheinlich hatte Cohoma recht. Borns Leute waren auf dem Pfade der Entwicklung zurückgedrängt worden; der Zwang des Überlebens hatte sie dazu getrieben. Dieser emotionelle Druck war ein Symptom ihrer Krankheit. Einer der bohrenden Gedanken, die in ihrem Kopf kreisten, verlangte plötzlich nach Aufklärung.
»Du hast gesagt, Männer und Frauen«, flüsterte sie und starrte nach unten. »Schließen sich Pelziger und Menschen nach ihrem Geschlecht einander an?«

Borns Blick streifte sie verständnislos.

»Ich meine, weibliche Pelziger mit Frauen, männliche mit Männern? Ist Ru'Umahum männlich..?«

»Ich weiß nicht«, antwortete Born abwesend, weil er sich ganz auf die Zeremonie konzentrierte, die unten ihrem Ende entgegenging. »Ich habe ihn nie gefragt.«

Soweit es ihn betraf, war die Frage damit beantwortet, aber Logans Neugierde war jetzt nicht mehr zu bremsen. »Und Lostings Pelziger, Ge'Eliwan. Ist das eine ›Sie‹?«

»Ich weiß nicht... Meistens sagen wir ›Er‹; manchmal auch ›Sie‹. Für einen Pelziger hat das nichts zu bedeuten. Ein Pelziger gehört den Brüdern an. Das reicht ihnen - und uns reicht es auch.«

»Born, wie könnte man erkennen, ob ein Pelziger männlich oder weiblich ist?«

»Wer weiß das schon, wen interessiert das?« Die Hartnäckigkeit dieser Frau begann ihm auf die Nerven zu gehen.

»Hat man je gesehen, wie Pelziger sich paaren?«

»Ich nicht. Was andere gesehen haben, kann ich nicht sagen. Ich habe aber nie gehört, dass darüber gesprochen wurde, noch möchte ich darüber sprechen. Irgendwie ziemt sich das nicht.«

Plötzlich war der Gedanke wieder verschwunden. Das war etwas, dem sie sich später noch einmal widmen musste. Ihre Aufmerksamkeit wurde durch die Ereignisse jetzt wieder nach unten gerichtet.
»Was tun sie da..., was tun sie jetzt?«
Blätter, Humus, tote Zweige wurden auf die Leichen getürmt und füllten die Astspalte.

»Der Bewahrer muss natürlich vor Raubtieren geschützt werden.«

»Natürlich«, nickte Cohoma. »Die Öle und der Mulch beschleunigen die biologische Auflösung und verdecken den Geruch.«

Sie sahen sich die Begräbniszeremonie an, während die Versammelten einen seltsamen Gesang anstimmten, der eigentlich gar nicht wie ein Trauerlied klang. Leser machte einige würdevoll wirkende Handbewegungen über die bis zum Rande gefüllte Spalte, verbeugte sich einmal, wandte sich dann ab und ging auf den eigentlichen Stamm zu, strebte zum nächsten, etwas höheren Ast. Der Rest der Dorfbewohner folgte ihm.
In dieser Nacht würde es noch eine ganze Menge solcher »Beerdigungen« geben.

Die darauffolgenden Bestattungen verliefen ähnlich, und Cohoma, sowie auch Logan, nutzten die Gelegenheit, um die scheinbar primitiven Fackeln einem näheren Augenmerk zu unterziehen, welche, trotz des unablässigen Regens, gleichmäßig weiterbrannten. Man pflegte Fackeln aus dem langsam brennenden Totholz zu schneiden und sie dann mit dem allgegenwärtigen brennbaren Pollenstaub zu imprägnieren. Daraufhin ritzte man die kugelförmigen Blätter einer ganz bestimmten Pflanze an und schabte das Fruchtfleisch mit einem Messer heraus. Auf die Weise blieb eine ziemlich steife Kugel von etwa dreißig Zentimetern Durchmesser übrig. Diese schob man über den Oberteil der Fackel und bohrte seitlich ein kleines Loch hinein. Wenn man nun mit dem Finger durch dieses Loch fuhr, entzündete sich das Pulver und anschließend das Holz; lieferte gleichzeitig einen Abzug für Qualm und Ruß, soweit jener entstand, denn das Holz brannte fast rauchlos. Das zähe Blatt erwies sich ebenfalls als höchst widerstandsfähig gegenüber Hitze und Flammen.

Die Prozession wand sich wie eine singende, glühende, mit gelbgrün flackernden Punkten betupfte Schlange durch die feuchte Finsternis. Alles, was gehen konnte, vom kleinsten Kind, bis zu einigen, die älter waren als Sand, schloss sich dem Zuge an.

Niemand beklagte sich, niemand erhob Einwände, wenn die Gruppe nach oben klettern musste; und keiner verlangte danach, auszuruhen oder umzukehren.

Jetzt kam etwas aus dem Wald, das die normale nächtliche Geräuschkulisse und das Schlaflied des fallenden Regens übertönte.

Born kam zu ihnen zurück. »Bleibt hier bei den anderen. Was auch immer geschieht, verlasst das Licht nicht.«

»Warum..., was ist..?«, begann Logan, aber Born war bereits wieder verschwunden. Die See aus Chlorophyll verschluckte ihn und seinen sechsbeinigen Begleiter. Sie warteten bei den anderen im Regen.

Kurz darauf war rechts über ihnen ein mächtiges Krachen und Stöhnen zu hören; dann, wie ein Echo, der Klang vieler Stimmen. Das Stöhnen wurde schrill, ging in ein Kreischen, dann in kehliges Gelächter über. So stieg es an, senkte sich wieder, bis es in einem gurgelnden, erstickten Laut endete.

Zu ihrer Rechten fiel etwas Schweres nach unten, man hörte das Knacken von Ästen und das Geräusch abreißender Lianen. Das Licht ihrer Fackeln vermochte den Dschungel nur auf wenige Meter zu erhellen. Obwohl sie nur einen ganz kurzen Blick auf das hatten werfen können, was in der Dunkelheit auf sie gestoßen war, hatte keiner der beiden Forscher das geringste Bedürfnis, sich das Monstrum aus der Nähe anzusehen. Das Krachen verstummte, als das gigantische Ungetüm in den schwarzen Tiefen verschwand - wie ein Stein, den man in einen leeren Brunnenschacht wirft. Allerdings endete diese »Talfahrt« nicht aufschlagend und laut vernehmlich, sondern verblasste das niedergehende Brechen und Reißen nur zu einem Flüstern, dann zur Erinnerung an ein

Flüstern - bis es vom plätschernden Geräusch des stetig fallenden Regens überdeckt wurde.

Born trat neben sie, als die Gruppe sich wieder in Bewegung setzte.

»Was war das für ein Riesenbiest?«, fragte Cohoma leise. »Wir haben es nur ganz undeutlich gesehen, als es an uns vorbeistürzte.«
Zu seiner Beschämung stellte er fest, dass seine Hände zitterten. »Das ist wieder eine Spezies, die uns neu ist.« Die Feststellung, dass nicht alle Feuchtigkeit auf Logans Stirn vom Himmel gefallen war, relativierte diesen Makel indes etwas.

»Einer der großen Nachtfresser«, teilte Born ihm mit, und sein Blick schweifte über die kohlschwarzen Wände, die sie umschlossen. »Ein Wagetaucher. Die trauen sich nicht an das Heim heran, wegen der Pollensäcke, aber wenn einem solchen Tier ein oder zwei Männer im Wald begegnen, dann kehren sie nicht zurück. Er war dabei, unseren Weg zu kreuzen, und hatte Hunger. Sonst hätte er nie angegriffen. Sie sind sehr kräftig, aber langsam - einer Gruppe Jägern mit Pelzigern in keiner Weise gewachsen.«
Letzteres konstatierte er mit Befriedigung.

»Hätten wir nicht warten können, bis es vorbei war?«, erkundigte sich Logan.

Born schien schockiert. »Das ist ein Begräbnismarsch. Nichts darf einen heiligen Begräbnismarsch aufhalten!«

»Nicht einmal ein Akadinest?«, insistierte Cohoma.

Born sah ihn scharf an und seine Augen blitzten im Licht der Fackeln. »Warum sagst Du das?«

»Ich versuche mir ein Bild von euren Maßstäben und Prioritäten zu machen«, erklärte der rothaarige Außenwelt-

Kundschafter; wohl wissend, dass Born ihn nicht verstehen würde, weshalb er nachlegte, dass es Dinge gab, die selbst ein großer Jäger nicht begreifen konnte.

Logan ärgerte sich insgeheim über den Mangel an Takt, den ihr Partner an den Tag legte, und fragte deshalb schnell: »Ich habe mir jetzt schon ein paarmal überlegt, wie all diese Geschöpfe zu ihren Namen kamen. Haben Deine Ahnen sie alle klassifiziert?«

Borns Züge entspannten sich. Jetzt bewegte er sich wieder auf vertrautem Boden. »Wenn man jung ist, fragt man. Die Erwachsenen zeigen dann auf etwas und sagen, das ist ein Wagetaucher, das ist ein Okayfer und das ist die Frucht der Malpeseblume, die man nicht essen kann.«

»Die hier gestrandeten Kolonisten«, murmelte Cohoma an Logan gewandt, »waren überhaupt nicht in der Lage, die üblichen wissenschaftlichen Klassifikationen vorzunehmen. Also blieben Namen hängen, die eher aus der Umgangssprache, als aus den biologischen Lehrbüchern stammten.«

Born hörte das ganz deutlich; er hörte alles, wenn die Riesen ihre seltsam geheimnisvolle, leise Sprache gebrauchten. Aber wie gewöhnlich ließ er sich nichts anmerken - das wäre unhöflich gewesen. Obwohl er sich häufig wünschte, mehr von dem, was er hörte, zu verstehen.

Die Prozession zog weiter. Einmal ertönte über ihnen eine Folge quietschender Laute und Schreie. Ein anderes Mal näherte sich von unten ein Dröhnen, das von einem überlasteten Navigationscomputer hätte stammen können. Jedes Mal wurden Jäger ausgeschickt, um die Herkunft dieser drohenden Geräusche zu lokalisieren, aber sie fanden nichts. Es kam zu keinen weiteren Angriffen oder Zwischenfällen in dieser Nacht.

*

Endlich waren die letzten Stammesangehörigen, die von den Akadi getötet worden waren, der Welt zurückgegeben. Die letzten Worte des letzten Liedes wurden gesungen. Sie kehrten zum Heim zurück. Mit welcher Methode oder nach welchen Zeichen Borns Leute ihren Weg durch den Wald fanden, konnten weder Logan noch Cohoma erkennen.

Jedenfalls waren sie in hohem Maße erleichtert, als die ersten blühenden Lianen mit ihrer Vielzahl rosafarbener Blüten und lederner Sporensäcke vor ihnen auftauchten. Erst später, als die ganze Gruppe sich wieder in der vertrauten Umgebung des Heimbaums befand, die verbliebenen Fackeln gelöscht und die letzten Blattledervorhänge geschlossen wurden, war da und dort ein halbersticktes Schluchzen, ein Weinen zu hören, das alle während des Langeher unterdrückt hatten.

*

Die Dunkelheit legte sich über das Dorf, wie eine feuchte, schwarze Decke - schenkte ihnen barmherzigen Schlaf.

So gab es niemanden, der die Bewegung am Rande der Bäume sah, niemanden, der sah, wie die langen Silhouetten sich aus ihrem scheinbaren Schlummer erhoben und sich ganz oben in den Ästen versammelten.

Ein gutmütiger Schubs weckte ein schlafendes Junges. Drei Pupillen glänzten in der fast völligen Finsternis.

Ru'Umahum stand vor Suv. Als Muf gestorben war, hatte man ihm dieses neue Junge zugewiesen. Es gab keine anhaltende Trauer über den Tod des anderen. Er war bei seiner Person, und das war das Gesetz.

»Alter, was habe ich denn getan?«, klagte Suv.

»Nichts. Und das ist das, was Du auch weiterhin tun wirst«, schnaubte Ru'Umahum. Er setzte sich in Richtung auf den Versammlungsplatz in Bewegung.

Das Junge schickte sich an, ihm zu folgen; stolperte über seine Mittelbeine, synchronisierte dann aber alle sechs Gliedmaßen hinreichend und schlurfte hinter dem Alten her. »Was ist denn?«

»Das wirst Du gleich sehen. Sei einfach still und lerne...«

Suv entdeckte einen ungewöhnlich feierlichen Klang in der Stimme seines neuen Alten und entschied, dass dies jetzt wahrhaft die Zeit für ein Junges war, die Zunge dicht am Gaumen zu halten, bis man ihm etwas anderes auftrug. Er hatte sich bereits an seinen neuen Alten gewöhnt, wenn er auch, weil er das Gesetz noch nicht so gut kannte, immer noch Schmerz um To'Ozibel empfand, der in der großen Schlacht gestorben war.

Als Ru'Umahum und Suv eintrafen, waren bereits alle versammelt. In Zweierreihen verließen sie das Heim und zogen so lautlos durch die Waldwelt, wie man es bei ihrer Schwerfälligkeit nicht hätte glauben wollen. Aufmerksame nächtliche Fleischfresser auf der Jagd entdeckten die Massenbewegung und kamen näher, bis sie sahen oder witterten, *wer* hier so zielstrebig über die Baumwege streifte. Sogleich erstarrten sie in Regungslosigkeit oder schlugen sich in die Büsche und versuchten, mit dem Wald eins zu werden, bis die Pelzigerkarawane vorübergezogen war. Andere Fleischfresser in ihren Nestern erwachten von dem Geräusch vieler Füße, die an ihnen vorüberzogen und schickten sich an, ihre Territorien und Nester gegen alles zu verteidigen, was sich ihnen zu nähern wagte. Aber dann fuhr eine nächtliche Brise durch die Blätter und Blüten und trug ihnen die Witterung der Pelziger zu. Und gleichgültig, wie groß oder wie zahlreich, gleichgültig wie gefährlich sie auch waren - wer

181

immer ihre Witterung aufnahm, gab sein Territorium, sein Nest auf und verzog sich an einen anderen Ort. Gelegentlich schwebte eine lebende Wolke funkelnder Glasblitzer zwischen den Ästen und Kabbls und zog eine Weile neugierig über der Pelzigerprozession dahin. Die Pelziger blickten weder nach rechts, noch nach links, noch nach oben zu den tanzenden Leuchtmücken, die ihren farbenfrohen Reigen vollführten.

Hin und wieder tauchte ein Blitzer weiter herunter, und seine strahlend bunten Schwingen funkelten wie Juwelen in der Nacht, sodass ihre Farben in den dreifachen Katzenaugen schillerten.

Schließlich erreichte die Kolonne einen ganz bestimmten Baum von geradezu monarchischen Ausmaßen, einen wahrhaftigen Goliath in seiner Umgebung. Aber nicht seine Größe war es, welche ihn für die Pelziger wichtig machte, die sich jetzt, dem Alter nach gruppiert, um ihn sammelten.

Le'Ehadoon, der Pelziger des Menschen Sand, baute sich inmitten des Halbkreises auf, hielt inne und blickte den versammelten Brüdern, einem nach dem anderen, ins Auge. Dann legte er den Kopf in den Nacken. Aus seinem, mit rasiermesserscharfen Schneidezähnen und kräftigen Hauern bewehrten, Maul drang ein fremdartiger Laut, der zum Teil Schrei, zum Teil Klagelaut war, zum Teil auch etwas, das man nicht nach menschlichen Kategorien beschreiben kann.

Sekunden später schloss der Rest der Gruppe sich an, ohne dass es dazu einer Anweisung bedurft hätte - genauso, wie Suv und die anderen Jungen teilnehmen konnten, ohne das »Warum« oder »Weshalb« zu kennen oder die Bedeutung dessen, was sie jetzt in die Nacht hinausheulten.

Die meisten Tiere in Hörweite dieses nervenzermürbenden Heulens flohen; mutigere indessen krochen näher, soweit ihre Neugierde stärker war als ihre Angst, und starrten auf das Ritual, das gleichzeitig uralt und doch neu war.

Es war diesmal anders, viel komplizierter, als Ru'Umahum oder Le'Ehadoon sich je erinnern konnten. Das nächste Mal würde es wahrscheinlich wieder eine Modifizierung erfahren, einer Veränderung unterworfen, welche dem Wachstum ihrer Erfahrungen Rechnung trug...

Der Chor würde immer weiter anwachsen und irgendeinem unerklärlichen, nicht real greifbaren, beinahe nur transzendent zu erspürenden, Finale entgegenstreben...

10 - Der zweite Anlauf

Es dauerte zwei Tage, bis genügend Vorräte für den zweiten Versuch zur Verfügung gestellt waren, die Station der Riesen zu erreichen. Zwei Tage, um sich auf den Tod vorzubereiten; einen Tod, den die Akadi - ihnen zu bereiten - nicht geschafft hatten.

Das wenigstens glaubten die meisten von Borns Stammes-genossen. Dreimal, in einer Zeitspanne, die nicht länger anmutete als der Traum eines Kindes, hatte er sich jetzt bewährt. Doch dies änderte nichts am Glauben seiner Dorfgemeinschaft, dass er verrückt war.

Ebenso wie Losting mutmaßten sie, dass es eine ganz besondere Art der Tapferkeit gibt, die Teil des Wahnsinns ist. Deshalb erwiesen sie Born jetzt Respekt - aber sie verehrten ihn nicht. Es bringt nichts ein, den Wahnsinn zu bewundern..!

Born spürte ihre Gleichgültigkeit; er konnte nur das Gefühl nicht analysieren, das sie in ihm auslöste, da natürlich keiner, an ihn gewandt, offen zugeben wollte, dass er (oder sie) ihn für unnormal, respektive irrläufig hielt.

Das machte Born nur noch wütender - »wahnsinniger«, wie die Seinen es, hinter vorgehaltener Hand, zu bezeichnen pflegten - und so schärfte er Axt und Messer reaktiv so hingebungsvoll, bis es den Anschein hatte, als bliebe nichts mehr von beidem übrig. Er sah darin eine Möglichkeit insgeheim seine Wut und seinen Ärger abzureagieren.

Er war von dem Kampf mit dem Graser nach Hause zurückgekehrt, er war von dem Dämon des Himmelsbootes der Riesen zurückgekehrt, er war von den Akadi zurückgekehrt - und jetzt würde er von der Station der Riesen zurückkehren und all die Wunder zurückbringen, die sie ihm versprachen!

Vielleicht..., vielleicht würde dann wenigstens Gehéle Mut, Intelligenz und Courage sehen, wo jetzt alle anderen nur Irrsinn vermuteten; würde sehen, dass jene Eigenschaften viel mehr wert waren als nur bloße Kraft und Stärke.

Von all den Jägern wollte, vor wie nach, nur Losting - aus seinen ureigensten Beweggründen - ihn begleiten. Hatte Born nicht auch den anderen das Leben gerettet..?!
Doch! Das hatte er - das gaben sie zu, aber dies war ein Grund mehr, eben dieses Leben nicht gleichgültig wegzuwerfen. Ausgerechnet Losting also würde ihn begleiten. Losting, auf dessen Anblick Born in all den Wochen und Monaten der Reise gerne verzichtet hätte. Insgeheim war er natürlich über die Hilfe, die der große Jäger ihm leisten konnte, froh, aber in der Öffentlichkeit verhöhnte er ihn.

»Du glaubst, ich gehe in den Tod. Weshalb kommst Du dann mit?«, spottete er, obwohl er den Grund wohl kannte.

»Manche sagen, der Wald schütze die Verrückten. Wenn dem so ist, wird er Dich sicher behüten. Und ich bin ebenso verrückt wie Du, denn ist Liebe nicht auch eine Art von Wahnsinn?«

»Wenn dem so ist, sind wir ohne Zweifel beide verrückt«, pflichtete Born ihm bei und hüllte sich in seinen Umhang. »Dann haben die anderen die ganze Zeit recht gehabt, und ich bin der Verrückteste von allen.«

»Vergiss nicht, Born, Du kannst mich nicht davon überzeugen, hierzubleiben. Ich werde Dich entweder sterben sehen oder mit Dir zurückkehren.« Er wandte sich den beiden wartenden Riesen zu, die gerade mit dem Häuptling sprachen.

Beide hatten sich bereit erklärt, wasserabstoßende Umhänge anzunehmen, wenn sie auch unvernünftigerweise darauf bestanden, darunter ihre ursprünglichen zerfetzten Kleider zu tragen. Als Born beharrlich erläuterte, dass es unsinnig sei, diese Fetzen zu behalten, kamen sie wieder mit ihrem alten Einwand, sie hätten Angst, sich zu »erkälten«.

Das brachte Born zum Verstummen, denn wer konnte schon sagen, unter welch seltsamen Gebrechen die Riesen litten? »Sie haben in den Tagen, die sie unter uns lebten, viel gelernt«, meinte er, »obwohl sie beide immer noch unbeholfen, wie Kinder sind. Aber jetzt fragen sie wenigstens, ehe sie etwas berühren. Sehen sich um, ehe sie einen Schritt machen.«

»Was hältst Du von ihnen, Born?«, fragte Losting.

»Wir müssen sie die ganze Zeit im Auge behalten, damit sie sich nicht selbst umbringen, ehe wir ihre Station erreichen.«

»Das meine ich nicht«, berichtigte Losting. »Ich meine, magst Du sie als Menschen?«

Born zuckte die Achseln. »Sie sind ganz anders als wir. Wenn alles stimmt, was sie behaupten, können sie uns viel Gutes tun. Wenn nicht...«, er machte ein gleichgültiges Gesicht, »dann ist das immerhin etwas, wovon wir noch unseren Enkeln erzählen könnten.«

Diesen Aspekt auszusprechen, ließ vor ihrer beider Augen das Bild *einer* ganz bestimmten jungen Frau auftauchen - und das beendete das Gespräch in beiderseitigem Einvernehmen. Es hatte keinen Sinn, eine Reise anzutreten, die länger war als jede Reise, die jemals jemand auf dieser Welt unternommen hatte, und dabei miteinander zu streiten. Es würde noch Kampf und Streit genug geben, ehe sie ihr Ziel erreicht hätten. Dessen waren sie beide sicher.

*

Eine große Zahl der Dorfbewohner war gekommen, um sich von ihnen zu verabschieden, ihnen gute Wünsche mit auf den

Weg zu geben, sowie Verzehr einzupacken - wenn auch keiner von ihnen Born in die Augen schauen konnte.

Sie alle gingen, schon seit Tagen, wieder ihrer Beschäftigung nach, Nahrung zu sammeln und für das Heim zu sorgen.

Also nahm man Abschied vom Heim, und nur der Häuptling und ein einsames Kind winkten ihnen nach. Neben dem Kind tanzte ein dicker pelzbewachsener Ball auf und ab - Suv.

Als Born ihn sah, musste er an ein anderes Kind, ein anderes Junges denken, das inzwischen zur Welt zurückgekehrt war. Er wandte den Blick nach draußen.

*

Ihr Flieger war mit einem guten Mark-V-Entfernungstaster, einem neuen Trackersystem, einer Tridi-Anlage und einem Autopiloten ausgestattet gewesen. Jetzt waren all diese Geräte nicht mehr als Schrott - von der Gewalt der Schwerkraft und dem »Himmelsdämon« zerbrochen und in Stücke gerissen.

Logan holte die kleine schwarze Scheibe mit der beleuchtbaren Glasplatte heraus und dankte im Stillen demjenigen unter den Ausstattern des Schiffes, der es für richtig befunden hatte, den winzigen Kompass in die Notration ihres kleinen Gleiters zu packen. Sie hoffte, dass dieser Planet keine magnetischen Unregelmäßigkeiten aufwies. Zumindest hatte man ihnen von solchen möglichen Anomalien nichts gesagt. Allerdings wurde ebenso behauptet, dass Skimmer praktisch narrensicher seien...

Borns Gedanken kursierten in ähnlichen Bahnen. In dieser Hinsicht kam diese Reise einem Selbstmord gleich, denn schließlich waren sie - hinsichtlich ihres Ziels - einzig und allein auf das Wort der Riesen angewiesen. Die Möglichkeit, dass sie von der Lage ihrer Station keine Ahnung hatten, hatte er einfach aus seinen Gedanken verdrängt. Außerdem, so argumentierte er gegenüber sich selbst, wenn sie nicht wenigstens annähernd ihr Ziel kannten, hätten sie doch gewiss nicht die Sicherheit und Bequemlichkeit des Heims aufs Spiel gesetzt; also..., nicht auf die bloße *Vermutung* hin, dass sie die Station, im Zuge einer bar willkürlichen Suche, *vielleicht* finden würden...

Was Losting und ihn, nach ihrer Ankunft in der geheimnisvollen Station, erwartete, wusste er nicht einzuordnen - indes war *dieses* Problem, im Augenblick, noch weit von ihm entfernt und bereitete ihm daher auch kein Kopfzerbrechen.

***

Viele Tage waren verstrichen, seit sie das Heim verlassen hatten.
Obwohl jetzt schon eine stattliche Anzahl Ruheperioden hinter ihnen lagen, wurde Born weder von Heimweh noch von Sorge um das, was vor ihnen lag, geplagt. Er empfand eher eine seltsame Mischung aus Langeweile und Spannung.
Langeweile, die aus der alle Tage wiederkehrenden Feststellung erwuchs, dass jeder neue Abschnitt der Welt mit alldem identisch war, was das Heim umgab; und Spannung, weil er das Gefühl einfach nicht abschütteln konnte, dass dies schon morgen ganz anders sein könnte.
Nach dem ersten »Siebentag« blieben die beiden Riesen soviel wie möglich beisammen, sah man von einer gelegentlichen Frage ab, wenn sie eine Pflanze oder einen Waldbewohner entdeckten, der ihnen noch unbekannt war.

Also blieb Born kein anderer Gesprächspartner als Losting. Und so überraschte es eigentlich niemanden, dass die Expedition nicht gerade unter dem Überfluss an munterem Gerede »litt«. Die beiden Jäger fuhren fort, einander mit einer Mischung aus Rivalität und Respekt zu begegnen. Jene gehegten Empfindungen hoben sich gegeneinander auf, neutralisierten sich sozusagen, und so war es kaum verwunderlich, dass die Reise, in emotionaler Hinsicht, geradezu ausgeglichen und spröde verlief. Beide Männer wussten, dass dies weder der Ort, noch die Zeit für eine gewaltsame Austragung ihrer diversen Meinungsverschiedenheiten und speziellen Dissonanz war. Das würde bis zu ihrer ruhmreichen Rückkehr warten müssen.

Wie Born vorhergesagt hatte, begann das explizit für Dschungelzwecke entwickelte Material, aus dem die Kleidung der Bleichhäutigen hergestellt war, unter dem ständigen Angriff eines Waldes, welcher das Etikett des Herstellers missachtete, zu verrotten. Cohoma und Logan waren jeden Tag dankbarer für die grünen Umhänge, die man ihnen gegeben hatte. Ein guter Umhang bot seinem Besitzer Tarnung vor Feinden und Schutz vor dem nächtlichen Regen; diente als Schlafdecke und konnte noch für ein Dutzend anderer guter Zwecke eingesetzt werden.

Je mehr Tage ohne Zwischenfall kamen und gingen, desto selbstsicherer und mit ihrer Umgebung vertrauter wurden die Riesen. Wenn man freilich ihre unglaubliche Ungeschicklichkeit beim Begehen der Baumwege bedachte, hatte, so fand Born jedenfalls, das kleine Grüppchen bis jetzt außergewöhnliches Glück gehabt.
Das einzige ernsthafte Problem, mit dem sie sich bisher hatten auseinandersetzen müssen, hätte man schließlich kaum vorhersehen können. Beinahe hätte es trotzdem Logan das Leben gekostet.

> *»Da will ich doch glatt eine Kröte verschlucken«, hatte sie zu ihrem Begleiter gesagt und nach oben gezeigt. »Ist das dort jetzt ein Stück freier Himmel, oder leide ich unter Halluzinationen..?«*

Born und Losting gingen ein Stück vor ihnen, und keiner der beiden Jäger achtete sonderlich auf die Konversation der Riesen.

Cohoma blickte in die Richtung, die Kimi ihm gewiesen hatte. Er sah etwas, das tatsächlich wie ein ovales Stück blauer Himmel aussah, durch welches flauschige weiße Wolken zogen.

»Da müssten wir schon beide Sinnestäuschungen haben. Das muss wieder so ein Loch im Wald sein, wie jenes, das unser Gleiter beim Absturz gerissen hat.«

Sie bewegten sich darauf zu. In dem Augenblick wandte Losting den Kopf, um sich zu vergewissern, dass ihre Schützlinge hinter ihnen sicher waren.
»Halt! Nicht in die Richtung!«, rief er energisch.

Born ging ein paar Schritte vor Losting. Als er ihn rufen hörte, drehte er sich ebenfalls um und erkannte sofort die Ursache seiner Besorgnis.

»Schon gut«, meinte Logan zuversichtlich. »Ich weiß über die ›Himmelsteufel‹ Bescheid.« Sie schüttelte den Kopf und lächelte. »Wir sind zu tief unten im Wald, und dieses Loch ist zu eng, als dass auch nur der kleinste Flieger hineinpasste. Wir sind nicht in Gefahr.« Sie stapfte munter auf dem breiten Kabbl ein paar weitere Schritte auf die Ellipse aus klarem Blau zu.

Wieder gebot Losting mit Nachdruck Einhalt und versuchte zu erklären, was sie da vor sich sahen, während die beiden Riesen schier unbeeindruckt aller Warnungen weitergingen.
Da Born wusste, wie sinnlos es war, mit Cohoma und Logan zu argumentieren, rannte er bereits auf sie zu. Während er von Ast zu Ast sprang, wobei ihm der Bläser auf dem Rücken herumhüpfte, versuchte er seine Axt aus der Gürtelschlaufe zu ziehen. Jetzt waren die beiden blinden Riesen beinahe bei der Ellipse angelangt. Er konnte bereits sehen, wie sich der blaue Rand etwas kräuselte.
Für die Axt würde es schon zu spät sein.

190

Zu Kimis und Jans Glück, hatten auch andere die Gefahr erkannt. Ru'Umahum und Ge'Eliwan waren bereits zur Stelle. Ihre mächtigen Kiefer schlossen sich vorsichtig, wenn auch bestimmt, um das zähe Material ihrer Umhänge. Gleichzeitig zogen die beiden Pelziger an und demonstrierten damit, etwas abrupt, eine weitere Funktion des Mehrzweck-Capes.

Logan stieß einen unartikulierten Schrei aus, während Cohomas Ausruf etwas bestimmter ausfiel.

Born hielt, für alle Fälle, seine Axtklinge gezückt, obwohl die beiden Riesen schon aus dem unmittelbaren Bereich des azurfarbenen Fleckens gezogen waren. Das Flattern am Rande des ausgedehnten blauen Ovals wiederholte sich im unsicheren Schlag seines Herzens.

Und dann beruhigten sich beide.
Dem Heim sei Dank! Gegen einen Wolker hätte sein Beil nicht viel ausrichten können, und ob er sich auf Lostings Geschicklichkeit im Umgang mit dem Bläser hätte verlassen können, wusste er nicht. Jedenfalls hätte der Wolker ganz sicher Logan, die vor Cohoma ging, wenn nicht sogar beide Riesen, getötet, ehe das Jacarigift wirken konnte.
Losting hatte ihn inzwischen eingeholt. Der große Jäger hielt ebenfalls die Axt in der Hand. Gemeinsam untersuchten sie das ovale Stück Himmel und Wolken, ignorierten die beiden Riesen, die sich jetzt ärgerlich in die Vertikale zurück berappelten.
Ru'Umahum und Ge'Eliwan hatten ihre Umhänge losgelassen, blieben aber wachsam in der Nähe.
Born nickte Ru'Umahum dankbar zu.
Der alte Pelziger schnaubte nur und verschwand mit Ge'Eliwan im Busch.

Der Jäger durchbohrte Logan mit einem strafenden Blick, während diese sich abmühte, ihren ineinander verhedderten Umhang zwischen den Beinen hervorzuziehen. Ihr Gesicht

191

war gerötet. »Warum sollten wir denn nicht einen Blick auf den Himmel werfen, Born? Hast Du immer noch Angst vor Himmelsdämonen? Dir bedeutet das vielleicht nicht so viel, aber wir haben jetzt seit zwei Wochen nur Grün über dem Kopf gehabt. Bloß ein einziger Blick auf einen normalen Himmel – selbst, wenn er einen leichten Stich ins Cyan hat: Das ist für uns wichtig! So durchzudrehen, wegen...«

»Ihr hört nicht auf unsere Warnungen! Das ist gefährlich für euch, dieser Eigensinn! Wenn wir hoch genug dazu wären, würde ich es ja gerne riskieren, euch einen Blick in eure ›Obere Hölle‹ tun zu lassen«, erwiderte Born nun wieder etwas ruhiger.

»Okay..., da das aber nicht der Fall ist, würde ja dieser kleine Himmelsausschnitt schon genügen.«

Born schüttelte den Kopf. Man musste sich dazu zwingen, mit diesen dummen Riesen geduldig zu bleiben, erinnerte er sich. Sie konnten nicht emfatieren. »Ihr seht keinen Himmel und auch keine Wolken. Was ihr da seht, ist ein Wolker, der sich gerade anschickte, euch zu verspeisen.«

Wenn die Situation nicht so ernst gewesen wäre, hätte Born Logans Gesichtsausdruck vielleicht spaßig gefunden. Sie blickte verwirrt auf das Stück »Himmel« und registrierte die Wolken, die sich darin bewegten. Leer sah sie Cohoma an, der bloß die Achseln zuckte und ihren Blick ausdruckslos erwiderte. »Born, ich verstehe nicht. Gibt es Tiere, die am Rande solcher Öffnungen lauern, bis jemand ins Freie hinaustritt? Ich sehe nichts.«

»Hier ist **kein** freier Raum«, erklärte Born nachsichtig. »Passt auf.«

Sie zogen sich hinter einen Baumstamm zurück und warteten. Zehn, zwanzig Minuten des Schweigens verstrichen, und die beiden Riesen begannen nervös und unruhig zu werden. Da *wanderte ein kleiner Brya, ein vierbeiniger Pflanzenfresser, etwa von der Größe und Gestalt eines Capybaras-Wasserschweins, auf das Stück »blauen Himmel« zu, während er in dem dichten Buschwerk nach essbaren Wurzeln wühlte. Wieder entdeckte Born das Flattern am Rand des Stückchens vermeintlichen Firmament, wies aber Jan und Kimi nicht ausdrücklich darauf hin.*

Das brauchte er auch nicht - sie sahen es selbst...

Der Brya gelangte unter das Stück »Himmel«, und als er sich ungefähr in der Mitte befand, stürzte der Himmel ein, mitsamt Wolken und allem Drum und Dran..!

Der zitternde Wolker glich einer dicken Matratze, die am Rand mit Hunderten feiner Fäden bewachsen war. Sie hüllten den Brya, der einen letzten quiekenden Laut ausstieß, buchstäblich ein. Der Wolker krampfte sich ein paar Minuten lang konvulsivisch zusammen und entspannte sich dann. Fünf Minuten später breitete sich der Rand aus Tentakeln und Fäden wieder aus. Der Wolker kletterte erneut zu seinem Nest empor und streifte dabei die ihn umgebende Vegetation ab, damit genügend freier Raum unter ihm blieb. Dann bezog er, vier Meter über dem nächsten Kabbl, abermals seinen Lauerposten.

Oben war er grün gefleckt; seine Unterseite indes sah aus, wie ein Stück Himmel mit ziehenden Wolken.

Logan musste zweimal hinsehen, um sich davon zu überzeugen, dass es sich wirklich bewegt hatte. Ein paar Knochen, die selbst für die höchst wirksamen Verdauungssäfte des Wolkers zu zäh waren, fielen in die Tiefe herunter.

»Tarnung lasse ich mir eingehen; Mimikry auch«, flüsterte sie, »aber ein Fleischfresser, der den Himmel imitiert...«

Cohoma war ähnlich beeindruckt, insbesondere bei der Vorstellung, dass **er** leichterdings die Stelle des Brya hätte

193

einnehmen können, hätten die Pelziger sich nicht rechtzeitig eingeschaltet.

Born seufzte und wandte sich zum Weitergehen.
»Ich weiß nicht, was das bedeutet, aber Himmel ist Himmel, und ein Wolker ist ein Wolker. Ihr spürt es nicht. Ihr seid blind«, sagte er kopfschüttelnd und trat auf den Kabbl.

Logan und Cohoma, gebührend zerknirscht, folgten ihm und blickten etwas unsicher nach rechts, als sie den unschuldig wirkenden Kreis aus Blau und Weiß passierten. »Da bildet man sich ein, man hätte dieses Ökosystem begriffen«, brummte Cohoma, »Räuber und Opfer identifiziert und katalogisiert - dann reißt einem so etwas fast den Kopf vom Leibe. Unfassbar!« <

Drei Tage später begegneten sie dem Palinglas und entrannen erneut, um Haaresbreite, dem Tode.

***

Wochen waren vergangen.
Sie beabsichtigten in der Höhlung eines Säulenzweiges ein besonders bequemes Lager aufzuschlagen. Die Höhle im Holz war mehr als groß genug, um ihnen allen sechs bequemen Unterschlupf zu bieten - sofern sie leer war. Born und Losting winkten, als sie die Öffnung erblickten, den beiden Riesen zu, etwas zurück zu bleiben. Dann näherten sie sich vorsichtig der mächtigen Narbe im Holz, die geladenen Bläser im Anschlag. Es war unwahrscheinlich, dass eine solch schöne, solide Behausung, noch dazu so geräumig, keinen Bewohner beherbergen sollte. Aber so war es tatsächlich..!
Weder Ru'Umahum noch Ge'Eliwan hatten irgendeine Witterung aufgenommen.
Als die Jäger die Kaverne betraten, fanden sie nur etwas vertrockneten Kot und mehr Totholz, als sie für *ein Dutzend* Lagerfeuer brauchen würden..!

In jener Nacht beleuchtete luxuriöses Feuer das Innere der Kapsel, spiegelte sich in schwarzen Knoten und verzerrten Stalaktiten aus zersprungenem Holz oder Rinde.

Born studierte die Riesen. Von ihrem ausgezeichneten Quartier milde gestimmt, war ihm mehr nach reden zumute als seit vielen Tagen.

»Langsam beginne ich zu glauben, dass ihr wirklich von einer anderen Welt kommt, Kimilogan.«

Cohomas Gesichtsausdruck blieb unverändert, aber Logan schien erfreut, als er sich an sie wandte.

»Das ist ein großer Schritt, den Du da tust, und ein sehr wichtiger obendrein. Aber es überrascht mich nicht, dass Du ihn getan hast. Du bist offensichtlich der einsichtigste Deines Volkes und von allen für Veränderungen und neue Ideen am aufgeschlossensten. Dies wird sehr wichtig für das Kommende sein.«

Sie stocherte mit einem Ast in den Kohlen herum und lauschte dem ständigen Tröpfeln des Nachtwassers draußen. »Weißt Du, Born, wenn Du und Dein Volk, und die anderen Stämme hier, sich wieder der Familie der Menschheit anschließen, werden sie jemanden brauchen, der für sie mit unserer Gesellschaft kommuniziert.«

Sie blickte ihn unverhohlen an. »Ich könnte mir keinen besseren Kandidaten, als gerade eben Dich dafür vorstellen! Wenn man bedenkt, was Du schon alles für die Gesellschaft getan hast, indem Du Jan und mich gerettet hast, kann ich mir eigentlich gar nicht denken, dass jemand anderer als Du auserwählt wird. Und eine solche Position wäre sehr vorteilhaft für Dich.«

Losting hörte zu und blieb stumm. Sein Respekt für Borns Intelligenz war ebenso groß wie seine Abneigung gegenüber seiner Person. Er lehnte sich an Ge'Eliwan und lauschte, was Born den Riesen zu sagen hatte.

»Die Welt, von der ihr uns erzählt, scheint mir nicht sehr einladend zu sein«, erwiderte Born und hob die Hand, als Cohoma sich anschickte, einen Einwand vorzubringen, »aber das ist natürlich eine Frage individueller Perspektive. Es ist offensichtlich, dass ihr unserer Welt ähnliche Gefühle entgegenbringt. Das hat nichts zu besagen.«

Er hielt nachdenklich inne und beugte sich dann vor, um seine Worte zu unterstreichen. »Was ich wissen möchte, ist folgendes: Wenn ihr mit eurer eigenen Welt so zufrieden seid und mit den anderen, die es, wie ihr behauptet, gibt, weshalb kommt ihr dann, unter so großen Mühen und Strapazen, auf unsere Welt?«

Plötzlich wirkte das Gesicht des Jägers, das im Halbschatten der Flammen lag, lauernd und hellwach.

Cohoma und Logan tauschten Blicke. »Dafür gibt es zwei Gründe, Born«, erwiderte sie nach einer Pause reiflicher Überlegung. »Der eine ist, dass wir lernen, dass wir verstehen wollen, dass uns das Neue, Unbekannte reizt - der andere..., hmm..., nun, ich glaube, Du wirst ihn begreifen. Ich weiß nicht, ob Häuptling Sand oder Leser, der Schamane, ihn erfassen könnte.«

Sie spielte mit einem Zweig und schnippte eine glühende Kohle zu dem vom Regen durchnässten Rand der Höhlung. Es zischte, als die Tropfen darauf fielen.

»Es hat mit dem Erwerb von etwas zu tun, das man ›Geld‹ nennt, und das wieder hängt mit dem Handel zusammen. In der Station wird Dir das alles erklärt werden. Sobald Du Deine Stellung im Hinblick auf diese Sache zu verstehen gelernt hast, wirst Du auch einsehen, warum ich im Augenblick zögere, auf Einzelheiten einzugehen. Ich will nur soviel sagen, dass Du und Dein Volk daraus beträchtlichen Nutzen ziehen werdet. Ebenso wie Jan und ich und unsere Freunde.

Der erstgenannte Aspekt ist bei manchen Menschen weniger, bei anderen mehr ausgeprägt - wir nennen ihn ›Neugierde‹. Das heißt das, was Dich dazu getrieben hat, zu unserem

Skimmer hinunterzusteigen. Jener Teil Deines Wesens, der Dich - gegen Deine Einsicht und gegen den Rat Deiner Freunde - dazu treibt, den Versuch zu wagen, uns sicher zu unserer Station zurückzuführen. Und dieses ›Etwas‹ ist es auch, welches die Menschheit und die Thranx von Stern zu Stern geführt hat - Neugierde; und dieses..., ähh... andere...«

»Was sind ›Thranx‹?«, wollte Born wissen.

»Das sind Wesen, die Dir, glaube ich, gefallen würden, Born.« Sie starrte in die Dunkelheit hinaus. »Und denen diese Welt sehr gefallen würde - mehr noch als meinen Leuten. Es sind weise, blau- bis purpurfarbene, insektoide Oktopoden [1], etwa in Deiner Größe«

»Gibt es solche Thranx in eurer Station?«, fragte Losting plötzlich.

»Nein. Unserer...« - sie zögerte - »ähhm... Gesellschaft oder Gruppe, Organisation, Stamm, wenn Du so willst, gehören keine an.«
Sie schmunzelte. »Wenn wir die Station erreichen, wird alles viel verständlicher werden.«

»Ganz bestimmt«, meinte Born und starrte in die tanzenden Flammen. Später, als er sich in seinen Umhang hüllte und sich eng an den schnarchenden Ru'Umahum schmiegte, fragte er sich ernsthaft, ob wirklich alles verständlicher werden würde. Gleichzeitig war er sich nicht sicher, ob er das überhaupt wünschte...

11 - Flucht in die »Untere Hölle«

Niemand weiß, wie leise sich ein großes Tier bewegen kann, bis einmal ein ausgewachsener Pelziger dicht an ihn herangeschlichen ist. Ru'Umahum bewegte sich auf diese Weise. Als der Geruch ihn weckte, erhob er sich so sanft, dass selbst Born, mit seinem leichten Schlaf, nicht aufwachte.

Die Witterung kam von draußen, von oben und war so ausgeprägt, dass der Geruch durch zwei Etagen und den immer noch fallenden Regen drang.

Ge'Eliwan regte sich im Schlaf, als Ru'Umahum an den Eingang der Höhle tappte. Er schob den Kopf hinaus und blickte mit drei scharfen Augen nach oben, blinzelte häufig wegen des dicht fallenden Niederschlags. Der Geruch war unverkennbar, aber es schadete nicht, sich zu vergewissern. Er packte das Holz mit den Vorderbeinen, folgte mit dem mittleren Beinpaar nach, dann dem hinteren, und schwang sich auf den Ast hinauf. Seine mächtigen Beinmuskeln spannten sich, als er sich lautlos an dem Stamm nach oben zog. Das war mühsamer, als sich in der dichten Vegetation einen spiralförmigen Weg zu suchen, aber wenn seine Vermutung zutraf, hatte er dafür keine Zeit. Das Haar hinter seinen Ohren sträubte sich, als der drohende Geruch sich verstärkte.

Es gibt nur wenige Sinneseindrücke, die einen Pelziger beunruhigen, und einen dieser nahm Ru'Umahum jetzt wahr! Selbst für ihn war der lange, senkrechte Aufstieg anstrengend. Und dann sah er es, immer noch weit über sich, aber unzweifelhaft auf dem Wege nach unten! Nun wusste er, warum ihre komfortable, bequeme Höhle leer gewesen war: Es war der Baum einer Silberglitsche!

Und jene hatte ihre Witterung aufgenommen - darüber bräuchte man nicht zu diskutieren. Sie waren bereits tot, sofern den Menschen nichts Neues einfiel. Er drehte sich um und raste durch Zweige und Lianen nach unten, eilte in mächtigen Sätzen und Sprüngen dahin. Er machte dabei genug Lärm, um sämtliche nächtlichen Jäger in weitem Umkreis zu wecken, und das wollte er auch. Vielleicht war einer von ihnen dumm genug, um nachzusehen. Vielleicht reichte dieser kurze Imbiss aus, die Silberglitsche für ein paar wertvolle Minuten abzulenken.

Sie hatten nur wenig Zeit. *Sehr* wenig..!

Die Silberglitsche bewegte sich langsam, spielte bewusst mit ihrer potentiellen Beute – wie eine Katze mit der todgeweihten Maus. Er platzte laut in die Höhle, knurrte, um Born und Losting sofort zu wecken. Ge'Eliwan, gewarnt durch den plötzlichen Lärm, entspannte sich, als er den vertrauten Geruch wahrnahm.

Ru'Umahum stand keuchend vor ihnen, sein nasser Pelz glitzerte im Schein der glühenden Kohlen. »Andere wecken!«, kommandierte er kompromisslos.

Während Losting die Riesen wachrüttelte, knurrte Ru'Umahum etwas in der Sprache der Pelziger, was Ge'Eliwan dazu veranlasste, an den Höhleneingang zu eilen. Dort baute er sich auf und starrte nach oben.

»Was ist denn los? Was ist denn?«, gähnte Cohoma schläfrig, als Losting ihn weckte.

Logan hatte sich bereits aufgesetzt und wartete darauf, etwas zu erfahren.

»Wir müssen sofort hier weg«, erklärte ihnen Born. Er befestigte seinen Umhang am Hals und sammelte hastig seine wenigen Habseligkeiten ein. Losting tat es ihm gleich.
»Dies ist der Baum einer Silberglitsche. Jetzt wissen wir, warum wir nicht um diese Höhle kämpfen mussten. Man meidet sie! Wir hätten sie auch meiden sollen, aber es gab

keinen Anlass zum Argwohn, gar keinen. Trotzdem fühlte ich mich bei dem Gedanken nicht wohl.«

»Na schön«, meinte Kimi müde, »also noch so ein lästiges Biest. Was ist eine Silberglitsche, Born, und was können wir dagegen unternehmen?«

»Fliehen«, erwiderte er drängend und schob die glühenden Überreste des Feuers mit einem dicken Stück Holz zum Höhleneingang. Der Regen würde sie löschen.

»Mitten in der Nacht?«

»Die Silberglitsche diktiert das Geschehen - nicht ich, Kimilogan... Wir können nur fliehen, versuchen, sie abzuschütteln. Es besteht eine hauchdünne Chance, dass sie müde wird und von uns ablässt.«

»Etwas, das uns folgen wird wie die Akadi?«, wollte Cohoma wissen. Seine schlaftrunkenen Sinne hatten inzwischen erkannt, dass die Lage ernst war.

»Nein, nicht wie die Akadi. Verglichen mit einer Silberglitsche ist der Geist der Akadi wandelbar wie die... wie...«, er suchte nach einem geeigneten Vergleich, »...wie die Wünsche einer Frau. Wenn eine Silberglitsche einmal die Witterung von etwas aufgenommen hat, das in ihren Baum eingedrungen ist, dann folgt sie dieser, bis der Eindringling aufgestöbert und gefressen ist. Man kann ihr auch nicht entkommen wie den Akadi. Und im Gegensatz zu den Akadi schläft sie auch nie.«

»Das ist doch ein Märchen«, wandte Cohoma ein und machte sich an seinem Umhang zu schaffen. »Es gibt keine warmblütigen Geschöpfe, die nicht schlafen, und nur wenige Kaltblütler, die ohne Ruhe auskommen.«

»Ich kenne ihre Bluttemperatur nicht«, bog Born jede unnütze Debatte ab und ging auf den Höhleneingang zu, »ja, nicht einmal, ob sie überhaupt ›Blut‹ hat. Noch niemand hat je eine Silberglitsche bluten gesehen. Aber jetzt ist keine Zeit für solche Reden..!«

Eigenartigerweise grinste er. »Wenn ihr des Laufens müde seid, schlage ich vor, macht ihr ein kleines Schläfchen und wartet ab, was euch dann aufweckt.«

»Okay, wir glauben Dir ja«, gab Logan klein bei und zog ihren Umhang zurecht.

»Silberglitschen schlafen nicht«, wiederholte Born eindringlich. Dann sagte er sich, dass es sinnlos war, mit Leuten zu streiten, die sich weigerten, die Wahrheit hinzunehmen, und winkte ihnen mit einer schroffen Handbewegung zu, ihm zu folgen.

Losting hatte Fackeln vorbereitet, Bündel von Fackeln. Aber sie mussten noch die kugelförmigen Blätter suchen, die die Flammen vor dem Regen schützten - nur zum *Suchen* war keine Zeit. Sie hatten den Baum schleunigst zu verlassen!
Hoffentlich fanden sie die ziemlich weitverbreiteten Gewächse unterwegs. Bis dahin würden sie in Dunkelheit ihre spontane Fluchtroute finden müssen - ohne »Netz und doppelten Boden«, ohne jedwede, sonst dringend gebotene, Umsicht und Vorsichtsmaßnahmen.

»Schnell«, brummte Ru'Umahum mit dem Unmut eines schlecht ausgeschlafenen Pelzigers. »Glitsche fühlt uns.«

»Ge'Eliwan!«, wisperte Losting. Der Pelziger trat an die nächste Liane, ließ sich auf einen niedrigeren Ast hinab, der aus einem anderen Baum wuchs, dann auf den nächsten weiter unten und blickte nach oben. Seine Augen funkelten in der Dunkelheit.
Losting sprang ihm nach, dann folgte Cohoma.

Logan sah sich nach Born um, als sie an die Liane treten wollte. »Ich dachte, es sei gefährlich, nachts zu reisen?«

»Das ist es, in der Tat!«, räumte er ein, »aber hierzubleiben ist *garantiert tödlich*!«

Sie nickte. »Ich wollte mich bloß vergewissern, dass dies nicht eine Art Prüfung ist«, erwiderte sie geheimnisvoll, drehte sich um und eilte in die Tiefe.

Born zögerte lange genug, um Ru'Umahum, der nach oben in den Regen starrte, zuzuflüstern: »Wieviel Zeit?«

»Sie wird zunächst jeden Winkel der Höhle durchsuchen. Dann folgen.«

»Eine Chance, mit ihr zu kämpfen, alter Freund?«

Ru'Umahum schnaubte. »Born träumt. Gegen Silberglitsche kämpfen? Nicht einmal gegen junge Silberglitsche.« Sein Blick wanderte wieder nach oben. »Nicht jung. Alt, groß. *Sehr* groß. Und stark.«

Born brummelte etwas Unverständliches und blickte nach oben. In ihm flammte eine Idee auf. Eine beängstigende Idee, aber sonst bot sich nichts an - und für gründliche Überlegungen war jetzt keine Zeit! Wahrscheinlich würde es ihnen gelingen, einen gewissen Abstand zu der Silberglitsche zu halten. Aber entkommen konnten sie ihr nicht, oder sie abschütteln oder gegen sie kämpfen. Am Ende würde die Müdigkeit ihre Flucht verlangsamen, sie zum Rasten zwingen, und dann würde der unermüdliche Killer sie in aller Ruhe erledigen. Er zögerte immer noch, seinen zündenden Einfall ernsthaft vorzuschlagen und entfernte sich mit den anderen von dem Baum.

Sie waren schon eine Weile unterwegs, als von irgendwo hinter ihnen schwacher Donner durch den Wald dröhnte. Wie

Donner wurde das Geräusch von einer schnellen Luftbewegung verursacht, aber dabei handelte es sich keineswegs um ein elektrisches Phänomen.

»Jetzt hat sie entdeckt, dass wir verschwunden sind«, erklärte Born Logan auf ihre unausgesprochene Frage. »Jetzt wird sie ein paar Minuten lang ihre Wut hinausbrüllen und dann die Verfolgung aufnehmen.«

»Sag, Born«, schnaubte sie, während sie sich anstrengte, hinter Losting zu bleiben, welcher sich durch das dichte Blattwerk seinen Weg bahnte, »wenn eine Silberglitsche nie aufgibt, bis sie ihr Opfer eingeholt und getötet hat, wie kommt es dann, dass Du soviel über ihre Gewohnheiten und ihr Aussehen weißt? Du weißt doch, wie sie aussieht?«

Die Riesin vergeudete zuviel Energie mit reden. Trotzdem antwortete er: »Es gibt Geschichten, wie eine Zwanziger- oder Dreißiger-Gruppe von einem solchen Scheusal angegriffen wurde. Die Leute verteilten sich in verschiedenen Richtungen. Nicht einmal eine Silberglitsche konnte allen Witterungen bis zum Ende folgen, ehe sie verblasst waren. Ein paar überlebten, um von dem Ungeheuer zu berichten.«

»Du sagst, nicht einmal zwanzig oder dreißig von euch...«

»Und ebenso viele Pelziger.«

»Könnten so viele Pelziger nicht mit einem dieser Biester fertig werden?!«

»Zu groß, zu stark«, erklärte Born lakonisch.

»Ich dachte, euer Jacarigift würde alles töten.«

»Silberglitschenhaut ist zu dick«, erklärte er. »Außerdem wirkt das Jacarigift auf..., auf...« - er durchstöberte seine Erinnerung nach dem uralten Begriff - »...das Nerven- system.«

»Warum wirkt es dann bei Silberglitschen nicht?«, rätselte Cohoma. »Sie müssen doch auch verletzbare Stellen haben.«

»Die kannst Du mir dann ja zeigen, wenn sie kommt...«, zischte Born, dem das Gerede, anbetrachts der brenzligen Situation, völlig fehl am Platze erschien. »Außerdem heißt es, dass Silberglitschen kein Nervensystem haben.«

Logan war inzwischen zwar bereit, den Geschöpfen die Fähigkeit zuzuschreiben, längere Zeit ohne Schlaf oder Ruhe auszukommen, aber so weit reichte ihre Bereitschaft nun doch nicht. »Ach komm, Born«, triumphierte sie im Vollgefühl ihres überlegenen Wissens, »jedes Tier hat ein Nervensystem.«
Als sie bemerkte, dass er nicht reagierte, legte sie nach: »Ein Tier kann nicht ohne Nervensystem leben, Born!«

»Kann es das nicht..?«

»Zu allermindest«, fügte sie hinzu, »muss es irgendeine Art rudimentäres Gehirn und ein zentrales Bewegungssystem haben.«

»Muss es das..?«

Sie gab auf. Cohoma hatte ihnen nicht zugehört. Er versuchte immer noch, die Vorstellung zu verdauen, dass dieses Ungetüm, welches sie verfolgte, mit **dreißig** Pelzigern fertig werden konnte.
»Hör zu, wieviel von dem, was Du mir da sagst, ist wahr, und wieviel ist von den Überlebenden jener angegriffenen Gruppe erfunden oder ›hinzugedichtet‹ worden? Es ist doch nachvollziehbar, dass sie – zur Ehre-Rettung – etwas, welches sie in die Flucht schlug, als besonders gefährlich und unverletzbar hinstellen mussten.«

Born wollte gerade antworten, als Ru'Umahum ihn unterbrach. Es war ungewöhnlich, dass ein Pelziger sich in ein Gespräch unter Menschen einmischte. Ru'Umahum tat das,

um Borns Adrenalinpegel zu schonen. Es würde die Zeit kommen, wo er seine Energie für Wichtigeres brauchte.
»Silberglitschenbaum«, brummte er leise, »einziges Ding auf der Welt, bei dem sogar Akadi ihren Weg ändern. Große Menschen jetzt still sein und auf Weg achten.«

Diese Information reichte aus, um Logan und Cohoma über die Tatsache hinwegsehen zu lassen, dass ihnen gerade ein überdimensioniertes »Haustier« einen verbalen Befehl erteilt hatte! Sie grübelten über das nach, was sie gehört hatten, während sie schweigend durch den Wald hetzten.

Born beschäftigte sich wieder mit dem Gedanken, der ihm vorhin spontan gekommen war. Er versuchte sich herauszureden, aber der Gedanke ließ ihn nicht los, hielt ihn fest wie der Arm eines Grasers. Er versuchte ihm auszuweichen, aber er stand ihm mitten im Wege, so wie der Säulenbaum der Silberglitsche. Hin und wieder konnte er ihn verdrängen, wenn er sich Vorwürfe machte, weil er den Baum nicht als das erkannt hatte, was er war. Diese riesige, trockene, einladende Höhle, so leer, von allen gemieden...
»Narr! Ich Narr, wie konnte ich nur so ein Narr sein!«, schimpfte er mit sich selbst.

»Und ich auch...«, pflichtete Losting ihm bei, aber Born hörte ihn kaum.

»Mach Dir keine Vorwürfe, Born. Du hast ja gesagt, dass man das nicht ahnen konnte«, versuchte Logan ihn zu beruhigen.

»Nein. Wenn sie weiter unten gewesen wäre, hätte Ru'Umahum sie gewittert. Aber sie war ganz oben am Baum, in der Nähe des Wipfels - wahrscheinlich auf Höllenjagd.«

»Höllenjagd?«

»Sie hat am Himmel nach Luftdämonen gefischt«, erklärte er. »Sie versuchen Flieger von den Baumwipfeln aus einzufangen, so wie den, der euer Flugboot angegriffen hatte.«

»Oh«, grummelte sie. Wieder ein ernüchternder Gedanke.

»Uns hat sie erst gewittert, als sie nach unten zu klettern begann. Dankbarerweise hat Ru'Umahum sie gleichzeitig gerochen.«

Schließlich fanden sie die kugelförmigen Blätter, dicht neben ihrem Weg. Ge'Eliwan sah sie und hielt mit Ru'Umahum Wache, während Born und Losting einige abschnitten und vorbereiteten. Natürlich würden sie, sollte die Silberglitsche angreifen, den Menschen nur ein paar zusätzliche Minuten verschaffen. Eine Handvoll Feuerpollen - und sie hatten wieder richtiges Licht. Das munterte Cohoma und Logan auf. Wenigstens konnten sie jetzt sehen, wo sie hintraten.

Aber schnell verlieh Kimi einer neuen Sorge Ausdruck. »Sehen uns jetzt nicht die anderen Raubtiere besser? Wir laufen durch den Wald wie auf einem beleuchteten Präsentierteller..!«

»Das hat jetzt nichts mehr zu bedeuten. Die Silberglitsche ist zu nahe. Die anderen Geschöpfe haben sie auch gewittert, und keines wird uns zu nahe kommen. Die fliehen ebenfalls. Ist euch die Stille nicht aufgefallen?«

Logan lauschte und wusste sofort, was Born meinte. Die üblichen Geräusche der Nacht, das Pfeifen und Klicken, Piepsen und Summen, unterbrochen von einem gelegentlichen tiefen Brüllen, fehlten völlig. Nur das gleichmäßige Tröpfeln und Plätschern des Regens blieb. In gespenstischem Schweigen eilten sie dahin.

»Sie kommt näher«, keuchte Ru'Umahum. »Ganz langsam, aber unaufhaltsam..!«

»Es tut mir leid, es tut mir wirklich leid, Born«, resignierte Logan im gleichen Augenblick und rang nach Atem. »Ich halte das nicht mehr lange durch. Ich weiß nicht, ob mir zuerst die Augen oder die Beine den Dienst versagen werden.«

»Dann«, seufzte Born tief und traf damit die Entscheidung, die er bislang aufgeschoben hatte in die Tat umzusetzen, »ist es besser, wenn wir jetzt anfangen.«

»Was anfangen?«, fragte Losting.

»Hinunter..., wir müssen in die tieferen Etagen. Bisher sind wir nur in der Horizontalen geflohen. Wir müssen uns diese völlig neue, unkonventionelle Perspektive eröffnen, wenn wir eine reale Chance behalten wollen.«

Weder Losting, noch die Riesen scherten sich darum, ob ihr monströser Verfolger jetzt ihre Rufe hörte. »Was nützt es denn, eine weitere Etage tiefer zu steigen? Dann haben wir nur weniger Tageslicht, wenn der Morgen graut.«

»Die Silberglitsche wird uns spielend folgen«, fügte Losting hinzu. »Uns ›ewig‹ folgen. Das weißt Du doch, Born.«

Dieser schaute seinem Verbündeten und Rivalen intensiv prüfend ins Antlitz. »Auch bis in die Untere Hölle?«

Es war das erste - und zugleich das letzte - Mal, dass Cohoma oder Logan jemals hörten, wie ein Pelziger einen erschrockenen Grunzlaut von sich gab.
Losting war zu schockiert, um etwas einzuwenden, als Born fortfuhr. »Ich werde nicht hierbleiben, um mit Dir, Losting, zu streiten oder mit sonst jemandem. Wenn die Silberglitsche uns weiterhin folgt, werde ich bis in die Siebente Etage hinuntersteigen. Hinunter zu dem, was auch immer dort unten sein mag.«

»Der Tod ist dort«, argwöhnte Ge'Eliwan.

»Der Tod erwartet uns auch hier, Freund«, erinnerte Born ihn an das schier Unabwendbare. Er blickte wieder nach vorne zu Losting. »Wir wissen, was die Silberglitsche mit uns tun wird, wenn sie uns erreicht. Zumindest finden wir auf diese Weise vielleicht eine neue Todesart.«

»Born, Du selbst hast gesagt, es sei der sichere Tod, zur Unteren Hölle auf die Oberfläche zu gehen«, wandte Logan leise ein.

»Weniger sicher, als wenn wir hierbleiben! Vielleicht folgt die Silberglitsche uns nicht, weil sie eher ganz oben in der Welt lebt. Mag sein, dass sie sich unter ihren Verwandten unten am Grunde ebenso wohl fühlt - aber das ist Hypothese. Wir wissen es nicht; keiner weiß das. Ich glaube, eine Chance wäre es zumindest. Aber ich werde niemanden zwingen, mit mir zu kommen.«
Er würde das tun, was er für das Beste hielt, und davon ausgehen, dass die anderen die Klugheit seiner Entscheidung erkannten und ihm folgten. So hatte er es immer gehalten. Und jetzt, als er den langsamen Abstieg in unsichtbare Tiefen begann, war es auch so...

*

Sie tauchten in immer tiefere, drohendere Dunkelheit ab.
Ihm wurde gefolgt, aber nicht aus Respekt für seine größere Weisheit, wie er glaubte, sondern weil unsichere Menschen in einer Krise immer dem folgen, der sich selbst zum Führer ernennt.
In jener Hinsicht erwies sich Losting als ebenso menschlich wie Logan oder Cohoma. Sie kletterten über Kabbls und Lianen hinab. Nach unten gebogene Baumäste, parasitische Gewächse von der Größe der Sequoias und größer blieben hinter ihnen zurück. Ein solcher Baum wucherte in tausend dicke Luftwurzeln aus, die ineinander verschlungen waren.

Sie benutzten diese, um sich viele Meter weit schneller nach unten zu bewegen.

Bald ließen sie die Fünfte Etage hinter sich und drangen in die Sechste ein - eine Region brauner, weißer und purpurfarbener Gewächse, die das Grün zu verdrängen begannen. Ab etwa der Mitte der Sechsten Etage betraten sie zunehmend eine Welt der Gespenster. Am Grund der Sechsten definitiv nur noch eine schwach vom Licht der Fackeln erhellte Umgebung, die sich furchtsam an ihr mütterliches Holz drängte.

Eine Welt von Säulenbaumsockeln, deren Stämme, im Umfang, Sternenschiffen glichen.

Nach allen Seiten hoben sich vielfältige Stützen neben schimmernden Pilzen, so groß wie Lagerhäuser, die in einem wirren Durcheinander obszöner, grotesker Formen wucherten und gediehen.

Kleine leuchtende Geschöpfe krochen zwischen ihnen herum und verbargen sich vor dem Lichtschein ihrer knisternden Fackeln.

Hier gab es keinen Morgen und keinen Abend, keinen Tag und keine Nacht - nur ewige Dunkelheit, die weder einem Mond noch der Sonne angehörte. Obwohl die phosphoreszierenden Pilze und ihre verwachsenen Verwandten genügend Licht lieferten, um sehen zu können, ließen sie ihre Fackeln brennen, denn sie warfen einen sauberen, angenehmeren Schein als das, was hier leuchtete. Gelbes, rotes und weißes Licht umgab sie, eine gespenstische Szenerie, die nur Silhouetten andeutete und Formen indifferent beließ.

Endlich kamen sie am untersten Abschnitt eines der mächtigen Stützpfeiler an; der letzten »Treppe«, die nach oben führte. Hier wuchs eine Gruppe orangeroter Schösslinge; Gewächse, die nie der Photosynthese mächtig sein würden. Ohne Zweifel hatten sie den irdenen Grund erreicht; das Ende der Siebenten Etage, die »Untere Hölle« selbst.

Und doch schien es darunter noch eine »Achte Etage« zu geben, denn ganz in der Nähe wurde der Boden weich, klebrig und feucht; dicker als Wasser, aber dünner als Schlamm.

Logan wandte sich um. Ihr Atem ging schwer, und sie blickte auf den Weg zurück, den sie gekommen waren. Der Stamm hinter ihnen erschien Kimi wie eine dunkle, schwarzbraune Klippe. Darüber konnte sie nur Finsternis erkennen und den schwachen Schimmer ferner Pilze. Es gab hier nichts, was darauf hindeutete, dass ein paar hundert Meter über ihnen eine Welt des Lichts und des grünen Lebens existierte, durch die der Wind wehte und auf welche Regen fiel.
Es war erstickend feucht hier, obwohl nur gelegentlich ein verirrter Tropfen so weit durchdrang. Der Hauptanteil des nächtlichen Regens war hoch über ihnen von einer Million von Bromeliaden oder anderer, das Wasser verwertender, Gewächse aufgefangen worden.
Diese vereinzelten Tropfen erinnerten sie daran, dass sie noch nicht gestorben waren, dass sie nicht, gleich Toten, den »Hades«, eine Unterwelt, betreten hatten, sondern weit über diesem grausig-finsteren Ort noch eine lebende, grüne Welt florierte und gedieh.

Auch Born blickte nach oben. »Rúma..?«

»Sie folgt uns immer noch«, raunte der Pelziger, nachdem er geschnuppert hatte. »Aber langsamer, *viel* langsamer; ja vorsichtig.«

»*Wir* haben keine Zeit für Vorsicht!«
Er wandte sich zu Logan und Cohoma und wies auf den Morast, der ihre kleine, trockene »Halbinsel« umgab.
»Ich verstehe nichts von solchem Gelände. Und doch müssen wir diese Stelle verlassen, ehe die Wut der Silberglitsche die Oberhand über ihre Vorsicht gewinnt.«

Lange, wertvolle Augenblicke verstrichen, während die vier Menschen über das Problem nachdachten. Logan ertappte sich dabei, wie sie mit der Hand an einem der Schösslinge entlangfuhr, die an der Stelle aus der Wurzel hervorwuchsen, wo diese im Wasser verschwand. Sie glichen orangeroten Schilfstauden, obwohl sie, ohne Zweifel, nichts mit der Familie der Schilfgewächse gemeinsam hatten.

Sie zog ihr Knochenmesser und prüfte das Material. Das Messer schnitt hinein, wenn auch nicht leicht. Die Faser war dicht, aber nicht mit Wasser gefüllt oder mit Fruchtfleisch. Nun, sie hatten ihre Äxte..!

»Born, sieh nach, ob Du irgendetwas findest, das man als Seil verwenden könnte. Eine Art Ranke oder so etwas. Ich glaube, aus dem Zeug hier kann man ein vernünftiges Floß bauen, ein Fahrzeug, mit dem man sich auf dem Wasser bewegen kann. Wir müssen dazu die Schösslinge kreuzweise in zwei Lagen anbringen.«

Sie arbeiteten schnell. Es war ein Wunder, dass sich niemand verletzte. Jedes Mal, wenn sie einen der orangeroten Stämme fällten, entströmte jenem ein Geruch, der unangenehm an verfaulte Zwiebeln erinnerte.

Währenddem kamen Born und Ru'Umahum mit einer ganzen Ladung klebriger, grauer Wasserpflanzen zurück, die sie sich auf den Rücken geladen hatten. Logan und Cohoma legten die »Stämme« zurecht, hielten sie fest und erklärten Born, sowie auch Losting, wie sie diese zusammenbinden sollten.

Ru'Umahum und Ge'Eliwan bewachten unterdessen den »Weg«, über den sie gekommen waren. Ihre periodischen gutturalen Warnungen, die sie nach unten riefen, ließen erkennen, dass die Silberglitsche sich immer noch mit derselben unnatürlichen Langsamkeit bewegte. Keiner von ihnen dachte darüber nach, warum das Monstrum so vorsichtig war.

211

Logan fragte plötzlich: »Born, wir haben die hier doch nicht um Erlaubnis gebeten oder emfatiert oder so etwas, oder? Ist das nicht gegen Deine Religion oder Deine Moral oder so..?« Sie wies auf die gefällten Stämme.

»Sie gehören nicht dem Wald an, meiner Welt.«
Sein Gesichtsausdruck verriet Ekel. »Das ist eine Art von ›Leben‹, dem ich mich nur entfernt verwandt fühle. Ich kann mit ihnen nicht emfatieren. Es gibt hier nichts, was man emfatieren könnte.«

»Es ist fertig«, verkündete Cohoma mit lauter Stimme und zwang Logan damit, weitere Fragen zu unterlassen. So faszinierend dieses fremdartige Emfatieren auch war - das Überleben war im Moment wichtiger!

Ru'Umahums Ruf hallte zu ihnen herunter. »Beeilung, Born! Sie sieht uns. Jetzt kommt sie schnell.«

Sekunden später, wie es schien, standen die beiden Pelziger neben ihnen; ihr Nackenhaar gesträubt, wanderten ihre Blicke immer wieder nach oben. Auch Logan starrte hinauf, ebenso Cohoma - aber bis jetzt gab es noch nichts zu sehen.
Als sie ihre geringe Ausrüstung auf das Floß geworfen hatten, sprangen auch die zwei Pelziger hinzu. Wenigstens gab es keine Platzprobleme. Das Floß war groß genug, um doppelt so viele »Passagiere« aufzunehmen und zu tragen. Die Menschen schoben, stemmten sich gegen den schwimmenden Untersatz, versuchten ihn abzustoßen - aber er bewegte sich keinen Zentimeter von der Stelle.

»Ru'Umahum, Ge'Eliwan«, wies Cohoma die Pelziger an, »geht bitte ans andere Ende des Floßes, das wird den auf dem Trockenen liegenden Teil etwas nach oben heben.«

Die Pelziger kamen der Order umgehend nach, und als die Menschen erneut schoben, glitt das Floß in die braune »Schlammsuppe«. Als erstes prüfte Cohoma die Tiefe des

Sumpfes. Das Stück Holz, das er dazu benutzte, tauchte ein und ließ ihn erkennen, dass der Grund wenigstens zwei Meter unter ihnen lag.

In der zähflüssigen Brühe gestaltete sich das Rudern äußerst beschwerlich. Alle paddelten angestrengt durch »Omas Linseneintopf«, wie Jan witzelte, wobei Losting und Borns Ungeschicklichkeit im Umgang mit den provisorischen Paddelhölzern sie zunächst behinderte. Aber sie lernten schnell. Und so dauerte es nicht lange, bis sie eine beträchtliche Distanz zwischen sich und das »Ufer« gelegt hatten. Über ihnen wölbte sich Dunkelheit. Es war, als ruderten sie lautlos durch eine unvorstellbar große, finstere Kathedrale. Die Vegetation, die rings um sie auf den kleinen, trockenen »Eilanden« und den Stämmen toter oder lebender Bäume wucherte, war dicht, denn hier galt nicht das Bestreben nach Freiheit, da keines der Gewächse der Sonne entgegenstrebte.

»Wo ist der Baum, an dem wir heruntergeklettert sind?«, spähte Kimi in die Richtung zurück, aus der sie gekommen waren. Aber aus der Entfernung sahen die Wurzeln sämtlich fast identisch aus, da das ungewisse Licht der phosphoreszierenden, schwach glimmenden Pilze nicht weit reichte.

Und dann sah sie das »Ding« und wusste, an welchem Stamm sie in diese unwirkliche Hölle eingestiegen waren und wie eine Silberglitsche aussah!

Sie schrie.

Als das Monstrum den Sockel der Baumstütze erreichte, hielt es inne - wenigstens sein Vorderteil stoppte. Der Rest reichte noch eine gute Strecke den Baum hinauf und in die Schwärze dahinter - niemand wusste, wie weit... Sein Körper war etwa ein Fünftel so dick wie der Säulenbaum selbst. Die Glitsche glich einem lebenden Wald - an ihrem zylindrischen Körper saßen Tausende, unabhängig voneinander zuckender und tastender, Fäden, die wie poliertes Antimon [1] aussahen. Der

kugelige Schädel glich einer aufgedunsenen Schreckens-
maske, einer abartigen Physiognomie des Grauens.
Zahlreiche pulsierende Mäuler öffneten und schlossen sich im
Wechsel, blitzende Zähne sprossen nach allen Richtungen;
Tentakel wuchsen scheinbar planlos um die gierigen Mäuler,
und die ganze horrorträchtige Visage war buchstäblich mit
schwarzen, »pockennarbigen« Flecken überzogen, die -
mutmaßlich - Augen sein mochten. Das Scheusal gab sanft
miauende Laute von sich, welche in perversem Kontrast zu
dem grässlichen Äußeren standen. Nach einigen Minuten
gingen sie in ein hohes Pfeifen über, das Cohoma und Logan
eisige Schauer über den Rücken jagte. Der Kopf alleine
streckte sich viele Meter über das Wasser. Langsam schwang
er, wie das Vorderteil einer Schmetterlingsraupe auf der
Suche nach dem nächsten Blatt, hin und her, als
beschnuppere er die Wasseroberfläche.
Dann hob sich der Kugelkopf. Und wenn auch jene schwarzen
Punkte nach allen Richtungen wiesen, war Cohoma doch
zumute, als starrten sie ihn direkt an, fanden ihre entronnene
Beute.

»Oh, mein Gott, mein Gott«, stöhnte Logan. »Es hat uns
gesehen.«

»Nicht so..., nicht so«, jammerte Cohoma.

»Bleibt ruhig und - wie nennt ihr es..? - paddelt!«, stieß Born
zwischen zusammengebissenen Zähnen hervor, obwohl er
ebenso verängstigt war wie die Riesen.
Schweiß tropfte ihm von der Stirn. Sie hatten sich weit vom
Ufer entfernt, ihr Floß schwamm mitten im Wasser. Die
Silberglitsche hatte sie bis in die Hölle verfolgt. Born fühlte,
dass das Monstrum nicht zulassen wollte, dass ihm seine
Opfer entkamen. Es reckte sich nach ihnen, heulte laut. Noch
mehr von jenem scheinbar endlosen Körper »floss« an dem
Säulenstamm hinab, und noch war kein Ende abzusehen..!

Immer weiter streckte sich das Ungeheuer nach links, tastete nach dem nächsten größeren Gewächs.

Born sah verzweifelt, dass es sie bald, ohne das Wasser berühren zu müssen, vom Floß würde holen können.

Losting bemerkte es auch. Die Jäger suchten händeringend nach einer Spalte, einem Ritz im Sockel eines der riesigen Stämme, in welchem sie sich eventuell verstecken konnten, obwohl die Kräfte der Silberglitsche groß genug waren, selbst jene mächtigen Stämme auseinanderzureißen, um sie, aus jedem Winkel dieser Welt, herauspflücken und verspeisen zu können.

Plötzlich war hinter ihnen ein gewaltiges Rauschen zu hören, und im selben Moment schoss die schlammige Brühe in die Höhe, spie ein kolossales, schemenhaftes Wesen aus, das so ungeheuer groß war, dass es jede Vorstellung überstieg. Dieses »Geschöpf« erfüllte das ganze weite Becken offenen Wassers, welches sie gerade noch überquert hatten. Das »Schlammungeheuer« ignorierte sie ebenso, wie Born ein Blatt ignorieren würde, das ihm im Wald auf den Kopf fiel. Sie waren zu winzig, als dass man sie zur Kenntnis nahm. Lange, vielgliedrige Beine mit Klauen, so groß wie kleine Bäume, schossen hervor und klammerten sich um die Silberglitsche. Ein Auge, so groß wie der Skimmer der Riesen, blitzte einen Moment lang zwischen jenen krallenbewehrten Beinen auf. Was sie von seinem Leib sehen konnten, dort, wo er aus dem Wasser herausragte, war ein grotesker Zwitter aus Geheiligtem und Profanem, denn der Körper war mit Pseudo-Juwelen überkrustet: »Smaragden« und »Saphiren«, »Topasen«, »Turmalinen« - angeordnet in miteinander verwobenen Mustern natürlicher Lumineszenz. Es war überwältigend schön, erschreckend und ekelhaft zugleich.

Sie stürzten in die torfbraune Suppe und hielten sich notdürftig an den orangenen Stämmen und den grauen Bändern fest, als das Floß, wie eine Streichholzschachtel, von der Wut der kämpfenden Titanen hin und her geschleudert wurde.

Born konnte natürlich nicht schwimmen und versuchte sich vorzustellen, wie es wohl wäre, wenn man Wasser atmete. Er entschied, dass es da wohl noch vorzuziehen wäre, aufgefressen zu werden.

Eine endlos scheinende Zeitspanne später hörte das Gischten endlich auf.

Als Born den Kopf wieder heben konnte, war das Erste, was er sah, Ru'Umahum und Ge'Eliwan, die Seite an Seite am hinteren Ende des Floßes standen. Die Pelziger starrten ins Wasser.

Born stemmte sich mühsam hoch.

Hinter ihnen war jetzt nichts mehr, nur Schweigen. Schweigen und die weit entfernten, leuchtenden Silhouetten von Pilzen und Moosen im Schein ihres eigenen kalten, von innen kommenden Lichtes. Und in der Ferne ein leises, gluckerndes Geräusch, wie von einem Kind, das ins Wasser bläst. Von der Silberglitsche und der Ausgeburt der Hölle, die aus den Tiefen emporgestiegen war, um ihr zu begegnen, war keine Spur mehr zu sehen.

Logan setzte sich auf, psychisch und physisch erschöpft. Sie wischte sich das nasse Haar aus den Augen und versuchte, mit wenig Erfolg, ihren rasenden Puls zu beruhigen.

Born betrachtete sie eine Weile, fand dann sein Stück Holz an der Stelle, wo er es zwischen zwei Stämme geklemmt hatte, und fuhr fort zu paddeln.

»Wohin, Jancohoma?«

Er bekam keine Antwort.

»Jancohoma, wohin?«, wiederholte er lauter.

Cohoma zog den Kompass hervor, aber der Riese zitterte für die empfindliche Magnetnadel zu arg. Er stabilisierte darum mit seiner Linken das rechte Handgelenk und starrte auf die Leuchtskala. »Du solltest uns..., Du solltest Dich hier etwas nach rechts halten, Born. Ein wenig mehr noch... - ja, so ist es gut...« Ihm versagte die Stimme. Er räusperte sich.

Sie zwangen sich dazu, nicht an das zu denken, über was sie jetzt, in diesem Augenblick möglicherweise, gerade hinwegruderten; an das, was eine Berührung des Paddels vielleicht wecken könnte... Indes - sie waren auch fast zu erschöpft, um sich darüber noch Gedanken zu machen.

Logan lehnte sich zurück, stützte sich auf die stinkenden Stämme und starrte in das winzige Universum hinauf, welches aus glühenden, pilzähnlichen Gewächsen bestand, die an der Unterseite eines größeren Astes hoch über ihnen wuchsen - von oben nach unten wuchsen...
»Man möchte gar nicht glauben, dass die Hölle so märchenhaft schön sein kann.«
Dann veränderte sich ihr Gesichtsausdruck, und sie sah sich nach Cohoma um. Er saß hinter ihr, den Kopf zwischen den Armen, und zitterte.
»Jan, wenn wir einem anderen Boot begegnen, erkundigen wir uns beim Steuermann nach dem Kurs, selbst wenn er einen dreiköpfigen Hund bei sich hat.« [2]

»Ich mag keine Hunde...«, erwiderte Cohoma ausdruckslos. Seiner Stimme nach zu schließen, hätte man fast glauben können, dass er ihren Scherz ernst nahm.

Es gab keinen Sonnenaufgang, der dem winzigen Grüppchen von Menschen und Pelzigern Frieden brachte, die auf dem orangeroten Floß zwischen den gigantischen hölzernen Türmen dahinzogen; unter einem schwarzen Himmel, an dem Pseudosterne glitzerten.
Am Morgen des folgenden Tages oder dem, was der Morgen hätte sein sollen, wurden sie im Laufe einer Viertelstunde zweimal angegriffen. Sie sahen nichts, bis der Angriff kam.

Glücklicherweise war keines der beiden Fabelwesen größer als ein Mensch. Sie begegneten nichts, dessen Ausmaß auch nur annähernd dem des juwelengepanzerten Kolosses glich, welcher die Silberglitsche verschlungen hatte. Der erste Überfall kam aus der Luft, in Gestalt eines vierflügeligen, libellenähnlichen Fluggeschöpfes, dessen langgezogenes Maul mit nadelspitzen Zähnen gespickt war. Lautlos stürzte es sich zwischen den weitgespannten Wurzeln eines mächtigen Baumes auf sie herunter. Riesige Facettenaugen glommen im Widerschein ihrer fauchenden Fackeln.

Losting hatte noch genug Zeit, eine Warnung auszurufen. Beim ersten Anflug verfehlte sie das Tier und musste umkehren, wobei es wie ein alter Mann beim Treppensteigen keuchte. Beim zweiten Anflug hatten die beiden Jäger ihre Bläser bereit. Aber sie bekamen keine Gelegenheit, sie einzusetzen. Ru'Umahum richtete sich auf seinen Hinterbeinen empor und schlug die mächtigen Vordertatzen zusammen. Sie erwischten eine Schwinge des Flugungeheuers, das kreischte und hart auf das Floß prallte. Die scharfen Kiefer schnappten blindlings, bis Ge'Eliwan dem »Maxi-Insekt«, mit einem einzigen Schlag seiner klauenbewehrten Tatze, den Schädel zerschmetterte.

Kaum hatten sie den Kadaver über Bord, als die Skurrilität einer »Ananas« mit sechzehn langen, dünnen Beinen an Deck zu kriechen versuchte. Ihre Äxte schmetterten auf die tastenden Glieder herunter, bis der verstümmelte Räuber wieder in das schlammige Fluidum zurücksank.

»Lichter können andere Angehörige derselben Spezies zum Zwecke der Paarung anlocken«, überlegte Kimi, »so wie das bei gewissen Tiefseefischen auf Terra und Repler der Fall ist. Es kann aber auch Raubtiere anlocken. Born, Losting, ich würde vorschlagen die Fackeln zu löschen.«

Die Jäger blickten sie zweifelnd an. Ein Mann, der ohne Licht in der Waldwelt alleine ist, hat keine Chance, seinen Feind zu

218

erkennen, aber Logan und Cohoma konnten sie überzeugen. Widerstrebend entfernten sie die schützenden Blätter und tauchten die Fackeln ins Wasser. Doch sie bereiteten zwei frische vor, falls sie gebraucht werden sollten.

Sie benötigten sie nicht...

Jetzt, da die Fackeln nicht mehr brannten, passten ihre Augen sich dem schummrigen Licht an, das von dem schimmernden Leben rings um sie ausging. Davon gab es immer noch genug, um sich zwischen den Baumstämmen zu orientieren, welche die Welt über ihnen stützten.

Und tatsächlich - sie wurden nicht wieder angegriffen.

Sie waren seit einigen Stunden auf dem Floß unterwegs, als Born feststellte, dass er Durst hatte. Er kniete nieder und beugte den Kopf über das düstere Wasser.

»Warte, Born!«, schrie Logan. »Hochwahrscheinlich ist es ungenießbar!«

Die Mühe hätte sie sich sparen können. Born rümpfte die Nase, als ihm der widerliche Geruch entgegenschlug. Er hatte kein Studium absolviert, wusste nichts über Biochemie. Aber seine Nase reichte aus, ihm zu sagen, dass die Brühe, in der sie schwammen, nicht zum Trinken geeignet war. Und das teilte er den anderen mit.

»Eigentlich kein Wunder«, meinte Cohoma. Sein Blick wanderte nach oben. »In diesem Sumpf muss es eine astronomische Zahl Bakterien geben. Wenn man bedenkt, wie viele Tonnen bereits in Verwesung begriffener toter Tiere und Pflanzen Tag für Tag auf jeden Quadratkilometer der Planetenoberfläche herabprasseln...; plus die erstickende Hitze hier unten.« Er wischte sich über die Stirn. »Und der tägliche Regen. Man kann sich gut vorstellen, dass diese Welt auf einem Meer aus verflüssigtem Torf und Kompost schwimmt, dessen Tiefe der Kosmos alleine kennt!«

»Offensichtlich können diese Bäume, trotz ihres immensen Wasserhaushaltes, nicht den ganzen Regen aufsaugen«, meinte Logan nachdenklich. Sie lehnte sich auf dem Floß zurück und starrte den Stamm an, an dem sie gerade vorbeizogen. Sein Durchmesser war geringfügig kleiner als der eines interstellaren Frachters.

»Ich möchte wissen, wie diese Stämme das Wasser aus dem Boden ziehen und es mit Kapillarkraft nach oben pumpen...«

»Ich habe keine Lust, mit diesem Ding an der Station vorbei zu paddeln. Wir sollten wieder hinaufsteigen«, meinte Cohoma. »Die Richtung kennen wir ja, aber wir haben keine Ahnung, welche Strecke wir jeden Tag zurücklegen.«

»Born und Losting wissen, wie man Entfernungen abschätzt.«

Cohoma lächelte. »Sicher - oben zwischen den Bäumen... Aber nicht hier.«

Er wies auf das Floß und wandte sich dann an Born. »Was meinst Du? Hätten wir oben keine besseren Chancen als hier unten? Ich meine, solange wir uns nicht wieder den falschen Schlupfwinkel aussuchen, wenn uns nach einem Nickerchen zumute ist!«

»Ich suche schon die ganze Zeit nach einem geeigneten Weg nach oben«, antwortete Born. »Wir müssen bald wieder in die Welt zurückkehren. Seht ihr..?« Er deutete nach vorne, während Losting grimmig weiterruderte und die Mammutwurzeln und Stämme nach einer weniger steilen Stelle absuchte, auf dem sich auch die Riesen bewegen konnten. Born bohrte seine Ferse in das »Holz« des Floßes. Eine flache Furche zeigte sich. Dann hob er das Bein und stieß mit der Ferse in die entstandene Rinne. Sein Fuß verschwand bis zum Knöchel in orangefarbenem Brei. Als er ihn wieder herauszog, quoll eine bräunlich-gelbe Masse aus dem Loch.

Die entstandene Schadstelle füllte sich indes nicht bis zum Rand – noch schwamm ihr Vehikel.

»Was hast Du da vorhin über Bakterien und ihre zersetzende Wirkung geäußert, Jan?«, sinnierte Logan. Sie blickte auf die langsam vorüberziehende schimmernde Traumlandschaft hinaus.
»Born hat recht; wenn wir nicht bald einen Landeplatz finden, löst sich dieses Floß unter uns auf!«

Das schleimige Fluid schwappte bereits um ihre Knöchel, als Losting schließlich eine geeignete »Treppe« nach oben fand. Eine mächtige, mangrovenähnliche Seitenwurzel, die fast horizontal ins Wasser hinausstach, bildete eine Art hölzernen Landungssteg. Anstatt nämlich senkrecht hundert Meter himmelwärts zu steigen, bog sich die Wurzel elegant zu ihrem Zentralstamm.
Sie paddelten das zerbrechliche Floß an das Ufer aus Hartholz. Keine Minute zu früh, denn statt Widerstand zu leisten oder zu zersplittern, zerbrach das vordere Fünftel des Floßes einfach bei der ersten Berührung. Als sie sich die Überreste näher ansahen, erkannten sie, dass es sie höchstens noch einen Kilometer weit getragen hätte. Fast alle Stämme waren wenigstens zur Hälfte verfault. Noch beunruhigender jedoch war die Tatsache, dass der größte Teil der grauen Schlingpflanzen, die Born gefunden hatte, völlig aufgelöst waren. Wären sie noch länger auf dem Floß geblieben, so hätte sich dieses einfach unter ihnen in seine Bestandteile aufgelöst.

Als sie auf der Wurzel standen, stellten sie fest, dass es an ihr eine Vielzahl von Vorsprüngen und Knubbeln gab, die ihnen das Klettern erleichterten. Trotzdem würde der Aufstieg wesentlich schwieriger werden als ihr fluchtartiger Abstieg.

Cohoma verlieh nicht nur seinen eigenen, sondern auch Logans Gefühlen Ausdruck: »Das sollen wir besteigen?!«

»Wie willst Du sonst wieder hinaufkommen? Willst Du fliegen?«, spöttelte Born. »Ich fürchte, wir haben keine andere Wahl. Losting und ich gehen voraus und suchen den leichtesten Weg, den selbst ein Kind bewältigen könnte. Ihr folgt uns.«

Er wandte sich zu den Pelzigern um. Ge'Eliwan gähnte lautstark, als er befahl: »Folgt den Freunden dicht hinter ihnen. Lasst sie nicht fallen«.

»Verstehe«, schnaubte Ru'Umahum. »Dicht folgen. Werde aufpassen.« Der massige Schädel drehte sich ein letztes Mal nach hinten, wie, um sich das Bild des Schlammsees für den Rest seines Lebens einzuprägen. Seine elfenbeinernen Hauer schimmerten in der nebelhaften Phosphoreszenz, die sie umgab. »Gehen jetzt. Etwas kommt.«

Wenn Logan oder Cohoma noch daran gedacht hätten, mit Born zu lamentieren, um womöglich nach einem anderen, vielleicht weniger steilen Baumstamm zu verlangen, reichte Ru'Umahums kurze Warnung, um sie hastig nach oben zu scheuchen.

»Seit wir unsere Fackeln gelöscht haben, hat man uns in Ruhe gelassen«, stöhnte Logan. »Warum sollte uns jetzt etwas angreifen? Ich dachte, wir wären ziemlich unauffällig geworden.«

»Eure Augen haben sich an das hier herrschende Licht gewöhnt«, rief Born zurück. »Betrachtet euch doch selbst.«

Logan blickte an sich herab – ihr Atem stockte dabei. Sie flackerte wie tausend winzige Laser. Beine, Füße, Rumpf - alles glitzerte in seinem eigenen Licht; purpurn und gelb. Sie streckte die Hände vor sich aus und sah, wie das Licht auch ihre Arme einhüllte. Dann spürte sie ein schwaches, an die Berührung einer Feder erinnerndes Prickeln, das sich über ihr Gesicht ausbreitete, und wischte beunruhigt über Augen,

Nase und Mund. Aber die federleichte Berührung blieb unverändert. Sie unterdrückte ihren Schrecken. Born leuchtete jetzt auch, ebenso Losting.

Sie sah, wie Jan sie anstarrte. Sein elektrifiziertes Gesicht war ein Spiegel ihres eigenen. Und hinter ihnen glommen Ru'Umahum und Ge'Eliwan rot, gelblich und purpurviolett.

In der Ferne hinter ihnen war ein grollendes Murren zu hören, das ihnen eisige Schauer über den Rücken jagte.

Sie beeilten sich.

Vom technischen Standpunkt aus, war die Kletterpartie gar nicht schwierig, nur anstrengend und riskant. Nach einer Weile meinte Logan, sie wären schon seit Tagen gekraxelt, wo es in Wirklichkeit doch »nur« Stunden waren.

Irgendwann begann es dunkler zu werden, weil die phosphoreszierenden Pilze, Moose und Flechten immer spärlicher wuchsen. Ein weiteres Dutzend Meter, und das erste dünne Licht von oben drang zu ihnen durch; zuerst schwach und dämmrig, wie die Vorboten eines beginnenden Tages. Gleichzeitig verschwand ihre eigene leuchtende »Patina«, mit welcher die Unterwelt sie »galvanisiert« hatte.

Logan blieb lange genug stehen, um ihre schimmernden Handflächen zu beobachten. Die ätherisch anmutenden Lichter bewegten sich, flossen und begannen schließlich in einer Wolke von ihrer Haut zu verblassen. Winzige, unglaublich winzige fliegende Geschöpfe, die Lichtpunkte hinterließen.

Das Grollen unter ihnen war ebenfalls verstummt, aber es war kein Wunder, dass sie eine Weile verfolgt worden waren. Die Myriaden Glühinsekten, welche sich um sie gesammelt hatten, mussten die sich bewegenden Gestalten von Menschen und Pelzigern in der Finsternis zu glimmenden Silhouetten verwandelt haben; flackernde Fanale, Leuchtfeuern gleich, die lichtempfindliche Räuber anlockten.

Wieder eine symbiotische Verbindung, überlegte sie. Diese Welt bot Hunderte und Aberhunderte von solchen Wechselbeziehungen - an den unmöglichsten, unerwartetsten

Orten. Jetzt stiegen sie durch immer dichtere Gewächse; nicht mehr Pilze, sondern die ersten Vorläufer wirklicher Pflanzen. Die auftauchenden, schwachen Umrisse, die im Licht der Sonne sichtbar wurden, erschienen wie eine Antwort auf ihre Gebete.

Anfangs kletterten sie an den Luftwurzeln empor, die von den größeren, parasitischen Bäumen und Lianen herunterhingen; dann an den Wurzeln kleinerer Epiphyten und Büsche. Schließlich erreichten sie die ersten Blätter - riesige Scheiben mit dem ersehnten grünen Schimmer des ihnen vertrauten Lebens.

Manche waren fünf oder sechs Meter breit, so konstruiert, dass sie auch den geringsten Lichtschimmer der Sonne auffingen. Hier gediehen immer noch Pilze, aber solche von freundlicherer, weniger bedrohlich wirkender Monstrosität - nicht wie die alptraumhaften Kolosse der Siebenten Etage. Gigantische Farne, Efeu und nicht klassifizierbare Bryophyten verdrängten die leuchtenden Pflanzen.

»Bitte, lasst uns hier Rast machen«, bettelte Cohoma erschöpft und ließ sich auf einer breiten Schlingpflanze nieder, die von diamantenem Efeu überzogen war. »Eine Minute bitte, nur eine Minute.«

Logan sank neben ihm nieder.
Born warf einen fragenden Blick auf Ru'Umahum.

Der Pelziger blickte sich um, die Muschelohren nach vorne gestreckt, und lauschte. »Kein Verfolger. Gefahr weg.«

Nach einer Zeit, die Cohoma wie Sekunden vorkam, zog Born prüfend an einer herunterhängenden Wurzel. Sie leistete Widerstand und schon zog er sich an dem schraubenförmigen Gewächs nach oben. Losting folgte hinter ihm, sein Bläser schlug ihm gegen die Hüften.

Cohoma sah seine Partnerin an, murmelte etwas, das Born nicht verstanden hätte, und schickte sich an, den beiden

Jägern zu folgen. Logan seufzte tief, stand auf und versuchte sich zu strecken. Aber das führte nur zu Muskelschmerzen. Sie packte die Wurzel und begann zu klettern.

Ru'Umahum und Ge'Eliwan wählten sich ihren eigenen Weg. Weitere Stunden harten Aufstiegs führten sie in eine Art nebligen Zwielichts, wo man endlich sehen konnte, ohne die Augen überanstrengen zu müssen. Diesmal war es Logan, die erklärte, keinen Schritt mehr tun zu können. Born und Losting berieten, während die beiden Bleichriesen in einem Bett rechteckiger Blätter niedersanken, die so dick waren, dass sie wie kleine Schachteln wirkten.

»Also gut«, erklärte Born, »wir verbringen hier die Nacht.«

»Die Nacht?«, wunderte sich Cohoma. »Aber als die Silberglitsche uns aus dem Baum vertrieb, war es doch schon Nacht.«

»Ihr müsst lernen, das Licht zu lesen«, meinte Born. »Die Sonne hat ihren Höchststand überwunden und neigt sich dem Abend zu. Wir haben den Rest jener Nacht unterwegs verbracht und sind den darauffolgenden Tag geflohen. Es ist nur mehr wenig Zeit, ein Feuer und eine Unterkunft vorzubereiten.«

»Augenblick. Woher weißt Du denn, dass die Sonne untergeht und nicht auf?«

Born deutete mit einer weit umfassenden Handbewegung auf den Wald, der sie umgab. »Das kann man emfatieren.«

»Schon gut«, murrte Cohoma. »Ich will es Dir glauben, Born.« Sein Ausdruck wechselte. »Wirst Du mit Losting auf die Jagd gehen, oder müssen wir wieder das Schuhleder kauen, das ihr ›Trockenfleisch‹ nennt?«

Born nahm die Axt vom Gürtel. »Keine Zeit zum Jagen, es sei denn, ihr zieht frisches Fleisch einem Unterschlupf vor?«

»Nein, danke«, mischte Kimi sich ein. »Ich ziehe es vor, trocken zu bleiben - habt ihr genug Zeit?«

»Hier gibt es genügend tote Äste und sterbende Blätter«, erklärte Born. »Und wir sind so tief in der Welt, dass das Tropfwasser erst spät des Nachts hierher durchdringt. Außerdem ist die Sechste Etage uns nur wenig vertraut. Einige der Waldgewächse kennen wir, andere nicht. Das gleiche gilt für die Geräusche und vermutlich auch das, was die Geräusche erzeugt. Der Abend ist keine gute Zeit, seine Umgebung zu erforschen.«

»Wir essen das, was wir mitgebracht haben«, beschloss Losting jede weitere Debatte. »Morgen können wir in die Dritte Etage klettern und jagen und Früchte und Nüsse suchen. Seid jetzt mit dem zufrieden, was ihr habt.«

»Hör zu«, erklärte Cohoma, »Du sollst nicht denken, dass ich mich beklagen wollte.« Er erinnerte sich daran, dass es Borns Unvorsichtigkeit und Neugierde - und nicht der Lostings - zuzuschreiben war, dass sie sich hier befanden. »Dieser dauernde Wechsel unserer Diät hat mein Innenleben durcheinandergebracht.«

»Du bist da viel zu empfindlich..! Übrigens, glaubst Du, dass es für uns ein Festmahl ist?«, erinnerte ihn Born und entfernte sich mit Losting, um weitere von den tellerähnlichen grünen Scheiben zu suchen, die Anzeichen einer Krankheit zeigten.

Cohoma lehnte sich zurück, bis die beiden Jäger hinter dem Blattwerk der »grünen Mauer« verschwunden waren. Dann rollte er sich herum und sah Logan zu, die mit dem Kompass beschäftigt war. »Sind wir noch auf Kurs?«

Sie zuckte die Achseln. »Soweit ich das sagen kann, schon, Jan. Weißt Du, das, was Du vorhin gesagt hast, stimmt natürlich. Wir müssen die Station genau treffen..! Es gibt drei Möglichkeiten, sie zu verpassen - indem wir unter ihr durchziehen, zu weit rechts oder zu weit links orientiert sind...«

Er zupfte an dem Blatt, auf dem sie saßen. »Ich wünschte, wir hätten den Umweg über die Oberfläche nicht zu machen brauchen, verdammt.«

»War nicht zu vermeiden! Was ist los, Jan, findest Du es nicht faszinierend, ja geradezu spannend, ein Abenteuer..?«

»Faszinierend..? Spannend und abenteuerlich..?!« Er lachte schrill. »Es ist eine Sache, fremdartige Gewächse von einem Skimmer aus zu studieren, wenn man eine Laserkanone an Bord hat - eine andere, lebendig aufgefressen zu werden. Das ist ein Erlebnis, auf das ich verzichten kann.«

»Wir werden bald Probleme bekommen, weißt Du.«

»Oh, Du steckst voller Überraschungen, Kimi, wirklich.«

»Ernsthaft. Wenn wir nicht riskieren wollen, die Station zu verfehlen, müssen wir unsere Freunde davon überzeugen, dass es notwendig ist, in der Nähe der Baumwipfel zu reisen. Und da sie, seit unserer kleinen Floßfahrt, ihren Sinn für Entfernungen verloren haben, ist es dafür sogar ›höchste Eisenbahn‹..!«

»Hmm... Stimmt, stimmt..., die Station ist ziemlich weit oben im Blätterdach errichtet worden - was sich zwangsweise so ergeben hat.«

»Und Born, sowie auch all seine Leute«, fuhr sie fort, »haben eine Heidenangst vor dem offenen Himmel. Wenn auch nicht die gleiche wie vor der Oberfläche.« Sie blickte nachdenklich drein. »Wo wir das jetzt überlebt haben, sind sie vielleicht etwas weniger ängstlich, höher zu steigen. Denk daran, er weiß nicht, dass die Station oben in der Ersten Etage liegt. Inzwischen haben wir ihn vermutlich wenigstens teilweise davon überzeugt, dass wir von einer anderen Welt als der seinen kommen. Ich glaube, das kann er sich eher vorstellen, als dass wir freiwillig in seiner ›Oberen Hölle‹ leben.«

Cohoma schüttelte den Kopf. »Ich wünschte mir immer noch, ich wüsste, was diese ›Emfatier-Geschichte‹ bedeuten soll. Das muss so eine Art Verehrung des Unterholzes, respektive des ihnen bewohnbaren Waldes sein.«

Logan nickte. »Überrascht es Dich, dass sie sich irgendeine übernatürliche Stütze gesucht haben? Der Grund ihrer Welt ist die Hölle und ebenso das Dach. Da sind sie hübsch dazwischen eingezwängt, ohne Ausweg. Also ist es doch naheliegend, dass sie sich irgendeinen Halt gesucht und dann auch kreiert haben.
Eigentlich schade. Born, die Häuptlinge Sand und Joyla und ein paar andere haben eine Art Adel an sich.«

Cohoma gab einen prustenden Laut von sich und wälzte sich zur Seite. »Der größte Fehler, den ein objektiver Beobachter auf einer Welt wie dieser machen kann, wäre es, das Primitive zu romantisieren. Und im Falle dieser Leute stimmt das nicht einmal. Sie sind keine Primitiven im wahren Sinne, nur zurückgesunkene Abkömmlinge von Menschen, wie wir selbst es sind.«

»Sag mir, Jan«, grübelte sie, »ist es wirklich ein ›Rückschritt‹ oder ist es ein Fortschritt auf einem uns fremden Weg?«

»Hmm..? Was hast Du da gesagt?«

»Nichts..., ach, gar nichts... Ich bin nur müde.«

12 - Die größte Lichtung der Welt

Sie hatten ihre Mahlzeit aus zähen, getrockneten Früchten und noch zäherem Fleisch schon lange beendet, als Logan, die nicht einschlafen konnte, schließlich vor Born trat. Der Jäger saß nahe beim Feuer, den Rücken an den schnarchenden Ru'Umahum gelehnt. Losting schlief bereits seit einiger Zeit am anderen Ende des großen Unterstandes. Ihr Partner hatte sich etwas ungeschickt in seinen braunen Umhang gehüllt und träumte unruhig.

Es gab da eine wichtige Frage, die sie jetzt klären wollte.

»Sag mal, Born, glaubst Du und Deine Leute eigentlich an Gott?«

»Einen Gott oder Götter?«, fragte er präzisierend zurück. Jedenfalls hatte ihn die Frage nicht beleidigt, sondern eher interessiert.

»Nein, einen einzelnen Gott. *Den* GOTT. Eine allmächtige, alles überblickende Präsenz und Intelligenz, die sämtliche Angelegenheiten des Universums lenkt, plant und verantwortet.«

»Das würde bedeuten, dass es keinen freien Willen gibt, so wie Du es formulierst«, erwiderte Born und überraschte sie damit wieder einmal mit einer höchst unprimitiven Antwort.

»Das nehmen einige hin«, gab sie zu.

»*Ich* nehme davon gar nichts hin - und auch niemand von denen, die ich kenne«, erläuterte er ihr knapp. »Einen Gott, der die Menschen führt und leitet, die sich an ihn wenden und sich ihm anvertrauen, will ich gerne akzeptieren, aber keinen Gott, der den Willen der Menschen einzwängt, sie zu ›Ausführungsautomaten‹ seiner Selbst degradiert und deswegen dann natürlich auch für alles verantwortlich wäre.

Und handelte der Mensch selbstbestimmt, ist wiederum kein Gott für das zur Räson zu ziehen, was in der kausalen Folge der vom Einzelnen gesetzten Ursachen als Wirkung geschieht. Hingegen verlören ein Pantheon von *Göttern* schnell den Überblick in dieser Welt, in der viel zu viel passiert, als dass Über-Wesen, welche dies alles beobachteten, dafür zuständig benannt werden könnten. Ich muss Dich also enttäuschen, Kimilogan; in unserem Dorf existiert keine allgemeingültige Vorstellung von einem bestimmten Gott. Vielleicht ist ein solcher ursprünglich existierender Glaube im Zuge der Konfrontation mit dieser harten Welt auch nur verschüttet worden. Und Du sagst, dass es noch andere Welten gibt, die ebenso kompliziert sind, wie diese es ist?«

Damit wenigstens konnte sie jetzt zu Hansen gehen. Eigentlich schade. Die gläubige, ja bedingungslose Unterordnung gegenüber der Autorität eines einzigen Gottes würde ein festes System ethischer und moralischer Prämissen implizieren, auf das man gewisse Vorschläge und Regeln aufbauen könnte. Eine spirituelle Anarchie hingegen machte den Umgang mit primitiven Völkern viel schwieriger. Man konnte an keine höhere Instanz appellieren, die alles zusammenhielt. Nun, das war ein Problem für Hansen und die Xenosoziologen, welche die Gesellschaft damit beauftragen würde, sich um Borns Volk zu kümmern.

Sie wollte sich schon abwenden, zögerte dann aber. Wenn sie in Born wenigstens eine bestimmte Saat zu legen vermochte zum Glauben zu finden, respektive zurückzufinden, das heißt einen solchen in sein Dasein fest einzubauen... »Born, hast Du einmal darüber nachgedacht, dass wir auf dieser Reise ungewöhnliches Glück hatten?«

»Ich würde es nicht gerade ›Glück‹ nennen, im Baum einer Silberglitsche zu schlafen.«

»Aber wir sind ihr entkommen, Born, und dann gab es da ein Dutzend..., nein, einige Dutzend Fälle, in denen wir alle hätten getötet werden können. Und doch hat keiner auch nur die kleinste Verwundung erlitten, sieht man einmal von den üblichen Kratzern und Schrammen ab.«

Das machte ihn stutzig; so, wie sie es beabsichtigt hatte. Schließlich murmelte er:»Ich bin ein großer Jäger. Losting ist ein guter Jäger; Ru'Umahum und Ge'Eliwan sind klug und erfahren. Warum sollten wir also keinen Erfolg haben..?«

»Du hältst das nicht für seltsam, trotz der Tatsache, dass zuvor keiner Deiner Stammesgenossen sich je weiter als fünf Tagereisen vom Heim zu entfernen gewagt hätte?«

»Wir haben bis jetzt weder unser Ziel erreicht noch sind wir zurückgekehrt«, erwiderte er demütig.

»Das ist wohl richtig«, räumte Kimi ein und zog sich zu ihrer eigenen Schlafstelle zurück. »Du meinst also nicht, dies sei auf die Einschaltung eines lenkenden Wesens, wie zum Beispiel eines Gottes, zurückzuführen? Auf jemanden jedenfalls, der immer weiß, was gut für Dich ist, und der über Dich wacht?«

Born blickte ernst drein. »ES, oder ER, hat jedenfalls nicht über uns gewacht, als die Akadi kamen..! Aber ich werde darüber nachdenken.« Damit wandte Born sich von ihr ab.

Die ersten zarten Wurzeln eines spirituellen Pflänzchens hatten getrieben. Damit zufrieden, und auch mit dem, was Hansen dazu sagen würde, rollte sie sich in ihren Umhang und schloss die Augen.
Nicht, dass es auf der Station irgendwelche Missionare gegeben hätte, die ihr danken würden. Die Station war alles andere als eine von der Kirche gesegnete Unternehmung!
Das gleichmäßige Tröpfeln des Regens, welcher, via einige Millionen Blätter und Blüten, in diese Etage heruntersickerte

und auf das Dach ihres Unterstandes trommelte, wirkte wie ein Schlaflied, das seine Wirkung nicht verfehlte...

*

»Wir müssen in die Erste Etage hinauf, Born«, beharrte Logan am nächsten Tag.

Born schüttelte den Kopf. »Es ist zu gefährlich, so nahe am Himmel zu reisen.«

»Nein, nein«, insistierte sie verzweifelt. »Wir brauchen ja nicht den Kopf ins Freie zu strecken. Wir können gute fünfzig, sechzig Meter..., ähhm..., also eine halbe ›Etage‹«, übersetzte sie für ihn, »unter den obersten Zweigen der Baumkronen bleiben. Kein Himmelsdämon wird durch soviel Buschwerk vorstoßen, um uns zu fangen.«

»Die Erste Etage hat ihre eigenen Gefahren und Tücken«, entgegnete Born. »Die Bedrohlichkeiten sind kleiner als jene auf der Etage des Heims, aber schneller, schwerer zu finden und schwieriger zu töten, ehe sie zuschlagen.«

»Schau, Born«, versuchte Cohoma nachzulegen, »wir könnten die Station verfehlen, wenn wir nicht in genügender Höhe reisen. Sie ist, wie unser Flugboot, aus Materialien gebaut, die man einfach in den Wald hineingesenkt hat, aber nicht sehr tief. Wenn wir sie verfehlen und umkehren müssen, dann könnten wir durcheinandergeraten und die Richtung nicht finden. Auf die Weise würden wir vielleicht jahrelang in diesem Dschungel herumirren.«
Seine Worte unterstreichend, nahm er seinen Kompass, um ihn Born und Losting zu zeigen - im Bemühen, den beiden dessen Prinzip begreiflich demonstrieren zu können. »Seht ihr diesen Richtungsfinder, den wir haben? Wenn man einen Ort damit sucht, funktioniert er beim ersten Mal am besten. Bei

jedem weiteren Misserfolg wird er weniger nützlich - bis hin zur völligen Desorientierung.«

Schließlich gab Born nach, wie Logan das erwartet hatte. Ihr Anführer hatte eigentlich nur zwei Alternativen: Er konnte jetzt ihren Rat annehmen oder die Reise abbrechen. Und nach allem, was sie bisher gemeinsam durchgemacht hatten, glaubte sie nicht, dass er letzteres vorschlagen würde. Also zogen sie weiter aufwärts. Diesmal langsam, nicht in einem kräftezehrenden, fast senkrechten Aufstieg, sondern in einer sanften 20°-Diagonale. Auf diese Weise bewegten sie sich nicht nur nach oben, sondern auch nach vorwärts durch die Fünfte Etage, Vierte und die Dritte.

Sie fühlte der Einheimischen Widerstreben, die vertraute Umgebung zu verlassen und gegen jene die Gefahren und die Unsicherheit oberer Etagen einzutauschen. Kimi und Cohoma fühlten sich in der Waldwelt inzwischen so zu Hause, dass keiner der beiden Jäger versuchte, sie zu täuschen und ihnen vorzuflunkern, sie hätten bereits eine höhere Etage erreicht. Permanent ging es weiter nach oben, durch die Zweite Etage hindurch, wo das Licht der Sonne zu einem hellen Gelbgrün wurde und den größten Teil der Vegetation direkt erreichte - nicht nur mit Hilfe von Spiegelpflanzen; wo der Tag hell genug war, dass man hätte meinen können, sich in einem immergrünen Wald einer tropischen Klimazone auf Moth oder Terra zu befinden.

Logan und Cohoma begannen sich beständig wohler zu fühlen, während Born und Losting auffällig vorsichtiger wurden. Und dann hatten sie die Erste Etage selbst erreicht, kletterten inmitten einer Vielfalt grellbunter Blumen, die von einer schönheitstrunkenen Natur verschwenderisch mit Farben ausgestattet war. Kimi wusste, dass jeder der Botaniker der Station ein Jahr seines Lebens darum gegeben hätte, jetzt bei ihnen sein zu dürfen, waren sie doch bei ihren

233

normalen Arbeitseinsätzen gezwungen, ihre Erkenntnisse nur vom Skimmer aus zu sammeln.

Die Vorschriften der Firma waren, angesichts der feindlichen Natur dieser Welt, sehr eindeutig und rigoros. Botaniker waren teuer.

All die Grundschattierungen und Farben verschmolzen bei den exotischeren Blüten zu einem wahren Farben*rausch*. Logan ging an einer kastanienbraunen Blume vorbei, welche einen halben Meter durchmaß und deren Pigmentierung so intensiv war, dass sie an manchen Stellen fast purpurfarben wirkte. Die einzelnen Blüten hatten aquamarinblaue Streifen und entsprossen einem Bett aus goldmetallischen Blättern. Nicht, dass diese trunkenen Variationen sich auf die Farbe allein beschränkten. Nein... Eine Blüte hatte Blätter in Form ineinander verschlungener, mehrfacher Spiralen von Rosa und Türkis. Und dann gab es hier Blumen, die wie eine Phalanx von Spießen wuchsen; grüne Blüten an grünen Stielen, und grüne Zweige, an denen grüne Trauben hingen. Es gab Blumen in Blumen; Blumen, welche die Farbe von Rauchquarz hatten, Blumen mit durchsichtigen Blütenblättern, die nach Karamell dufteten. Und, ihnen an Glanz und evolutionärer Vielfalt gleich, gab es Legionen nichtpflanzlichen Lebens. Es kroch, hüpfte, glitt, summte und flog vor dem benommenen Blick der beiden Piloten herum wie fleischgewordene, süße Träume.

Born, ihr »Scout«, hatte absolut recht gehabt: Die Tiere waren hier kleiner und bewegten sich hurtiger; manche huschten so wieselflink an ihnen vorüber, dass man sie kaum wahrzunehmen vermochte. Jäger und Sammler würden hier viermal so hart arbeiten müssen, um die gleiche Menge an Nahrung zu erbeuten. Es gab einen gesteigerten natürlichen Wettbewerb und, wenn man den Jägern Glauben schenken wollte, auch erhebliche Gefahren.

Das erklärte, warum die Überlebenden des gescheiterten Auswandererschiffes es vorgezogen hatten, dieses luftige

Pseudo-Paradies gegen die weniger dem Wettbewerb ausgesetzten Regionen der Dritten und Vierten Etage einzutauschen.

Nachdem Logan die schrecklichen nächtlichen Stürme aus der vergleichsweisen Sicherheit der Station miterlebt hatte, vermutete sie, dass der Schutz, den die Tiefen vor gefährlichem Wetter boten, ein weiterer Faktor bei dieser Entscheidung gewesen sein mochten. Und dann gab es da noch den Lärm. Er war zuweilen fast ohrenbetäubend. In jener obersten Schicht der Welt schien der immense Geräuschpegel hauptsächlich von mächtigen Kolonien kleiner, sechsbeiniger Geschöpfe auszugehen, die etwa die Größe einer Hauskatze oder eines Marders hatten. Sie waren ungefähr vierzig bis fünfzig Zentimeter lang, schlank gebaut und bewegten sich mit ihren sechsklauigen Beinen blitzschnell durch die Zweige. Ihre hartgepanzerten Glieder setzten den mit Pelz bedeckten zylindrischen Körper fort, dessen Ende in einen langen, peitschenähnlichen Schweif auslief. Die Schnauze der Tiere erinnerte an die eines Aardvark [1]; darüber befanden sich drei Augen und dahinter ein flexibler Fleischkamm, der wahrscheinlich das Hörorgan beherbergte. Diese sechsbeinigen Kookaburras [2] waren sozusagen die »Spottdrosseln« der Ersten Etage. Sie konnten jede Art von Geräusch erzeugen, von einem gellenden Pfiff, bis hin zu einem schrillen Kichern. Ganze Scharen von ihnen begleiteten die kleine Gruppe, während diese sich ihren Weg durch die Schlingpflanzen bahnte, und »unterhielten« sie die ganze Zeit über mit ihrem nervtötenden Geschnatter.

Hin und wieder knurrte sie einer der Pelziger drohend an - dann rannten sie spornstreichs davon, nur um kurz darauf, wenn ihre Courage sich genügend gefestigt hatte, wieder zu erscheinen und ihre Streiche fortzusetzen. Allein Langeweile konnte sie vertreiben...

Weiters erwies sich noch ein zusätzlicher, natürlicher, Grund für das Leben in größerer Tiefe. Selbst hier, einige Dutzend

Meter unter den Wipfeln der Bäume, waren die Äste und Kabbls dünner, weniger straßenähnlich; die Schlingpflanzen, Lianen und sonstigen Gewächse filigraner.

Öfter, als ihnen recht war, mussten Logan und Cohoma ihre Arme anstatt ihrer Beine dazu gebrauchen, um von einem Ort an den nächsten zu gelangen. Als Born sie fragte, ob sie müde wären und vielleicht etwas tiefer unten weiterziehen wollten, wo der Weg angenehmer war, bissen beide die Zähne zusammen, wischten sich den Schweiß von der Stirn, der auch salzig in ihren Augen brannte und schüttelten den Kopf. Besser, hier alle Reserven zu vergeuden, als das Risiko eingehen, die Station zu verfehlen.

Auf diesem Weg setzten sie also beharrlich ihre Reise fort und stiegen nur gelegentlich herunter, wenn der Wald über ihnen zu licht und durchlässig wurde, um Schutz zu bieten; kletterten aber gleich wieder höher, sobald die Bäume sich erneut majestätisch in den Himmel reckten.

In jener Nacht regnete es früh. Zum ersten Mal seit dem Absturz ihres Skimmers wurden die beiden Riesen gründlich durchnässt, ehe die Jäger einen geeigneten Unterschlupf bauen konnten. Ohne Hunderte von Metern schützenden Laubwerks traf sie die ganze Wucht des nächtlichen Wolkenbruchs. Sie hatten ähnliche Gewitter in der Station erlebt und waren daher auf Umfang und Wut des Unwetters ansatzweise gefasst.

Der infernalische *Lärm* allerdings war es, der sie überraschte - dagegen war die Station hinreichend abgeschirmt.

Sie waren gute dreißig Meter tiefer gestiegen, in der Hoffnung, dort etwas Schutz zu finden. Doch selbst hier zitterte und dröhnte der Wald. In diesen Höhen gab es echten, zuweilen auch böigen, Wind - nicht den verlorenen, spielerischen Zephyr [3], den sie auf der Etage vom Heim erlebt hatten. Hier gab es auch keinen Schallschutz, um das Donnergetöse der niederschießenden Blitze fernzuhalten, welches - gleichsam als Kontrapunkt zu dem peitschenden Regen - ihre Sinne erschütterte.

Logan nieste und sagte sich, dass die ersten Kolonisten in der obersten Etage an Lungenentzündung hätten zugrunde gehen müssen, hätten sie nicht die Wahl getroffen, in etwas geschützteren Tiefen ihr Heim zu suchen.
Es war nur ein kurzer, kalter Hauch; die Feuchtigkeit und die dauernde Wärme machten es schwer, sich ernsthaft zu erkälten, wie sie das befürchtete. Aber als am nächsten Morgen die Sonne aufging, blieben beide Riesen bis auf die Haut durchnässt.
In den folgenden Tagen wurden sie von Born - Losting begnügte sich mit der Rolle des Zuschauers - »umgeschult«. Diese Welt, näher am Himmel, war so tödlich, wie Born es angedeutet hatte; nur war die Methode des Mordens in ihrer Effizienz der Subtilität der Ausführung angepasst.

Ohne Borns Rat und Schutz, der Hilfe Lostings und der Pelziger, wären die beiden Riesen binnen eines Tages tot gewesen. Die Gefahr, die sich Logan am deutlichsten einprägte, war eine hellgelbe Frucht. Sie hatte die Form einer Sanduhr und etwa die Größe einer Birne. Von ihren Blüten ging ein Duft aus, der an den, von Geißblatt im Frühling erinnerte. Die schwere Last der Früchte zog den epiphytischen Busch fast in die Tiefe. Born wies sie darauf hin, wie Tokkas und andere Obstfresser ihm gezielt aus dem Wege gingen.

»Bitterer Geschmack oder so..?«, mutmaßte Cohoma.

Born schüttelte den Kopf. »Nein, der Geschmack ist vorzüglich; das Fruchtfleisch ist, darüber hinaus, sehr nahrhaft und gibt dem müden Wanderer frische Kräfte. Das Problem liegt darin, die Frucht von ihren Samenkörnern zu trennen.«

»Das ist ein Problem bei fast allen Obstarten«, meinte Cohoma.

»Bei der Grüßerfrucht ist das besonders problematisch«, erklärte Born und pflückte eine vom Ast. Nachdem er die Pflanze eine Minute lang stumm angestarrt hatte, wie es nach außen wirkte, stellte Logan fest, dass er in Wirklichkeit wieder »emfatiert« hatte.

»Kein Tier dieser Welt hat das Problem lösen können«, fuhr der Jäger fort und drehte die hübsche, harmlos wirkende Frucht zwischen den Händen. »Nur die Menschen.«
Er suchte, bis er einen langen, dünnen Ast fand, der aus einem Busch in der Nähe wuchs. Born knickte ihn ab, spitzte ein Ende mit dem Messer zu und schob die Zinke in die Frucht - sorgfältig bemüht, die Mitte nicht zu durchbohren. Sodann legte er die aufgespießte Frucht auf einen Ast und benutzte sein Messer dazu, sie von dem Stock weg einzuschneiden. Nachdem dies geschehen, hob er den Ast hoch über den Kopf und begann die eingeschnittene Stelle kräftig gegen den Vorsprung eines kleinen Kabbl zu klopfen. Beim sechsten Klopfen gab es einen so lauten Knall, dass Logan und Cohoma sich unwillkürlich duckten.
Zu ihrer Linken war ein wildes Knurren zu hören. Ru'Umahum schob den Kopf durch einen Drahtbusch. Als er sah, dass niemand verletzt war, schnaubte er spöttisch ob des närrischen Gehabes seiner Begleiter und verschwand wieder. Born zog den Stock heraus und zeigte ihn den Riesen. Die ganze linke Seite der Frucht, wo er die Einschnitte gemacht hatte, war weggesprengt worden, als wäre in ihrem Inneren eine kleine Bombe platziert gewesen - was irgendwie auch genau den Tatsachen entsprach.

»So verbreitet die Grüßerpflanze ihren Samen«, erläuterte Born überflüssigerweise, brach Stücke der übriggebliebenen, unbeschädigten Frucht ab und reichte sie an die Riesen weiter. Logan schob sich das Stück Fruchtfleisch zögernd in den Mund; die Demonstration, deren Zeuge sie eben geworden war, hatte ihren Appetit nicht gerade gesteigert. Als freilich ihre Geschmacksknospen erst einmal angeregt waren, nahm sie den ganzen Bissen, rollte ihn im Munde herum und drückte den Saft heraus. Es schmeckte ausgezeichnet - süß und doch würzig, so ähnlich wie Grenadine und Limone.

»Was wird später aus dem Samen?«, fragte sie, als sie den letzten Tropfen ausgedrückt und das Fruchtfleisch verschluckt hatte.

Anstatt einer verbalen Antwort, zeigte ihnen Born die linke Seite des Parasitenbusches. Er inspizierte den Stamm des nächst stehenden Baumes und zeigte schließlich auf eine ganz bestimmte Stelle. Die beiden folgten seiner weisenden Hand. An dem Stamm war ein Dutzend kleiner Löcher zu sehen, die ein paar Zentimeter tief in das massive Holz gestanzt waren. Auf dem Grund eines jeden Loches konnten sie ein winziges, schwarzes Samenkorn mit sechs hervorstechenden Dornen erkennen. Jeder Same durchmaß vielleicht, die Dornen mitgerechnet, einen halben Zentimeter.
Born bohrte mit dem Messer einen davon heraus.

Schon wollte Logan neugierig danach greifen, als Born ihre Hand energisch beiseitestieß.
»Kimilogan, hast Du in all diesen Siebentagen gar nichts von der Welt gelernt?«

Sie und Cohoma studierten den winzigen Samen interessiert. Eine nähere Untersuchung ergab, dass die sechs Dornen rasiermesserscharf und mit mikroskopischen Widerhaken versehen waren.

»Ich verstehe«, schlussfolgerte Cohoma. »Die Samen schlagen in den Bäumen Wurzeln. Aber wie breiten sie sich aus? Trocknet, respektive dörrt, die Frucht so lange, bis der Innendruck sie abschleudert?«

»Das kann nicht sein, Jan«, wandte Logan ein. »Wenn die Frucht austrocknet, wo bleibt dann der Druck? Nein, es muss anders funktionieren...«

Born schüttelte den Kopf. »Die Grüßerpflanze schlägt keine Wurzeln. Wenn ein Tier, das alt oder krank ist, seine Urteilsfähigkeit verloren hat, kann der Hunger es dazu verleiten, einen Grüßer zu essen.«
Er setzte den Marsch fort.

Kimi blieb noch eine Weile stehen, inspizierte die Löcher in dem dicken Hartholz und folgte dem Jäger.

»Ein Tier versucht eine dieser Früchte zu essen, beißt durch das Fruchtfleisch, bis es die innere, unter Druck stehende Kapsel anknabbert - daraufhin bekommt es die ganze Ladung ins Gesicht«, meinte Cohoma mit grimmiger Miene. »Wenn es Glück hat, tötet es der Samen. Alternativ verblutet es wahrscheinlich. Inzwischen dient der Kadaver als Düngerbeet und Wurzelbasis.«

»Jan, die Pflanzen haben auf dieser Welt das perfekte Gleichgewicht mit den Tieren erreicht. Nein, ich muss mich wohl revidieren: Sie haben die Oberhand! Die Fauna ist, obwohl reichhaltig vertreten, relativ in der Minderzahl. Ich habe mich immer gefragt, wie es kam, dass Borns Vorfahren in so kurzer Zeit soviel Technologie verloren haben. Jetzt wundert mich das nicht mehr. Wie kann man gegen einen ganzen Wald kämpfen?«

∗∗∗

Die erlösende Entdeckung erfolgte einige Tage später und wurde mit dem üblichen Phlegma der Pelziger verkündet.
»Panta«, rief Ru'Umahum ihnen zu.
Die beiden Pelziger saßen am Ende eines langen, relativ freien Kabbls.

Borns Stimmung stieg. »Eine Panta ist ein großer, freiliegender Raum, eine Senke in der Welt. Es könnte gewiss ebenso...«, fügte er eilig hinzu, als er den Gesichtsausdruck der Riesen bemerkte, »...eine natürliche ›Panta‹ sein. Im Umkreis von zwei Tagereisen vom Heim gibt es ein halbes Dutzend davon.«
Um präzisierende Gewissheit zu erlangen, wandte er sich wieder an Ru'Umahum. »Wie groß..?«

»Riesig«, erwiderte der Pelziger mit leiser Stimme. »Und in der Mitte ein Ding aus Axtmetall, wie Himmelsboot.« Drei Augen starrten plötzlich Logan an.

Ohne zu wissen, weshalb, wandte sie sich ab und konzentrierte sich stattdessen auf Born.
»Die Station! Das muss sie sein, was sonst..!!«

»Dann haben wir es geschafft. Schnell.« Er begann den Kabbl hinunterzulaufen.

Diesmal war es Logan, die ihn zurückrief. »Nicht so hastig, Born. Vorsicht..! Es gibt Anlagen, ähnlich unserem Kompass, welche die Station vor gefährlichen Waldbewohnern und Himmelsdämonen schützen. Kein Geschöpf der Waldweit kann sie erreichen.«

»Auch keine Silberglitsche?«, zweifelte Losting unsicher.

»Nein, Losting, nicht einmal eine Silberglitsche.«

Der Jäger ließ sich nicht so leicht aus dem Konzept bringen. »Ist eure Station je von einer Silberglitsche angegriffen worden?«

Logan musste zugeben, dass dies nicht der Fall war, bestand aber darauf, dass selbst ein Ungeheuer wie eine Silberglitsche einem schweren Laser oder einem Explosivgeschoss nicht gewachsen wäre. Beide Jäger sahen geständig ein, dass sie keine blasse Ahnung davon hatten, was diese magischen Waffen waren.

Cohoma versicherte ihnen mit einem spitzbübischen, eher süffisant zu benennenden, Grinsen, welches er nur schwerlich zu unterdrücken vermochte, dass sie »giftiger« als Jacaridorne waren.

»Dann müssen die Dämonen eurer eigenen Welt um vieles größer sein als selbst jene unserer Hölle«, meinte Born, »wenn ihr solche Waffen benötigt..!«

»Das sind sie auch«, bestätigte Kimi, ohne sich die Mühe zu machen, ihm zu erklären, dass diese »Erz-Dämonen« zweibeinig waren. Außerdem gab es jetzt, da sie sich praktisch in Rufweite der Station befanden, ein Experiment, auf das sie schon die ganze Zeit gewartet hatte.
Kimi wies Ru'Umahum im Befehlston an. »So, jetzt bring uns zu der Panta!«

Der Pelziger musterte sie einen Augenblick kritisch, weil ihm dieses, auf einmal zur Schau getragene, Imponiergehabe widerstrebte, folgte aber dann, weil er wusste, dass jene, ihm gegebene, Anweisung mit dem Wunsche seines Menschen Born im Einklang stand. So machte er kehrt und trottete in das Grün vor ihnen.

Born schwieg. Vielleicht erkannte er die Bedeutung dieses kleinen Ereignisses nicht.
Logan und Cohoma aber lehrte es - vermeintlich -, dass die Pelziger auch den Befehlen anderer Menschen, nicht nur jenen aus Borns Stamm, gehorchten. Das würde sich vielleicht noch als sehr wichtig erweisen...

Noch ein paar Lianen, einige zwei Meter hohe Blätter, ein Dutzend Äste, die sie beiseiteschieben mussten und sie standen am Rande eines weiten Zirkels, der mit unzähligen Farbnuancen in Grün, Beige und Braun gepflastert war. Die

Basis, der mit »Panta« bezeichneten Lichtung bestand aus den Spitzen hunderter, ja tausender Bäume, Kabbls und Epiphyten, die abgeschnitten worden waren, um der Station einen schützenden »Burggraben« freien, übersehbaren Raumes zu liefern, in dem nichts Deckung finden konnte.

Im Zentrum des grünen »Amphitheaters« ruhte die Station auf den gekappten Kronen von drei Säulenbäumen, die dicht nebeneinanderstanden. Sie trugen das gesamte Gewicht der Anlage. Die Konstruktion bestand aus einem riesigen Metallbau, mit einer darüberliegenden, etwas abgeflachten Kuppel. Ganz oben erhob sich ein gläsern-durchsichtiger Dom. Ein breiter Balkon, geschützt durch hüfthohes Drahtgeflecht, umgab das Bauwerk ringförmig. Vom Mittelgebäude führte je ein überdachter Gang in alle vier Himmelsrichtungen zu Kuppeln aus Duralum.

Aus jedem dieser Türme ragte die stumpfe Mündung einer Laserkanone. Die voneinander unabhängig gesteuerten Kanonen konnten sich frei drehen, so dass jeweils drei von ihnen auf jeden beliebigen Punkt, bis zwanzig Meter vor der Basis, eingestellt werden konnten. Ein unbefangener Beobachter, der all diese Feuerkraft sah, hätte annehmen können, dass die bescheidene Forschungsstation eine Invasion aus dem sie umgebenden Wald erwartete. Tatsächlich waren diese Laserkanonen auch zum Schutz gegen *außerweltliche* Räuber gedacht.

Die »Himmelsdämonen«, um die sich die Insassen und Begründer der Station wirklich Sorgen machten, pflegten mit hoher Geschwindigkeit anzugreifen und - im Gegensatz zu der auf dieser Welt üblichen Fauna - über Intelligenz, schriftliche Befehle, Verordnungen und Gesetze zu verfügen. Und jene waren viel gefährlicher als die Zähne von Fleischfressern.

Auf halbem Wege zwischen dem Sockel der Station und der Spitze des abgeschnittenen Waldes umgab jeden Säulenbaumstamm eine Reihe miteinander verbundener Streben, die von dicken Stahltauen gehalten wurden. Durch diese Taue floss ein elektrischer Strom; kräftig genug, jeden neugierigen Carnivoren abzuhalten, der durch irgendein Wunder, oder von unten vordringend, den optisch gestützten Schutzvorrichtungen entkommen sein sollte.

Als das erklärt war, erkundigte sich Born, welchem Zweck die flache Metallscheibe diente, die zu ihrer Rechten angebracht war. Ein fünfter Laufgang, etwas größer als die anderen, führte von ihr zur Station. Die Scheibe ruhte auf einem kleineren Baum, dessen Stärke jedoch ausreichte, dieses geringere Gewicht zu tragen. Born erkannte das rechteckige Gebilde, welches auf dieser Plattform ruhte, nicht als einen größeren Vetter des Skimmers der Riesen. Das Landeboot unterschied sich in seiner Form hinreichend davon, um für beide Jäger unerklärlich zu bleiben, ebenso wie das Netz von Gittern und Antennen, welche aus den Seiten der Station und der Beobachtungskuppel an ihrer Spitze herausragten.
Hinter den Laserbatterien und den Laufgängen aus Metall, jenseits der doppelmaschigen Drahtgitter, lagen Wohnquartiere, Laboratorien, Verwaltungsbüros, ein Kommunikationszentrum, um das die Basis jeder Planet mit mehr als einer Million Einwohnern beneidet hätte, ein Skimmerhangar, Servicedocks, eine Energieanlage, sowie eine Vielfalt von Lager- und Aufenthaltsräumen zur Freizeitgestaltung.
Selbst jemand, der nur wenig interstellar reiste, hätte sofort erkannt, welchen ungewöhnlichen Aufwand man beim Bau dieser Station getrieben hatte.

»Jetzt geht's los...«, freute sich Logan diebisch.
Theoretisch war alles sorgfältig durchgecheckt, und es bestand keine Gefahr, dass irgendwelche automatischen Waffen sie zu Staub verwandelten, ehe sie gründlich überprüft worden waren. Theoretisch..!
Kimi hatte bis jetzt noch keine Gelegenheit gehabt, sich persönlich vom Funktionieren der Sicherheitsbarrieren zu überzeugen. Nun gut - gleich würde sie es wissen...

Sie wählte einen halb abgeschnittenen Kabbl, der in Richtung der Station führte, und trat aus dem Dschungel ins Freie. Sofort richteten sich zwei metallische Stummel auf sie. Sie hoffte, dass, wer auch immer im Augenblick am Computer Dienst hatte, jetzt nicht schläfrig war oder unter Drogen stand, beziehungsweise darauf erpicht, ein paar Zielübungen auszuführen.

Einige Augenblicke lang, die ihr wie eine Ewigkeit erschienen, geschah gar nichts. Sie winkte, fuchtelte mit beiden Händen in der Luft herum.

Cohoma wartete, während Born und Losting aufmerksam zum Himmel blickten und die Bläser bereithielten. Born beschäftigten in diesem Augenblick auch andere Gedanken. Der Halbtraum der Station der Riesen war Wirklichkeit!
Sie existierte wahrhaftig; saß ganz massiv hier vor ihm auf den Baumspitzen. Ob in ihr all die Wunder wohnten, welche man ihm versprochen hatte, würde sich bald zeigen. Für den Moment jedenfalls, solange sie allen möglichen Himmelsdämonen ausgesetzt waren, würde er lieber auf das Jacarigift, als auf irgendwelche Versprechungen bauen.

Man konnte erkennen, wie sich drüben Gestalten bewegten und langsam und vorsichtig auf sie zukamen. Als die Figuren sich näherten, blickte Logan zu Boden, dann wieder in die Höhe und sah, dass ein Weg, ohne Zweifel einer von vielen, über den Wald gelegt worden war. Gewiss war sie über die Existenz solcher Wege informiert - aber sie hatte sich jene nie gemerkt, da sie kaum je damit gerechnet hätte, einen solchen einmal benutzen zu müssen.
Die Gestalten, drei an der Zahl, trugen Handfeuerwaffen und waren mit denselben Khaki-Overalls bekleidet, die Cohoma und Logan ursprünglich, im Skimmer, über ihrer darunterliegenden Bekleidung getragen hatten.
Als sie näherkamen, weiteten sich ihre Augen.

Der eine, der ganz vorn ging, blieb vor Logan stehen und glotzte sie lange ungläubig von oben bis unten an. In seinem Gesichtsausdruck mischten sich Freude und Verblüffung.
»Kimi Logan! Da soll mich doch der Teufel holen!«
Er schüttelte ungläubig den Kopf. »Wir haben schon vor Wochen den Kontakt mit Ihrem Gleiter verloren. Ausgesandte Suchmannschaften mit Skimmern konnten nichts finden..! Sie haben sich ein hübsches Begräbnis entgehen lassen.«

»Tut mir leid, Sal.«

»Wo zur Hölle kommen Sie denn her?«

»Besser hätte ich es auch nicht ausdrücken können, Sal.« Sie wandte sich um und rief in den Busch: »Alles klar, ihr könnt jetzt rauskommen.«

Cohoma trat vor. Als Born und Losting erschienen, gingen dem Mann mit den grauen Koteletten und dem gespalteten Kinn für Sekunden die Kraftausdrücke aus. »Ich will verdammt sein«, brummelte er schließlich. Nach einem Blick Logans schob er die Waffe ins Halfter und betrachtete die beiden Jäger erneut.

Born zwang sich dazu, unter dem prüfenden Blick nicht nervös zu werden. Außerdem war er selbst voll und ganz damit beschäftigt, die drei Riesen in Augenschein zu nehmen. Der größte von ihnen - jener, den Kimilogan »Sal« nannte - unterschied sich kaum von Cohoma, wenn er auch noch größer und muskulöser war.
Die anderen beiden Riesen hatten die Größe von Logan, wenn auch nur einer davon weiblich war.

»Pygmäen..?« [4] Sals Augen hefteten sich, um eine Information bittend, auf Logan. »Eingeborene..?«

Kimi lächelte verständnisvoll. »Nicht wirklich... Zu viele Ähnlichkeiten für eine parallele Entwicklung. Wir können

246

natürlich nicht ganz sicher sein, solange man sie nicht gründlich untersucht hat, aber abgesehen von ein paar kleineren Unterschieden möchte ich wetten, dass sie sich als ebenso menschlich wie Sie oder ich erweisen werden. Jan und meine Wenigkeit vermuten, dass es sich um die Nachkommen eines vor Jahrhunderten gestrandeten Auswandererschiffs handelt. Vielleicht sogar aus der Zeit vor dem Commonwealth. Übrigens, sie sprechen ausgezeichnetes, wenn auch etwas zischendes Terranglo.«

Sal stand immer noch der Mund offen. »Könnte schon sein. Es hat genügend von diesen frühen Kolonisten gegeben, die am falschen Punkt rauskamen. Ebensogut hätten wir erst tausend Jahre später auf die Thranx stoßen können, wenn dort nicht ein Schiff verlorengegangen wäre.« Er knurrte. »Hmm... Na ja..., marginale Unterschiede... Sie meinen die Zehen und die Größe..?«

Logan nickte. »Das, und die Schutzfärbung, die sie sich ›zugelegt‹ haben. Schauen Sie, Jan und ich sind wirklich durch diese Hölle gegangen, die Sie gerade erwähnt haben. Ich habe Wochen damit verbracht, mir auszumalen, wie ich mir mein Festmahl zusammenstelle, angefangen bei einem Steak bis zum Pfefferminzbonbon zum Nachtisch. Und gebadet habe ich auch nicht mehr, seit wir hier abgeflogen sind.«

»Und wieder etwas Ordentliches zum Anziehen«, fügte Cohoma hinzu. »Saubere Unterwäsche, anständige Klamotten..!«

»Direktor Hansen wird froh sein, dass Sie beide wieder da sind«, grinste Sal breit. »Aber ich würde einiges darum geben, wenn ich sein Gesicht sehen könnte, wenn Sie mit Ihren zwei Freunden vor ihm auftauchen. Ein Vermögen würde ich darum geben!«

»Sie müssten ihn erst sehen, wenn wir ihm von unseren Entdeckungen berichten. Sie sollten auch mal hinausgehen und sich ein wenig umsehen, Sal. Das ist die einzige Methode, wie man eine Welt kennenlernt.«

»Yeah..? Nun, wenn es Ihnen nichts ausmacht, überlasse ich das lieber anderen..!«

Cohoma tat so, als wollte er ihm einen kollegialen Boxhieb versetzen.

»Erzählen Sie mir ein wenig.«

»Tut mir leid, Sal«, lachte Cohoma. »Ich muss schließlich an meine Prämie denken.«

»Ach was, Jan, die macht Ihnen keiner streitig! Außerdem, wie sollte ich es denn beweisen? Aber es freut mich, dass der kleine Spaziergang sich offensichtlich gelohnt hat. Der ›Alte‹ stand unter ziemlichem Druck von ›Zuhause‹, seit Tsingahn sich umgebracht hat.«

Cohoma und Logan waren nicht zu müde, um zu erschrecken. »Popi hat Selbstmord begangen?«, stutzte Kimi und benutzte dabei den Spitznamen des Biochemikers.

»So geht die Rede. Nearchose, der Sicherheitstyp, mit dem der Professor sich angefreundet hatte, hat ihn als letzter lebend gesehen. Nick sagt, der Bursche hätte irgendwelche Depressionen gehabt, aber keinen Grund zum Suizid… Jedenfalls hat er plötzlich durchgedreht und sein ganzes Labor in die Luft gejagt. Eigentlich ist es ja kein Wunder; wenn einer so auf das Zeug versessen war wie Tsingahn, dann weiß keiner, was er plötzlich anzustellen in der Lage ist. Die Firma geht wirklich ein Risiko ein, wenn sie solche Junkies einstellt. Diesmal ist es eben schiefgegangen…«

»Schade, ich konnte ihn gut leiden«, meinte Cohoma betroffen. »Alle mochten ihn...«

Ruhe kehrte ein, ersetzte ihre muntere Unterhaltung. Jeder hing seinen eigenen Gedanken nach, im vollen Bewusstsein dessen, dass sie auf dieser Welt waren, weil sie selbst irgendwelche Schwächen hatten - Geld, Drogen oder etwas, wovon man am besten nicht redete. Über solche Dinge wurde deshalb, gemäß einer stillen Übereinkunft, überhaupt nicht gesprochen. Sie gingen schweigend der Station entgegen.

Als sie etwa die Hälfte des Ganges zurückgelegt hatten, wurde Logan endlich bewusst, was ihr fehlte. Sie blickte sich um und wandte sich dann an Born. »Wo sind Ru'Umahum und Ge'Eliwan?«

»Sie haben beide gesagt, sie würden sich außerhalb des Waldes nicht wohl fühlen«, erwiderte Born der Wahrheit entsprechend. »Sie sind nicht gern im Freien. Du hast nicht darauf bestanden, dass sie mitkommen sollten.«

»Nun, das ist im Moment auch nur eher zweitrangig...«
Sie blickte sehnsüchtig auf die grüne, mit Blüten geschmückte Wand zurück. Die zwei mächtigen Sechsbeiner Hansen wie sprachbegabte »Schoßhündchen« vorzuführen, wäre ein Heidenspaß gewesen, auf den sie sich heimlich schon gefreut hatte. Indes - aufgeschoben, war nicht aufgehoben und ein Bad, sowie eine anständige Mahlzeit waren ihr jetzt wichtiger; und nichts in der Welt konnte sie veranlassen, in den Dschungel zurückzukehren. Das hatte Zeit.
Sie hielt die Pelziger für Allesfresser. Wenn sie jetzt überlegte, musste sie zugeben, dass sie die beiden in all den Wochen überhaupt nie fressen sah, nicht den kleinsten Bissen Nahrung..! [5] Nun, Born hatte ja gesagt, in gewissen Situationen fühlten sie sich nicht wohl. Wahrscheinlich aßen sie lieber für sich, ebenso, wie sie sich vermutlich auch nicht

vor den Augen Neugieriger paarten. Trotzdem kam ihr dieser Umstand plötzlich seltsam vor...

Ein Aufschrei Borns riss sie aus weiteren Überlegungen. Er hatte den »Dämon« als erster entdeckt. »Losting! Achtung - Zenith!«

Wieder stutzte Kimi über ein Wort, das irgendwie nicht zu Borns Lebensumständen zu passen schien.
Losting blickte zum Himmel und griff gleichzeitig nach seinem Bläser. Jetzt sah auch sie den winzigen braunen Fleck, der weit über ihnen kreiste. Es gab viele solcher Punkte, meistens weit von der Station entfernt. Offenbar hatte Born irgendwie an diesem etwas Gefährliches wahrgenommen - er behielt mit dieser intuitiven Einschätzung recht!
Der »Punkt« wurde rasch zu einer erkennbaren Silhouette, zu einer, die sie nie wieder zu sehen gehofft hatte. Breite Schwingen, klauenbewehrte Füße und ein langes Maul mit rasiermesserscharfen Zähnen.
Es gelang ihr nicht ganz, ein überlegenes Lächeln zu unterdrücken, als die beiden behände zu ihren primitiven Waffen griffen. »Keine Sorge, Born, Losting. Ihr könnt ganz entspannt bleiben. Seht nur einfach zu...«

Born sah sie fragend an, blockierte aber immerhin seinen natürlichen Instinkt, zu laden und zu zielen. Logan beobachtete den auf sie herunterstoßenden »Dämon«. In einer immer enger werdenden Spirale kam er näher. Sie konnte nicht sehen, welche der Waffen sich auf ihn richtete, bis der rote Strahl aus einer der Kanonen schoss. Der Himmelsdämon stürzte, nach kurzem, intensivem Aufflammen, zu einem verkohlten Klumpen Fleisch verbrannt, in die Tiefe zwischen den Baumstümpfen.
Born und Losting starrten stumm auf die Stelle am Firmament, wo noch vor Sekunden der Dämon auf sie heruntergeschwebt kam. Ebenso stumm fixierte Logan die

beiden interessiert. Cohoma, Sal und die zwei Wachbediensteten taten es ihr gleich.

»Das ist so etwas wie ein weiterentwickelter Bläser, Born«, erklärte sie schließlich. »Wie soll ich Dir das erklären..., nun, er benutzt gebündeltes Licht, um damit zu töten.«

Born drehte sich um und wies auf die Kuppel, in der die Kanone untergebracht war. »Dort drinnen?«

»Ja«, nickte Cohoma. »Rings um die Station gibt es weitere davon. Damit, und mit den Hochspannungsdrähten auf den Stützstämmen, sind wir hier so ziemlich sicher.«

»Erinnerst Du Dich, Born, wie Deine Leute sich aufstellten, um die Akadi abzuwehren?«, fragte Kimi erregt, als sie weitergingen. »Ein solches Waffensystem...«, damit wies sie auf den jetzt reglosen Turm, »könnte um euer Dorf herum aufgebaut werden, um das Heim zu schützen. Ihr brauchtet euch nie wieder um die Akadi oder Silberglitschen Sorgen zu machen.«

»Auf die kurze Entfernung muss es sehr schnell schießen und sich auch schnell bewegen lassen«, meinte Losting.

»Oh, das ist kein Problem«, erläuterte Cohoma selbstbewusst. »Sobald ihr den Umkreis des Heims so freigemacht habt, wie wir das hier taten, und dann ein vernünftiges Warnsystem aufbaut, könnte ein Räuber nicht dicht genug herankommen, ohne entdeckt zu werden.«

»Freimachen?«

»Ja, weißt Du, die Vegetation abschneiden, wie ich das ursprünglich vorgeschlagen hatte, um die Akadi aufzuhalten. Ihr müsstet bloß ein paar Kabbl oder Lianen als eine Art Zugbrücke stehenlassen. Das wäre ganz einfach. Wir können euch Werkzeuge, ähnlich diesen Lichtwaffen, geben, mit denen ihr die Vegetation spielend leicht wegbrennen könntet. Ihr braucht es nur zu sagen, dann bekommt ihr sie - schließlich habt ihr uns mehrfach das Leben gerettet und zudem geholfen, den Weg hierher zurückzufinden. Außerdem...«, setzte er hinzu, »...könntet ihr uns dabei behilflich sein, gewisse Substanzen in dieser schwer durchdringlichen Waldwelt aufzuspüren.«

»Wegschneiden...«, grübelte Born. »Freilegen...«

»Ja, Born.« Logan zeigte sich erstaunt. »Stimmt etwas nicht? Könnt ihr nicht zuerst emfatieren und dann..?«

»Nein, schon gut...« Das Gesicht des Jägers hellte sich auf. »So viele Wunder auf einmal. Ich bin etwas überwältigt. Ich möchte gerne mehr über solche Dinge wie Lichtwaffen und Verteidigungssysteme erfahren und was wir tun müssen, um sie zu bekommen.«

»Wir können das nicht entscheiden, Born. Wir sind nur kleine Angestellte der Leute, die diese Station hier gebaut haben. Ein Mann namens Hansen wird das entscheiden. Ihr werdet ihm bald begegnen. Aber ich sehe gar kein Problem darin, eine Übereinkunft auszuarbeiten, die euch, wie uns, nützt. Besonders nach all dem, was ihr bereits für Jan und mich getan habt.«

Ein Lift erwartete sie. Sie fuhren durch eine automatische Falltür in der Unterseite des elektrisch geladenen Gitters in die unterste Etage der Station. Als sie das Gitter passierten, erkundigte sich der stets wissbegierige Born erneut nach dem Arbeitsprinzip des Gitters. Es fiel Cohoma nicht leicht, es ihm zu erklären - aber einige Hinweise auf Steuerung vermittels kleiner »Blitze« und Funken, schienen beide Jäger zufriedenzustellen.

Der Aufzug trug Born und Losting in eine Welt neuer Wunder. Zuallererst war da der plötzliche, fast physisch spürbare, Schock der Farbveränderung.

Anstelle des allgegenwärtigen Grüns mit seinem hellen, reichhaltigen Farbspektrum und bunten Tupfern, war da jetzt plötzlich eine starre, rechtwinkelig-geometrische Welt aus Silber und Grau, Weiß und Blau.

Das einzige Grün in diesem Abschnitt des Korridors war eine Reihe von parasitischen Büschen, die in einem langen, tiefen Trog wuchsen, der als Raumteiler aufgestellt war. Born spürte sofort, dass es der Chaga nicht gut ging.

Die Blüten waren groß und bunt, aber die Blätter wuchsen nicht gerade, strebten nicht der Sonne entgegen, wie sie das sollten. Er hatte nur Zeit für einen kurzen Blick. Hier gab es zu viele neue Dinge zu sehen und zu begreifen, soweit er das konnte. Riesen, die ihren Geschäften nachgingen, füllten den Korridor. Einige trugen noch seltsamere Kleidung als die Uniform-Overalls, die Sal und seine beiden Mitbediensteten anhatten.

Ein Mann sah sie und eilte auf sie zu, um im Flüsterton mit dem Menschen namens Sal zu sprechen. Born hörte ihn ganz deutlich. »Hansen möchte die beiden Eingeborenen sofort sehen - in seinem Büro.«
Er blickte zu Logan und Cohoma. »Sie beide auch.«

Logan stöhnte. »Können wir uns nicht vorher wenigstens duschen? André, nach allem, was wir in den letzten Monaten durchgemacht haben...«

»Ich weiß schon. Aber Sie kennen Hansen ja... Befehl.« Er zuckte hilflos die Achseln.

»Zur Hölle; bringen wir es hinter uns«, knurrte Cohoma.

»Dieser Hansenmensch«, schlussfolgerte Born, als sie auf einen Innenlift zugingen, »ist er der Häuptling eures Stammes?«

»Nicht ›Häuptling‹, Born, und auch nicht Stamm«, erklärte Logan etwas gereizt, was aber nicht an Borns Frage, sondern an dem Befehl lag. »In der Station befinden sich Leute, die ähnliche Jagdunternehmen durchführen. Aber es ist nicht dieselbe Art von Organisation, wie ihr sie im Heim habt. Du könntest die Leute dieser Station als eine Jagdgruppe betrachten, deren Anführer Direktor Hansen ist. Besser kann ich das nicht erklären. Ich weiß kaum, ob ich, auf die Schnelle, hinreichend erklären könnte, wie man den Begriff ›Firma‹ definiert.«

»Es genügt mir schon«, erwiderte Born, als sie um eine Ecke bogen und einen weißen, bunt dekorierten Tunnel hinuntergingen. »*Er* ist derjenige, den wir um leichte Gewehre und andere Wunder für unsere Leute bitten müssen.«

»Du hast verstanden, Born. Ich wusste es doch«, freute sie sich, nun wieder fast vergnügt. »Hilf uns, Deine Welt zu erforschen und einige Dinge zu finden, die ihr selbst nicht benutzt, und ihr sollt gerne *viele* Wunder dafür bekommen. Das ist ein altes Prinzip bei meinem Volk. Bei Deinen eigenen Ahnen war es das auch.«
In diesem Fall allerdings unterlag das Prinzip nicht ganz der Legalität, dachte sie - aber das behielt sie für sich.

»Was für eine Art Mann ist denn der Führer eurer Jagdgruppe?«

»Das kommt darauf an, wo Du herkommst«, orakelte Logan rätselhaft. Sie schien ihm einen trefflicheren Hinweis geben zu wollen, aber inzwischen hatten sie eine Tür erreicht, und Sal bedeutete ihnen, zu schweigen. Er hielt ihnen die Tür auf und blieb dann zurück, während die vier Ankömmlinge eintraten.

Hansen saß hinter einem schmalen, halbkreisförmigen Schreibtisch und brachte es irgendwie fertig, den Eindruck zu vermitteln, als trüge er diesen Tisch wie einen mächtigen Plastikgürtel. Der Schreibtisch war mit DVDs, USB-Sticks, Speicherkarten, Hologrammwürfeln, Papieren und Dutzenden verschiedener Berichte in Kunstledermappen überhäuft. Die Wände säumten Regale, die mit Büchern und Diskettenhaltern gefüllt waren. [6] Die Front hinter ihm war ein einziges, riesiges Fenster, das vom Boden bis zur Decke reichte und einen Panoramablick auf die »Panta-Lichtung« und den dichten Wald dahinter bot.
Gerade starrte Hansen auf die Projektionsfläche eines 3-D-Flachbildschirms, welcher, seitlich von ihm, an einer flexiblen Schwenkvorrichtung befestigt war. »Einen Augenblick, bitte. Jan, Kimi; freut mich, dass Sie noch am Leben sind.«

Das sagte er, ohne sich umzudrehen.
Seine Stimme klang jovial und beruhigend. Die Körperstatur verstärkte den Eindruck der Korpulenz der Lebensmitte, die ihn eingeholt hatte. Er war nicht viel größer als Born. Sein Haar begann ein gutes Stück hinter einer Stirn, die aus dunklem Plastilin geformt schien, und fiel ihm in langen Wellen auf die Schultern. Abgesehen von dem dicken bürstenartigen Schnurrbart, der wie ein überwinterndes Insekt an seiner Oberlippe klebte, war sein Haar völlig ergraut.
Er schwitzte trotz der eingeschalteten Klimaanlage.

Dies war in der Tat das Erste, was Born beim Betreten der Station aufgefallen war - eine offenbar absichtlich erzeugte ungewöhnliche Temperatur. Selbst in kühlen Nächten wurde es auf der Welt selten so kalt.
Keinem der beiden Jäger machte es etwas aus, warten zu müssen. Sie waren voll und ganz damit beschäftigt, den Raum

und das, was sie in ihm vorfanden, zu studieren. Born entging freilich das respektvolle Schweigen nicht, mit dem Logan und Cohoma, trotz ihrer Müdigkeit und Ungeduld, warteten.

Hansen befahl kurz: »Desk-Alpha-1, aus..!«, und der Monitor erlosch. Seufzend schob er das schmale Betrachtungsmedium von sich weg. Jetzt erst wandte sein Blick sich den Besuchern zu. Sein rechter Arm lag auf der Armlehne seines Bürosessels, mit der anderen Hand rieb er sich die schweißbedeckte Stirn. Er sah müde aus – und war es auch.

Die Leitung dieser Station hatte selbst einen so gewieften und abgebrühten Manager wie Hansen vorzeitig altern lassen. Wenn gerade einmal nichts in Stücke ging, für das er keine Ersatzteile bekommen konnte, aus Sorge, das Nachschubschiff könnte von einem Kriegsschiff der Kirche oder des Commonwealth entdeckt werden, dann gab es bestimmt eine nicht mechanisch bedingte Krise.

Es hatte den Anschein, als würden seine Leute jedes Mal, wenn sie auch nur einen Fuß auf diese Welt setzten, gestochen, gebissen, angeknabbert oder sonst irgendwie von der örtlichen Flora und Fauna bedrängt. Weder hatte er sich bisher von dem Verlust der lebensverlängernden Knollenextrakte, dem Verlust des Knollens selbst, noch dem Verlust Tsingahns, des Mannes, der das meiste über sie wusste, erholt.

Wenn dieser arme Irre bloß bei der Vernichtung seiner Notizen und Akten nicht so gründlich gewesen wäre! Die Nachricht vom Selbstmord des Biochemikers und der damit zusammenhängenden Zerstörung von praktisch allem, was irgendeine Beziehung zu dem hatte, was man inzwischen den »Unsterblichkeitsextrakt« nannte, war von Hansens Vorgesetzten nicht gerade freudig aufgenommen worden - ganz und gar nicht! Er hatte *mächtig* Ärger deswegen bekommen!

Hansen zwang sich zu einem dünnen Lächeln, als er die beiden zurückgekehrten Mitglieder des Forschungsteams in Augenschein nahm. Der Auftrieb, den ihre wunderbare Rettung lieferte, war gerade zum richtigen Augenblick gekommen.

»Wir hatten Sie schon aufgegeben. Ich wollte meinen Ohren kaum trauen, als die Sicherheitsabteilung meldete, dass da vier Leute am Waldrand stünden.«

Seine Mundwinkel zuckten bei dem Gedanken.

»Sie haben mir ganz schön Arbeit bereitet, wissen Sie. Jetzt muss ich die ganzen Papiere mit den Einzelheiten über Ihren Tod und die Anforderung von Ersatzpersonal widerrufen. Jemand in der Etat-Abteilung wird ziemlich böse auf Sie sein.«

»Tut mir wirklich leid, Chef«, flachste Logan und erwiderte sein Lächeln.

»So...«, Hansen lehnte sich in seinem Sessel zurück und faltete die Hände über seiner Leibesfülle, »...jetzt erzählen Sie mir etwas von diesen Ureinwohnern, mit denen Sie sich angefreundet haben.«

»Sie haben uns das Leben gerettet«, erwiderte sie beflissen, »aber ich habe Zweifel, dass es sich um ›Ureinwohner‹ handelt, Sir. Soweit wir das feststellen können, sind sie die Nachkommen von Leuten eines Auswandererschiffes, das vom Kurs abgekommen und schließlich hier gelandet ist. Sie haben das vergessen, auch alles Wissen um das Commonwealth und die Zeit vor dem Commonwealth, sowie fast ihre ganze Technologie. Sie haben eine primitive Stammesgesellschaft entwickelt. Demzufolge sind unsere Freunde Born und Losting davon überzeugt, in Wahrheit Eingeborene dieser Welt zu sein.«

»Und Sie sind ziemlich sicher, dass sie das nicht sind.«

»Richtig, Sir«, mischte Cohoma sich ein. »Zu viele Ähnlichkeiten: Eine Axt aus einer Legierung, wie sie für Schiffsrümpfe verwendet wird, wahrscheinlich aus der Survival-Ausrüstung einer Rettungskapsel; dieselbe Sprache, obwohl sie einen eigenen Dialekt daraus entwickelt haben, die Familienstruktur und so weiter... Zweifellos Menschenabkömmlinge; zum Beispiel...«

»Ja, ja..!«, unterbrach ihn Hansen mit einer ungeduldigen Handbewegung. »Ihr Leben haben sie gerettet..., das ist in diesem grünen Inferno eine beachtliche Leistung! Und sie haben euch, quer durch diese Hölle auf Wurzeln dort draußen, hierhergebracht; wie weit, sagten Sie, sind Sie gekommen..?«

»Ungefähr 250 Kilometer...«, berichtete Logan.

Der korpulente Stationsdirektor pfiff durch die Zähne. »Bloß Sie vier und so viele Kilometer?« Er deutete über die Schulter zum Fenster hinaus.

»Ja, Sir und zwei domestizierte Tiere.«

»Gehörte ganz schön Mumm dazu für die Leute, Sir«, lobte Cohoma. »Bis zu dieser Unternehmung hatte sich kein Stammesangehöriger jemals weiter als auf ein paar Dutzend Kilometer von seinem Dorf entfernt.«

»Alles sehr erfreulich und in keiner Weise plausibel. Wie in aller Welt haben Sie überlebt?«

»Das frage ich mich des Öfteren selbst«, antwortete Logan. »Chef, darf ich mich bitte setzen? Ich bin ziemlich fertig.«

Hansen griff sich entschuldigend an den Kopf. »Ohh..., sorry... Ich vergesse manchmal das Naheliegendste, Kimi... Ja, gerne. Nehmen sie Platz. Ähh..., Augenblick bitte...« Er rief Richtung Türe, worauf Sal dienstbereit erschien. »Salomon, bringen Sie ausreichend Stühle für alle.«

Der Order wurde im Handumdrehen Folge geleistet.

Born und Losting ahmten, zögernd, die Sitzweise ihrer beiden Begleiter nach.

»Das haben wir wohl einer Kombination von Glück und der Geschicklichkeit dieser beiden zuzuschreiben«, ergänzte sie die Beantwortung der noch im Raum stehenden Frage. Dabei wies sie auf die Jäger. »Born und seine Leute kennen die Waldwelt wie ihre Westentasche. Sie leben im wahrsten Sinne des Wortes mit ihr. Ihr Dorf befindet sich in einem einzigen großen Baum. Die Anpassungen beider Seiten übersteigen alles, was ich je gehört habe. Offen gestanden«, meinte sie und warf dabei Born einen nachdenklichen Blick zu, »habe ich das Gefühl, dass der Baum - ein ›Weber‹ - dabei am meisten profitiert. Borns Leute wären da natürlich anderer Meinung.«

Born empfand keinen Ärger über ihre Worte. Es war keine Schande, für weniger wichtig als sein Heim geachtet zu werden. Selbst nach so vielen Sieben-Tagen im Wald, vielen Stunden geduldiger Erklärung, schien es, als ob die Riesen immer noch nicht verstanden hätten. Nach allem, was er bis jetzt in dieser Station - ihrem »Heim« - gehört hatte, zweifelte er auch daran, dass sie je verstehen würden. Die Beiläufigkeit, mit der sie von »schneiden« und »freimachen« gesprochen hatten, saß ihm immer noch in den Knochen. Er wandte seine Aufmerksamkeit wieder dem Häuptling zu.

»Es scheint, dass hier eine Belohnung fällig ist! Etwas, das über unseren tief empfundenen Dank hinausgeht, Mister..., ähh..., Born.«
Er lächelte väterlich. »Sagt mir, Born, Losting, was möchtet ihr haben?«

Born sah seinen Begleiter an. Losting rutschte unbehaglich auf seinem Stuhl herum und brummte: »Je schneller wir diesen kalten, harten Ort verlassen und wieder nach Hause gehen, desto lieber ist es mir.«

Born nickte und wandte sich wieder Hansen zu. »Ich möchte auch gerne gehen. Aber zuerst möchte ich mehr über die Lichtwaffen und die elektrischen Schlingpflanzen und solche Erfindungen wissen.«

Hansen beugte sich vor und fixierte den Jäger, der seinem Blick nicht auswich.

»Nein, Du bist kein ›Ureinwohner‹, Born. Oh, das ist schon gut so. Je weniger primitiv ihr geworden seid, desto leichter ist das für Verhandlungen. Was moderne Waffensysteme angeht, so werde ich darüber, glaube ich, erst etwas nachdenken müssen. Ihr werdet sie dann bekommen, wenn wir einige gegenseitige…, hmm…, Beistandsvereinbarungen ausgearbeitet haben, die selbst ein Priester vor einem Commonwealth-Gericht nicht mehr brechen könnte.«

»Sie können uns sehr hilfreich sein, Sir«, warf Cohoma ein. »Wir haben so viel Personal im Wald verloren, dass es…«

»Klar, ist mir bekannt, Jan.« Hansen zog seine Aufmerksamkeit völlig von den beiden Menschen ab, um sich ganz auf Born zu konzentrieren. »Das hier, Born, nennt sich eine ›Forschungsstation‹. Das ist das erste Heim für meine Mitarbeiter, meine Mannschaft, auf dieser Welt. Es ist unter großem Kostenaufwand und unter höchster Geheimhaltung gebaut worden, weil dabei sehr viel auf dem Spiel steht. Weißt Du noch, was ein ›Bergwerk‹ ist, Born, eine Mühle, eine Fabrik?«

Borns Gesicht blieb ausdruckslos, die Worte sagten ihm nichts.

»Nein, ich sehe schon, dass Du mit diesen Begriffen nichts anfangen kannst. Lass es mich erklären. Es gibt viele Dinge,

260

die wir fabrizieren können - wie zum Beispiel das Material, aus dem diese Station besteht, das Acryl dieses Schreibtisches und so weiter... Viele andere Dinge können wir nicht machen. Soweit wir bis jetzt feststellen konnten, scheint diese Welt eine Fundgrube einer ganzen Reihe wertvoller Dinge zu sein. Wenn es uns gelänge, diese Substanzen zu beschaffen, so können wir damit, ...wie soll ich sagen..., das Leben vieler Begünstigter verbessern - das meiner Leute, wie auch das der Deinen. Eure Hilfe bei der Entwicklung von all dem würde uns manches entscheidend erleichtern.«

Er seufzte tief. »Insbesondere gibt es da eine Substanz, die wir entdeckt haben, welche...«

»Entschuldigen Sie, Sir.« Der Mann namens Sal, der bei ihnen geblieben war, unterbrach seinen Vorgesetzten. »Glauben Sie wirklich, dass es...?«

Hansen machte eine wegwerfende Handbewegung. »Unser Freund Born wird nicht zu seinem Baum zurückkehren, ans nächste Tiefraum-Tridi eilen und seine Beobachtungen einem dafür zuständigen Gericht des Commonwealth melden. Außerdem...«, fuhr er fort und sah wieder Born an, »...bin ich gerne offen. Ich möchte, dass unsere neuen Freunde verstehen, wie wichtig das alles ist. Es gibt eine Droge, Born, die man aus dem Herzen eines gewissen Astknollens gewinnen kann.«

Born sah ihn ausdruckslos an.

»Ein Knollen ist ein Gewächs, das sich an einem Baum bildet, um die Ausbreitung einer Infektion oder von Parasitenbefall zum Stillstand zu bringen. Der Knollen bildet sich um den Fremdkörper herum. Wenn die Pulpe im Inneren dieses speziellen Knollens entfernt, richtig destilliert und modifiziert wird, kann man daraus eine Flüssigkeit herstellen, die anscheinend die Fähigkeit besitzt, die menschliche Lebensspanne ungeheuer zu verlängern. Wie steht es mit Dir,

261

Born? Möchtest Du nicht doppelt oder gar dreimal so lange leben?«

»Ich weiß nicht«, erwiderte Born ehrlich. »Weshalb..?«

»Hmm..., weshalb...?«, grübelte Hansen. »Nun!« Er stand auf und schlug mit beiden Händen auf seine Schreibtischplatte. »Für den Augenblick reicht mir die Philosophie. Würdet ihr gerne die Station besichtigen?«

»Sehr gerne«, stimmte Born zu.
Losting gab einen gleichgültigen Grunzlaut von sich.

»Sie beide«, wandte sich Hansen an Logan und Cohoma, »gehen auf Ihre Zimmer. Man hat sie natürlich ausgeräumt, aber ich werde dafür sorgen, dass Ihr persönlicher Besitz sofort zurückgebracht wird, insoweit er noch irgendwo aufbewahrt worden ist. Sie haben vierundzwanzig Stunden dienstfrei und unbeschränkten Kredit im Laden und in der Cafeteria. Sagen Sie Sergeant Binder, dass Sie für die nächsten drei Mahlzeiten einen offenen Schlüssel haben, bestellen Sie sich, was Sie wollen.«

»Danke, Sir«, antworteten beide wie im Chor.

Hansen deutete mit einer Kopfbewegung auf den dichten Urwald, der die Station umgab. »Danken Sie mir erst dann, wenn Sie wieder dort draußen sind und sich den Kopf darüber zerbrechen, was Ihnen die Beine am Knöchel abbeißt und wie man es töten kann. Ich kümmere mich um Ihre Freunde.«
Er ging um den Schreibtisch herum und kniff Logan freundschaftlich in die Schulter. »Sie haben jetzt zwei Schichten Zeit, sich etwas zu erholen. Anschließend soll sich die medizinische Abteilung um Sie kümmern. Wenn Sie von dort wieder ›grünes Licht‹ erhalten, schnappen Sie sich einen anderen Skimmer und machen sich erneut an die Arbeit. Wir haben keine Zeit zu verlieren.«

13 - Ein erschreckender Rundgang

Während sie durch den Ort der Wunder schritten, stellte Born fest, dass alle anderen Riesen Hansen großen Respekt entgegenbrachten - so wie das im Heim bei Häuptling Sand oder Joyla der Fall war. Daraus schloss er, dass Logans Hinweis, er sei so etwas wie der »Anführer einer Jagdgruppe«, eine große Untertreibung war.

Hansen zeigte ihnen die Wohnquartiere, in welcher die Belegschaft der Station untergebracht war, die Fernmeldeeinrichtungen oben in der Polyplexalumkuppel, die dafür sorgten, dass die Basis mit dem Schwarm ausgeflogener Skimmer in Verbindung blieb, welche die Waldwelt erforschten; und schließlich den Aufnahmehangar, in den die Flugboote zurückkehrten und in dem sie gewartet wurden, während Karten, Berichte und neues Material zur Auswertung gelangten.

»Was ist mit dem Gleiterskimmer dort draußen?«, fragte Born und wies durch ein metergroßes Bullauge auf die Plattform des Landeboots. »Warum hat der eine andere Form, und warum ist er soviel größer?«

»Das ist kein Skimmer, Born«, erklärte Hansen. »Das ist ein ›Shuttle‹. Man fliegt damit zu unseren Nachschubschiffen draußen im Weltraum, einem Ort hoch über eurer Oberen Hölle. Die großen Versorgungsschiffe, welche die einzelnen Welten besuchen, können nur im Nichts reisen.«

»Wie kann man ›im Nichts‹ reisen?«

»Indem man aus Metall ein künstliches Habitat baut, so wie diese Station, und Lebensmittel, Wasser und Luft mitnimmt.«

Die beiden Jäger nahmen in stoischer Gleichmut die Wunder der Cafeteria auf, wo einheimische Proteine mit Farben und verschiedenem Geschmack kombiniert und dann so abgeändert wurden, dass Nahrung entstand, die den Riesen bekömmlich war.

Diese Erklärung weckte Borns Interesse. »Jetzt verstehe ich. Was für einheimische Lebensmittel verwendet ihr, um die euren zu bereiten?«

»Oh, was eben zur Verfügung steht. Unsere Geräte sind da sehr vielseitig. Wir schicken einen Skimmer, der mit einem Sauger ausgestattet ist, und er bringt die notwendige Menge ›Rohmaterial‹ - tierisch und pflanzlich.«

»Kann ich sehen, wo dieses Wunder geschieht?«

»Sicher.«
Der Direktor führte sie durch die Cafeteria in die »Küche« und zeigte ihnen die Anlage, vermittels welcher aus dem Wald gesammelte Pflanzen und Tiere mit teuren außer-planetarischen Nährstoffen, Vitaminen und Aromastoffen angereichert wurden. Born studierte die Ballen von Sträuchern und Büschen. In der Mehrzahl handelte es sich um völlig gesunde Vertreter ihrer Art. Nichts davon war krank oder gar tot.
Diese Riesen emfatierten nicht! Sie nahmen sich völlig unbesorgt, was sie benötigten; schnell, effizient, einfach und - blind.
Sein Gesicht blieb eine Maske der Begeisterung und ließ seine wahren Gedanken nicht durchsickern.

Sie erreichten die Erholungsräume, wo selbst Losting über die vielen Wunder staunte, die nur dem Vergnügen dienten. Am Ende der ausführlichen Tour, die sie beeindrucken sollte, führte Hansen sie in die Laboratorien, wo die Früchte vieler Skimmerflüge untersucht wurden.

Born und Losting wurden ernst blickenden Teams von Männern und Frauen vorgestellt, die intensiv an unverständlichen Aufgaben arbeiteten.

»McKay!«, rief Hansen einer hochgewachsenen, schlanken Frau in einem blauen Labormantel zu, die ihr Haar in einem dicken Knoten im Nacken trug.

»Hallo, Chef.« Ihre Stimme klang leise, und ihre schwarzen Augen blickten durchdringend. Sie musterte die beiden Jäger. »Interessant - endlich einmal ein lokales ›Produkt‹, das genau das ist, was es zu sein scheint. Das ist einmal etwas Neues.«

»Das sind Born und Losting, zwei große Jäger. Meine Herren, Gamira McKay, eine unserer besten..., wie hast Du das genannt, Born? Schamanen, ja..., Schamanen.«

»Ich hörte, dass Jan und Kimi zurückgekehrt sind. Mit Hilfe dieser beiden..?«

»Sie bekommen den ganzen Bericht zu lesen, sobald die beiden Zurückgekehrten ihn geschrieben haben«, erklärte Hansen. »Im Augenblick wäre ich Ihnen dankbar, wenn Sie unseren beiden Freunden zeigen würden, was Sie und Yazid aus den Konchafrüchten machen.«

McKay nickte und führte sie durch einen schmalen Gang zwischen Bänken, die hoch mit glitzernden Geräten beladen waren, bis sie schließlich das Ende eines Tisches erreichten. An einer Seite lagen drei große Kisten aus durchsichtigem Material, ähnlich den Fenstern der Station. Die Kisten waren mit Chagazweigen gefüllt. Die Büsche, stellte Born fest, von denen die Zweige genommen worden waren, hatten in voller Blüte gestanden. Und jeder Zweig war schwer mit rotgeränderten, weißkehligen Knospen beladen, die jetzt sichtlich zu welken begannen.

Gamira öffnete einen Schrank und entnahm ihm vorsichtig ein kleines durchsichtiges Fläschchen. »Das ist der destillierte Extrakt von etwa zweitausend Blüten.«
Sie schraubte den Deckel ab und reichte Hansen das Behältnis.

Der lehnte lächelnd ab. »Born, wie steht es mit Dir?«

Sie hielt ihm den Flakon zum Riechen vor die Nase.

Born kam der Aufforderung nach. Der Duft, der dem Fläschchen entstieg, war der Duft der Chaga, aber immens verstärkt. Sein Gesichtsausdruck veränderte sich nicht, obwohl ihm davon fast übel wurde. »Ich kenne das«, erklärte er.

McKay blickte enttäuscht und wandte sich zu Hansen, als könne der sie ermutigen. »*Er kennt das*... Ist das alles, was er sagen kann?«

»Vergiss nicht, Gam, Born lebt unter solchen aromatischen Blüten, bewegt sich täglich zwischen ihnen.«

Die Chemikerin nörgelte etwas Unverständliches und schloss, trotz der begütigenden Worte, sichtlich pikiert und beleidigt, das Parfümbehältnis wieder ein.

»Warum geschieht das?«, fragte Born Hansen, als sie zum nächsten Labor gingen.

»Im richtigen Maße verdünnt und mit anderen stabilisierenden Chemikalien vermengt, dient der kleine Behälter als Grundlage für einen völlig neuen Duft – eine Dilution, die wir ›Parfüm‹ nennen, Born. Es ist einen Haufen...« Erneut versuchte er, den Jägern den schwierigen Begriff »Geld« zu erhellen.

»Ich verstehe immer noch nicht... *Wozu* benutzt man so etwas?«

»Frauen gebrauchen es, Born, um sich attraktiver zu machen, damit sie schöner erscheinen.«

»Sie kleiden sich in den Geruch des Todes.«

»Ist das nicht etwas hart ausgedrückt, Born?«, staunte Direktor Hansen mit einem erzwungenen, aufgesetzten Lächeln. Er bemühte sich die Verständnislosigkeit des Kleinen nachzuempfinden. Aber seine Erklärungen schienen nicht viel auszurichten.

Born versuchte zu begreifen, gab sich redlich Mühe. Ebenso Losting. Aber je weiter der Weg sie durch dieses Haus der Fremdheit führte, je mehr sie über seine Ziele und Zwecke erfuhren, desto schwerer fiel es ihnen, zu begreifen.
Da waren zum Beispiel die drei Kisten mit den verstümmelten Chaga. Die Zweige waren, unemfatiert, einfach von den reifen Elternpflanzen abgerissen worden. Tausenden mehr würde ähnliches Schicksal blühen - nur um ein wenig konzentrierten Chagageruch zu machen..! Wozu? Um die Kranken zu heilen oder die Hungrigen zu nähren? Nein, zum Vergnügen würde es geschehen, eine Art Vergnügen noch dazu, das die Begriffe der beiden Jäger überstieg.

Losting brauchte kaum länger als Born, um diese »Geschäfte«, in ihrer ganzen Tragweite, zu erfassen. Aber nachdem er schließlich begriffen hatte, war Losting in seiner Aussage weniger zurückhaltend als sein Begleiter. »Ihr tut da etwas Schreckliches!«

Hansen hatte Borns Ausbruch bereits verarbeitet und sich von ihm erholt. Jetzt reagierte er auf diesen zweiten Tadel etwas säuerlich und ungnädig. »Ich kann das nachempfinden. Aber ihr seht doch die langfristigen Vorteile, oder nicht?«
Er sah zuerst Losting, dann Born an. »Oder nicht..?!«

»Es geht nicht darum, dass ihr die Blüten und Zweige der Chaga nehmt; schlecht ist die Art, *wie* ihr sie nehmt, und die

267

Zeit«, erwiderte Born. »Wenn ihr die Chaga emfatiert hättet...«

»Ahh... Das Wort, das Logan mir gegenüber schon erwähnt hat. Ich weiß nicht, was es bedeutet, Born.«

Der Jäger zuckte die Achseln. »Das ist nichts, was man erklären kann. Man kann entweder emfatieren oder man kann es nicht.«

»Das macht die Sache für uns nicht gerade unkomplizierter, stimmt's..?«, konstatierte Hansen.

»Wenn ihr der Chaga ihre Jungen stehlt, kann sie keine Samen verbreiten, und das Elterngewächs wird sterben.«

»Aber im Wald gibt es doch ganz bestimmt eine Menge Chaga, Born«, entgegnete Hansen ruhig, ...seltsam ruhig. »Man wird doch sicher nicht ein paar davon vermissen?«

»Würdest Du Deine Arme und Beine vermissen?«

Jetzt leuchtete in Hansens Gesicht Verstehen auf. »Ich beginne zu begreifen... Ihr seid also um die Pflanze besorgt. Mir war nicht klargeworden, dass ihr in solchen Dingen so stark empfindet. Wir müssen natürlich sehen, was wir da machen können. Wir wollen natürlich die Blüten nicht abpflücken, wenn die Pflanze darunter leidet, oder?«

»Nein«, pflichtete Born ihm vorsichtig bei.

»Es ist eine Kleinigkeit, gar nicht notwendig, sich darüber sonderlich den Kopf zu zerbrechen«, fuhr Hansen fort und tat den erstaunten Blick der Chemikerin mit einem leichten Kopfschütteln ab. »Es ist ein unbedeutender Markt, auf den wir verzichten können.«

Er führte sie hinaus zum nächsten und damit letzten Labor. »Und nun noch unser wichtigstes, einträglichstes Projekt,

Born und Losting. Hier könnte uns das Wissen von Ortsansässigen - euer Wissen - ganz entscheidend helfen! Es geht um die Knollen, die den lebensverlängernden Extrakt produzieren.«

Sie bogen um eine Ecke.
»Bis jetzt haben wir nur zwei solcher Knollen gefunden, obwohl wir sehr sorgfältig gesucht haben. Der Baum, welcher sie hervorbringt, ist nicht selten; wohl aber die Knollen selbst. Meine Pflanzenexperten bestätigten mir, dass sie ungemein rar sind! Entweder sind die Bäume ungewöhnlich gesund, oder sie reagieren gewöhnlich nicht durch Knollenbildung auf Infektionen. Wenn ihr eine größere Zahl solcher Knollen finden könntet, Born, dann kann ich euch versprechen, dass wir uns ganz genau an eure Wünsche halten würden, welche Pflanzen wir in Frieden lassen sollen und welche wir beschneiden dürfen.«
Hansen bewunderte seine eigene Professionalität und die diplomatische Geschicklichkeit, mit der er das Skalpell der Täuschung handhabe. Sie gingen zwischen zwei kräftig gebauten schweigenden Männern hindurch und betraten einen Raum, der etwas größer war als der, den sie gerade verlassen hatten. Ebenso wie die anderen, die sie gesehen hatten, war auch dieser mit den unerklärlichen Geräten der Riesen bestückt. Hansen stellte den dunklen, ernst blickenden Chittagong und den nervösen Zamboanga nur beiläufig vor.
»Macht die Arbeit Fortschritte, Gentlemen?«, erkundigte er sich am Ende.

Als Zamboanga antwortete, mischten sich in seiner Stimme gespannte Erregung und Zuversicht.
»Sie haben ja unseren ersten Bericht vor zwei Tagen gelesen, Sir; und damit auch, was - unserer Ansicht nach - Wu dazu veranlasst hatte, durchzudrehen.«

»Ich habe mir angewöhnt, selbst die Essensbestellungen zu lesen, die aus diesem Labor kommen. Ich sehe noch keinen

Abschluss in dem Bericht, aber ich muss zugeben, dass ich zu verstehen beginne, wie ein Mann mit Tsingahns Gewohnheiten falsche Schlüsse aus dem Beweismaterial ziehen konnte - immer vorausgesetzt, dass sein Knollen dieselbe anthropomorphe Mimikry zeigte wie dieser neue hier.«

»Das finden wir auch, Sir. Er ist dort hinten.«

Die beiden weißbekittelten Forscher führten sie an eine breite Werkbank, welche im hinteren Teil des Raumes stand. Im grellen Licht der Deckenbeleuchtung schimmerte der sorgfältig in zwei Teile zersägte Knollen. Die eine Hälfte war auf der Werkbank eingespannt, während die andere daneben lag. Eine Vielfalt glitzernder Instrumente aus Metall und Plastik umgaben auf dem Tisch - einem Schwarm silberner Spinnen gleich - die beiden Hälften. Teile des Knolleninneren waren herausgeschnitten und in Behälter verschiedener Größe gelegt worden. Die Szene vermittelte den Eindruck hektischer, aber planvoller wissenschaftlicher Aktivität, die plötzlich angehalten worden war.

Im Querschnitt konnte man deutlich die äußere Schicht aus schwarzer Rinde erkennen, gefolgt von der ersten Holzschicht, die dunkel wie Mahagoni war. Dann die nächste, etwas hellere Lage, die nach einigen Zentimetern die Farbe von Fichtenscheiten annahm. Indes - nach dem ersten halben Meter wurde etwas daraus, das keinem auf der Erde beheimateten Holz glich. Unregelmäßige, schwarze Linien durchliefen eine merkwürdig abstoßend wirkende rötlichgelbe Masse. Seltsame kleine graue Knötchen bildeten sich, wo die schwarzen Fäden sich überkreuzten. In der Mitte des Knollens lagen ein paar eiförmige Klumpen von rosabräunlicher Farbe, ähnlich den Kernen eines Apfels. Dort konzentrierte sich das schwarze Gewebe am dichtesten. Das bizarrste jedoch waren die vielen amorphen, scheinbar willkürlich im Inneren des Knollens verteilten, Buckel aus irgendeiner weißen Substanz.

Einige schienen hart und glatt zu sein, andere im Begriffe, in ein pulveriges Material, eine modifizierte Stofflichkeit, überzugehen.

Born wusste genau, was der Knollen war, wenn er auch mit seinem verblüffenden Inneren nichts anfangen konnte. Losting ging es ebenso. »Das ist es, woraus ihr eure Lebensdrogen gewinnt?«, vergewisserte er sich.

»Ja«, nickte Hansen. »Habt ihr diese Verwachsungen schon einmal gesehen?«

»Allerdings…«

Chittagong und Zamboanga überfielen die Jäger daraufhin mit einem Kaleidoskop an ihnen auf den Nägeln brennenden Fragen: »Wo..? Wie viele..? Gibt es Bäume mit mehr als einem Knollen? Wie groß waren diese..? Welche Form hatten sie? Welche Farbe hatte ihre Rinde..?«

»Ruhig Blut, meine Herren… Ich bin sicher, dass unsere beiden Freunde solche Bäume für uns finden können, wenn sie das wollen. Oder, Born?«, mischte Hansen sich ein.

»Wir kennen solche Bäume und solche Gewächse. Manche haben keine ›Knollen‹, wie ihr jene nennt. Andere dafür umso mehr…«

Die beiden Wissenschaftler flüsterten miteinander.

»Wie viele solcher ›Knollen‹ wollt ihr haben?«

Jetzt war es selbst um Hansens Fassung geschehen.
»*Wie viele*..?! So viele wir finden können! Wir können aus einem Knollen eine ziemliche Menge von der Droge gewinnen; aber in dieser Galaxis gibt es unzählige alternder Menschen, und ich bezweifle, dass es genügend Knollen gibt, um auch nur einen Teil davon zu befriedigen. Wir können alle

gebrauchen, die ihr finden könnt. Wir geben euch dafür, was ihr wollt, Born.«

»Wir werden das nicht für euch tun!«, schrie Losting plötzlich. Seine Hand fuhr an die Axt, die an seiner Hüfte hing, und er trat ein paar Schritte zurück. »Born ist verrückt und kann tun, was er will - aber nicht ich.«

»Ich auch nicht, Losting«, korrigierte Born bitter. »Und es stimmt, dass ich gelegentlich Anfälle von Wahnsinn habe. Besonders bei Leuten, die nicht denken wollen. Meine Absicht war nur, auszuloten wo ungefähr wir stehen...«

»Was meint er damit, Born?«, fragte Hansen, dessen Stimme plötzlich nicht mehr väterlich und gütig klang. »*Du* verstehst mich doch..., oder..?«

Born fuhr herum und versuchte ein letztes Mal, sich dem Riesenhäuptling verständlich zu machen. »Und Du musst verstehen, dass wir es sind, die mit dieser Welt leben. Nicht **auf** ihr, sondern **mit** ihr.« Er mühte sich mit kaum verständlichen Begriffen ab. »Wir nehmen nichts von dieser Welt, das uns nicht freiwillig, ja freudig angeboten wird. Wir nehmen nur, wenn die Zeit und der Ort richtig sind. Man kann nicht **mit** einer Welt leben, wenn man nimmt, wann immer es einem passt..! Sonst stirbt am Ende die Welt - und man selbst mit ihr..!
Ihr müsst lernen, das zu verstehen, und ihr müsst hier weggehen, wenn ihr ernsthaft so weitermachen wollt. Wir könnten euch nicht helfen, selbst wenn wir das wollten. Nicht um all eure Lichtwaffen und anderen Wunder. Diese Welt ist kein guter Ort für euch. Ihr emfatiert sie nicht, und sie emfatiert euch nicht.«

Hansen seufzte tief. »Das tut mir auch leid, Born. Es tut mir deshalb leid, weil dies *nicht eure* Welt ist, müsst ihr wissen. Ihr habt euch hier nicht entwickelt, trotz all eurer sorgfältig

272

gepflegten, abergläubischen Vorstellungen vom Emfatieren und allem anderen. Eure Entwicklung auf dieser Welt reicht nur ein paar hundert Jahre zurück, *allerhöchstens* ein paar hundert Jahre... Ihr habt ebensowenig einen Anspruch auf diese Welt wie wir. Nein, sogar einen geringeren als wir. Wenn die Zeit dafür kommt, werden wir bei den entsprechenden Behörden beantragen, dass die Welt uns zur Entwicklung überschrieben wird. Solange ihr unsere Arbeit vor Ort nicht stört, werden wir euch nicht belästigen. Wir würden es vorziehen, wenn die Beziehungen zwischen uns so freundlich wie möglich sein könnten. Wenn das nicht geht...«, er zuckte die Achseln, »sind wir bereit, alles Notwendige zu tun, um sichere Arbeitsbedingungen für unsere Angestellten zu gewährleisten. Ich hatte gehofft, wir würden zusammenarbeiten können, aber so, wie die Dinge nun überraschenderweise zu laufen scheinen...«

»Ihr werdet keine Knollen wie diese mehr finden. Nicht ohne unsere Hilfe.«

»Es wird länger dauern, mehr kosten - aber wir werden sie finden, Born. Du musst wissen, dass diese Knollen sehr viel wert sind; alles wert sind, was nötig ist, um sie zu bekommen. Und ich bin auch noch gar nicht überzeugt, dass wir eure Unterstützung verloren haben. Wir müssen uns nur noch eingehender darüber unterhalten.« Er schüttelte betrübt den Kopf. »Wieder Papiere, Berichte, Verzögerungen... Sie werden verärgert sein.«
Er wandte sich um und rief zur Tür: »Santos..., Nicki...«

Die beiden Wächter traten mit gezogenen Waffen ein. »Es muss irgendwo einen leeren Raum geben; diese Sektion ist noch nicht ganz fertiggestellt. Sorgt dafür, dass unsere zwei neuen Kollegen dort angenehm untergebracht werden. Sie haben einen langen Marsch hinter sich und müssen ausruhen, brauchen etwas zu essen. Programmiert etwas Hübsches für sie.«

Losting hatte das Messer gezückt. »Ich will nicht länger hier bleiben; mir missfällt dieser Ort und seine blassen Riesen.« Er sah Hansen an. »Mit Dir spreche ich nicht mehr.«

Als Losting das Messer zog, sah Born, wie einer der Wächter eine Handwaffe mit einer durchsichtigen Spitze auf den Jäger richtete.

»Nein, Losting. Wir müssen, wie der Hansenhäuptling sagt, Zeit haben, um vernünftig darüber nachzudenken.«

»Du bist verrückt. Nur ein Wahnsinniger...«

»Jetzt ist nicht die Zeit für Muskeln, Losting!«, zischte er mit scharfer Stimme. »Es ist schwierig, Entscheidungen zu treffen, wenn man tot ist. Denke an den Himmelsdämon und das rote Licht.«

Losting musterte die beiden großen Männer, die ihnen den Weg versperrten, und sah Born dann fragend an. Jetzt veränderte sich sein Gesichtsausdruck. Er senkte die Augen. »Ja, Born, Du hast recht. Darüber muss nachgedacht werden.« Langsam schob er das Messer in die Blattlederscheide zurück.

Hansen zwang sich zu einem beruhigenden Lächeln. »Ich bin sicher, dass alles klarer werden wird, nachdem ihr Zeit zur Besinnung hattet, über das zu reflektieren, was ihr gehört und gesehen habt. Ihr seid jetzt beide erregt, Born, Losting. Ein fremder Ort, wie diese Station wirkt verwirrend auf euch... Ihr habt in dieser letzten halben Stunde mehr neue Dinge gesehen als euer ganzes Volk in den letzten hundert Jahren, ganz bestimmt sogar! Kein Wunder, dass Ihr emotionell reagiert und nicht rational! Entspannt euch, esst etwas.« Er fixierte Born mit scharfem Blick. »Und dann können wir ganz bestimmt über alles das noch einmal sprechen.«

Born nickte, lächelte verbindlich zurück. Es war gut, dass der Hansenhäuptling seinen Geist nicht so durchforsten konnte, wie seine Maschinen in die Bereiche der Oberen Hölle sahen.

Die beiden bewaffneten Riesen führten sie in einen Raum, der geräumig und bequem war - bequem nach den Vorstellungen der Riesen. Für die Jäger war die Kammer und ihre Einrichtung hart, eckig und bedrückend. Born probierte das Bett, den Stuhl, den schmalen Tisch und setzte sich schließlich mit überkreuzten Beinen auf den Boden.

Losting blickte auf. Er hatte die Ritze unter der Tür ins Visier genommen. »Sie sind immer noch dort draußen, bewachen uns. Wir sind nicht frei! Warum hast Du mich aufgehalten? Rotes Licht oder nicht, ich glaube immer noch, dass ich sie beide hätte töten können - und dem Fetten die Kehle durchschneiden..!«

»Beim ersten Schritt hätten sie Dich mit ihrem Licht umgelegt, Losting«, erwiderte Born sanft. »Einen hättest Du vielleicht erstochen, aber...«

»Ich erinnere mich schon an den Himmelsdämon, ich erinnere mich gut...«, gab Losting gereizt zurück. »Deshalb habe ich auch nicht gehandelt, wie mir zumute war, obwohl ich glaube, dass wir am Ende dasselbe Schicksal erleiden werden wie jener. Ich traue dem Dicken keinen Fußbreit über den Weg! Das eine weiß ich, bevor ich diesen Ungeheuern helfe, sterbe ich.«

»Ich bin auch dazu entschlossen«, gestand sein kleinerer Begleiter widerstrebend. »Die Riesin Kimilogan hatte recht. Sie konnte uns das alles nicht hinreichend erklären. Wir mussten selbst sehen, um es zu begreifen. Und jetzt begreife ich, wenn auch nicht *so*, wie sie und die anderen möchten, dass wir begreifen sollten. In gewisser Weise bin ich traurig. Denen fehlt ein Teil, Losting. Sie sind unvollständig. Das

Bedauerliche ist nur, dass sie ihren eigenen Mangel nicht erkennen.«

»Sie werden uns in ihrer Unwissenheit großen Schaden zufügen.«

»Vielleicht. Wir müssen uns eine kluge Finte überlegen. So, wie der fette Häuptling uns übers Ohr zu hauen beabsichtigt, weil er uns für dumm und primitiv hält, bekommt er von uns zurück. Auf einen Schelmen kommen anderthalb..! Das soll er spüren, denn hören will er ja nicht.
Also, Fazit: Gegen das rote Licht der Riesen können wir nicht kämpfen. Bald wird der Hansenhäuptling wieder mit uns reden wollen. Diesmal wird er vielleicht nicht so höflich sein. Die Riesen haben fremdartige Methoden des Tötens. Der Hansenhäuptling deutete an, dass sie ähnliche, fremdartige Methoden der Überredungskunst gebrauchen. Ich schnappte von einem der Wächter das Wort ›Folter‹ auf... Wenn sie uns nicht überzeugen - und das können sie nicht, weil es unser Heiliges mit Füßen tritt -, kann ich mir einfach nicht vorstellen, dass sie uns erlauben werden, zum Heim zurückzukehren.«

»Ich habe mich aus Respekt für Dich zurückgehalten«, polterte Losting. »Und weil Du häufig in solchen Dingen recht zu haben scheinst. Warum zögerst Du dann jetzt?«

»Gib mir etwas Zeit, Losting, etwas Zeit... Das muss gleich beim ersten Mal klappen..., muss daher sorgfältig und richtig gemacht werden!«

Losting brabbelte halblaut etwas vor sich hin, was sein Partner nicht hören konnte, und setzte sich dann mit dem Rücken zur Tür. Er zog sein Knochenmesser heraus und begann es an dem Metallboden zu schärfen. »Also gut, Denker, der Du mein Feind bist. Lasse Dir Zeit. Aber wenn sie wiederkommen, um uns zu holen und Dir - in all Deiner Verrücktheit - bis dahin nichts Gutes eingefallen ist, werde ich als erstes den

Hansenhäuptling töten! Ob sie daraufhin mit ihrem roten Licht Asche aus mir machen, ist mir egal.«

Born schüttelte betrübt den Kopf. »Kannst Du denn nicht über Deine erste Wut hinaussehen, Losting? Es nützt nichts, den Hansenhäuptling zu töten. Wenn Sand und Joyla zur Welt zurückkehren, wird ein anderes Paar gewählt werden. Die Riesen werden ebenso einfach einen neuen Häuptling wählen.« Seine Stimme klang jetzt scharf. »Nein, wir müssen sie irgendwie **alle** zur Strecke bringen und diesen Ort vernichten.«

Lostings Wut wich einen Augenblick lang völliger Verblüffung. »Sie *alle* töten? Wir können nicht einmal **einen** töten, um uns zu retten. Wie können wir sie da alle zur Rechnung ziehen?«

»Wir brauchen nur die Maschinen der Riesen zu ›töten‹, dann sterben die Riesen auch. Aber zuerst müssen wir hier raus.«

»Dagegen habe ich nichts einzuwenden«, schnaubte Losting. »Die Tür ist verriegelt, und das...«, er stach mit dem Messer nach dem Boden, wobei es knirschend abglitt, »...ist zäher als Eisenholz.«

»Du denkst immer noch nicht weiter, als Deine Wut Dir erlaubt, Jäger.« Born überkreuzte die Beine und begann den Boden zu fixieren. »Gib der Welt Zeit, und sie wird ihre Lösung finden.«

»Verrückt«, flüsterte Losting.

*

Während der langen, dauerverregneten Nachtstunden draußen, kehrte bei der Bewohnerschaft der Station zumeist verträumte Stille ein. Nichts bewegte sich, abgesehen von dem Wachpersonal, das die Monitore besetzt hielt, welche den Wald überwachten. Außerhalb der eigentlichen Basis hielten

277

acht von Salomon Cargos Mannschaft die Laserkanonen besetzt. Da die automatischen Alarmanlagen stumm blieben, fanden diese isolierten Vertreter der Sicherheitsabteilung weniger tödliche Ablenkung, um sich die Zeit zu vertreiben. In einem der Türme war die Mannschaft mit »Cribbage« beschäftigt. Sie benutzten dazu ein Brett, das Thranxkünstler auf Hivehom aus Berylholz geschnitzt hatten. Im nächsten Turm befasste man sich mit einem Urlaubsprospekt, der die Freuden einer bestimmten, viele Parsec entfernten Ozeanwelt schilderte. In der dritten Kuppel waren zwei Kanoniere unterschiedlichen Geschlechts, im Sinne aktiver Pflichtverletzung, in eine erotische, schweißtreibende Tätigkeit verwickelt, welche sie vollends in reizvollen Beschlag nahm.

Die Station hatte zwar eine quasimilitante Funktion, es handelte sich bei ihr aber nicht wirklich um eine militärische Anlage - wenngleich der Leiter der Sicherheitsabteilung, Cargo, sie als solche betrachtete. Niemand rechnete ernsthaft mit einem Geschwader Friedenswächter der Kirche noch erwartete man die Armada eines schlauen Konkurrenten. Und nichts konnte die künstliche Lichtung, welche die Station vom Wald trennte, betreten, ohne ein Dutzend Alarmsignale auszulösen.

So hielten sich die acht Kanoniere dienstbereit und genossen die schläfrige Ruhe des Nachtdienstes, sicher in dem Wissen, dass über sie Schutzengel mit Eingeweiden aus Silber und Kupfer wachten.

Im Inneren der Station indes hatten sich zwei, der Mechanistik abholde, »Widerständler« verschworen, den »Göttern« dieser Kanoniere zu freveln. Inzwischen war auch der letzte nicht Diensttuende auf der Station in »Morpheus Arme« gesunken. Keine Schritte hallten in den Korridoren. Nur das gelegentliche Klicken eines sich schließenden Relais, das Summen unermüdlicher Maschinen, das leichte Schnurren der Klimaanlage brachen die Ruhe.

So gab es niemanden, dem es auffiel, dass sich, inmitten eines Korridors, plötzlich ein kleines Loch auftat!

Selbst wenn jemand daran vorbeigekommen wäre, hätte er das Geräusch als den Widerhall des Donners aufgefasst, dem es irgendwie gelungen wäre, die eigentlich schalldichten Wände der Station dennoch zu durchdringen.

Die Öffnung wurde größer, als die Bodenplatten aus Metall wie Stanniol abgeschält wurden. Hätte jemand genau hingesehen, so wäre ihm aufgefallen, dass das Loch unter dem Boden sich einen Meter tief durch Stahlbeton fortsetzte. Zwei massige Tatzen schoben sich aus der Öffnung und weiteten sie aus, bis sie groß genug war, dass ein Mensch sie passieren konnte. Ein dicker Schädel schob sich vor, mächtige Hauer schimmerten in der schwachen Neonbeleuchtung. Drei Augen funkelten wie Blinklichter, als sie aufmerksam den verlassenen Korridor inspizierten. Dann verschwand der Kopf wieder, und aus der Höhlung drangen Geräusche, die wie ein halb ersticktes Gespräch anmuteten. Ein Grunzen ertönte. Zwei massige, pelzbedeckte Gestalten zwängten sich wie Paste aus einer Tube ins Innere der Station.

Ge'Eliwan analysierte gewissenhaft die fremdartige Umgebung und schauderte wegen der ungewöhnlichen Kühle, während Ru'Umahum sich vornehmlich für andere Dinge als die Temperatur interessierte.

»Höre keine Riesen, sehe keine Riesen«, wisperte Ge'Eliwan in der kehligen Sprache der Pelziger.

»Viele sind hinter diesen Wänden«, erwiderte Ru'Umahum, zur Vorsicht mahnend. Dann schnüffelte er noch einmal gründlich, um einen sehr schwachen, aber unverkennbaren Geruch zu lokalisieren: »Diese Richtung«, bestimmte er.

Dicht an die Metallwände gepresst, wo der Schatten sie schützte, trotteten die Pelziger lautlos durch den Korridor, bogen um eine Ecke in einen anderen. Eine letzte Kehre, und sie sahen sich einem einzelnen Riesen gegenüber, der vor der hintersten Tür des Flures saß. Der Riese bewegte sich nicht.

»Er schläft tief und fest, schnarcht...«, raunte Ge'Eliwan.

»Hinter ihm ist der Geruch gleichmäßig«, pflichtete Ru'Umahum ihm ergänzend bei.

Sie verließen die Deckung der Flurbiegung und schlichen auf die Tür zu. Ru'Umahum registrierte, über seine drei Nasenlöcher, unter ihrer Ritze den Geruch Borns und Lostings.

Hinter der Türe hatte Born sich nicht von der Stelle gerührt. Er saß immer noch mit überkreuzten Beinen auf dem Boden. Als er von draußen das leise Schnauben hörte, öffneten sich seine Augen wieder ganz.

Losting lag am anderen Ende der Kammer und döste; erwachte aber, als Born sich bewegte. »Was ist..?«

»Pssst...« Born kroch auf Händen und Knien zur Tür. Er presste das Gesicht gegen den schmalen Spalt, schnüffelte einmal und flüsterte dann vorsichtig: »Rúma?«

Von draußen war ein zustimmendes Knurren zu hören.

»Öffne die Tür. Wenn möglich, leise.«

Der Pelziger brummte: »Da ist ein Wächter.«

Das Gewisper weckte schließlich den fraglichen Menschen. Auch wenn er im Dienst geschlafen hatte, verstand der Mann sich auf seinen Beruf. Er war sofort auf dem Posten und augenblicklich auf das Verhindern eines Ausbruchs vorbereitet. Worauf er nicht vorbereitet sein konnte, war der Anblick eines grinsenden Ge'Eliwan, der die mächtigen Kiefer aufriss, so dass man die blitzenden Zähne sehen konnte. Der Mann fiel in Ohnmacht.

»Ist er tot?«, zeigte sich Ru'Umahum erstaunt.

»Nein, nur Schrecken bekommen«, schnaubte Ge'Eliwan zurück. Der Pelziger trat neben seinen Gefährten und studierte die Tür. »Wie öffnet man das? Das ist nicht wie die Türen, die die Menschen im Heim gemacht haben.«

Borns Flüstern drang unter der Tür zu ihnen. »Rúma, da ist ein Handgriff - er sieht wie der Griff eines Bläsers aus. Ihr müsst ihn nach links drehen und dann daran ziehen, um die Tür zu öffnen. Wir können es von innen nicht.«

Der Pelziger betrachtete den Griff eingehend, dann packte er ihn mit den Zähnen und drehte, Borns Anweisung folgend, den Kopf. Born hatte allerdings nicht erwähnt, dass der Handgriff nur eine Fünfundvierzig-Grad-Drehung benötigte, um zu funktionieren. So gab es ein klirrendes Geräusch, das in der herrschenden Stille wie eine Explosion wirkte. »Ist abgebrochen, Born«, vermeldete Ru'Umahum und spuckte den Metallbügel aus.

Losting stand auf und zog sich in die hintere Hälfte des Raumes zurück. »Ich hab' jetzt genug von diesem Ort. Komm.« Ohne Born Zeit zu lassen, Einwände zu erheben, befahl er: »Öffne jetzt die Tür, Ge'Eliwan!«

Ge'Eliwan erhob sich auf seine Hinterfüße. Sein Schädel berührte fast die Decke des Korridors. Er ließ sich nach vorne fallen und stieß gleichzeitig mit Vorder- und Mittelpfoten zu. Es gab ein ächzendes Geräusch, dann wieder ein Klirren, ähnlich dem, welches der abbrechende Griff verursacht hatte, nur viel lauter. Die Tür bog sich in der Mitte durch und faltete sich nach innen in den Raum. Nach Ge'Eliwans zweitem Zugriff hing sie nur noch lose am unteren Scharnier.

Born und Losting sprangen darüber und folgten den Pelzigern über Biegungen und Winkel im Korridor, an die sich keiner der beiden Menschen erinnerte. Rings um sie erhob sich Lärm wie in einem Nest aufgestörter Chollakees. Plötzlich tauchte am Ende eines Korridors ein Mann auf und stellte sich ihnen entgegen. Ihm fiel der Unterkiefer herunter, aber geistesgegenwärtig griff er an seinen Gürtel und versuchte, etwas Kleines, Glänzendes herauszuziehen.

Bevor er mit seiner Strahlenpistole Unheil anrichten konnte, versetzte Ru'Umahum ihm, im Vorbeilaufen, einen urgewaltigen Prankenhieb. Der Schlag hob den Mann von den Füßen und schmetterte ihn gegen die Wand. Als sie weitereilten, sackte er zu Boden.
Der Pelziger dröhnte: »Dieser Ort mit seinen Leuten gehört liquidiert!«, und schickte sich an, kehrt zu machen, um den Wächter zu erledigen.

Born jedoch widersprach. »Komm, schnell, nicht jetzt, Rúma. Diese Geschöpfe töten, ohne zu denken. Wir wollen nicht derselben Schwäche verfallen.«

Ru'Umahum murrte, folgte aber seines Menschen Empfehlung. Wenige Augenblicke später erreichten sie den breiten Flur, der die Station umgab. Losting und Born hatten jetzt die Äxte herausgeholt, aber sie brauchten sie nicht. Die Station schlief immer noch halb, und noch wusste niemand, was die Störung ausgelöst hatte. In der nächsten Minute war das Loch erreicht, das die beiden Pelziger in den Boden der Station gerissen hatten.
Ru'Umahum stieg als erster hinein. Born kletterte ihm nach, die Füße voran. Losting flugs hinterher; Ge'Eliwan bildete die Nachhut.

Wie ein Schwarm fluoreszierender Glühwürmchen begannen in der ganzen Station Lichter aufzuflackern; Alarmsirenen heulten. In den außenliegenden Türmen hallten Flüche, als die Lasermannschaften an ihre Vernichtungsmaschinen sprangen. Wache, gut ausgebildete Augen, solche von Menschen und solche von Maschinen, suchten die offene

282

Fläche rund um die Station ab; untersuchten die unverändert gebliebene Dschungelmauer. Aber in dieser sorgfältig überwachten Region bewegte sich nichts Bedrohendes, zeigte sich nichts Unerwartetes.

Unvermittelt erschien etwas auf dem Computerschirm, füllte eine Fläche in Reichweite des Nordturmes. Die wachhabende Kanonierin justierte hastig ihren feuchten Tanga-Slip zurück in die Mitte, schaltete die elektronischen Sensoren auf Zielerkennung und schoss. Der Feuerstoß vernichtete eine kleine Wolke von Silberglitzern, welche die Waldwelt verlassen hatten, um den lockenden Lichtern der Station entgegenzugaukeln.

*

Halbwegs noch schlaftrunken, stakste Hansen, in einen Morgenrock gehüllt und von einem Wächter geleitet, zu dem Loch im Boden.

»Ein Zentimeter Duralum über einem Stahlbetonsockel von einem Meter«, murmelte jemand in der kleinen Gruppe, die sich am Ort des Geschehens versammelt hatte.

Dienstbeflissen machte man Hansen Platz. Er hatte einige Mühe, das zu glauben, was er sah. »Ich dachte, die haben keine modernen Werkzeuge.«

»Haben sie auch nicht.« Alle drehten sich um. Logan war müde herangekommen und schob sich das wirre Haar aus der Stirn. Ihr Gesicht wirkte ernst. »Das müssen die Pelziger getan haben..!«

»Äußerst weise«, erklärte Hansen bitter. »Was ist ein ›Pelziger‹, Kimi..?!«

»Es ist ein Tier, mit dem Borns Leute zusammenleben. Ein sechsbeiniger Allesfresser. Zumindest nehmen wir an, dass es ein Allesfresser ist.« Ihr Blick wanderte wieder zu dem Loch

283

im Boden. »Als die Nacht kam und ihre menschlichen Begleiter nicht zurückkehrten oder sie holen ließen, müssen sie beschlossen haben, selbst nachzusehen.«

»Faszinierend«, war die einzige Reaktion des Stationsdirektors.

Immer mehr Besatzungsmitglieder der Basis kamen. Nach einer Weile wurden Geräte herangerollt und ein »Freiwilliger« in den Schacht hinuntergelassen. Es dauerte nicht lange, bis er die Information liefern konnte, die Hansen verlangte. Hansen nahm den Bericht des Mannes mit finsterer Miene zur Kenntnis. Er klopfte dem Mann auf die Schulter und trat dann wieder an den Rand des Loches. Die Gruppe, die sich gesammelt hatte, bestand inzwischen vorwiegend aus Abteilungsleitern, Männern wie Cargo und Blanchfort.

»Kann sich jemand von Ihnen vorstellen, wo dieses Loch hinführt?«, wollte Hansen wissen.

Vorsichtig-beredtes Schweigen. Wehe dem Bürokraten, der ungenaue Informationen lieferte! Außerdem würden sie es ja gleich erfahren.

»Weiß denn niemand von Ihnen, worauf er steht?«

Verdutzte Blicke.

»Das Loch führt nach unten in einen der Baumstämme hinein, auf denen diese Station ruht. Anscheinend ist dieser Baum nicht ganz so massiv, respektive unverwüstlich, wie wir ursprünglich angenommen haben. Wie es scheint«, setzte Hansen nach, und sein Gesichtsausdruck und seine zunehmende Wut ließen seine Untergebenen unwillkürlich einige Schritte zurückweichen, »gibt es eingeborene Tiere, die Löcher in solche Bäume bohren können! Diese..., diese Pelziger brauchten bloß ein solches Loch zu suchen und einfach in ihm nach oben zu klettern, bis sie unseren

Fußboden anbaggern konnten. Einen Boden, meine Damen und Herren, aus Beton!«, donnerte er.

Langsam verfiel seine Stimme wieder in einen moderateren Tonfall: »Um unsere Monitorbildschirme und Laser brauchten die Eindringlinge sich keine Sorgen zu machen. Auch nicht um die geladenen Kabel und Netze, welche die Baumstämme umgeben.

Das Einzige, was **mich** beunruhigt, ist nur: Woher wussten diese Tiere eigentlich, dass sie vor solchen Dingen keine Angst zu haben brauchten?!«

Cohoma hatte sich inzwischen den anderen angeschlossen. »Sie sind etwas mehr als..., ähhm..., nur Tiere, Sir; sie können..., nun ja, sie können - reden. Ein bisschen wenigstens... Genug, um sich zu unterhalten. Ich habe selbst mit ihnen gesprochen. Sie reden nicht so gerne wie wir, aber...«

»Halten Sie doch den Mund, Sie Idiot!«, stauchte ihn der Stationschef mit leiser Stimme zusammen, die gefährlicher klang, als wenn er geschrien hätte; nach einer Pause zischte er: »Und die erwarten von mir, dass ich auf einer feindlichen Welt wie dieser mit einer solchen Mannschaft eine Geheimoperation durchführe...«

»Entschuldigen Sie, Chef«, erbot sich der Leiter der Ingenieurabteilung. »Soll ich mir ein paar Leute holen, um dieses Loch dicht zu machen?« Er deutete auf die gähnende Öffnung im Boden.

»Nein, Sie brauchen sich nicht ein paar Leute holen, um dieses Loch abzudichten«, äffte Hansen den weinerlichen Ton des Ingenieurs nach. »*Setzen* Sie sich darauf!«, herrschte er ihn an. »Cargo! Wo ist Cargo?«

»Sir?« Der Leiter der Sicherheitsabteilung trat vor.

»Lassen Sie diese Öffnung unverändert. Stellen Sie einen Laser mit einer dreiköpfigen Mannschaft auf und wechseln Sie das Personal alle vier Stunden aus.«

Er stemmte die Hände in die Hüften und zupfte geistesabwesend an seinem braunen Morgenmantel. »Vielleicht versuchen die Typen auf demselben Wege wieder zurückzukommen. Diesmal verhandeln wir nicht, schließlich gibt es schon einen Toten. Wir werden dieses ›Heim‹ finden und mit seinen Leuten von vorne beginnen.«

»Sir?« Cargo zögerte und fragte dann: »Die Geschützmannschaften sind beunruhigt. Sie wissen nicht, wonach sie Ausschau halten sollen.«

»Zwei kleine dunkelhäutige Männer in Begleitung von...« Er sah über die Schulter und winkte Logan zu. »Wie sollen diese Biester nochmal aussehen..?«

»Sechsbeinig«, erklärte sie Cargo, »dunkelolivgrüner Pelz, drei Augen, rundliche Ohren, zwei kurze dicke Hauer im Unterkiefer, ein paarmal so schwer wie ein Mensch, entfernt bärenähnlich und...«

»Das genügt«, sagte Cargo trocken. Dann nickte er Hansen zu, machte auf dem Absatz kehrt und eilte zur nächsten Sprechanlage, um seine Mannschaft zu verständigen.

»Sagen Sie, Kimi, hatten Sie je den Eindruck, dass Ihr Freund Born vielleicht unsere Absichten missbilligen könnte?«

»Wir haben nie über Einzelheiten unserer Tätigkeit gesprochen, Chef«, antwortete sie. »Und manchmal gab es verschiedene Deutungen bezüglich seiner Fragen und Antworten. Aber da er damit beschäftigt war, unser Leben zu retten, hielt ich es nicht für zweckmäßig, mit ihm über Motive zu streiten. Ich war der Ansicht, unser erstes Ziel wäre es, heil hierher zurückzukommen.«

»Und trotz dieser Unsicherheit hinsichtlich seiner Reaktionen haben Sie zugelassen, dass er diese zwei halbintelligenten Tiere in Freiheit herumlaufen ließ, so dass sie ihn befreien konnten.«

Logan unterdrückte ihren Ärger nicht ganz. »Was hätte ich denn tun sollen? Sie an den Ohren hinter mir herziehen? Mir schien es in dem Augenblick am besten, mit Born und Losting auf gutem Fuße zu bleiben. Die Pelziger haben gesehen, was eine Laserkanone ausrichten kann. Keiner von Cargos intelligenten Helfern hat Gänge in diesen Stämmen entdeckt! Wie konnte ich ahnen, dass...«

»Sie hätten darauf bestehen können, dass er seine Haustiere mitbringt«, schnitt ihr Hansen den Satz ab.

»Sie kapieren immer noch nicht, Sir.« Sie gab sich Mühe, es ihm verständlich zu machen. »Die Pelziger sind keine ›Haustiere‹. Es sind unabhängige, intelligenzbegabte Geschöpfe mit eigener Vernunft. Sie schließen sich aus freien Stücken dem Menschen an; handeln völlig autark! Wenn sie beispielsweise im Wald zurückbleiben wollen, gibt es nichts, womit Born oder sonst jemand sie zwingen könnte, ihre Meinung zu ändern.«
Sie blickte bedeutungsvoll auf das Loch im Boden, wo das Metall, wie die Schale eines Apfels, abgezogen war. »Möchten Sie sich mit ihnen auf eine Auseinandersetzung einlassen?«

»Sie können sehr überzeugend argumentieren, Kimi. Es ist meine Schuld. Ich erwarte von allen zuviel. Und diese Erwartungen erfüllen sich nicht immer.«

Er blickte brütend in den finsteren Tunnel zu seinen Füßen. »Ich wünschte, es gäbe eine Möglichkeit, der Konfrontation auszuweichen. Nicht, dass unser Aufenthalt hier eine Spur weniger illegal wäre, wenn wir ein paar Eingeborene töten müssten.«

»Keine Eingeborenen, Sir«, erinnerte ihn Logan, »Ahnen von Überlebenden eines der verschollenen Auswandererschiffe.«

Hansen legte den Kopf schief und funkelte sie an. Seine Stimme klang gleichmäßig und hart. »Kimi, in Speicher 12 habe ich einen Wartungsingenieur namens Humin gesehen, dessen Gesicht ein blutiger Brei und dessen Rückgrat gebrochen ist. Er ist tot! Soweit es mich betrifft, macht das aus Born und Losting und ihren Vettern, die hinsichtlich unserer Anwesenheit hier ähnliche Gefühle haben, Eingeborene, *feindliche Eingeborene*, unberechenbare Wilde! Ich habe gegenüber den Leuten, welche die Mittel für diese Station aufgebracht haben, eine Verpflichtung zu erfüllen. Ich werde alle notwendigen Schritte unternehmen, um diese Investition zu schützen.
Und jetzt eine Frage: Gäbe es für Sie die Möglichkeit, dass Sie den Weg zu diesem Dorf wiederfänden?«

Logan überlegte. »Wir haben, bezüglich der Absturzstelle des Gleiters, die auf Plus/Minus 20 Sekunden recht genauen Koordinaten 29°14'20"Süd; 1°37'50"Ost [1] und hinblicklich der Himmelsrichtung eine ungefähre Ausrichtung. Durch die bekannte Lage des Skimmers bedingt, ließe sich das abzusuchende Gebiet auf vielleicht zehn Quadratkilometer genau eingrenzen; nicht ganz exakt, aber immerhin... Wenngleich das Heim in einer Tiefe von etwa dreihundert Metern unter den Wipfeln der Bäume allen suchenden Blicken verborgen bliebe, dürfte die Siedlung in ein paar Tagen gefunden sein... Allerdings..., ehrlich gesagt, bezweifle ich sehr, dass die Dörfler kooperativer wären als Born oder Losting. Sie sind ihrem Baum und ihrer Welt gegenüber absolut loyal und tiefinnerlich mit der Natur verwurzelt. Darüber hinaus ist mein Verlangen nach meilenweiten Märschen durch diesen mörderischen Dschungel auf ein Mindestmaß geschmolzen. Ich würde nur ungern auch nur mehr einen Fuß in diesen Wald setzen - zumindest nicht ohne

Borns Hilfe. Sie haben keine Ahnung, Sir«, bettelte sie fast, »wie es ist, per pedes auf dieser Welt unterwegs zu sein. Es ist schon schwierig genug, sich in den Etagen zurechtzufinden, geschweige denn in horizontaler Richtung. Und anbetrachts der gnadenlosen Fleischfresser, der heimtückischen Verteidigungssysteme der Flora und...«

»Okay..., Sie brauchen mir das nicht zu erklären, Kimi.« Hansen schob die Hände in die Taschen seines Morgenmantels. »Ich habe selbst mitgeholfen, diese Station zu bauen. Nun, wir werden versuchen, wenigstens einen von ihnen lebend gefangen zu nehmen, wenn sie versuchen sollten, hier noch mal aufkreuzen zu wollen...«

»Entschuldigen Sie, Sir«, zweifelte Cohoma mit unsicherem Blick. »Ich möchte meinen, dass Born so schnell er kann nach Hause zurückläuft, um den Widerstand gegen uns zu organisieren und seine Dorfgenossen zu warnen.«

Hansen schüttelte betrübt den Kopf und grinste herablassend. »Sie werden nie mehr als ein Scout sein, Cohoma.«

»Sir«, begann Kimi, »ich glaube nicht, dass Sie jetzt fair mit Jan umgehen, denn...«

»Und für Sie gilt dasselbe, Logan! Für Sie beide gilt das!« Seine Stimme wurde wieder gefährlich leise, ohne jede Spur von Sympathie. »Sie haben beide den Fehler begangen, diese Leute zu unterschätzen. Vielleicht kamen Sie sich wegen Ihrer Größe überlegen vor. Vielleicht kommt es auch daher, dass Sie das Produkt einer technisch fortgeschrittenen Kultur sind. Hmm... Die Gründe sind eigentlich auch nicht wichtig. Wahrscheinlich bilden Sie sich immer noch ein, dass Sie diesen Born dazu überredet haben, diese Reise zu machen. Sie glauben, Sie hätten ihn hinsichtlich der wahren Absichten dieser Station im Dunklen tappen lassen... Aber schauen Sie doch, was geschehen ist. Warum glauben Sie denn, dass

Born, mehr als alles andere, fortschrittliche Waffen haben wollte? Um damit Raubtiere zu bekämpfen? Verflixt..! Beim Heiligen Patrick O'Morion, nein! Damit er schließlich und endlich mit uns auf gleicher Basis verhandeln könnte. Jetzt kennt er die Art und die Anordnung unserer Verteidigungsanlagen, die Lage der Station, hat eine ungefähre Vorstellung von unserer zahlenmäßigen Stärke und sieht, wie wir von jeder Hilfe von außerhalb isoliert sind. Außerdem ahnt er unsere Absichten und ist zu dem Schluss gelangt, dass sie seinen eigenen zuwiderlaufen. Nein, ich kann mir nicht vorstellen, dass ein solcher Mann wegläuft, um Hilfe zu holen. Zumindest einmal wird er es selbst versuchen.«

Cohoma senkte niedergeschlagen den Kopf.

»Und alles das hätte nichts zu besagen«, fuhr Hansen fort, »wenn er immer noch in diesem Raum säße mit einem Wachtposten vor der Tür. Es schmerzt mich, einen so tüchtigen Mann töten zu müssen. Das Ärgerliche ist diese spirituelle Haltung, die sie offensichtlich gegenüber jedem Unkraut und jeder Blume einnehmen. Und das haben Sie beide nicht erkannt. Für Ihren Born sind unsere erklärten Absichten hier Grund genug für einen ›Heiligen Krieg‹. Ich wette meine Pension, dass er jetzt dort draußen auf irgendeinem heiligen Dornbusch hockt, uns beobachtet und überlegt, wie er den Ketzern einen schnellen Weg zur Hölle ebnen kann.
Und jetzt erzählen Sie mir mehr von diesen..., diesen Pelzigern.«

Er trat nach dem verbogenen Metall, welches das Loch umgab. »Ich habe hier einen Toten und ein Loch in der Station, die mir beide beweisen, welche Kräfte sie besitzen. Wie verletzbar sind sie?«

»Sie bestehen aus Fleisch und Knochen. Aus Fleisch jedenfalls«, verbesserte sich Cohoma. »Sterblich sind sie. Wir haben gesehen, wie einige von ihnen von einem Stamm räuberischer Tiere getötet wurden, die als ›Akadi‹ bekannt sind. Erst wenn sie anfangen, Nüsse nach einem zu werfen, muss man sich in Acht nehmen.«

Hansen sah Cohoma eigenartig an und beschloss dann, mit seiner Befragung fortzufahren. »Und wie steht es mit Waffen?«

»Etwas, das sie ›Bläser‹ nennen, eine Art großes Blasrohr, wie eine Bazooka. Sie verschießen damit vergiftete Dornen. Sonst haben wir nur die üblichen primitiven Geräte gesehen: Messer, Speere, Äxte und dergleichen. Nichts, worüber man sich Sorgen machen müsste.«

»Daran werde ich mich erinnern«, meinte Hansen grimmig, »wenn ich eines dieser Messer in Ihrem Hals stecken sehe, Jan. Eine Keule mordet genauso effizient wie ein SCCAM-Projektil. Sonst noch etwas?«

Logan lächelte schief. »Nein, es sei denn, sie hätten gelernt, eine Silberglitsche zu zähmen.«

»Eine was?«

»Das ist ein großer Baumbewohner hier im Dschungel. Wenigstens fünfzig Meter lang, besitzt ein paar hundert Beine und hat ein Gesicht, das nur ein Nestmeister der AAnn schön finden könnte. Wenn man Born Glauben schenkt, schläft es nie und kann nicht getötet werden. Zumindest nicht mit ihren Mitteln...«

»Danke«, erwiderte Hansen spöttisch. »Das klingt richtig ermutigend.« Er schickte sich an, zu gehen, wandte sich dann aber noch mal um. »Es besteht natürlich auch die Möglichkeit, dass überhaupt nichts passiert. Also setzen wir den normalen

291

Betrieb unter besonderen Sicherheitsvorkehrungen fort. Ich kann es mir nicht leisten, den Laden vorübergehend dicht zu machen und abzuwarten, bis Ihr kleiner Öko-Seppl seine Absichten erklärt. Sie melden sich beide morgen zum Dienst und lassen sich neu einteilen.«

»Ja, Sir«, salutierten beide niedergeschlagen.

Hansen atmete tief durch. »Was mich betrifft, so muss ich wieder einen Bericht schreiben; einen, der noch negativer klingt als die anderen schon. Gehen Sie mir aus den Augen, alle beide.«

Cohoma schien etwas sagen zu wollen, aber Logan legte ihm die Hand auf den Arm und zog ihn weg.

Hansen fuhr fort, Anweisungen zu erteilen.
Die Menge löste sich auf, jeder und jede an seinen zugewiesenen Platz. Der Direktor blieb als letzter zurück. Er starrte lange in das hohle, leere Schwarz der beängstigenden Öffnung im Boden ihres Habitats, bis die Lasermannschaft eintraf.
Als sie die Waffe auf ihrem Dreibein stabil aufgerichtet und justiert hatten, drehte er sich um, ging in sein Büro und versuchte sich dabei die Sätze zurechtzulegen, mit denen er seinen fernen Vorgesetzten erklären würde, wie es möglich gewesen war, dass zwei Eingeborene und zwei sechsbeinige »Riesen-Murmeltiere« die Verteidigungsanlagen der Station durchbrochen hatten.

Der Oberste Leitende Direktor, wegen seiner (für die meisten) anonymen Identität oft nur einfach »The OLD« genannt, würde nicht erfreut sein. Nein, ganz unmöglich..!

14 - Wehret den Anfängen...

Mensch und Pelziger ruhten auf einem Tungtankel im Schutze eines breiten Panpanooblattes, welches Schutz vor dem Nachtregen bot. Hansen hatte recht. Für Born und Losting, Ru'Umahum und Ge'Eliwan waren die Handlungen der Riesen ein Sakrileg - Grund für einen »Heiligen Krieg«.

»Wir können uns in den Bäumen unterhalb des Schauplatzes ihres Mordes verbergen«, schlug Losting vor, und seine Stimme übertönte scharf das beständige Trommeln des Regens, »und dann können wir sie einen nach dem anderen wegpicken, wenn sie herauskommen.«

»Auch in ihren Himmelsbooten?«, gab Born zu bedenken.

»Natürlich, mit unseren Bläsern.«

»Die Brüder sammeln«, brummte Ru'Umahum.

Born schüttelte besorgt den Kopf. »Sie haben ›lange Augen‹, um zu sehen, und ›lange Waffen‹, um zu töten, Rúma. Wir müssen uns etwas anderes überlegen.«

Daraufhin herrschte Stille - wenn man von dem ewigen Klatschen des Wassers absah. Einmal öffneten sich Borns Lider halb, und er murmelte: »Wurzeln..., Wurzeln...«

Seine Begleiter - Tier, wie Mensch - fixierten ihn voller Hoffnung; aber er verstummte wieder.

*

Der Morgen begann zaghaft in der Zweiten Etage zu dämmern, in der sie sich aufhielten. Noch war der Himmel wolkenverhangen.

293

»Ich habe eine Idee, wie man es anfangen könnte«, verkündete Born unvermittelt, ohne dabei jemanden anzusehen. »Es kratzt an den Außenbezirken meines Bewusstseins wie ein Viép, der am Eingang der Brya sucht. Wurzeln..! Wurzeln und eine Parade!«

Er stand auf, reckte sich. »Wo ist die Macht der Riesen verankert? Von wo kommen die Wunder, die man ihnen zuschreibt?«

»Von der Hölle natürlich«, meinte Losting.

»Aber *welcher* Hölle, Jäger?

Unsere Welt bezieht ihre Kraft aus der Unteren Hölle. Diese Riesen beziehen, nach dem, was sie sagen, die ihre aus der Oberen Hölle. Ihre Wurzeln sind mit dem Himmel verwachsen; nicht mit dem Boden, nach allem, was ich gesehen habe. Sie haben sich auf unserer Welt festgesetzt, indem sie nach unten gruben; wir werden uns in der ihren festsetzen, indem wir nach oben graben.«

»Wie kann man nach oben *graben*?«, wollte Losting wissen.

Statt einer Antwort trat Born an den Rand des schützenden Panpanoo und blickte in den lauen Regen empor. »Wir müssen einen Sturmtreter finden.« Er wandte sich um und sah Ru'Umahum fragend an. »Wie viele Tage bis zum nächsten Starkregen mit Unwetter?«

Der Pelziger stand auf und trat neben seinen Menschen. Seine stumpfe Schnauze schnupperte den Atem der langsam weichenden Nacht. Während das Wasser ihm vom Gesicht tropfte, sog er prüfend die Luft ein. »Drei, vielleicht vier Tage, Born.«

*

Sturmtreter waren nicht unbedingt selten oder gar rar; jedoch fand man, aus gutem Grunde, nie zwei beieinander. Indes hatte es ihnen keine Mühe bereitet, auf der Dritten Etage den silberschwarzen Stamm zu entdecken, welcher auf der vom Heim abgelegenen Seite der Station im Wald emporragte. Er stand in einiger Entfernung zur freigelegten Fläche, der Panta, aber die langen kettenähnlichen Blätter reichten bis hinunter in die Sechste und Siebte Etage. Das würde, ohne Zweifel, in der Horizontalen bis zur Station reichen..!

Es gab nur eine probate Variante, mit den blattbewachsenen Zweigketten des Sturmtreters umzugehen: Indem sie Hände, respektive Pfoten, Arme und Beine mit dem Saft der Laient bestrichen, war es möglich, Hunderte von Metern ineinander verschlungener Blätter hochzuziehen und aufzuwickeln.

»Ich verstehe immer noch nicht«, gab Losting zu, als sie sich den klebrigen Saft von den Händen rieben.

»Erinnerst Du Dich an das von den Riesen gefertigte künstliche ›Lianennetz‹, durch das wir gingen, als sie uns in ihre Station brachten? Erinnerst Du Dich noch, wie der bleiche Sal-Riese uns erklärte, was es aß? Ich habe einmal gesehen, wie ein Cruta so viel Tesshandafrucht verzehrte, bis er explodierte. Er platzte regelrecht auseinander. Ich werde wahrscheinlich nie wissen, ob ich ebenso dumm schaute wie der Cruta, aber vergessen habe ich das nicht. Und das wollen wir jetzt, so hoffe ich, auch erreichen.«

Losting sah ihn verständnislos an. »Vielleicht machen wir damit nur die Wurzeln der Riesen stärker und fester.«

Born zuckte die Achseln. »So solches geschähe, versuchen wir etwas anderes...«

*

Trotz Lostings Ungeduld warteten sie den Gewittersturm ab, der in der dritten Nacht tobte.

An jenem Abend wusste Born, dass er die richtige Entscheidung getroffen hatte, als Ru'Umahum prüfend die Luft einsog und erklärte:
»Diese Nacht viel Regen, Wind und Lärm.«

»Dann müssen wir uns beeilen, ehe er uns anheult, sonst rettet uns selbst der isolierende Harz des Laient nicht.«

Schon trommelten die ersten dicken Tropfen auf das Dschungeldach über ihnen. In fast völliger Dunkelheit arbeiteten sie sich auf die Station zu, bewegten sich unter der freigelegten Fläche, die von vielfachen elektronischen Sensoren, Lichtverstärkern und dem »roten Lichttod« bedeckt war.
Sie hatten drei der langen, silbernen Blätter zur Verfügung. Jeder Pelziger quälte sich mit einem ab; Born und Losting trugen das dritte. Dick mit Laient-Saft beschmiert, zogen sie die endlos scheinende Blattkette hinter sich her, bis sie die finstere Wand erreichten, die von einem der die Station tragenden Stämme gebildet wurde. Born berührte den Stamm, sah sich um. Der Baum begann, infolge des Verlustes seiner blättertragenden Krone und der Infektion des Herzholzes, bereits zu sterben.
Aufmerksam und bedächtig arbeiteten sie sich, parallel zu dem mächtigen Stamm, in die Höhe. Der Donner dröhnte über ihnen; Blitze zerrissen zuckend, gleißend den Himmel.

Born war bereits bis auf die Haut durchnässt. Ru'Umahum hatte recht gehabt: Starker Regen diese Nacht.
Der schwarze Laient-Harz bot ihnen auch noch Schutz, als sie ins Freie traten. Der Wind trug den Regen bis zu ihnen, aber direkt unter der schützenden Station, war es noch relativ trocken. Das war gut so, denn hier gab es keine freundlichen Kabbl und Schlinger, an denen man sich festhalten konnte. Sie mussten sich, mit ihren schweren Blättern, in der Vertikalen, am Stamm, nach oben ringen.

Obwohl alle Stationen der Sicherheitsabteilung besetzt, alle Schirme eingeschaltet waren, sah niemand die winzigen Punkte, die an dem Stamm hinaufkrochen, denn die aktiven Verteidigungseinrichtungen der Station waren himmelwärts und zur Seite, nicht jedoch nach unten ausgerichtet! Born machte auch nicht den Fehler, den Baum zu ersteigen, den Ru'Umahum und Ge'Eliwan benutzt hatten, um sie zu befreien. Jenem Stamm galt immer noch zu große Aufmerksamkeit, mutmaßte er zu Recht.

Born wartete, bis sie alle unmittelbar unterhalb des Metallnetzes versammelt waren, das ihnen den weiteren Weg nach oben versperrte. Jetzt zuckten pausenlos Blitze über das nächtliche Firmament. Sie mussten sich beeilen. Über ihnen knatterte und flackerte das Netz bei jeder atmosphärischen Entladung.

Er nickte.

Gemeinsam legten Mensch und Pelziger die drei silberschwarzen Blattketten über verschiedene Teile des metallenen Gewebes. Born hielt den Atem an, als die Blattranken das Metall berührten. Ein paar winzige Funken, dann wurde es wieder ruhig.

»Schnell hinunter, bevor es ungemütlich wird!«, rief er Losting und den Pelzigern zu.

*

In einem der Wachtürme fiel dem dritten diensthabenden Ingenieur der Generatorstation eine unerwartete Amplitude auf. Er runzelte die Stirn und musterte seine Skalen. Die leichten Stromschwankungen, die sich abzeichneten, bewegten sich zwar in einer tolerablen Zone akzeptabler Parameter, aber eigentlich hätte es keine solchen Schwankungen geben dürfen. Die Abweichungen von der Norm waren stärker, als man das - selbst bei einem Gewitter wie diesem - erwarten durfte.

Einen Augenblick lang überlegte er, ob er den Chefingenieur wecken sollte, beschloss dann aber, dessen Zorn nicht zu riskieren. Vermutlich war an den Messanlagen etwas nicht in Ordnung - der B-Transformator war in letzter Zeit ein paarmal kurzfristig ausgefallen. Und an der Energiezufuhr durch den Sonnenkollektor konnte es ja nicht liegen - jetzt, mitten in der Nacht.

Und dann geschah es!
Plötzlich schlug ein mächtiger Blitz so nahe ein, dass der Knall selbst die Isolierung der Wände durchdrang. Einige Dinge ereigneten sich nun gleichzeitig: Die ohrenbetäubende Entladung elektrischer Energie traf einen Baum südöstlich der Station; doch es wurde kein Baumwipfel gespalten, keine Flamme zuckte auf. Stattdessen »trank« die nackte Spitze des Sturmtreters den Blitz in sich hinein wie ein Kind, das Milch durch einen Strohhalm saugt. Das mit Metall imprägnierte Holz erzitterte sichtbar unter dem Aufprall, wurde aber nicht beschädigt, weil sich die ungeheure Spannung des Blitzes in der erstaunlichen Innenstruktur des Baumes gleichmäßig verteilte. Einen kurzen Augenblick lang verstärkte sich die schwache Verteilung der Ladung, die der Baum gewöhnlich aufgebaut hatte, myriadenfach. Unter normalen Umständen hätte das komplizierte Wurzelsystem des Sturmtreters die ganze Energie in den Boden abgeleitet, damit Stickstoffoxide erzeugt und so den Grund der Umgebung angereichert.
Aber diesmal zog etwas anderes die ganze Kraft der Entladung ab, lenkte die in Sekundenbruchteilen aufgebaute Energie durch den Abwehrschirm, den die langen tödlichen Blätter des Baumes bildeten.

Der konsternierte Ingenieur erfuhr nie, dass seine Skalen und Geräte völlig richtig angezeigt hatten; erkannte nie die Ursache jener ersten rätselhaften Stromschwankungen.

Born wusste nicht genau, *was* er erwarten sollte. Er hatte, wie er Losting erklärte, gehofft, das Schutzgewebe zu überfüttern, welches den Unterleib der Station bewachte. Stattdessen *explodierten* die drei Netze in dem Sekundenbruchteil, welcher der Entladung folgte.
Einen Moment lang flammten sie auf wie brennendes Magnesium, ehe sie zu schwarzer Schlacke zusammenschmolzen. Ferne Folgeexplosionen hallten über die dunkle Panta. In der Station flammten Lichter auf, blinkten hinüber zu den verdutzten vier Beobachtern, die sich am Waldrand hinter ein paar Blättern zusammengekauert hatten.

Modulatoren flammten auf und zerstoben noch im selben Moment; waren außerstande, die ungeheure Überladung zu regulieren. Die Akkumulatoren schmolzen wie Butter in der Sonne und raubten der Station ihre Reserveenergie. Neunzig Millionen Volt, bei hundertdreißigtausend Ampere, ergossen sich in das Generatorsystem der Station und schmolzen jedes Kabel, das sie nicht kurzschlossen, jede Steckdose, jede Glüh- und LED-Lampe, jede Leuchtröhre und jedes Gerät. Eine einzige alles übertönende Eruption hallte durch die Basis, als der Zentraltransformator und die Sonnenenergieanlage durch die Wand gerissen wurden.
Der gleichmäßig trommelnde nächtliche Regen wurde von den Schreien der Verwirrten, der Überrumpelten und Verbrannten übertönt. Aber es gab keine Schreie langsam Sterbender. Alle, die den Tod gefunden hatten, waren, wie der Ingenieur, in einem Nu »elektrokutiert«, das heißt elektrisch exekutiert worden.

Losting wollte losrennen. »Führen wir es zu Ende.«

Born musste ihn festhalten. »Vielleicht haben sie noch das rote Licht, das tötet, ehe ein Bläser geladen werden kann, Jäger.«

Losting wies auf die zerdrückten, rauchenden Geschütztürme. Man konnte die Laserkanonen zwar reparieren, aber im Augenblick waren sie unbrauchbar. Die Drehmechanismen waren ausgebrannt.

»Die nicht«, erklärte Born. »Aber vielleicht funktionieren die kleinen noch, die die Riesen wie Äxte tragen.« Er lehnte sich auf dem feuchten Ast zurück und blickte zum Himmel. »Was werden diese wilden, ungewöhnlichen Geräusche am Morgen bringen, Jäger? Überlege! Was können Männer, die gleichzeitig schreien, herbeirufen?«

Losting dachte nach, bis seine Augen sich weiteten. »Schweber..., nicht Bunas, sondern Photoiden...«

Born nickte. »Ganz genau..! Sicherlich regen sie sich bereits.«

»Aber diese Riesen haben doch sicher schon Photoiden-schweber gesehen?«

»Vielleicht auch nicht...«, wandte sein Gefährte ein. »Ihre Skimmer sind leise, und die Photoiden selten. Nur Beute, die für einen Photoiden groß genug ist, macht auch genug Lärm, um welche anzuziehen.

»Hmm... Daran habe ich nicht gedacht.« Losting lehnte sich zurück und legte die Hände auf die Knie. »Was macht es schon? Die Schweber werden keine Beute sehen und wieder wegfliegen.«

»Das kann sein, Losting. Aber denk daran, wie die bleichen Riesen gewöhnlich reagieren! Wie Logan und Cohoma zuerst auf mich reagierten; wie sie in der Welt reagierten... Sie haben Angst - ohne den Versuch zu machen, zu verstehen, Losting. Und inzwischen haben sie sicher schreckliche Angst. Wir werden abwarten, was sie angesichts aufkreuzender Schweber tun...«

*

Hansen trat nach den immer noch rauchenden Fragmenten aus Metall und Polyplexalum, die den ausgebeulten Boden bedeckten, und betrachtete das gähnende Loch, wo einmal die Kraftanlage der Station angebracht gewesen war.

Pfützen verhärteter, schmorig riechender Schlacke waren alles, was von der komplizierten, teuren Anlage übriggeblieben war. Sie war nicht zerbrochen, sie war einfach nicht mehr da..!

Ein sehr müder Blanchfort erschien. Wie alle anderen hatte auch er seit vielen Stunden nicht mehr geschlafen.

»Berichten Sie«, seufzte Hansen.

»Alles, was Energie aufnahm, ist entweder verbrannt oder zerschmolzen, Sir«, bestätigte der Abteilungsleiter das nur allzu leicht Erkennbare. »Es gibt kein Modul, keinen einzigen Stromkreis, keinen Flüssigschalter in der ganzen Station, der noch funktioniert. Wir werden das ganze System neu aufbauen und konzipieren müssen.«

Hansen gestattete sich ein paar Minuten, um die Information sacken zu lassen. Dann fragte er: »Hat man die Ursache entdeckt?«

»Mamula glaubt eine zu erkennen. Es ist..., nun, wenn Sie es einmal gesehen haben, ist es ziemlich offenkundig.«

Hansen folgte Blanchfort durch die Station, vorbei an erschöpften Männern, die an geschwärzten Wand- und Bodenfragmenten arbeiteten. Bald hatten sie die Luke im Boden erreicht, durch welche ein offener Lift Zugang zum Dach des abgeschnittenen Waldes unter ihnen bot. Der Lift war natürlich ausgebrannt. Jemand hatte die zerschmolzenen Drähte und sonstigen elektrischen Verbindungen weggeschnitten und eine Winde improvisiert. Jetzt hing die

301

Liftkabine auf halbem Wege zwischen der Station und der grünen Welt darunter. Sie stand genau in der Höhe, wo einmal das geladene Gitter verlegt gewesen war. Hansen spähte durch das Loch im Fundament. An der Stelle, wo das Gitter mit dem Baum verbunden gewesen war, rann ein Ring immer noch heißen Metalls wie Kerzenwachs in die Tiefe. Von der verkohlten Borke stiegen Rauchfäden auf.

»Sehen Sie es, Chef?«, fragte Blanchfort.

Hansen kniff die Augen zusammen. »Was soll ich bitte sehen..?«

»Dort, links, ein Stück unter Mamula und seinen Leuten. Da sind noch zwei weitere am Stamm.«

Der Stationsleiter starrte in die Tiefe. »Sie meinen diese lange, silbrige Kette, die nach unten in die Baumwipfel führt?«

»Ja, das meine ich, Sir; nur dass es keine ›Kette‹ ist, jedenfalls nicht aus Metall. Es sind Blätter oder viele ineinander verschlungene Blattglieder.«

»Was ist mit ihnen?«

»Mamula glaubt, sie wären letzte Nacht, vor dem Sturm, auf das Gitter gelegt worden. Wir haben einen Suchtrupp ausgeschickt, wobei ich gehofft hatte, unsere zwei Eingeborenen würden sich zeigen - aber das haben sie nicht getan. Wir haben die Blattkette an ihren Ursprungsort verfolgt. Alle drei Blätter führen in den unbeschädigten Wald außerhalb unserer Rodung hinein, und dann nach Südosten. Sie sind etwa dreihundert Meter von der Lichtung entfernt mit ihrem Mutterbaum verbunden.«
Er wandte sich um und deutete zu einem Fenster hinaus. »Dort. Es ist einer der kleineren Bäume. Nackte Krone, vorwiegend schwarz und silberfarbene Borke. Auch die Blätter

sind überwiegend silbrig; sehr wenig Braun oder Grün, nur in einigen Nebengewächsen.«

Er warf einen Blick auf seinen Notizblock. »Eine Frau namens Stevens leitete den Suchtrupp. Nach ihrem Bericht trägt der Baum selbst eine tödliche Ladung. Alles, was eines seiner langen Blätter berührt, wird auf der Stelle getötet. Mamula hat die Theorie aufgestellt, dass der Baum, wenn er vom Blitz getroffen wird, wie es offensichtlich letzte Nacht der Fall gewesen war, die Ladung irgendwie weiterleitet. Es bedarf nur einer winzigen Aufladung, um das Verteidigungssystem des Baumes aufrechtzuerhalten. Es gibt nur wenige Bäume dieser Art, und sie stehen ziemlich isoliert.«

»Ich verstehe... Sie dienen sozusagen als Blitzableiter für den ganzen Wald und schützen die anderen Bäume vor den nächtlichen Gewittern. Nur...«, er musste an sich halten, um nicht loszubrüllen, »letzte Nacht ist die Ladung auf etwas anderes gerichtet worden.«

»Nicht nur *gerichtet*, sondern geradezu ›gezogen‹ worden.«

Hansen nickte grimmig. »Kein Wunder, dass sämtliche Stromkreise durchbrannten. Und natürlich hat niemand vorher etwas Ungewöhnliches bemerkt.«

Blanchfort senkte den Blick. »Nein, Sir. Ich hörte, dass Cargo einige seiner Leute ziemlich heftig zusammengestaucht hat.«

»Das wird uns guttun.« Der Direktor atmete tief durch und trat nach einem Stück geschmolzenen Kunststoffs. »Was sagt Murchison?«

»Murchison ist tot, Sir.«

Hansen schloss kurz die Augen. »Also gut, dann Mamula.«

»Ja, Sir. Mamula glaubt, er könne einige Leitungen reparieren. Wir haben für etwa zwanzig Prozent der Anlage Ersatzteile, aber wir brauchen einen neuen Generator.«

»Das sieht jeder Depp... Dort, wo der alte stand, gähnt nun ein Loch, durch das man mit einem Skimmer fliegen könnte.«

»Der große Block Solarzellen ist zersprungen. Er muss ebenfalls ersetzt werden. Die gesamte Klimaanlage ist hinüber, das bedeutet unter anderem, dass die Kühlung ausfällt. Wir werden schwitzen...«

»Unter anderem...«, rekapitulierte Hansen angewidert. »Was ist denn übriggeblieben?«

Wieder ein Blick auf den Notizblock.
»Hmm... Die Liste ist erheblich kürzer... Sämtliche Handfeuerwaffen und vier Projektilwaffen. Also sind wir nicht unbedingt wehrlos... Mamula hat einen Transformator gefunden, der nicht angeschlossen war, und hat die Kühlanlagen für die Krankenstation an die Batterien gehängt. Ach..., und Notrationen - ernährungstechnisch - haben wir auch eine ganze Menge.«

»Fernmeldeeinrichtung?«, schnarrte Hansen kurz.

»Leider hin..! Aber die Anlage im Landeboot funktioniert noch.«

»Ein Jammer, dass es ein Landeboot ist und kein Aufklärer. Wann ist das nächste Versorgungsschiff fällig?«

»In zweieinhalb Wochen, Sir, planmäßig.«

Hansen nickte und ging durch die nächste Tür auf den Balkon hinaus, welcher die gesamte Station umgab.
»Zweieinhalb Wochen...«, wiederholte er, stützte sich auf das Geländer und blickte zu der fernen grünen Wand hinüber. Dann ließ er seinen Blick nach unten zu den grünbraunen

Baumspitzen schweifen. »Zweieinhalb Wochen für eine komplett ausgestattete Station, die konstruiert ist, um selbst den Angriff einer Commonwealth-Fregatte abzuwehren; zweieinhalb Wochen, um die Belagerung durch zwei Öko-Heinis in Lendenschurzen zu überstehen, den Bastarden von fehlgeleiteten Kolonisten, die zu religiösen Fanatikern geworden sind!«

»Ja, Sir«, schluckte Blanchfort.

Hansen wirbelte herum, als er eine weitere Stimme hinter sich hörte und brüllte den Neuankömmling an. »Glauben Sie, Ihre Leute werden damit fertig, Cargo? Oder meinen Sie, dass wir unterlegen sind?!«

Cargo richtete sich auf und schlug die Hacken zusammen. »Ich muss mit dem zurechtkommen, was ich habe, Sir, genauer gesagt, dem besten Personal, das die Firma kaufen konnte.«
Was er damit sagen wollte, war klar: Es gab gewisse Dinge, die selbst die Muttergesellschaft nicht käuflich erwerben konnte. »Ich könnte einen Ausfall vorbereiten, Sir, wenn Sie das wünschen. Wir könnten ausschwärmen und die Umgebung absuchen bis...«

»Um Gottes Willen, Cargo. Bloß das nicht! Ich brauche keine Opferlämmer, die unbeholfen im Wald herumstaksen, den die Eingeborenen in- und auswendig kennen. Ihr Selbstmord nützt niemandem etwas. Sie könnten die ja nicht einmal von der übrigen Fauna unterscheiden. Die würden ihre Leute einen nach dem anderen wegputzen, oder sich einfach im Hintergrund halten und warten, bis der Wald Sie erledigt hat.« Er wandte sich wieder dem smaragdfarbenen Ozean zu. »Ich kann mir immer noch nicht zusammenreimen, was sie zu solcher Gewalttätigkeit veranlasste. Freilich, der Wunsch zu entkommen, uns Ärger zu bereiten, sicher - aber ein Gegenangriff? Sie müssen verdammt zuversichtlich sein, oder schrecklich wütend. Ich weiß, dass dieser Born unsere Absichten hier missbilligt, aber er machte keinen mörderischen Eindruck auf mich; wir übersehen da irgend-etwas... Ich würde gerne noch einmal die Gelegenheit ergreifen, mit ihm zu reden; einfach, um herauszufinden, womit wir ihn so gereizt haben.«

»Ich hätte gerne Gelegenheit, ihm den Hals abzuschneiden«, erwiderte Cargo.

»Hoffentlich bekommen Sie die, Cargo. Aber ich würde nicht darauf bauen, dass Sie ihn sehen, bevor er Sie entdeckt.«

Cargos Haltung lockerte sich, nicht aber seine Stimme. »Sir, ich habe dreißig Jahre in den Streitkräften des Commonwealth gedient, ehe mir klar wurde, dass es dreißig vergeudete Jahre waren. Jetzt bin ich seit vier Jahren als Leiter der Sicherheitsabteilung bei der Firma. Wenn mir dieser Knirps unter die Hände kommt, können Sie Ihr Verwaltungsdiplom darauf wetten, dass ich ihm den Hals breche, ehe er mich auch nur berührt.«

»Ich wette einen viel größeren Einsatz, Sal.« Er blickte zum Himmel. »Das wird wieder ein heißer Tag werden... Ohh..., Mutter Gottes, was ist das denn..?!«

Cargo wandte den Kopf und blickte in das schwache Blaugrün des südlichen Himmels. Langsam näherten sich drei träge dahintreibende Silhouetten der Station. Jede von ihnen war halb so groß wie der ganze Bau.

»Funktionieren noch irgendwelche Geschütztürme?«

»Nein, Sir«, erklärte Cargo, ohne sein Augenmerk vom Himmel zu wenden. »Aber die Gewehre haben wir noch.«

»Bringen Sie sie in die Kuppel. Lassen Sie ein paar Leute unten, um die Stützstämme zu beobachten, und schaffen Sie das restliche Personal nach oben. Der Baum mit dem Tunnel soll ebenfalls weiter bewacht werden. Ich möchte keine Überraschungen aus dem unteren Stockwerk provozieren, während wir *mit dem da* beschäftigt sind... Los!«

Rufe und Schreie hallten durch die beschädigte Station. Jeder, der noch eine funktionsfähige Handfeuerwaffe besaß, sollte sich in der Kuppel melden. Alle begriffen - die drei Photoidenschweber machten keinerlei Anstalten, sich zu verstecken.

Logan und Cohoma gehörten ebenfalls zu denen, die sich unter den Polyplexalumscheiben drängten. Drei schwere Lasergewehre waren dort auf schwenkbaren Lafetten platziert und stabil himmelwärts gerichtet worden. Hansen sah die beiden Scoutpiloten, winkte Cohoma zu sich und sprach ihn an:

»Haben Sie schon einmal so etwas gesehen?«

Jan studierte die aufgedunsenen Ungeheuer fasziniert. »Nein, Chef, nie. Ich kann mich auch nicht erinnern, dass Born je so etwas erwähnt hätte.«

»Können Sie sich vorstellen, dass Ihre ›Pygmäen‹ sie unter Kontrolle haben?«, fragte Cargo.

Logan, die herzugetreten war, überlegte. »Nein, das glaube ich nicht. Wenn sie gefährlich, aber manipulierbar wären, hätte Born sie bestimmt herbeigerufen, um uns zu schützen, als wir über die Lichtung gingen.«

Die Schweber waren gigantische Gas-Säcke, etwa eiförmig, mit wedelnden, segelähnlichen Flossen am Rücken und an den Seiten. Das gleichmäßige Flattern dieser über die ganze Körperlänge hinweg angeordneten Auswüchse trieb sie träge durch die Luft. Die Gas-Säcke selbst waren von blassem, durchscheinendem Blau, durch das die Sonne schien. Unter jedem Sack lag eine Masse aus gummiartigem Gewebe, das sich wie eine Drahtspule eingerollt hatte. Und von diesen »Drahtspulen« hing eine Reihe kurzer dicker »Zwirnfäden«, die wie Spiegel-Lianen glänzten, an welche Logan sich aus den Wochen im Wald erinnerte.

Farben blitzten von den sich drehenden, kreisenden, organischen Prismen. Dem ganzen Geschöpf wurde dadurch das Aussehen eines Ballons verliehen, der versuchte, einen Regenbogen auszubrüten. Unter diesem glitzernden Konglomerat hingen längere Tentakel. Jene sahen irgendwie »natürlicher« aus, waren von hellblauer Farbe, wie die Gas-Säcke, und von einer klebrigen, glitzernden Masse bedeckt.

Sie trieben permanent näher auf die Station zu; wie zufällig - allerdings gegen den, wenn auch nur sanft wehenden, lauen Wind. Währenddem debattierte ein kleines Grüppchen heftig darüber, ob diese Geschöpfe eher dem Pflanzen-, oder dem Tierreich zuzuordnen wären.

»Halten Sie die Waffen schussbereit!«, befahl Hansen. »Konzentrieren Sie sich - kein überflüssiges Wort mehr!«

Bis jetzt hatten die schwebenden Ungeheuer noch nichts Feindseliges unternommen. Aber ihre schiere Größe machte ihn nervös. Das gespenstische Schweigen, mit dem sie immer näher heranglitten, trug nicht gerade zu seiner Beruhigung bei.

»Wenn sie auf zwanzig Meter heran sind, schießen Sie - nicht vorher; unsere Rest-Bewaffnung ist für eine größere Entfernung wahrscheinlich nicht effizient genug und wir haben keine Energie zur Verfügung sie nachzuladen«, wies er Cargo an.

Der bestätigte die Befehle mit einem knappen Nicken.

Etwa zehn Minuten später kippte einer der Schweber zu ihnen ab; seine herunterhängenden, schlauchähnlichen Tentakel zuckten in der Luft. Der Photoide hielt außerhalb der zwanzig Meter, die Hansen festgelegt hatte, an und schwebte still in der Luft. Obwohl keinerlei optische Perzeptoren zu sehen waren, hatte Hansen das ungute Gefühl, dass er sie eingehend begutachtete. Mit flatternden Flossen verharrte er an Ort und Stelle, während die Spannung in der Kuppel und dem Rest der Basis unerträglich anstieg.

Jemand stieß einen Schrei aus, und aller Augen richteten sich nach oben. Die beiden anderen Schweber trieben jetzt auf das Landeboot zu, der letzten Verbindung zur Firma, zum Rest des Universums, über die sie verfügten. Ein langer Tentakel senkte sich herunter und krümmte sich um den Bug des Shuttles; zog neugierig und mühelos daran. Ein fieses Kreischen war zu hören, als das Boot etwas zur Seite rutschte. In dem Moment zuckte ein bleistiftdünner Strahl rubinroten Lichts zu dem neugierigen Schweber hinüber.

Cargo wirbelte herum und brüllte die Gewehrmannschaft an: »Wer hat da geschossen? Ich habe keinen Befehl dazu erteilt!«

Der Laserstrahl erwischte den Gas-Sack, schien jedoch schräg durch ihn hindurchzugehen. Der Schweber sank etwas tiefer, nahm dann aber in Kürze wieder die ursprüngliche Position ein. An dem Punkt, wo der Laser ihn getroffen hatte, kräuselte indifferent etwas Rauch. Ein schwaches, kaum hörbares Pfeifen war zu vernehmen, es klang wie ein Seufzen.

Der Schweber hob sich etwas in die Höhe, vergaß einen Augenblick lang, das Shuttle loszulassen. Ein leises Klirren hallte zu ihnen herüber, als ein Ankerkabel nach dem anderen riss wie eine überspannte Pianosaite.

Affektiv feuerte jemand seine Pistole ab, dann eröffneten auch die anderen Gewehre das Feuer. Cargo fluchte und schimpfte, aber die Panikschreie in der Station übertönten ihn. Ein roter Strahl nach dem anderen zuckte zu den Schwebern hinüber. Und jedes Mal, wenn einer der gebündelten Lichtfinger dessen Gas-Sack traf, sank der verletzte Schweber etwas in die Tiefe, blies sich aber kurzerhand bald wieder auf.

Strahlenbündel, die in dem Tentakelwald landeten, schienen davon abzuprallen, das heißt weitgehend reflektiert zu werden.

Aus ihrem Versteck hinter einem Gebüsch von Kammlianen flüsterte Born: »Für Schweber sind sie sehr geduldig.«

»Vielleicht wollen sie nicht kämpfen, nur spielen...«, meinte Losting besorgt.

Hinter ihm indes knurrte Ge'Eliwan: »Schweberärger kommt langsam, dauert lange.«

Ob nun die andauernden Stiche der Laser oder der Lärm der winzigen Gestalten in der Station sie dazu reizte, würde man wohl nie erfahren - jedenfalls begannen die Schweber zu reagieren. Ihre kürzeren, fast quarzähnlichen Fasern bewegten sich, bildeten komplizierte Muster. Instinktive Verteidigungsanordnungen, während das rote Licht von unten weiter nach ihnen stach.

Die Sonne stand mittlerweile recht hoch am Himmel und brannte heiß. Das war die Stunde der Photoiden..! In dem neu angeordneten Komplex kurzer Fäden konzentrierte sich das Sonnenlicht, wurde verstärkt und potenziert, durch ein Gewirr organischer Linsen hin und hergeworfen, die so kompliziert waren, dass ein technisches Konstrukt dagegen vergleichs- weise simpel wirkte.

Von den nächststehenden Schwebern schossen Strahlen ungeheuer konzentrierten Sonnenlichts auf die Station hernieder. Die Wände der Station waren hauptsächlich aus Aluminiumwaben gefertigt, nicht aus Duralum - wo das Licht sie traf, schmolzen sie einfach weg und verbrannten, was hinter ihnen lag.

Hansen floh aus der Kuppel. Cohoma, Logan und der größte Teil des Personals taten es ihm gleich.

Cargo blieb mit seiner Mannschaft und verfluchte ihr Ungeschick.

Er konnte ja nicht ahnen, dass die Gas-Säcke der Schweber aus separaten Segmenten bestanden, was einen Totalausfall ihrer Funktion verhindern half. Er erkannte nicht, wie schnell sie sich ersetzten, wie schnell frisches Gas in den neuen Zellen entstand. Er begriff einfach nicht, wie hilflos die Lasergewehre, mit denen man immerhin ein Shuttle oder ein Flugzeug abschießen konnte, gegen dieses ätherisch-fluidal wirkende »Ding« waren; begriff es immer noch nicht, als das verstärkte Licht des dritten Schwebers die Kuppel traf, das zähe Polyplexalum verschmorte, die Lasergewehre schmolzen, Stühle, Konsolen, Boden und Instrumente in Flammen aufgingen.

Erst als er und die letzte Gewehrmannschaft zu Asche verbrannten, wurde klar, wie nutzlos sein Handeln gewesen war. Die gereizten, verärgerten Schweber blieben noch eine halbe Stunde und trieben träge über der Station hin und her. Immer wieder jagten sie ihre konzentrierten Lichtstrahlen in die Ruinen; lange noch, nachdem die letzten verzweifelten roten Lichtstrahlen aus dem rauchenden Wrack nach oben gestochen waren.
Schließlich wurden sie müde, als das, was bei ihnen als »Verstand« fungierte, befriedigt war. Sie ließen die Station, mit Löchern und Pockennarben übersät, zurück und trieben träge wieder gen Süden, woher sie gekommen waren.
Im Inneren der Ruine flackerten Dutzende kleiner Feuer und größerer Brandherde.

»Jetzt sollten wir Schluss machen«, polterte Losting.

»Vielleicht sind noch einige übrig«, intervenierte Born. »Lasst uns warten, bis die Flammen ihr Werk beendet haben und die Sonne untergegangen ist.«

*

Wie es gelegentlich vorkam, begann der Nachtregen an jenem Tage schon bei Sonnenuntergang. Es war, trotz des mit schwerem Nass beladenen, dunkelgrauen Gewölks, noch hell genug, um sehen zu können, als sie die Stationsruine betraten.

Tropfen zischten, wenn sie das heiße Metall trafen. An einigen Stellen waren die Korridorwände, unter dem Angriff der Schweber, wie Butter zu einer unförmigen Masse zerschmolzen. Die Jäger betraten den Außenkorridor mit schussbereiten Bläsern, wenn auch keiner damit rechnete, in dem rauchenden Wrack der Riesen-Basis noch etwas Lebendes zu finden.

»Selbst notwendiger Tod ist unangenehm«, meinte Born ernst und sog prüfend den Gestank verkohlten Fleisches ein. »Dies ist kein Ort, an dem man sich lange aufhalten soll.«

Losting nickte und deutete auf den Weg, der die Station umgab. »Ich nehme diese Hälfte und treffe Dich auf der anderen Seite. Je schneller wir hier ein Ende machen und den Heimweg antreten, desto besser fühle ich mich.«

Born nickte zustimmend und entfernte sich in entgegengesetzter Richtung.

Der große Jäger wartete, bis sein Begleiter verschwunden war, ehe er Ge'Eliwan folgte. Er fand nicht viele Leichen; die meisten waren unter Schutt und Schlacke begraben oder bis zur Unkenntlichkeit entstellt. Losting dachte über das Vernichtungswerk nach, das die Schweber vollbracht hatten. Einmal hatte er zugesehen, wie ein neugieriger Photoide einen schlafenden Jäger mit einem baumstammdicken Tentakel sanft betastete, den Träumer dann in Frieden ließ und freundlich weiterschwebte. Ein anderes Mal hatte er beobachtet, wie ein erschreckter Wagetaucher einem sonst sanftmütigen Schweber einen Tentakel abgebissen hatte. Der Schweber hatte vor Wut und Schmerz den

Baumwipfel des Fleischfressers in Stücke gerissen, ihn zersplittert, ehe er den Angreifer röstete.

Losting wünschte, es hätte eine andere Möglichkeit gegeben. Er betrat die Überreste des Skimmerhangars.
Die kleinen Aufklärungsflieger waren kaum mehr zu erkennen. Bei den meisten waren die durchsichtigen Kuppeln zerdrückt und die Rümpfe zerschmolzen. Hinter einer noch teilweise intakten Kuppel sah er die verkohlten Überreste zweier Leichen, deren Knochen weiß an das Metall geschweißt waren.
Hätten die überlebenden Riesen nicht so lange Widerstand geleistet, so hätte die Schweber vermutlich bald Langeweile erfasst, und sie wären wieder zu ihren Nistplätzen im Süden zurückgekehrt. Stattdessen hatten diese in Panik geratenen Mörder bis zum Schluss erbittert gekämpft und Widerstand geleistet, wo ihre Lichtwaffen doch gegen die Nervensysteme der durchsichtigen Photoiden völlig unwirksam waren.

Plötzlich knurrte Ge'Eliwan und machte einen Satz. Der Pelziger hatte Witterung aufgenommen... Zu spät... Der Gestank der immer noch brennenden Station hatte den anderen Geruch überlagert. Der Lichtstrahl traf ihn mitten im Sprung über den Augen. Ge'Eliwan fiel zu Boden und blieb liegen.
Losting hatte instinktiv seinen Bläser hochgerissen und drückte ab, noch ehe der Pelziger stürzte. Der Knall des platzenden Tanksamens war zu hören. Jemand stieß einen Schrei aus, dann war es wieder still.

Hinter einem aufgeworfenen Stück Untergrund, den sie als Deckung genutzt hatte, erhob sich unsicher eine Gestalt. Es war Kimi Logan... Schwankend ließ sie die Pistole fallen und zog sich mit beiden Händen den Jacaridorn aus der Brust. Ein winziger roter Fleck erschien, besudelte ihre Tunika. Benommen starrte sie ihn an.

Losting hatte bereits wieder nachgeladen, als der zweite Strahl ihn über der Hüfte traf; Haut, Knochen, Nerven und Organe zerfetzte. Gewöhnlich tötete ein einziger Schuss sofort. Aber Losting war kein normaler Mann, er war zäh.
Er ließ sich auf die Knie fallen und kippte erst dann nach links. Immer noch lebend, griff er mit beiden Händen an die riesige Wunde.
Der Bläser klapperte nutzlos auf den metallenen Grund.

Logan taumelte ein paar Schritte nach vorn und versuchte, zu der verkrümmten Gestalt auf dem Boden etwas zu sagen. Ihr Mund bewegte sich, aber es kam kein Ton mehr hervor. Ihre Augen wurden glasig, als das Nervengift seine Wirkung tat und sie stürzte wie ein gefällter Baum. Kimi lag da, reglos wie eine zerbrochene Spielzeugpuppe, einen Arm grotesk verkrümmt.

Zwei Gestalten erhoben sich aus dem schwarzen Tunnel in der Nähe. Cohoma ging zu der reglosen Gestalt seiner toten Kollegin und kniete neben ihr nieder. Als er weder Puls noch Herzschlag fand, jammerte er verbittert und voller Kummer: »Der hat Dich erwischt, Kimi...«

Hansen warf kaum einen Blick auf sie, ging stattdessen zielstrebig auf Losting zu. Der Stationschef hielt seine Pistole auf ihn gerichtet, als er sich ihm näherte. Der röchelnde Atem des Jägers hallte laut durch den vom Tod erfüllten Korridor. Hansen hatte den größten Teil seiner Kleidung und seine bürokratische Würde verloren. Sein Atem ging keuchend. Das graue, gekräuselte Haar auf seinem Oberkörper war verschwitzt und mit Ruß verschmiert.
»Ehe ich Dich endgültig zur Strecke bringe, Losting, verrate mir, warum das alles?«

»Born hat es gewusst«, quälte sich der Jäger unter Schmerzen zu einer Antwort. Langsam wurde an ihm alles taub, kroch das Ersterben der Leibesfunktionen über seinen ganzen Körper.

»Er hat es Dir gesagt. Ihr nehmt, ohne zu geben. Ihr nehmt, ohne zu bitten. Ihr borgt, ohne zurückzugeben. Ihr emfatiert nicht. Unsere Welt...«

»Es ist nicht *eure* Welt, Losting«, korrigierte ihn Hansen müde.

Cohoma, der hinter ihm stand, bekam plötzlich große Augen. Er murmelte, endlich ansatzweise verstehend, etwas von »Empathie« und erzwungener Evolution.

Hansen beachtete ihn nicht. »Aber ihr habt euch geweigert, das zu akzeptieren. Schade.« Er wandte sich ab und rief: »Puerta..., Hofellow..., seht nach, ob dieses Vieh auch wirklich tot ist.«

Ein Mann und eine Frau, der Mann mit einer Machete, die Frau mit einer Pistole bewaffnet, kamen aus einem Seitengang. Ohne ein Risiko einzugehen, jagte die Frau einen weiteren Feuerstoß in den Kopf des Pelzigers. Aber Ge'Eliwan war längst so mausetot, wie man es nur sein konnte.

»Hölle und Verdammnis!«, brüllte Hansen, den Ärger und Enttäuschung übermannten. »Kein Grund..., kein Grund für all das!« Er machte eine umfassende Handbewegung und blickte dann wieder auf Losting hinunter. Seine Stimme klang wegen solcher Verschwendung bedauernd. »Verstehst Du denn nicht..., Du hast uns nicht aufgehalten! Ich habe vier Leute...« Er blickte noch einmal auf Logans reglosen Körper. »Nein, drei...«

»Ihr seid alle so gut wie tot«, mühte sich Losting, dem bei jedem Wort ein scharfer Schmerz durch den Körper fuhr. »All eure kleinen Himmelsboote sind zerbrochen und das große... auch. Eure starken Waffen sind tot, und eure Wände und

Netze. Der Sturmtreter hat ihnen das Leben genommen. Jetzt wird der Wald zu euch kommen.«

Hansen sah ihn mitleidig an. »Nein, Losting, Du irrst. Ihr habt das zwar geschickt gemacht, und beinahe hättet ihr es sogar geschafft. Aber wir haben genügend Lebensmittel und bekommen jede Nacht Wasser vom Himmel. Ich weiß, wie schnell dieser Wald wächst. Vielleicht bedeckt er die Station, ehe unser nächstes Schiff eintrifft. Es stimmt, dass unser Shuttle nicht mehr funktionstüchtig ist, aber sein lebenserhaltendes System funktioniert noch und die Sendeanlage auch. Ich glaube nicht, dass diese Gassackprismen zurückkommen werden; und ich glaube auch nicht, dass uns sonst etwas angreifen wird, was einen Schiffsrumpf durchdringen könnte. Dieser Wald kann uns unter einer grünen Lawine begraben, aber unser Notsignal wird dennoch empfangen werden. Ihr habt es fertiggebracht, dass einige Leute viel Geld verloren haben, und ihnen viel Mühe bereitet. Das wird sie nicht freuen. Aber sie werden diese Station wieder aufbauen, von vorne beginnen - wegen des Unsterblichkeitsextrakts.

Du kannst Dir gar nicht vorstellen, welche Strapazen die Menschen auf sich nehmen werden, um sich diesen zu beschaffen! Wir werden nicht dieselben Fehler noch einmal machen. Wir werden auf der anderen Seite dieses Planeten neu bauen, weit von eurem Stamm entfernt. Der neue Außenposten wird Luftpatrouillen haben, dreimal so viele Kanonen, viel größere, mit unabhängigen Energieanlagen, und wir werden eine viermal so breite und zweimal so tiefe Lichtung freibrennen.

Du bist ein tapferer Mann, Losting, aber Du bist geschlagen. Schade. Ich wäre lieber Dein Freund gewesen.«

»Grab... räuber..., Leichen... fledderer...«, ächzte Losting. Er lag in einer riesigen Blutlache; seine Gliedmaßen begannen unkontrolliert zu zucken.

Hansen beugte sich über ihn. »Was? Was meinst Du mit ›Grabräuber‹..?«

»Alles würdet ihr stehlen«, keuchte der Jäger und bäumte sich ein letztes Mal auf. »Selbst die Seele eines Menschen, selbst den Duft einer Blume. Ihr...« Er fiel zurück und starrte mit stumpf werdenden Augen durch die zerstörte Kuppel in den nächtlichen Himmel.

Hansen schüttelte langsam, traurig den Kopf. »Ich verstehe euch nicht, Losting. Ich weiß nicht, ob wir einander je verstehen könnten.« Er erhob sich langsam, stand über seinem geschlagenen erklärten Feind, als ihm der Jacaridorn aus Borns Bläser in den Hals drang.

»Verdammt, ich habe Born vergessen...«, klingelte es noch in Hansens Verstand, bevor er auf die Knie sackte und dann nach vorne fiel, ohne dass seine gelähmten Arme den Sturz auffangen konnten.
Es war schnell vorbei.

Ru'Umahum tötete die beiden, die sich über Ge'Eliwans Leiche beugten, um das ihnen unbekannte, sprechende Tier genauer zu untersuchen.

Borns Axt erledigte Cohoma, ehe dieser die Pistole aus dem Halfter ziehen konnte.
Der Jäger hackte mehr, als notwendig war, auf die gestürzten Riesen ein. Auch als der größte Teil ihres Blutes bereits aus ihren Adern geronnen war, schlug er noch zu - bis seine Wut endlich aufgezehrt war.
Erschöpft taumelte er neben dem Mann zu Boden, den er auf der ganzen Welt am meisten gehasst hatte.

Ru'Umahum schnüffelte an Ge'Eliwans Flanke, aber für den gefallenen Pelziger gab es keine Hoffnung mehr. Er war nicht unverletzlich. Logans Strahl hatte das Gehirn getroffen. Ein dünner, grüner Faden rann aus einer Ader am Schädel und besudelte seinen Pelz.

Das Gesicht des sterbenden Jägers war von einem nicht allein physischen Schmerz verzerrt. »Kein Glück..., nicht für Losting. Du... siegst immer, Born. Du bist mir immer einen Ast voraus, ein Wort, eine Tat. Das... ist nicht fair, nicht fair. So viel Tod..., warum?«

»Das weißt Du doch, Jäger«, trauerte Born. »Es gab eine Krankheit, einen ›Parasiten‹, der neu auf die Welt gekommen war.
Es kam uns zu, ihn auszuschneiden. Er hätte das Heim getötet. Du hast geholfen das Heim zu retten, Jäger.« Seine Stimme brach. »Losting, mein Bruder, ich liebe Dich.«

15 - Das Bewusstsein des Waldes

Born saß wie eine Statuette da und beschwor feierliche Bilder für sich in seiner Seele herauf, während Ru'Umahum auf seinen Hinterbeinen kauerte und mit dem weinenden Himmel Tränen vergoss.

So verharrten sie, Stunden, bis die Zeit einen neuen Tag und Licht gebar.

Die erste Welle Kabbls, Kriechpflanzen, Fom und Luftschösslinge kroch bereits über die einstmaligen Ränder der Panta-Lichtung, als Born und Ru'Umahum sich auf den Weg machten. Er hatte Cohomas Kompass an sich genommen – wahrscheinlich würde er ihn gut gebrauchen können, weil sie einen Teil des Weges in der Unteren Hölle zurückgelegt hatten; die Funktionsweise dieses Richtungsanzeigers hatte er zwischendurch gut begriffen, ohne dass der Riese Jan dies bemerkte, auch wenn ihm der Grund, *warum* die magnetische Nadel sich so zuverlässig verhielt, nicht ganz klar geworden war.

Zwei Leichen - ein Mensch und ein Pelziger - waren auf Ru'Umahums breitem Rücken festgeschnallt.

Die Vorstellung, mit einer solchen Last bis zum Heim zurückzukehren, war nahebei absurd! Es würde ihren Weg verlangsamen, sie behindern, enorm beschweren, sie gefährden. Aber weder Ru'Umahum, noch Born dachten auch nur einen Augenblick daran, ohne sie zurückzukehren.

Allein - es gab ein Hilfsmittel, das Unmögliche vielleicht doch möglich zu machen... Born erinnerte sich daran, wie der »Zamboanga« genannte Riese im Labor, zur Bewältigung des Transports schwerer Werkstoffe (wie beispielsweise den untersuchten ominösen »Knollen«), einen von ihm sogenannten »Levi-Würfel« benutzt hatte.

Bei eingeschalteter Energie konnte dieses Gerät, in der Größe einer Männerfaust, Gegenstände auf ein Viertel ihres Ursprungsgewichtes reduzieren; das heißt die Materie teilweise levitieren [1]. Dieses würde ihr erstes Problem, solange die Energie in diesem Wunderwürfel durchhielt, lösen!

Nach einem so langen Marsch durch den tropischen Dschungel wären allerdings ihre Leichname zu stinkenden, verwesenden Massen verrottet. Um den Auflösungsprozess deutlich zu reduzieren, entschied sich Born provisorisch den isolierenden, schwarzen Saft der Laient zur behelfsmäßigen Konservierung zweckzuentfremden; weiters wickelte er die Toten, in Lagen mehrerer großer Panpanooblätter ein und verschnürte sie, mit Seilen stabilen Foms, zu zwei leidlich (!) geruchsneutralen »Paketen«. [2] Er bediente sich bei dieser Arbeit Puertas unerschöpflich scharfer Machete aus glänzendem Axtmetall, welche er sich – darüber hinaus – zum Beweisstück im Dorf und zur zweiten Beute (neben dem Kompass) erwählte.

Born gedachte der Worte des Hansenhäuptlings, als er letzte Nacht, in Dunkelheit und Regen, zu ihm gekrochen war, um ihn zu töten. Indes: Seine Schlussfolgerungen waren falsch! Er glaubte nicht, dass die Riesen versuchen würden, anderswo auf der Welt eine neue Station zu errichten - nicht jetzt. Nicht jetzt, wo all ihre Arbeit hier auf unerklärliche Weise vernichtet und verschluckt worden war. Und selbst *wenn* sie es täten, konnten sie die Knollen nicht finden, die sie wollten. Nicht auf der anderen Seite der Welt...
Sollten sie es hier versuchten, würde es ihnen nie gelingen, ihre Lichtwaffen und ihre Metalle an Ort und Stelle anzubringen. Dafür würde der Stamm sorgen. Sie würden es anderen Stämmen berichten, wie - Im Fall eines Falles - vorzugehen sei. Die Warnung würde sich ausbreiten.

*

Der Leuchtpunkt auf dem »Levitations-Würfel« wechselte bald von grün auf gelb; dann auf rot. Kurz vor Ende ihrer viele Sieben-Tage währenden Reise durch den Dschungel, erlosch er ganz, weswegen ihr »Wunderkubus«, über eine zunächst nachlassende Leistung - mit seinem Komplettausfall -, nutzlos wurde und das volle Gewicht der zwei toten Leiber auf Ru'Umahum zu lasten begann.

Nur wenige Stunden später war Gehéle die erste, die ihn bei seiner Rückkehr begrüßte, als beide, erschöpft und halb tot, in das Dorf taumelten. Sie blieb nicht lange bei ihm, nachdem sie Lostings Leiche gesehen hatte.
Zu seiner Überraschung stellte Born fest, dass es ihn nicht störte.
Dann schlief er anderthalb Tage lang, und Ru'Umahum volle drei.
Dem Rat wurde die Geschichte erzählt.

»Wir werden wachen und niemals zulassen, dass die bleichen Riesen ihre Krankheit erneut in die Welt setzen«, erklärte Sand, als der Bericht beendet war. Leser und Joyla stimmten ihm zu; überhaupt war die Resonanz des ganzen Dorfes klar und einstimmig.

Jetzt galt es nur noch, ein Letztes zu tun. Am nächsten Tag nahmen die Leute ihre Fackeln und Kinder und gingen mit den Leichen von Losting und Ge'Eliwan in den Wald.
Für dieses Langeher wählten sie den größten der Bewahrer, den höchsten, den ältesten, den stärksten aus! Dieser Baum war der letzte Ruheplatz für die geehrtesten Rückkehrer des Heims. Die erheblichen Gefahren nächtlicher Himmels-dämonen verachtend, kletterte die Prozession in die Erste Etage. Und dann sangen sie die Zeremonie und rezitierten die Worte mit feierlicheren Stimmen, als sie je gehört worden waren.
Es war eindeutig das Begräbnis zweier außergewöhnlicher Helden; Helden vor dem Bewusstsein des gesamten Planeten.

Daraufhin wurden die Leichen - mit dem heiligen Öl und den heiligen Kräutern behandelt - Seite an Seite in der Baumhöhle beigesetzt. Humus und organische Abfälle wurden über sie gehäuft.

Losting hätte an diesem Totengesang Freude gehabt.
Seine Geschicklichkeit als Jäger, seine Kraft und sein Mut wurden gepriesen und besungen. Von seinen Jagdkameraden, von Sand und Joyla - und von Born, *ganz besonders* von Born! So sehr war alle Rivalität in Nichts aufgelöst, durch das Empfinden tiefer Freundschaft, ja Bruderschaft ersetzt worden, dass zwei andere den hochemotionalen »Verrückten« wegführen mussten.

Es war geschehen...
Als die Zeremonie beendet war, begann die lange doppelte Reihe von Männern und Frauen und Kindern, flankiert von ihren schweigenden Pelzigern, den langen spiralförmigen Abstieg zum Heim.

*

Die in höchste Höhen aufragenden Bewahrer standen unter trauernden Wolken, als das allumfassende dunkle Grün die letzte Fackel erstickte. Dunkler Wald, grün und unergründlich - wer wusste schon, welche Gedanken sich in jenen malachitfarbenen Tiefen regten?
Zwei Tage später reifte eine Knospe, welche, relativ weit unten, im Bereich der Fünften Etage, in unmittelbarer Nähe der Enden einer Spiegel-Liane, am »Bewahrer« wuchs. Die zähe Haut platzte, und ein kleines olivgrünes Etwas fiel heraus. Sein stacheliger, nasser Pelz sog das Licht der Sonne in sich auf. Drei winzige Augen öffneten sich blinzelnd, kleine Elfenbeinhauer spähten unter den nassen Rändern eines bislang noch ungeöffneten Mundes hervor. Dann gähnte das Ding und fing an, sich zu putzen. Während es sich säuberte, zog es die letzten grünen Wurzelenden aus der Samenknospe.

Jene legten sich zurück und wurden zu Pelz, tranken das Sonnenlicht in sich hinein. In dem kleinen Leib begann die Photosynthese.

Erstaunt maunzend und fiepend, weil die Welt so riesig war, sah das Pelzigerjunge sich um und erblickte die hellen »Lichter«, die im Halbschatten zu ihm herunterblitzten.

»Ich bin Ru'Umahum«, verkündete der Geist hinter jenen Augen. »Komm mit mir zu den Brüdern und den Menschen.«

Der Erwachsene drehte sich um.

Schwach, aber mit immer sicherer werdenden Schritten, folgte das Junge dem Alten hinauf ins Licht. Und weit über ihnen schrie ein neugeborenes Kind nach der Brust seiner Mutter.

Kräfte regten sich im größten der Bewahrer, reagierten auf die in ihn gebetteten Leiber. Der Baum wurde aktiv, sonderte einen harzigen Saft ab, der die zwei Gestalten umgab, um das verletzliche organische Material zu isolieren und zu beschützen. Der Saft verhärtete sich schnell und bildete eine undurchdringliche Barriere für Bakterien, Fäulnis und Insekten. Im Inneren jenes hohen Astes flossen Saft und seltsame Flüssigkeiten zusammen - arbeiteten, lösten auf, fügten hinzu, bewahrten, belebten und kreierten. Winzige Spuren der neu Eingebetteten wurden im Inneren des ganzen siebenhundertneunzig Meter hohen Gewächses verteilt, während winzige Teile älterer Eingebetteter zu den neuen getragen wurden. Knochen wurden aufgelöst, Fleisch und Organe verschwanden. Ein Netz geduldiger, schwarzer Fäden ersetzte sie, welche das Holz durchwucherten. Alte Nervenverbindungen von Mensch und Pelziger drangen in dieses weite Netz ein; neue Nährstoffe spendeten den verwandelten, modifizierten Zellstrukturen Energie. Der Prozess, Losting und Ge'Eliwan in das »Seelen«-Bewusstsein des Baumes zu integrieren, dauerte lange, aber doch nicht zu lange...

Der Weltwald war ungemein leistungsfähig. Neuer Saft regte sich, rätselhafte Verbindungen, die ein Chemiker für unmöglich gehalten hätte, wurden produziert. Reize wurden an die neue Fläche angelegt, Katalyse vollzog sich.

Losting und Ge'Eliwan wurden mehr, wurden etwas Größeres. Sie wurden ein Teil des »Bewahrermatrix-Bewusstseins«, das seinerseits nur ein einziger Knoten des noch größeren Waldbewusstseins war. Denn der Wald beherrschte die Welt ohne Namen. Er entwickelte sich, wandelte sich und wuchs. Er fügte zu sich selbst hinzu.

Als die ersten Menschen ihn erreicht hatten, sah der Weltknoten die Bedrohung, welche sie darstellten, und auch ihr Potential. Der Wald hatte Kraft, Vielfalt und Fruchtbarkeit. Und jetzt erweiterte er seine Intelligenz langsam und geduldig, wie Pflanzen das tun...

Es schien, als ob ein Teil des Bewusstseins Lostings und Ge'Eliwans dem »morphogenetischen Feld« eines größeren »Wald/Welt-Über-Bewusstseins« hinzugefügt wurden; dieses weiterentwickelten, indem sie mit dem Äquivalent Dutzender menschlicher »Ich-Kerne«, und denen vieler anderer Bewahrter, verschmolzen - alle durch das Bewusstsein der baumgeborenen Pelziger verbunden...

Bald würden die »Denkenden Wälder« das Ziel ihres übergeordneten Planes erreichen. [3]

Dann würden irgendwelche Eindringlinge von draußen nicht mehr fähig sein, einfach zu kommen und zu töten oder ungestraft zu schneiden und zu brennen. Am Ende würden sie hinausgreifen über die endlose Leere, die sie jetzt unbestimmt zu erahnen begannen.

Dann...

***

Im Wald emfatierte Born einen jungen Schössling und lächelte ihn an – einfach, weil es ein schöner Tag war.
»Aváone, komm her, ich will Dir eine Geschichte erzählen...«

Seine Tochter stieg mit Pir, ihrem Pelziger, zu ihm auf, setzte sich auf den Kabbl und schmiegte sich an ihn. [4]

Born dachte an Gehéle: »Was macht Mama..?«

»Mama ist mit meiner Zwillingsschwester Cisú, meinem kleinen Bruder Veeth und den Sammlerinnen nach dort«, deutete sie mit ihrem Zeigefinger in eine bestimmte Richtung der Vierten Etage.

Alle im Dorf sagten, sie wäre ganz der Vater - was eine besondere Bedeutung zu haben schien... Aváone liebte ihren Papa von ganzem Herzen - und wenn er in seiner ruhmreichen Vergangenheit schwelgte, versank für sie die vertraute Umgebung in eine ferne, leuchtende Märchenwelt voller Weh, Nostalgie, aber auch großem Glück...

Beide schauten hoch zu ihrem Sehnsuchtsort, dem fremden Himmel; Born merkte nicht, dass er über ihn hinausblickte.

Aváone indes ahnte es schon. Sie träumte davon, die Grenzen der ihr bekannten Waldwelt zu sprengen:
»Eines Tages werde ich diese Heimat in den Tiefen meiner Seele bewahren und zu den Sternen reisen! Ich will mehr über all das wissen, was die kosmische Kreation eines weisen, großen Schöpfers sein muss – auch über diesen, mir noch unbekannten, Gott selbst«, dachte sie bei sich und blinzelte mit den Sonnenstrahlen...

Universum! Beachte, und vergiss nicht, dieses besondere Kind im grünen Blattlederumhang!

Anmerkungen des Bearbeiters

Anm. zum Kapitel 1:

[1]   Terra = Erde; Hivehom ist die Heimatwelt der insektoiden Thranx.

[2]   Ein (ggf. unvollkommener, nicht vor Fehlern gefeiter) weltenerschaffender und weltenverwaltender Untergott.

[3]   AA = after Alliance, d.h. im Jahre 216 nach der Begründung der Allianz zwischen Menschen und den Thranx.

[4]   Ich unterstelle, **erfindend**, besagte weißgelbe Sonne mit einer Oberflächentemperatur von 6.400 K; Midworld mit einem Planetendurchmesser von 11.260 km, etwas kleiner als die Erde, deshalb auch geringerer Schwerkraft (0,89 *g*).
Der später erscheinende Roman »Aváone und Cisú« wird eine, diesbezügliche, genauere Tabelle im dortigen Anhang enthalten.

Anm. zum Kapitel 2:

[1]   Ein Atavismus (von lateinisch »atavus« = Urahn), veraltet auch »Rückschlag«, ist das Wiederauftreten von (anatomischen) Merkmalen bei einem Lebewesen, die bei entfernteren stammesgeschichtlichen Vorfahren ausgebildet waren, bei den unmittelbaren Vorfahren jedoch reduziert wurden, da sie für die gegenwärtige Entwicklungsstufe keinerlei Funktion mehr besitzen.

In diesem Fall bezieht sich der Atavismus auf die Eigenschaft des Stolzes, d.h. nach Ruhm, Ehre, Bewunderung usw. zu streben - also eine Regung, welche das Menschengeschlecht der Midworlder nur noch rudimentär, bzw. umständehalber gar nicht mehr besitzt, resp. gereift abgebaut hat.

[2]   Wahrscheinlich mundartlich über die Generationen abgeflacht aus dem ursprünglichen "Cable" (Kabel) entlehnt.

[3]   Die »Ebenen« von Midworld:

326

Obere (Lichte) Hölle; Luftbereich, Region der fliegenden Raubtiere;

Dach, äußere Wipfelgrenze der Bäume;

1. und 2. Etage (jeweils knapp 120 Meter umfassend);

3. Etage (~ 120 Meter), Heimbaum der Menschen und Pelziger;

4. bis 7. Etage (jeweils knapp 120 Meter umfassend);

Untere (Dunkle) Hölle; irdener Planeten-Grund und seine Räuber.

Die Spanne vom Grund des Planeten bis zu den Wipfeln der Bäume beträgt durchschnittlich etwa »eine halbe Meile«, also ca. (1.609 m / 2) 800 Meter.

[4] Evtl. eine mundartlich über die Generationen abgeflachte Version des Wortes »Tentacle« / »Tentakel« (?).

Anm. zum Kapitel 4:

[1]   D.h. Drähte, Kabelverbindungen, Schläuche etc.

[2]   Eine Pferdefarbe; heller Fuchs, aufgehelltes Rotbraun, ähnlich vielleicht dunklem Kupfer.

[3]   Die Weltsprache der Erde, die sich hauptsächlich aus dem Englischen ableitet.

[4]   D.h. Sechsbeiner; Geschöpf mit sechs Extremitäten.

Anm. zum Kapitel 6:

[1]   Obwohl dem Wort »emphatisch«, »Emphase« (nachdrücklich, ausdrucksvoll etc.) näher, leitet sich das »Emfatieren« offensichtlich mehr von dem Begriff der »Empathie« ab, also dem (empathischen) Einfühlen in eine andere Person (in diesem Fall auch Pflanze, als lebendem Organismus); Mitgefühl, »Mit-Schwingen«.

[2]   D.h. Pilz-Sporen.

327

Anm. zum Kapitel 7:

[1]   Die Mimikry bezeichnet in der Biologie eine Form der Nachahmung visueller, auditiver oder olfaktorischer Signale, die dazu führt, dass dem Nachahmer und Fälscher Vorteile durch die Täuschung des Signalempfängers entstehen.
Kurz: Perfekte Imitation.

Anm. zum Kapitel 8:

[1]   Der später im Kapitel von Losting demonstrierte »Staub/Samen des Otterot«.

[2]   Von lat.: »carne vale« = Das Ende / Abschied vom Fleisch.

Anm. zum Kapitel 9:

[1]   Der Planet Midworld wird eine ähnliche Rotationsperiode haben wie die Erde, sodass die Maßeinheit von 12/24 Stunden beibehalten ist. Im später beabsichtigten Roman »Aváone und Cisú« wird die Tageslänge Midworlds auf 25 h 39 m Erdzeit festgestellt.

[2]   Gemeint ist wohl etwa der Kern / das Zentrum der inneren Energie, bzw. Antriebskräfte des physischen Körpers.

Anm. zum Kapitel 10:

[1]   D.h. Achtbeiner, Wesen mit acht Extremitäten.

Anm. zum Kapitel 11:

[1]   Antimon ist ein silberweißes, glänzendes, sprödes Halbmetall.

[2]   Analog dem Kerberos (griechisch Κέρβερος), auch Cerberus / Zerberus. Er ist in der griechischen Mythologie ein zumeist mehrköpfiger Höllenhund, der den Eingang zur Unterwelt bewacht.

Anm. zum Kapitel 12:

[1]   D.h. Erdferkel.

[2]   Der Jägerliest, besser bekannt unter dem Namen »Lachender Hans«, ist ein Vogel aus der Familie der Eisvögel. In Australien wird er **Kookaburra** genannt.

[3]   D.h. milder Wind, »laues Lüftchen«.

[4]   Mit dem Begriff »Pygmäen« werden in der Regel Volksgruppen bezeichnet, die als Jäger und Sammler im zentralafrikanischen Regenwald leben und durchschnittlich weniger als 1,55 Meter groß sind.

[5]   Die Pelziger sind mutmaßlich Hybrid-Wesen, die sich größtenteils vermittels Photosynthese ernähren (vgl. Kap. 15); das mächtige Gebiss weist indes auch auf die Möglichkeit alternativer Nahrungsaufnahme hin; d.h. z.B. von Beute, die zuvor erjagt wurde. Im Kap. 2 erwähnt der Autor gewiss, dass sich Ru'Umahum auf den Verzehr von »roten Beeren und herzförmigen Pium-Früchten« freute.

[6]   Die Utensilien auf dem Schreibtisch und in den Regalen habe ich, dem heutigen Standard entsprechend, etwas angepasst. Die ursprünglich benannten »Kassetten, Ton- und Filmbandspulen, Betrachtungsgeräte« etc. haben schon die nahe Zukunft, der auf 1975 folgenden Jahrzehnte, nicht überstanden...

Anm. zum Kapitel 13:

[1]   Die von mir erfundenen Koordinaten beziehen sich auf die Station als auf dem fiktiven 0°-Meridian liegend. Das erschiene, im Sinne der Operation, zweckmäßig.
Der Passus wurde von mir umgearbeitet, weil die ursprüngliche Version des Autors zwar schlüssig *klang*, aber, bzgl. des Kontextes, unlogisch und inhomogen war.

Anm. zum Kapitel 15:

[1]   Von lat.: »levitas« = Leichtigkeit.

[2]   Das Problem, wie man zwei, **mehrere Zentner schwere**, Leichen **wochenlang, ohne weitreichenden Zerfall**, durch einen tropischen Regenwald schleppt, hat der Autor, Alan Dean Foster, geflissentlich übersprungen. Um aufmerksamen Lesern dieserhalb keine Klippe zu hinterlassen, habe ich die vorgenannte Passage erfindend hinzugefügt.

[3]   In den letzten, von mir so entworfenen, Zeilen habe ich den zuvor sehr animistisch-pantheistischen Ansatz des Autors, Alan Dean Foster, etwas gerafft und verändert wiedergegeben, welcher wohl ursprünglich auch zu der deutschen Übersetzung des Romans »Die denkenden Wälder« geleitete.

[4]   Ich habe den Schluss um die Namen und Personen Aváone, Cisú, Veeth und Pir hinzufügend modifiziert, denn das Leben geht weiter; und diese Geschichte - so die Absicht - auch...

Uwe Laubach

Aváone und Cisú

| | Science-Fiction / Fantasy | |

»Midworld« - 473 AA (after Alliance):

Aváone und Cisú, die Zwillings-Töchter Borns, des Häuptlings und seiner Frau Gehéle - die eine Jägerin, die andere Sammlerin - entdecken, bei einer ihrer »Erkundungstouren« über alle Etagen des Waldes, in der »Oberen Hölle« ihrer abgekapselten Welt, eine künstlich angelegte Plattform.
Nachdem sie zwei in Not geratene Forscher retteten, freunden sie sich mit jenen, dem Menschen Uriah Sbrzesny und dem Thranx Batajedzulavex, an. Daraufhin werden die beiden Frauen eingeladen, die Wissenschaftler, in ihrem Fracht-Skimmer des Commonwealth, zu deren Basis, an einem äquatornahen, gerodeten Küstenstreifen eines allseits vom ewigen Grün bedrängten Ozeans, zu begleiten.

Während Cisú, mit Uriah, eine Expedition, vom Styx-Delta startend, in die mystische Finsternis des Dschungels begleitet, erfüllt sich für Aváone ein schon seit ihrer Kindheit gehegter Traum - es eröffnet sich ihr die Gelegenheit, in Begleitung Batas, nach Willow-wane zu reisen; einer Thranx-Kolonie unter einem fremden Stern, viele Lichtjahre Flug entfernt.
Die Schwestern wollen mit völlig neuen Erkenntnissen zu ihrem Stamm zurückkehren..!

2 Bände; gesamt ca. 280 Seiten

Caroline Janice Cherryh

Brüder der Erde

**Deutsche Übersetzung
neu bearbeitet und verbessert**

4479 n. Chr. (Terra-Standard-Time):

Seit zwei Jahrtausenden tobt zwischen Terranern und den Hanan - ebenfalls Menschenabkömmlingen - ein galaktischer Krieg. Ganze Planetensysteme, auch die Heimatwelten, Hanan und die Erde, wurden davon schwer betroffen.

Doch die grausame Vernichtungsschlacht geht weiter!

Kurt Morgan, einziger Überlebender eines Raumgefechts, gelingt es, mit seiner Rettungskapsel, einen erdähnlichen Planeten zu erreichen und zu landen. Er wird von Eingeborenen gefangengenommen und in Ketten gelegt, zu anfangs von ihnen wie ein tierisches Wesen behandelt.

Allmählich indes weiß er sich die Achtung und schließlich sogar Freundschaft dieser stolzen und zugleich empfindsamen Geschöpfe zu erringen.

Warum er von ihnen zunächst für einen verwilderten, gefährlich rohen Menschenspross gehalten wurde, wird ihm klar, als er zum ersten Mal den Nachfahren der Hanan begegnet, die vor dreihundert Jahren diese Welt zu unterwerfen und zu besiedeln versuchten und deren Schicksal, wegen des fortwährenden Krieges, in Vergessenheit geriet...

432 Seiten

Uwe Laubach

Thael'Aíz,
Planet der Nemet

Science-Fiction / Fantasy

Der Bord-Seelsorger Thargad VanJeem und die fast blinde Telepathin Yoolij Ngáru, die beiden »Religiösen« einer ansonsten zuvorderst militärisch ausgerichteten Unternehmung, überleben die Raumschlacht zwischen dem Menschen-Sternenschiff von Pylos - *Endymion* - und ihrem Hanan-Kampfkreuzer, der *Shichuan*, in einer Tarnkappen-Fluchtkapsel.

Ihre endgültige Rettung verheißt ein erdähnlicher Himmelskörper zu werden, der, als zweiter Planet, um eine gelborange-leuchtende Sonne der Spektralklasse K3V kreist.

Wegen eines Schadens in der Steuerung, notlanden sie in einer Wüstenregion. Nachdem sie zunächst um ihr Überleben kämpfen müssen, bekommen sie bald Kontakt zur ganz menschenähnlichen Bevölkerung - anfangs harmonisch, später auch konfliktbeladen, denn sie sind nicht die ersten außer-»irdischen« Ankömmlinge auf dieser Welt!

Es eröffnet sich den beiden friedliebenden Mitgliedern der *Shichuan*-Forschungsabteilung ein neuer Horizont zu einem ungeahnten, faszinierenden Lebensabenteuer...

*

Eine Science-Fiction-Erzählung, die auf den 1976 erschienenen Roman Caroline Janice Cherryhs »Brothers of Earth« (deutsch, 1979: »Brüder der Erde«) - in Form einer parallelen, später zum Teil auch zusammenlaufenden, Geschichte - basiert.

3 Bände; gesamt ca. 420 Seiten